古典文庫

疫病流行記

ダニエル・デフォー

泉谷　治訳

Daniel Defoe

A Journal of the Plague Year

現代思潮新社

目次

疫病流行記……五
解説……二五三

疫病流行記

疫病流行時のロンドン市《シティー》とその周辺

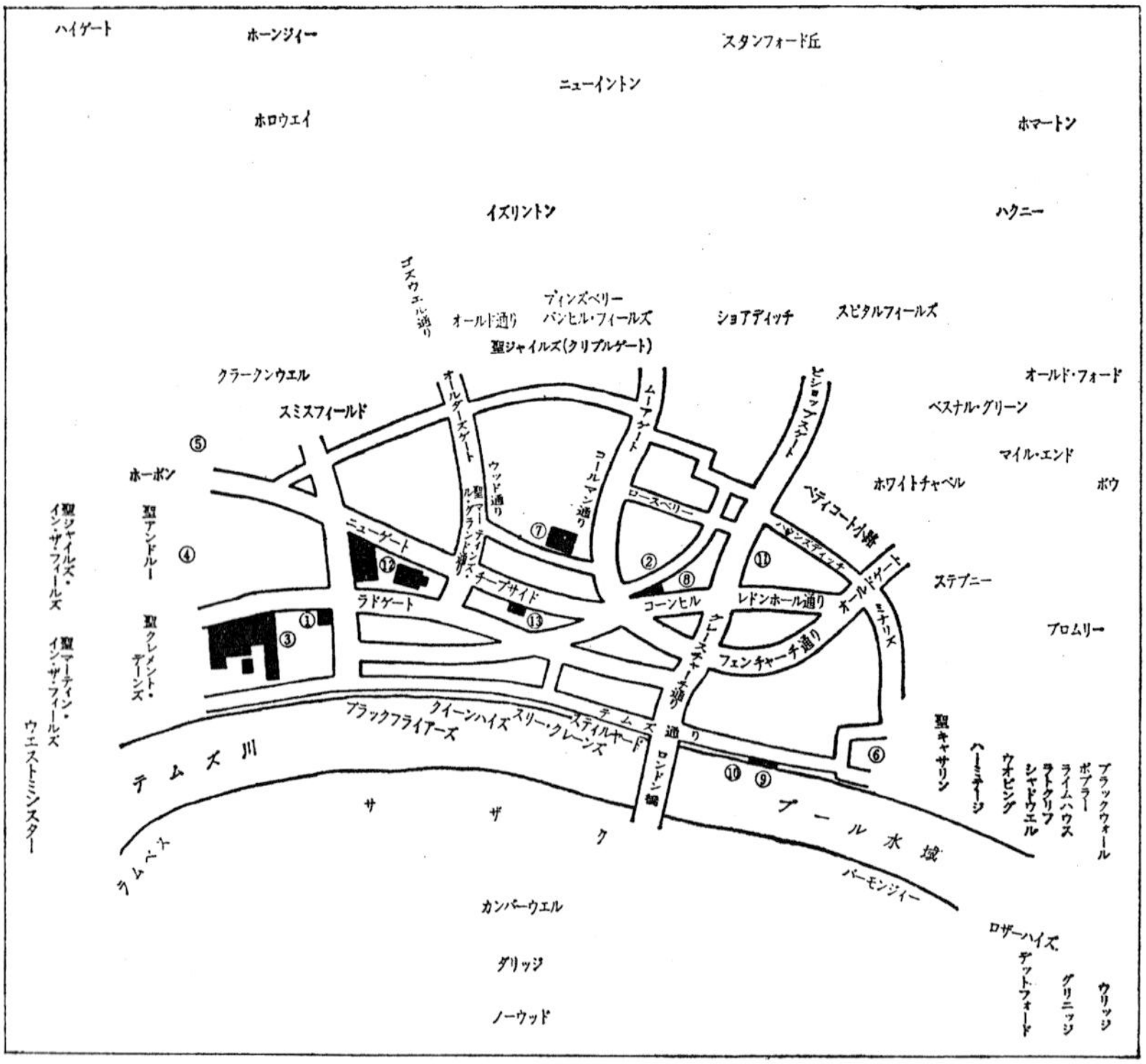

①聖ブライド教会
②株式市場
③テンプル学院
④リンカンズ学院
⑤グレーズ学院
⑥ロンドン塔
⑦ロンドン市庁
⑧王立取引所
⑨税関
⑩ビリングズゲート市場
⑪聖ヘレン教会
⑫聖ポール寺院
⑬ボウ教会

まぎれもなく一六六四年の九月のはじめころ、近所の人たちにまじってよもやま話をしていた時、オランダではまた疫病がぶり返したらしい、ということを聞きました。それというのも、さる一六六三年、オランダ、それもとくにアムステルダムとロッテルダム〔いずれもオランダの貿易都市で、前者は北部、後者は南部〕である者は、疫病の猛威をすでにうけていたからです。それがまたぶり返したというわけですが、ある者の話では、イタリアから伝染してきたのだと言い、またある者は、トルコ相手の商船隊がレバント地方〔地中海の東部沿岸諸国の古名〕から貨物と一緒にはこんだのだと言いました。カンディア島からだと言う者もあれば、キプロス島〔いずれも地中海の東部にある島で、前者はクレタ島のこと〕からだと言う者もありました。だが、疫病の径路などはどうでもよいことで、ただ、それがまたオランダにまいもどったということについては、みんなの意見が一致していたのです。

当時はまだ新聞などの印刷物もなく、したがって、それを用いて種々のうわさをひろめたり、ときにはそれを大げさにでっち上げるようなこともない時代でした。このような例は、その後何年もたってから、いろいろ目にとまることになったわけですが。だが、上のようなうわさは、外国と連絡をとっている商人その他の手紙からかき集められて、それをもとに、話だけでつぎつぎにひろめられていたのでした。だから、今とは違って、たちまちうわさが全国にひろがることはありませんでした。とはいっても、政府には疫病の真相がわかっていた様子で、何度か会議をひらいて、疫病の侵入を防ぐ対策を協議したようです。だが、一切はまったく秘密でした。そのため、疫病のうわさはまたしずまり、人々もそれを忘れはじめました。あれはあまり関係のないことさ、うそだったんじゃないのか、というぐあいだったのです。こうして、ついに一六六四年の十一月のおわり、もしくは十二月のはじめになりました。すると突然、フランス人だという男が二人、ロング・エーカー、あるいはむしろドルアリー小路〔いずれもあとの聖ジャイルズ・イン・ザ・フィールズ教区の通り〕の上手の方面で、疫病のため死亡しました。この二人が世話になっていた家の者は、あの手この手を使ってこれをかくそうとしました。しかし、近所の話にのぼるようにもなると、関係大臣が知らないでいるわけがありません。事の真相を確かめるために、よく調査してみなければならないというわけで、二名の内科医と一名の外科医を問題の家へやり、死体の検分を命じました。さっそく医者たちは命令どおりにしました。その結果、二人の死体にはありありと疫病の徴候が認められたので、医者たちは、死因は疫病であるという見解を公表しました。そこで、それが教会書記に伝えられ、さらにそこから教会書記本部に報告されました。こうして、この本部から週間死亡報に出されたわけですが、その調子はいつもと変わりなく、こうあっただけです。

疫病による死亡者　二
おかされた教区　一

一般の人々もこれにはえらく心配な様子を見せ、やがてロンドン中が驚がくのるつぼになりはじめました。しかも、同年十二月の最後の週には、また同じ家で死亡者が一人ありましたが、死因も同じく疫病だったものですから、人々の驚がくもひとしお強まりました。それから六週間ほどは何事もありませんでしたが、いざ疫病の徴候を残して死んだ者がいないとなると、こんどは、疫病は絶えてしまったのだ、といううわさがひろまりました。しかし、その後、たしか翌年の二月十二日ころだったでしょうか、家こそ違いますが、同じ教区で、同じ病気の死亡者がまた一人ありました。

こうなってきますと、その問題の地域は、ひとかたならず人々の注視をあびるようになりました。また、週間死亡報の上からも、聖ジャイルズ教区〔次に出る聖ジャイルズ・イン・ザ・フィールズ教区のこと〕の埋葬数がいつもより増加していることがわかってみると、次のような疑念をもつ者もあらわれ出したのです。あの地域には、疫病の患者がいるのではないか。世間に知られないよう、できるだけ気をくばりはしたものの、ほんとうは疫病で死んだ者が大勢いたのではないか……と。人々の頭は相当強くこの考えにとらわれていました。だから、どうしてもやむをえない用事でもないかぎり、ドルアリー小路とか、その他の問題の通りを歩こうとする者はほとんどありませんでした。

死亡数の増加ぶりは次のごとくでした。聖ジャイルズ・イン・ザ・フィールズ教区とホーボン地区の聖アンドルー教区〔後者は当時のロンドン市の西、前者はさらにその西〕では、一週間の埋葬数がいずれも一二名から一七名で、ほとんど増減もないのが普通でした。ところが、聖ジャイルズ教区で最初に疫病が発生してからというもの、普通の埋葬にかなりの増加が見られるようになりました。その例——

十二月二十七日―翌年一月三日	聖ジャイルズ	一六
	聖アンドルー	一七
一月三日―同十日	聖ジャイルズ	一二
	聖アンドルー	二五
一月十日―同十七日	聖ジャイルズ	一八
	聖アンドルー	一八
一月十七日―同二十四日	聖ジャイルズ	二三
	聖アンドルー	一六
一月二十四日―同三十一日	聖ジャイルズ	二四
	聖アンドルー	一五
一月三十一日―二月七日	聖ジャイルズ	二一
	聖アンドルー	二三
二月七日―同十四日	聖ジャイルズ	二四
	（このうち一名は疫病死）	

これと同じような増加が見られたところは、ホーボン地区とある方面で接する聖ブライド教区と、他の方面で接するクラークンウエル地区の聖ジェームズ教区〔この二教区のうち、前者は当時のロンドン市の西部、後者は北西〕でした。この二教区では、一週間の死亡数は四名から六名ないし八名が普通でしたが、それにたいして、問題の時期の増加ぶりは次のとおりです。

十二月二十日―同二十七日	聖ブライド	〇
	聖ジェームズ	八

十二月二十七日—一月三日	聖ブライド	六
	聖ジェームズ	九
一月三日—同十日	聖ブライド	一一
	聖ジェームズ	七
一月十日—同十七日	聖ブライド	一二
	聖ジェームズ	九
一月十七日—同二十四日	聖ブライド	一九
	聖ジェームズ	五
一月二十四日—同三十一日	聖ブライド	一八
	聖ジェームズ	二
一月三十一日—二月七日	聖ブライド	一三
	聖ジェームズ	五
二月七日—同十四日	聖ブライド	一二
	聖ジェームズ	六

その上、いつもなら死亡数がとくに多くなる時期でもないのに、ここ数週間の増加が全般的におびただしいものであることがわかると、一般の人々の不安も、通り一ぺんではすみませんでした。

週間死亡報にのる地域だけで、普通のばあいの埋葬数は、一週間でおよそ二四〇名あたりから三〇〇名までのところでした。そして、三〇〇名というのはかなり多い数だとされていたのです。ところが、この疫病騒ぎがあってからというもの、死亡数がつぎつぎ増加していって、ざっと次のとおりでした。

	埋葬数	増加数
十二月二十日—同二十七日	二九一	
十二月二十七日—一月三日	三四九	五八
一月三日—同十日	三九四	四五
一月十日—同十七日	四一五	二一
一月十七日—同二十四日	四七四	五九

この最後の死亡数などはじつに恐るべきもので、さる一六三六年の疫病流行いらい、一週間に埋葬されたものとしては例のないほど高い数字だったのです。

しかし、ふたたび難は去りました。天候はしだいに寒くなっていき、十二月からはじまった厳寒は、翌年の二月末近くになってもいぜんきびしさが衰えず、その上、強くはないが、身を切るような風も吹きました。そうすると死亡数はまた減少したのです。市内〔当時のロンドンの中核で、その昔、ローマ人が防壁をめぐらした〕はしだいに健康をとりもどし、そのため、危険はほとんどすぎ去ったものとだれしも考えはじめるようになりました。ただ、聖ジャイルズ教区の埋葬数だけは、いぜんとして減りませんでした。とくに四月のはじめからは毎週二五名ずつ死亡し、それが同十八日から二十五日までの一週間になると三〇名の埋葬があり、そのうち疫病が二名、発疹チフスが八名でした。とはいっても、発疹チフスは疫病と同じものと考えられていたのですが。同じように、発疹チフスによる死亡数も全体として増加し、前の週には八名だったものが、今の週では一二名になるというありさまでした。

だれしも、これにはまた面くらってしまい、人々のあいだではひどく心配されました。もう今では、天候も変化して暖かくなり、それに夏も近いとあってみれば、なおさらのことだったでしょう。しかしながら、次の週には、また希望がもてるように思われました。死亡数も少なく、全部でわずか三八八名だけで、しかも疫病死はなく、発疹チフスがほんの四名だけだったのですから。

　ところが、次の週になるとまたぶり返し、さらに二、三の教区にもひろがりました。つまり、ホーボン地区の聖アンドルーとか、聖クレメント・デーンズ〔市内の西側で、聖アンドルー教区の南のあたり〕といった教区がそうです。防壁内の聖メアリー・ウールチャーチ教区で、つまりそれも株式市場の近くにあるベア・バインダー小路〔以上、いずれも市内の中心部〕で、死亡者が一人ありましたが、これには市民もほとほと困惑しました。この週に死んだ者のうち、疫病によるものが九名、発疹チフスによるものが六名ありました。ところが、調査してみると、ベア・バインダー小路で死んだのはフランス人で、もとはロング・エーカーの感染家屋の近くに住んでいたのですが、自分がすでに患者なのも知らず、疫病こわさに引っ越した、ということがわかりました。

　これは五月のはじめのことでした。だが、天候は変わりやすいが温和でまずまず涼しく、人々もまだ望みはすてませんでした。彼らの頼みは、市内は健全で、九七教区を全部合わせても五四名の死亡者しかいない、ということでした。そんなことから、疫病が流行しているのはおもに問題の地域に住む人たちのばあいだけなのだから、それ以上ひろがることはないかもしれない、という望みをもちはじめました。これも当然のことで、次の週——五月九日から十六日までの一週間——には、疫病で死んだ者がわずか三名で、しかも全市内や特別地域〔市外にあって、ある種の政治的特権を許される地域〕では一名もなく、お隣の聖アンドルー教区でも埋葬数が全部で一五名だけというきわめて少数だったのですから、なおさらそのような望みをもったわけです。なるほど、聖ジャイルズ教区では三二名の埋葬者がありましたが、なにしろ疫病死は一名だけだったので、人々も安心しつつありました。全体の死亡数もきわめて低く、前の週でも三四七名だけなのにたいし、この九日から十六日までの一週間では三四三名しかありませんでした。こうしてわたしどもは望みをいだいて数日すごしましたが、それはまさに文字どおり数日だけでした。というのは、もうこんなことで人々はだまされていなかったからです。家屋を調査してまわったところが、じつはあらゆる方面に疫病がひろまっており、それがもとで毎日死んでいく者が大勢いることがわかったのです。さあ、こうなってはわたしどものむなしい望みもすっかり影をひそめ、もはやこの事実はかくしようもなくなりました。いや、それだけにとどまらず、次のようなことがすぐ明らかになりました。つまり、病勢はもはや弱まる望みがまったくないところにきていること、また聖ジャイルズ教区にいたっては数ヵ所の通りが感染し、全員が病の床についている家族もいくつかある、ということです。したがって、次の週の死亡報で事の真相がわかりはじめました。そこには疫病によるものが一四名しかのっていなかったが、これはまったくのごまかしでした。というのは、聖ジャイルズ教区では全部で四〇名の埋葬が行なわれたのですが、そのうち大半は、違う病名こそ記載されてはいるものの、疫病で死んだことに間違いはなかったからです。また、埋葬の総数が三二名以上の増加はしておらず、全部で三八五名しかのっていなかったけれども、疫病による一四名のほかに、発疹チフスによるものとして一四名ありました。こんなことを全部考え合わせて、その週に疫病で死んだ者は、当然五〇名はいたものとわたしどもは考えたのでした。

次の週間死亡報は、五月二十三日から三十日までの分で、疫病によるものは一七名となっていました。だが、聖ジャイルズ教区の埋葬数は五三名となっており、――恐るべき数ではありませんか！――そのうち疫病によるものは九名しかのっていませんでした。しかし、市長の要請により、治安判事たちがもっと厳密に調査してみたところ、ほんとうは疫病で死んだ者がさらに二〇名あって、発疹チフスやその他の病名がつけられており、その他不明のものもある、ということがわかったのです。

ところが、このすぐあとで起こったことにくらべれば、そんなことはものの数にもはいりませんでした。それというのも、今や天候も暑くなりだして、六月の第一週にはいると疫病は恐ろしい勢いでひろがり、死亡数はぐんとあがったのです。熱病、発疹チフス、歯の病気といった項目の死亡数はふくれあがりました。それもそのはずで、本当のことを言うと近所の人たちがつき合ってくれなくなっては困るので、それを防ぐためにできるかぎり病状をかくしたわけなのです。それに、当局に家屋を閉鎖されるのを防ぐためでもありました。この閉鎖はまだ行なわれていなかったけれども、もうじき実施するということであって、人々にしてみれば、それを考えるだけでも恐怖におびえ切っていたのです。

六月の第二週目になると、いぜんとして疫病が重くのしかかっていた聖ジャイルズ教区では、一二〇名の埋葬がありました。その中で、疫病によるものとして六八名しか死亡報にはのっていなかったけれども、少なくとも一〇〇名はあったはずだ、というのがみんなの意見でした。その教区における普通のばあいの埋葬数についてはすでにのべましたが、みんなはこれから計算してみたわけなのです。

この週までは市内も無事でした。全部で九七教区あるうち、犠牲者は前にのべたフランス人が一人だけだったのですから。ところが今や市内でも死亡者が四人出て、ウッド通りで一人、フェンチャーチ通りで一人、クルックト小路〔以上、いずれも市内の中心部を少しはずれた通り〕で二人でした。サザク地区〔テムズ川の南岸地域で、反対側の北岸地域が市内〕のばあいはまったく無事で、まだテムズ川の南岸では一人も犠牲者がありませんでした。

わたしはオールドゲート〔市内の東部。その昔、防壁内にはいる門〕の外側に住んでいました。オールドゲート教会とホワイトチャペル関門〔その昔、市の関門があったところで、市内の東側〕のおよそ中間で、通りの左手つまり北側です。疫病もそちらの方面にはまだ達していなかったものですから、わたしどもの近所ではまったく心配のない生活をしていました。ところが、ロンドンの反対側では腰をぬかすほどの仰天ぶりでした。金持ち、とくに貴族階級や紳士階級の人たちは、家族や奉公人を引きつれ、市内の西部からぞろぞろ群をなして逃げましたが、それは異様なありさまでした。こうした光景は、ホワイトチャペル、つまりわたしが住んでいる大通りではとりわけつぶさに観察できました。実際、目にうつるものと言えば、家財、女、奉公人、子供などを乗せた二輪や四輪の荷馬車、身分のある人たちがいっぱい乗った大型馬車、馬にまたがってそれに付き添っている人たちばかりで、しかもみなあわてふためいてすぎ去って行くのです。それから、空の荷馬車、奉公人に引かれた空の馬が出現しますが、もっと人々をはこび出すために、田舎からまいもどってきたことは明らかです。その他、馬に乗った無数の人たちで、ある者は一人かと思うと、またある者は奉公人を引きつれ、概して言えば、どれもみな荷物をいっぱいつけ、一見してきちんと旅装をしていることがわかります。こんな光景は、見ていてぎょっとするほど暗うつなものでした。とは言っても、じつは他に見るほどのものもなかったので、やむなく朝から晩までながめざるをえなかったのです。そうしていると、市内をおそいつつある惨状のことがひしひしと感じられ、それにつけても、あとに取り残された人々はひどい目にあうぞ、とほんとうに真剣な気持で考えこんでしまいました。

何週間かにわたって、このようなあわただしさはまったくたいへんなもので、市長のところへ行きたいと思ってもそう簡単にはいきませんでした。そこでは、市外へのがれようとする者が健康証明書をもらうために、たいへんな押し合いへし合いをやっていました。それというのも、この証明書がなければ、路上の町々を通過することも、いかなる宿屋に泊まることも、許されなかったのです。ところで、これまでのところ、市内では一人も犠牲者が出なかったので、市内の九七教区、および特別地域に住んでいる者ならだれでも、しばらくはわけもなく市長から証明書を出してもらえました。

今のべたように、このあわただしさは何週間か、とはつまり五月と六月のまるまる二カ月、つづきました。しかも、いろいろうわさがとんだために、この傾向にはますます拍車がかけられました。そのうわさは、まもなく政令が発せられて、出歩くのを禁じるため路上にさくや関門をもうけるそうだとか、疫病をもちこまれては困るから、路上の町々はロンドンから来る者を通過させないそうだとか、いうのでした。だが、これはいずれも勝手な想像であって、なんら根拠がなかったのです。とくにはじめはそうでした。

こんどはわたしも本気で自分のことを考えはじめました。それは、自分の身をどう処したらよいかということ、つまり、このままロンドンにとどまる決心をすべきか、もしくは近所の人たちが大勢やっているように、家をたたんで逃げることにしたものか、ということでした。わたしがこんなことをこうくどくど書き立てるのも、それだけの理由があってのことです。それは、わたしのあとにつづく人たちが、わたしと同じ苦境に立ち、わたしと同じような選択をせまられたようなばあい、こんなものでも役立たないこともあるまい、と思うからなのです。だから、そんな人たちに望みたいことは、この話をわたしの行動録としてよりも、むしろ自分たちの行動の指針としてお読みいただきたいのです。わたしのたどった運命など、どうせ何の値打もないでしょうから。

わたしの行く手にはぬきさしならぬ問題が二つありました。その一つは、ありとあらゆる財産をそそぎこみ、おかげで今では相当なものになっている商売と店をどのようにしてつづけていくか、ということです。もう一つは、全市内にむごたらしい災難がふりかかりつつあることは明らかに見てとれたが、それをどう切り抜けていくか、ということです。その災難がどんなに大きなものであるにせよ、他人はもちろんのこと、わたしもびくびくしていたために、かえって実際よりもずっと大きなものになっていたのでしょう。

わたしにとって、第一の点は一大事でした。わたしの商売は馬具屋で、しかも取り引きはあてにならない小売りなどではなく、アメリカの英国植民地と貿易している商人たちがおもな相手でした。だから、わたしの財産は、大半その商人たちの手ににぎられていたのです。なるほど、わたしはひとり者には違いありませんでしたが、商売がら奉公人をかかえ、家も、店も、商品がぎっしりつまった倉庫もありました。要するに、以上のものをこんな非常時にありがちなようにしておくならば、つまり、安心してまかせられる監督人もつけないでおくならば、どうなるでしょうか。きっと、商売はもちろん、商品も、ありとあらゆるわたしの所有物も、すっかりなげすてる危険をおかすことになっていたでしょう。

ちょうどこのころ、ポルトガルから帰って何年にもならない兄がロンドンにいました。彼に相談をもちかけたところ、答えは簡単で、事情はまるで違いますが、言葉は聖書と同じ「自分を救え」〔「マタイによる福音書」二七章四〇節など〕ということだったのです。要するに、彼自身は家族と一緒に地方へ行くことにしていたのですが、わたしもそうすべきだというのが彼の主張でした。そして、外国で聞いた話なのでしょう、疫病を防ぐ最良の方法はそれから逃げることだ、と言うのでした。そんなことをしたら、商売も、商品も、他人に貸した金も、すっかりだめになってしまうというわたしの言い分は、完全にやりこめられてしまいました。彼はこう言うのです。ロンドンにとどまる理由として、身の安全と健康は神におまかせするから、と君は言う。しかし、まさにそのことが、地方へ行ったりすれば商売と商品をだめにするという君の主張と、最も強く食い違うではないか。だって、商売がだめになるかどうかを神におまかせしてみるのも、こんな危険がせまっているところにとどまり、神に命をおまかせしてみるのも、同じことではないのか……と。

わたしには、行き先がなくて困っている、などと言える筋合いはありませんでした。そもそも一族の出身地であるノーサムプトンシア〔英国の中南部にある州〕には、友人や親類がいくらかいたのですから。とくに、リンカンシア〔英国の東部にある州〕には、いつでも喜んで歓迎してくれるたった一人の姉がいました。

わたしの兄は、妻と二人の子供をすでにベッドフォードシア〔英国の中部にある州〕にやっていて、自分もあとで行くことにしていたのですが、わたしにも地方へ行くように言ってききませんでした。わたしも一度は彼の言うとおりにきめたこともありましたが、その時は馬が得られませんでした。

それもそのはずで、市内の住民がすっかり出つくしたわけではなかったにせよ、あえて言うなら、いわば馬の方はすっかり出つくしていたのです。いくら馬を買おうとしたり、借りようとしたところで、何週間かは、市内にはほとんど一頭もいませんでした。またある時、奉公人を一人引きつれ、歩いて行こうとしたことがありました。そして、大勢の人たちがしているように、宿屋には泊まらないことにし、たいへん暖かな気候で風邪をひく心配もないのだから、軍人用のテントをもって行って野宿しよう、というわけだったのです。大勢の人たちがしているようにというのは、ついにそういう人も出るようになったからであって、とくに、ほんの何年か前の戦争に出征した人たちはそうでした。これと関連して、ぜひ言っておきたいことがあります。枝葉にはわたりますが、もしそのような逃げ方を大部分の人たちがしていてくれたならば、あんなにおびただしく田舎の町や家屋に疫病がはこびこまれることもなく、あんなに多くの人間に損害をあたえ、その命をうばうこともなかったでしょう。

しかし、その時は、わたしと一緒につれて行くつもりだった奉公人にしてやられました。疫病の勢力におののいているというのに、出発はいつのことやらおぼつかないときているため、ついに彼は手を変えて逃げてしまったのです。だから、その時は行けなくなってしまいました。こんなぐあいに、いくら逃げようときめていても、どういうわけか、きまって何らかの事故にさまたげられ、その計画がだめになったり、延ばさなければならなくなったりするのがつねでした。ここで一つ話したいことがありますが、以上のようなことがなければ、不必要な脱線だと思われるところでしょう。それは、このように予定がこわれていったのも、じつは神がなされたことであった、ということについてです。

こんな話をするのも、だれでもわたしのような状況に立たされたばあい、どのような方法をとるのがいちばんよいか、ということをお知らせできるからです。とくに、その人が、自分の義務には良心をもってあたっていて、そのとるべき行動を導いてもらいたいと思っている人であれば、なおさらのことです。わたしがおすすめしたいのは、そんな危急の時にあらわれる神意にいちいち注意をこらし、それらを複合的に考えて、神意と神意との関係、自分の眼前の問題と神意との総体的な関係をとらえるべきだ、ということです。そうすれば、そのような神意はまさに神のお告げであって、そんな危急の時にはいかなる義務をはたすべきか、ということをはっきり示しているのだと考えて間違いないでしょう。つまり、疫病におそわれた時、今住んでいる場所から逃げるべきか、それともそこにふみとどまるべきか、明らかになるだろうというのです。

ある朝、ロンドンを去るべきかどうかについて考えこんでいた時、そうだ、とにわかに思い起こされることがありました。どんなことでも、神力の命令なり許可なりがなければ起こらない。だから、こんなに予定がこわれるのも、何か特別のことがあってのことに違いない。だから、ロンドンから去るなという神意がその中にはっきりと示され、告げられてはいないかどうか、よく考えてみるべきなのだ……と。それにつづいて、すぐこう考えました。もしも、ロンドンにふみとどまるべし、というのがほんとうに神のお告げであるならば、たとえわたしの周囲が死と危険のるつぼとなっても、神はわたしをはっきりと救うことができるのだろう。そこで、もしわたしが身の安全をはかるために、現在の住居から逃げ出そうとして、このような神の——とわたしは信じ切っている——お告げにさからう行動をとるならば、それはいわば神から逃げるようなもので、そうなれば、いついかなるところでも、いざという時にはきっと神の裁きをうけることになるだろう……と。

こう考えると、逃げようというわたしの決心はまたひっくり返りました。そこでまた兄に相談にいき、わたしとしては、神が定めてくれた場所にふみとどまり、運を天にまかせたいのだということ、それから、さきほどのべたようなことを考え合わせると、そうするのが今はとくにわたしの義務であるように思われる、ということを彼に言いました。

わたしの兄もたいへん信心深い人でしたが、ロンドンを逃げるなというのが神のお告げらしい、とわたしが言った時にはすっかりせせら笑い、わたしのような向こう見ずな連中——とは彼の言葉です——の話をいくつかしてくれました。それからこう言うのです。もし何かの病気のため、どうしても動けないというのなら、神がなされたわざとして従うべきだろう。そうなれば、どんなことをしても行けないのだから、神の命令におとなしく服していればよいのだ。造物主である神は、煮ようと焼こうと、まぎれもなく絶対権をもっているのだから。こんなばあいには、どれが天命で、どれが天命でないか、見分けるのは簡単だろう。ところが、行こうとしても馬がやとえないからとか、一緒に来るはずの男が逃げてしまったからというだけで、それがすなわち天のお告げだなどと考えるのは、おかしな話ではないか。だって、その当人ときたら、健康で手足もぴんぴんしているし、ほかに奉公人がいないわけでもあるまい。一日や二日、歩くのはわけないだろう。それにりっぱな健康証明書があるとなれば、路上で馬をやとおうと、駅馬に乗ろうと、すきなようにできるではないか……と。

こう言ったあとで彼は、アジアその他の彼が行ったことがある地方で、——というのは、すでにのべたように、貿易商人である兄は、数年前、リスボン〔ポルトガルの首都〕を最後に外国帰りしたのでした――トルコ人や回教徒の思い上がった行動のため、悲しむべき結果をまねくことになった話をしてくれました。人間の死はみなあらかじめ定められていて変えることができないものだ、というわゆる予定説をいいことにして、彼らは疫病に感染したところに平気で出入りし、患者と交わったが、それがもとで、一週間に一万人から一万五千人の割合で、彼らのあいだに死亡者が出た、ということです。それにたいして、ヨーロッパ人、つまりキリスト教徒である商人たちは、出しゃばらないで避難していたおかげで、たいてい感染をまぬがれた、というのです。

このように弁じられると、わたしの決心はまた変わりました。それでは地方へ行こうかという気になり、そのための準備をすっかり整えることになったのです。というのも、つまるところ、わたしの周囲ではみるみる病勢がひろがり、一週間の死亡数もほとんど七〇〇名に達していたからで、兄の話では、もうこれ以上はぐずぐずしている気はない、ということでした。でも、わたしは、どうか明日まで考えさせてください、その上で決心しますから、と言って彼に頼みました。わたしのばあい、商売についてはあらゆるかぎりの準備がすでに整っており、だれにその管理を頼むかということもきめていたので、あとはほとんど決心するだけだったのです。

その夜、どちらともきめかね、どうしたらよいのやらすっかり困り切って家へ帰りました。一晩かかってその問題を真剣に考えることにして、たった一人きりになりました。もうこのころは、まるで示し合わせたように、日が沈んでからはだれも外を歩かない習慣ができていたのです。その理由については、やがてもっとくわしくのべることになりましょう。

この夜、ひっそりとじこもり、どうするのがわたしの義務であるかをまず定めようとつとめました。そして、兄が地方へ行くようにさかんにすすめるその論拠をよく考え、それにたいして、ロンドンにとどまるべきだと感じられるわたしの強い印象をつき合わせてみました。そうしたところが、ロンドンに残るべしという神のお召しがはっきり読み取れるように思えたのです。わたしの職業の特殊事情からしても、いわばわたしの全財産である家財類に当然気をくばらなければならないということからしても、そうとしか考えられませんでした。また、どうしても神が下だしたとしか思われないお告げから考えても同じことで、それは、思い切ってロンドンにとどまるべし、という一種の指示をあたえているように感じられました。ここでわたしはふと次のように考えました。もしも、いわば居残れという指示をうけているのだとしたばあい、それに従えば身の安全は約束されているものと考えてしかるべきなのではないか……と。

この考えがわたしの心に焼きついてはなれませんでした。そして、時がたつにつれてロンドンにいようという気持がますます強くなり、この身は安全なのだ、というひそかな満足感がわたしの心を支えていたようです。ところが、ある時、目の前にある聖書のページをめくって、いつもより真剣にこの問題を考えつめながら、「ああ、どうすればいいのかわからない。神よ、お導きください！」などと大声で叫び出してしまいました。ちょうどその時、たまたまわたしは「詩篇」第九一篇をひらいたままでした。そこで第二節に目を向け、そのまま一気に第七節まで読み、そのあとさらに第一〇節まで読みました。引用しましょう。「主に言うであろう、『わが避け所、わが城、わが信頼しまつるわが神』と。主はあなたをかりゅうどのわなと、恐ろしい疫病から助け出されるからである。主はその羽をもって、あなたをおおわれる。あなたはその翼の下に避け所を得るであろう。そのまことは大盾、また小盾である。あなたは夜の恐ろしい物をも、昼に飛んでくる矢をも恐れることはない。また暗やみに歩きまわる疫病をも、真昼に荒らす滅びをも恐れることはない。たとい千人はあなたのかたわらに倒れ、万人はあなたの右に倒れても、その災はあなたに近づくことはない。あなたはただ、その目をもって見、悪しき者の報いを見るだけである。あなたは主を避け所とし、いと高き者をすまいとしたので、災はあなたに臨まず、悩みはあなたの天幕に近づくことはない」等々。

読者にはもうほとんど言う必要もないでしょう。ロンドンにとどまることにしよう、全能の神の善意と加護にすっかり身をゆだね、そのほかの避難所はぜったい求めないことにしよう、とその瞬間から決心したのです。また、「わたしの時は神のみ手にあります」〔「詩篇」三一篇一五節〕。だから悪疫の時も、健康の時のようにわたしを守ってくださるでしょう。たとえわたしを救うべきでないと神がお考えになった時でも、わたしはその手の中にあるのであって、わたしをすきなようになさってよいのだ。

こう決心してわたしは床につきました。その翌日、わたしの家やそのほか諸事万端をまかせるつもりでいた女が病気になったことから、決心はいよいよかたくなりました。しかし同じようなことから、さらにわたしの方からもそうせざるをえなくなりました。というのは、次の日になると、こんどはわたしもたいへん調子が悪くなったからです。だから、いくら行こうとしても行けませんでした。三日か四日病気しましたが、これで居残りの決心が完全につきました。こうして兄と別れをつげたのです。彼はサリー州〔英国南東部の州、ロンドンのすぐ南〕の町ドーキングへまず行き、その後ぐるりとまわってバッキンガムシアだったかベッドフォードシア〔いずれもサリー州の少し北方の州〕へ行き、家族の避難用に見つけておいた家へとおもむきました。

こんな時に病気になるとはじつにまずいことでした。なぜなら、だれでも病気だと言うと、すぐ疫病だということになったからです。わたしのばあいには実際その徴候などありはしなかったのに、頭も腹も加減がとても悪く、そのため、ひょっとしたらほんとうは感染しているのではないかという心配がないこともありませんでした。しかし、およそ三日もたつとぐあいがよくなり、三日目の夜はよく眠って汗を少しかき、たいへん元気をとりもどしました。病気がなおってみると、悪疫ではないかという心配も完全にふっとんでしまい、いつものようにせっせと仕事をはじめました。

しかし、こういうことがあったので、田舎へ行こうなどという考えはまったく消えました。兄もすでにいませんから、その問題について彼と論じ合うことも、また自分であれこれ考えてみることもなくなりました。

もう七月もなかばでした。それまで疫病がおもに猛威をふるったのは、ロンドンの反対側や、また前にものべたように、聖ジャイルズ教区やホーボン地区の聖アンドルー教区、それにウェストミンスター〔市内の西方〕近くの地域でした。それがこんどは、東方のわたしが住んでいる方面へもそろそろやってきはじめたのです。じつは、わたしどもの地域へまっすぐやってきたのでないことははっきり認められました。というのは、市内、つまり防壁内はまだかなり大丈夫だったからです。またテムズ川をわたったサザク地区でもまだそんなにやられていませんでした。その一週間で、病死は全部で一、二六八名、うち疫病死は九〇〇名をこえると考えられますが、防壁内の全市内ではわずか二八名、さらにラムベス教区〔テムズ川南岸、サザクの西〕をふくむサザク地区ではたった一九名の犠牲者を出しただけだからです。ところが、聖ジャイルズ教区と聖マーティン・イン・ザ・フィールズ教区〔市内の西方、聖ジャイルズ・イン・ザ・フィールズ教区の南〕だけでも、死亡者はじつに四二一名もいました。

しかし、疫病はおもに周辺教区ではびこっていることにわたしどもは気づきました。そこでは人口が密な上に、貧乏人もずっと大勢おり、したがって市内などよりも悪疫のえじきがずっと多いわけでした。だが、これはあとでのべることにしましょう。ところで、わたしどもが気づいたことは、クラークンウエル、クリプルゲート、ショアディッチ、ビショップスゲートといった教区（この順に、市内の北西から北東にわたる地域）をとおり、疫病がわたしどもの方面へ近づいてくるということでした。このうち最後の二教区は、オールドゲート、ホワイトチャペル、ステプニーなどの教区（市内の東から北東にわたる地域）と接しているのですが、ついには疫病もその地域におよび、発生地である西方の教区で病勢が衰えた時でも、そこで暴威のかぎりをつくすことになるのでした。

まったく言うのも不思議な話ですが、七月四日から十一日までのちょうど一週間で、前にものべたように、聖マーティン・イン・ザ・フィールズと聖ジャイルズ・イン・ザ・フィールズの二教区だけで四〇〇名くらいの疫病死を出したのにたいして、オールドゲート教区ではわずか四名、ホワイトチャペル教区では三名、ステプニー教区ではたった一名しかありませんでした。

同じように、次週の十一日から十八日のあいだの死亡数が一、七六一名であるのに、テムズ川南岸のサザク地区全体で、疫病によって死んだものがたった一六名でした。

ところがこうした情勢はすぐ変わって、とくにクリプルゲート教区、ならびにクラークンウエル教区における疫病の勢力は強まりはじめました。その結果、八月の第二週までに、クリプルゲート教区だけの埋葬数は八八六名、クラークンウエル教区では一五五名でした。前者のうち八五〇名は疫病によるものと推定してよいでしょうし、後者では週間死亡報に疫病死一四五名とありました。

七月中、前にも言ったように、西方にくらべてわたしどもの地域がまだ疫病に見のがされていると思えるころのことでした。わたしは仕事の関係上、必要な時は通りを出歩くのが普通で、とくに、たいがい一日か二日に一度は市内におもむき、管理を頼まれた兄の家を見まわって大丈夫かどうかを確かめました。カギをポケットにいれておりましたので中にはいり、無事かどうか部屋をあらかた見てまわったのです。というのはほかでもありません。こんな災難がふりかかっている時なのに、強盗に押し入るなどという血も涙もない者がいると聞けば驚くかもしれません。しかし、そのころ、いつものように大っぴらに、——とは言っても、いろんな関係で人の数が減っていたのですから、いつものようにひん繁に、などとは言いません——ありとあらゆる悪事はもちろん、みだらな行為や放とうのかぎりがつくされていたことは事実です。

ところで、こんどは市内、つまり防壁内までもが疫病に見舞われはじめました。だが、おびただしい数の人間が地方に避難していたので、じつは市内の人口もきわめて減っていました。以前ほどすごい数ではありませんが、この七月中でもずっと逃げ出す人がたえませんでした。実際、八月になると、それがじつにたいへんなものになったので、これでいくと、市内には責任当局と奉公人しかだれも残らなくなるぞ、と考え出したくらいでした。

今やこのように人々が市内から逃げて行きましたが、ここで一言しておくべきことは、宮廷の引っ越しも六月中にはやばやと行なわれ、オックスフォード〔ロンドンのはるか西方の都市〕に落ち着いて、神のおかげで無事にすごした、ということでしょう。聞くところによると、彼らには病魔も指一本ふれなかったとのことです。だが、それにたいして、彼らが大いに感謝の意をあらわしたり、少しでも行ないをあらためたりするのにお目にかかったとは言えません。こんなことをのべるのも、彼らこそは聞きたがらなかったが、彼らがはなはだしい悪行を重ねたために、あのような恐ろしい天罰が、全国民にもたらされることにもなったのだ、と言ってひどすぎることはなかったでしょう。

実際、今やロンドンは見るかげもなく様相を変えました。つまり、むらがる建物全体も、市内も、特別地域も、郊外も、ウエストミンスターも、サザクも、なにもかもみんなです。というのは、とくに市内と呼ばれる防壁内の地域ではまだそんなに疫病に見舞われていなかったにせよ、今のべたように、全体的には物事の様相がたいへん変わったからなのです。顔という顔は深い悲しみをたたえていました。まだ疫病にふみにじられていないところもあったが、どの顔も心配におののいていました。だれの目にも疫病が近づいてくるのがわかると、自分も、自分の家族も、この上ない危険におちいっているのだと考えない者はありませんでした。もしも、このころのことを目で確かめていない人にあるがままを伝え、いたるところで起こった身の毛もよだつような光景を正しく読者に伝えることができるならば、読者の心はむごたらしい印象をうけるあまり、がく然とするに違いありません。いたるところロンドンはただ涙だけと言ってもよいほどでした。なるほど、死をいたむ者が通りを出歩くことはありませんでした。というのは、いちばん親しい者が死んでも、喪に服したり、正式の喪服をつくって着るなどという者もなかったからです。しかし、死をいたむ声が通りでも聞こえたのは事実でした。おそらくいちばんいとしい者が死にかかっているか、ちょうど死んだかしたのでしょう、家の窓や入口で泣き叫ぶ女や子供のかん高い声が通りを歩いていても聞こえることがしばしばでした。それを聞けば、どんなにかたくなな心でもぐさりと突きさされた思いがするだろう、と思われるほどでした。涙を流して悲しみにくれている光景が、ほとんどどこの家でも、とくに流行のはじめのころに見られました。それというのも、おわりごろになると人の心も感じなくなり、目の前にはいつも死に神がぶらさがっているありさまなので、いよいよ次は自分たちだと思うせいでしょう、親しい者が死んでもさして気にすることもなかったのです。

おもにわたしどもと反対の方面で疫病がはびこっている時でも、仕事のためにそちらへ行くことがときどきありました。だれでも同じでしょうが、まだ経験がないせいでしょうか、いつもは人でごった返している通りが今では人通りがないのを見て、ただもう腰をぬかしてしまいました。人通りがないときたら相当なもので、かりに不案内であるため道にまよったりしようものならたいへんだったでしょう。通り——といっても、裏通りくらいのばあいですが——を端から端まで歩いても、閉鎖された家の入口に立っている監視人にしか会えないことがときどきあったことでしょう。このことについては、追ってのべることにします。

ある日のこと、ある特別の用事ができてその地域へ行きましたが、いつになく好奇心がわいてきていろいろ見物したくなりました。そこで用事もないのに、じつは、遠くまで歩いてみました。ホーボンをずっと行ってみますと、そこの通りには人が大勢いました。けれども人が歩くのは大通りの中央ばかりで、左右いずれの側も避けていました。思うにその理由は、家の中から出てくる人と一緒になったり、あるいは、ひょっとしたら感染した家があるかもしれないのに、その中からただよってくるいろいろな悪臭をかいだりしたくなかったためでしょう。

法学院〔次の建物にわかれており、いずれも市内の西側〕はみなとざされていました。テンプル学院にも、リンカンズ学院にも、グレーズ学院にも、弁護士の姿はそんなに見られませんでした。争う者はだれもなく、弁護士の出る幕がなかったのです。その上、休み中でもあったので、たいがい田舎へ行っていたということもあります。ずらりとならんだ家並がぴったりしまっているところもありました。住んでいた人たちがみな逃げてしまったせいで、監視人が一人か二人残っているだけでした。

ずらりとならんだ家並がしまっているとは言っても、責任当局によって閉鎖されたという意味ではありません。そうではなくて、おびただしい人間が宮廷に雇われたり仕えたりしていた関係上、どうしてもそれについて行かなければならなかったからです。それに、疫病に度ぎもをぬかれてそこを立ち去った者もあって、まったく人がいなくなった通りも生じました。しかし、とくに市内と呼ばれているところでは、まだそんなに大きな恐怖はありませんでした。とくに、それにはこういうわけがあったのです。はじめのうちこそ人々はじつに何とも言えないほど仰天していましたが、すでに言ったとおり、悪疫の初期はしばしば断続的であったため、人々も恐怖におそわれてはまた平常にかえるといったことを何度かくり返しているうちに、ついには悪疫にもなれっこになり出したのです。そして病勢がすさまじいものとなっても、市内とかロンドンの東部や南部にただちにひろがることはないとわかると、人々は元気を出し、まあ、少し感じなくなりはじめたわけです。すでにのべましたが、おびただしい数の人々が逃げたことは逃げたのですが、それはおもにロンドンの西部やいわゆる市内の中心部の人たちで、つまりは最も裕福で商売などにわずらわされる必要がない人たちでした。しかし、そういう人たちをのぞけば、たいていはロンドンにとどまって、最悪の事態をも覚悟しているようでした。それゆえ、いわゆる特別地域、郊外、サザク地区、ロンドン東方の地域——たとえば、ウオピング、ラトクリフ、ステプニー、ロザハイズなどといったところ——では、住民はたいがいふみとどまっていました。ただ、前のばあいのように、商売をやって生活していない裕福な家族は別で、そのような例もあちこちに少しはありました。

ここで忘れていただきたくないのですが、この疫病の流行時に、とはつまり流行のはじめに、市内や郊外の人口はとてつもなく多いものでした。というのはほかでもありません。その後、ロンドンに住みこむ人間は年月をへるにつれてますますふえるばかりで、すごい雑とうぶりをきたすことになります。しかし、いつもわたしどもの念頭にあったのですが、戦争がおわり、軍隊が解散し、王室と王政がもとに復し〔一六六〇年の王政復古〕、こうして多数の人々がロンドンに集まって商売をしたり、宮廷に仕えて報酬をもらったり出世したりしていたのですが、その人口はものすごいもので、前よりも十万人以上も増加したと算定されていました。いや、それだけではありません。王党に属する没落家族がみなロンドンに集まってきたのだから、人口は前の二倍になったのだ、と主張する者もいたほどです。軍人あがりはみなここで商売をはじめ、多くの家族がここに住みつきました。また、宮廷とともに、今までとは違うきらびやかな風習がとうとう流れこみました。人はみなおごり、けばけばしくなりました。このように、王政復古の喜びにあふれてロンドンにやって来ていた家族は、おびただしいものがあったのです。

わたしはしばしばこう考えました。過ぎ越し《パスオーバー》の祭〔「出エジプト記」一二章二七節、「レビ記」二三章五―六節、参照〕を祝うためにユダヤ人が集まっていた時、エルサレムがローマ人に取り囲まれて攻撃をうけ、それによって、本来ならば各地方にいたはずの信じられないほど多くの人々が不意打ちをくった。ちょうどそのように、前にのべた特別の事情のため、たまたまロンドンの人口が信じられないほど増加した時、疫病が押し入ってきたのだ……と。このように人々が派手で若々しい宮廷と合流すると、市内では大がかりな商売、とくに流行や美しい装いに関係するあらゆる商売が生じました。その結果、仕事でたべているような、大半は貧乏人の職人、手工業者などが、大勢それを目あてに集まってきました。とりわけはっきりおぼえていることは、貧乏人の状況について市長に提出した説明書の中で、市内と市外のリボン織工は十万人を下らない、と推定されていたことです。当時、その大半が住んでいたところは、ショアディッチ、ステプニー、ホワイトチャペル、ビショップスゲートといった教区でした。すなわち、スピタルフィールズ〔市内の北東〕、とはつまり当時のスピタルフィールズのあたりでした。こういう言い方をするのは、同じスピタルフィールズでも、当時は現在ほどのひろさはなく、今の五分の一といったところだったからです。

しかしながら、これによって人口の総数が判断できるでしょう。じつのところ、わたしがしばしば不思議だと思ったことは、はじめのころ、あんなにとてつもなく大勢の人々がロンドンから逃げたあとでも、まだ残っている人が非常に多いように見うけられたことでした。

しかし、この驚くべき流行時のはじめのころに話をもどさなければなりません。人々の恐怖もまだ日の浅いころ、それを妙にかき立てたものは、何度か起こった不可解な出来事でした。そんな出来事をすべて考え合わせると、人々が全員いっせいにとびあがり、自分たちが住んでいるところをすてないのがほんとうに不思議なくらいでした。ロンドンというところは、神によって血《ア》の地所《ケルダマ》〔「マタイによる福音書」二七章八節、「使徒行伝」一章一九節、参照〕と定められ、地球の表面から消し去られる宿命をになっており、だから、そこにいる者はすべてともに滅びることになるのだ……というわけで。こうした出来事のうち、二、三の例をあげるだけにしましょう。しかし、ほんとうはじつに多くあり、しかも、それに枝葉をつけてひろげるいろいろな魔術師も非常に多くいましたが、そのうちでだれか、とくに女で生きのびた者があったのだろうか、と思うことがしばしばです。

まず第一にあげるべきことは、疫病が流行する数カ月も前から燃えるようなすい星があらわれたことで、それはちょうど、その翌々年、大火〔一六六六年のロンドン大火〕の少し前の現象と同じでした。老婆たちや、男ではあるが老婆と呼んでもほとんどさしつかえない鈍重な憂うつ症患者たちはこう言いました――とくに時がたって、この天罰が両方ともおわってからのことですが。このすい星はどちらも市内のすぐ上空をとおり、しかも人家にきわめて近かったのだから、市内だけに起こる事件の前ぶれであったことは明らかである。疫病の前のすい星は、薄く、鈍く、どんよりした色をしており、その運行は、とても重々しく、しかつめらしく、ゆったりしていた。しかし、大火の前にあらわれたすい星は、明るくきらめき、火のように燃えているとまで言う者もいたくらいで、その運行も、早くてすさまじいものがあった。だから、一方は、ゆっくりはしているがきびしく、身の毛もよだつほどぞっとする、まさに疫病に示されている重い天罰の前兆であった。ところが他方は、大火のようにあっという間に一切を火の海にしてしまう災いを予告していたのだ……と。それどころか、ある者にいたってはじつに微に入り細をうがつものでした。あの大火の前のすい星を見た時、とおりすぎる勢いがすさまじいまでにすばやく、その運行するさまが見た目にもありありとわかっただけではなく、それが引き起こす音までも聞こえた。それはシューッというぞっとするほどすさまじく強い音で、遠くからではあったがようやく聞きとれるほどであった……などと思い思いにのべるのでした。

わたしもこのすい星は二つとも見ました。白状しなければなりませんが、わたしの頭も今のべたような俗説でかなりこりかたまっていて、すい星は天罰を前兆し警告しているのだとふと考え

SHALL·I·NOT VISIT· FOR·· THESE THINGS ··saith the LORD

The PROPHET

AND SHALL NOT MY SOVL BE AV- ENGED OF SVCH A NATION AS THIS+

「予言者」

てしまうのでした。とりわけ、最初のすい星につづいて疫病が流行したあと、さらにまた同じようなすい星を見るにいたっては、市内にたいする神罰はまだ十分ではないというのだな、とつぶやかざるをえませんでした。

ところが、それと同時に、他人のようにとりとめもないことをならべ立ててその説明とするわけにもいきませんでした。そのような現象にたいしては、天文学者によって自然の理法にもとづく原因があたえられているものであること、その運動、ならびに運行でさえ、計算されているものであること、あるいは少なくとも計算されていると言われていること、だからすい星は、疫病、戦争、火事などといった凶事の前ぶれだとか予告だとはかならずしも言い切れないし、ましてその推進力だなどとはとんでもない話であるということ……こうしたことをわたしは知っていたからです。

しかし、わたしの考えや自然哲学者の考えがどんなものであり、またどんなものであったかはともかくとして、このすい星のことは普通の人たちの心に異常なまでの影響をあたえました。そして、何か恐ろしい災難や天罰が市内をおそうのではないか、とほとんどだれでもが暗たんとした気持で心配したのです。それは、このすい星があらわれ、また前にものべたように、十二月には聖ジャイルズ教区で死亡者が二名出ていささか危急を知らされていたため、とくにそうでした。

また、この時代の誤信も、人々の不安を妙につのらせることになりました。そういう時代だったからこそ、どういうつもりなのかわかりませんが、予言、星占い、夢合わせ、迷信などにあけくれる人々のありさまが前にも後にもお目にかかれないほどだったのだ、と思います。この不幸な気質は、そもそも、くだらないことをやって金もうけしてやろうという者のために、つまり、いろいろの予言や予測を印刷して出した者があったために生じたものかどうか、わたしにはわかりません。しかし出まわっている本のために人々はひどい恐怖心をいだくようになったことは確かです。たとえば、「リリー年鑑」、「ガドベリー予言集」、「ロビン年鑑」などや、また、いわゆる宗教書と称するもの数種で、たとえば、「わが市民よ、疫病をまぬがれるため、ロンドンを立ち去れ」、「訓戒集」、「英国備忘録」などです。このような本はまだまだありましたが、その全部あるいは大部分は、直接間接に市内の衰亡を予言するものばかりでした。いや、それどころか、ある者たちのずぶとさときたらじつに熱烈なもので、市内に来て説教するよう神につかわされたのだなどと言って、予言をのべながら通りを走りまわるのでした。とくにそのうちのある者は、ニネベでのヨナのように、「四十日を経たらロンドンは滅びる」〔ヨナ書三章四節参照〕と通りで叫びました。ただし、この男があと四十日と言ったのか、あと二、三日と言ったのか、保証のかぎりではありませんが。また、ある男は、腰にさるまたをつけたほかは一糸もまとわず、昼も夜も叫びつづけながら走りまわったが、それはちょうど、エルサレムが滅亡する少し前に、「エルサレムにわざわいあれ！」と叫んだとジョシーファス〔三七？―九五、ユダヤの歴史家〕がのべている男に似ています。そんなわけで気の毒なこの裸の男もさけびはしましたが、「おお、偉大にして恐ろしい神よ！」と言ったきりそれ以上は何も言わず、ただ同じ言葉を何度もくり返すだけで、その声も顔つきも恐怖におびえ、早足でとおりすぎるばかりした。そして、少なくともわたしが聞いているかぎりでは、この男が立ちどまったり、休んだり、食べ物を食べたりするのを見た人はいませんでした。わたしはこの気の毒な男に何度か通りで会いました。そんな時は話しかけたかったのですが、この男はわたしでも他のだれとでもいっこうに口をきこうとせず、たえず無気味に叫びつづけてばかりいましたので、それもできませんでした。

こういうことがつづいたために、人々は恐怖のどん底につきおとされました。しかも、すでにのべたように、聖ジャイルズ教区で疫病のために一、二名の死亡者が出たことを、二度か三度、週間死亡報で知ってからはとくにそうでした。

このように公衆の目につくものについで、老婆たちの夢合わせがありました。つまり、言いかえれば、他人が見た夢にたいする老婆たちの判断です。こんなことで大勢の人間が正気まで失いました。中には、ロンドンから逃げよ、疫病が大流行し、生きている者の力では死んだ者を埋葬できなくなるから、という警告の声を聞いた者がありました。また、幽霊が空にあらわれるのを見た、と言う者もいました。このいずれについても、実際は、しゃべりもしない声を聞き、あらわれもしない幽霊を見たのだ、と言ってもひどすぎることはないでしょう。事実、人の頭はものにとりつかれて変になっていたのです。たえず雲ばかりじっと見つめている者が、じつは大気と蒸気であるにすぎないのに、いろいろな物の姿とか像とか、幻を見るのは不思議なことではありません。あるところでは、火と燃える刀を手につかんで雲の中からつき出し、そのきっ先を市内の真上に向けているのを見た、と言う者がいました。またあるところでは、柩を積んだ葬儀車が空中を墓場にはこばれて行くのを見たと言う者もありました。さらにまたあるところでは、死体が埋葬もされず、山のように積み重ねられているのを見た、と言う者もいました。こんな話はまだあって、気の毒にも恐怖におののくあまり、思いつくままなんでも勝手にしゃべっていたのです。

どんよりくもった幻の目が、
空にえがくは軍船、軍勢、交戦、
かすみをはらって両の目こらせば、
消えて残るはただ雲ばかり。

こんな人たちが実際に見たといって毎日語ってくれた不可解な話なら、書こうと思えばいくらでも書けるでしょう。ただ、だれでも、見たというものはほんとうに見たんだ、と言ってきかなかったので、そんなことはないでしょう、などと言おうものならたいへんでした。それがもとで仲違いしたり、または、無礼な奴どころか、意地っ張りで不敬な奴だということにされてしまいました。ある時、まだ疫病が流行する前に――といっても、すでに言ったように、聖ジャイルズ教区は別ですが――たしか三月だったでしょうか、通りの人だかりを見て、なにごとなのか確めてやろうとその中にはいってみました。そこに集まった人たちは、ある女がはっきり見えると言っているものを見ようと、みなじっと空に目をこらしていました。それは白衣をまとった天使だということで、手には炎と燃える刀をもち、それを振る、いや、頭の上でぐるぐる振りまわしているというのです。その女は、なんでもいちいち正確に、天使の姿はああだこうだと言って、その動作から体のかっこうまで説明していきました。そうすると、気の毒にもそこに居合わせた人たちはしきりとそれにつりこまれていきましたが、それにしても、いとも簡単につられたものです。「ほんとだ、すっかり見えるぞ。ほら、あんなに刀がよくわかる」と言う者。天使が見える、と言う者。天使の顔が見える、と言い、天使って、なんとこうごうしいんだろう！　と叫び出す者。これを見た、あれを見た、と言ってたいへんなものでした。わたしも、他の人たちのように注意をこらしてよく見ましたが、おそらく彼らほどだまされてやろうという気がなかったのでしょう。反対側からまぶしい日光をうけて輝いている白い雲しか見えないね、とわたしは言ってやりました。その女は、わたしに天使を見せようと一生懸命でしたが、どうしても見えると白状させることはできませんでした。事実、そのように白状でもしようものなら、うそをついたことになったに違いありません。だが、女はわたしの方に向きなおり、わたしの顔をまじまじと見つめていましたが、あんた、笑ってなさるようだね、と言いました。それもまた彼女の心得違いというもので、ほんとうは笑っているどころか、気の毒にもこの人たちは、ありもしないことを自分たちで勝手に考え出して、何とまあ恐怖におびえているのだろう、とそれは真剣に考えこんでいたのです。しかし、女はふいと背を向け、おまえさんは罰当たりのあざけり屋だよ、と言いました。それからこう言いました。今は神様のお怒りの時で、恐ろしい天罰が近づいているのだよ。おまえさんみたいに神様をあなどる者は、驚いて滅び去るにきまっているのさ〔「使徒行伝」一三章四一節参照〕……と。

女を取り巻いている人たちも、わたしにはほとほとあいそがつきたようでした。わたしにわかったことは、彼らを笑っているのではないと言ってみたところで何らきき目がないこと、また、彼らの間違いを正してやるどころか、彼らに袋だたきされるくらいがせいぜいのところである、ということでした。そこでわたしはそこを去りましたが、この天使のことは、例のすい星と同様に、何の偽りもない事実としてまかりとおったのでした。

やはり真昼間でしたが、また別の事件に会いました。このことがあったのは、ペティ・フランス〔市内の北東。以下、ビショップスゲート通りまで同じ〕からビショップスゲート教会墓地へつながり、途中、一列に立ちならぶ養老院のそばをとおるせまい路地を歩いている時でした。ビショップスゲート教会、つまり、ビショップスゲート教区には墓地が二つあります。その一つは、ペティ・フランスと呼ばれているところからビショップスゲート通りへ行く時にとおる墓地で、行きついて出たところがちょうど教会の入口のそばです。もう一つは、例のせまい路地の片側にあって、養老院が路地の左手、さくが上についた腰垣が路地の右手、それよりもっと右手の反対側には市内の防壁があります。

　このせまい路地に男が一人立って、さくのあいだから墓地をのぞきこんでいました。それに、もうそれ以上は無理と思われるほど大勢の人間がそのせまいところに立ちどまり、ようやく人がとおれるくらいしかありませんでした。男は黒だかりの人にえらく熱弁をふるい、あちらこちらと指さしながら、あそこにあるしかじかの墓石の上を幽霊が歩いている、などとしきりに言っていました。幽霊の形、姿勢、動作をじつにこまやかに説明して、自分にしかよく見えないなんて、こんな驚きはない、とまくし立てました。突然、彼は叫びました。「ほら、あそこだ。こんどはこっちへ来るぞ」。それから、「またもどっちゃった」。こうしてついに、人々はすっかり幽霊のことを信じこまされてしまい、どうも見えるような気がする、と言い出す者がつぎつぎにあらわれるしまつでした。このように、この男は毎日やって来て、そんなせまい路地ではめずらしくがやがや騒いでいましたが、やがてビショップスゲート教会の時計が十一時を打つと静かになるのでした。十一時を聞くと、幽霊はびっくりするらしく、まるで呼びもどされたかのように、突然、姿を消したのです。

　この男が方向をさし示すと、すぐ、見のがしてなるものかとそちらに目を向け、何度もあちこち見たのですが、幽霊どころか、全然なにも目にとまりませんでした。しかし、気の毒にも、この男の自信ときたらたいへんなもので、そのおかげで、人々もぞくぞくして気分が悪くなり、恐ろしさのあまり震えながら帰っていきました。そしてついには、それを知っている者は、ほとんどだれもその路地を歩きたがらなくなり、まして夜ともなれば、たとえどんな用事があっても、たいがいはそこをとおるまいとするのでした。

この気の毒な男が言うところによると、この幽霊は人家、地面、人々にむかって合図している のだそうで、それは、大勢の人々がその墓地に埋葬されるようになることをはっきり告げている、あるいはそう理解されるとのことでした。そして、実際そのとおりだったのです。しかし、はっきり言うと、この男にそんな幽霊が見えたなどとはまったく信じられませんでした。また、わたしも、できることならお目にかかりたいものと一生懸命だったのですが、その影すら見ることができませんでした。

このようなことから、いかに人々がもう想のために打ちのめされていたかがわかるでしょう。疫病の流行が近づきつつあると思っていたため、そうした連中の予言はみなとても恐ろしい疫病のことばかりでした。それは全市内はおろか、全王国をも荒廃させ、やがては人間も畜生も含んだほとんど全国民を殺すことになるだろう、というものです。

これだけならまだしも、前にも言ったように、占星術者が惑星の合《ごう》のことを語りましたが、それがまた不吉な感じをあたえ、悪影響をおよぼすことになりました。惑星の合は、十月に一度、十一月に一度起こるはずでしたが、事実、そのとおりになりました。彼らがこうした天変をのがすわけがなく、これは、かんばつ、饑きん、疫病の前兆であるという予言を、盛んに人々の頭にたたきこみました。しかし、そのうち最初の二つはまったくはずれました。日照りは起こらなかったからです。でも、一年のはじめころには寒さがきびしく、結局これは十二月からほぼ翌年の三月までつづきました。その後の天候は温和で、暑いというよりは暖かく、ときにはすがすがしい風も吹くというぐあいでした。つまり、とても順調な天候だったわけです。それに、大雨も何度かありました。

人に恐怖をあたえるような書籍の印刷を禁じ、それを一般にひろめる者をおどすためにいくつか対策を講じ、何人か逮捕もしたのですが、わたしが聞いているかぎりでは、どうということもなかったようです。政府にしてみれば、もう正気な者は一人もいないといってよい市民を、いらだたせたくはなかったのでしょう。

それに、会衆を勇気づけるよりも気がめいるような説教をした牧師たちにも、罪がないとは言えません。きっと、彼らの多くは、市民が決意をかたくし、とりわけ早く悔い改めるようにという配慮からそうしたのでしょう。しかし、そんなことをしてみたところで、少なくとも他の点で悪影響をおよぼしたことに比してみたばあい、その目的をはたさなかったことは確かです。実際、聖書全体をつうじて、神は、こわがらせたり驚かしたりしてわたしどもを追いはらうことをしないで、むしろ招いて近よせ、自分にたよって生きるように言っておられる。わたしが考えたことをはっきり言うと、牧師たちもそうすべきだったのであり、わが主キリストにならうべきだったのです。主の福音をつうじて、その恵みを施し、喜んで悔悟者をうけいれて許しをあたえようというお言葉がいたるところにあり、「あなたがたは、命を得るためにわたしのもとにこようともしない」〔「ヨハネによる福音書」五章四〇節〕となげいておられる。それゆえ、主の福音は平和の福音と呼ばれ、恩ちょうの福音と呼ばれているのです。
ところが、あらゆる宗派にわたって善良な牧師がいても、その説教はとても恐ろしいものでした。話すことは、ただ無気味なことばかりだったのです。人々が教会に集まる時は恐怖の気持でぞくぞくしており、帰る時は涙にくれていました。牧師たちの話は悪いおとずれだけで始終し、もう死ぬよりしかたがないのではないかという心配で人々を恐怖におとしいれておきながら、天に向かって恵みを求めるよう導こうとはしませんでした。少なくとも、十分なものではありませんでした。

まったく、当時、宗教問題ではじつに不幸な分裂を見た時代でした。かぞえ切れないほどの宗派や別々の信条が人々のあいだにいきわたっていました。なるほど、およそ四年前、王政復古とともに英国国教会も復活しました。けれども、長老教会派、独立教会派、その他すべての宗派の牧師や説教者たちは別々に団体をつくり、きそって祭壇をしつらえはじめていました。そして数こそおとるが、ほかは現在と変わりのない独自の礼拝集会をひらいていました。それというのも、その後はともかく、非国教会派はまだすっきりした一団体にはまとまっていなかったからです。このようにしてできた集会はまだほんのわずかでしたが、政府当局はそれさえも認めようとはせず、さらに彼らの活動を禁じてその集会をしめ出そうとしました。

だが、少なくとも一時は、疫病が流行したおかげで両者の融和がもどりました。疫病の流行にたえ切れず、国教会派の牧師たちがごっそり逃げてしまいましたが、そのあとに取り残された教会に、非国教会派のうちで最もすぐれた牧師や説教者たちが大勢出入りを許されました。人々もだれかれの区別なくその説教を聞きに集まり、説教者はだれで、どんな信条であるか、などはさ

「占い師」

して問題にしませんでした。しかし、悪疫がすぎ去ると、そのような仁愛の精神は薄れていき、やがて各教会にほんらいの牧師が立ち返り、死んだところにはほかの牧師が任じられると、万事はまたもとの木阿弥でした。

　悪いことが一度あると、それをきっかけにつぎつぎ悪いことが起こるのが世の常です。こうして人々は恐怖と心配のあまり、とるに足りないような、ばからしくて、あやしげなことをかぎりなくやるようになりましたが、それをけしかけてやらせる、まったくけしからぬ連中にも事欠きませんでした。これは何かと言えば、自分たちの運勢を知るために、つまり一般の表現をかりると、自分たちの運勢を占ってもらい、天宮図を計算してもらったりなどするために、易者、魔術師、占星術者などのもとをかけずりまわることでした。こんなばかげたことをしたおかげで、ロンドンにはみるみるあやしげな者がむらがり、いわゆる魔法とか魔術につうじていると自称する者があふれました。いや、じつを言うとこの連中は、自分たちが実際にさとっているよりもなお罪深い悪魔との取り引きに、かぎりなくつうじていたのです。この商売がとても大っぴらになり、ひろく行なわれるようになったので、いろいろな看板や宣伝が入口にかかげられるのもめずらしいことではなくなりました。つまり、「運勢占いやります」、「星占いやります」、「天宮図の計算ひき受けます」などです。また、ほとんどあらゆる通りで見うけられたのは、普通こういう人種の住居をあらわす看板に用いられた修道士ベーコン〔十三世紀英国の哲学者、科学者。博学でよく魔術師と間違えられた〕の真ちゅうの頭像、あるいは、魔女シプトン〔十五世紀末、英国のヨークシアにいたという女予言者〕の看板とか魔術師マーリン〔中世のロマンスに出てくる、五世紀ごろの有名な予言者、魔術師〕の首の看板などでした。

　このような悪魔の神託が人々の意をみたして気にいられたのは、どのようにとてつもなく、あほらしく、ばかげた手を使ったのか、わたしにはまるでわかりません。しかし、悪魔のお告げを聞こうという者が、くる日もくる日も、その戸口におびただしくむらがったことは事実です。ビロードのジャケツに帯と黒いマントという、そのえせ魔術師たちがたいてい着て歩くいでたちで、いかめしい顔つきをした者が通りで見うけられようものなら、人々は群をなしてそのあとをつけ、歩きながらいろいろな質問をしたものでした。

これがどんなに恐ろしいもう想であり、結局どんなことになるのか、言うまでもないことでしょう。ところが、疫病が万事にけりをつけ、おそらくこのような占い師の大半をロンドンから一掃してくれるまでは、それにたいする対策はありませんでした。一つ困ったことは、疫病がはやるかどうかを気の毒な人々がこのえせ占星術者たちにたずねると、たいがいその返事は「そう、はやる」ときまっていたことです。そう答えておけばいつまでも商売がつづけられたからなのでした。もしも人々を疫病のことでこわがらせておかなかったならば、たちどころにこの魔術師たちは無用となり、その商売もおしまいだったでしょう。ところが、彼らがいつも人々に語ったことは、星の影響がこれで、これこれの惑星の合がどうで、そのため、かならずいろいろの病気が起こり、その結果、疫病がはやらざるをえなくなる、ということでした。中には、疫病はすでに起こっている、と自信たっぷりに言う者もいましたが、これこそまさに真実だったのであり、ただ、そう言った者が何も知らなかっただけのことでした。

片手おちにならないように言っておきますと、たいていどこの宗派にも真剣で物わかりのよい牧師や説教者がいましたが、彼らは、今のべたようなことや、そのほかのけしからぬ行為を大声で非難し、それがよこしまであることはもちろん、愚かであることをもあばき立てました。それに、一般人のうちでもいちばんまじめで分別のある人たちも、そういう行為はさげすんできらいました。しかし、中間階層の人々や労働階層の貧乏人たちに理を説いてその効果を期待するなどは、しょせん、できない相談でした。恐ろしさのあまりどうしようもできず、占いなどというとんでもないことに金を浪費しましたが、それはまるで気違いざたでした。女中と下男、とくに女中の方が、占い師のおもなお客でした。彼らの質問は、たいがい、「疫病は起こるでしょうか」というのが最初のものでした。次の質問は、「ああ！　先生、お願いですから、あたしはこれからどうなるか、教えてください。奥さまはこのままあたしを使ってくれるでしょうか、それとも暇を出すでしょうか。奥さまはロンドンにとどまるでしょうか、それとも地方へ行くでしょうか。もしも地方へ行かれるのでしたら、わたしも一緒でしょうか、それとも飢え死にするのもかまわず、あたしをおいてきぼりにしようというのでしょうか」というものでした。下男のばあいも同じようなものです。

実際のところ、気の毒にも奉公人たちの実情はまことに暗たんとしていました。このことは、やがて機会を見てまたのべることにします。なぜそうだったかというと、おびただしい奉公人が暇を出されるのは明らかだったからですが、また、事実そうなりました。彼らの中の大勢が死にました。とくに、こうしたにせ予言者どもの占いを聞いて、そのまま奉公をつづけられ、だんなさまや奥さまと一緒に田舎へつれていかれるものとばかり思いこんでいた者が多く死にました。このようなばあいのおきまりとして、こういう気の毒な人たちはすごく多かったのですが、もしも一般の慈善行為が彼らを救ってくれなかったなら、彼らこそは市内に住むだれよりもみじめな境遇におちいっていたことでしょう。

このようなことが一般の人々の心を何カ月もかき乱しましたが、そのころは、疫病の心配がはじめて重くのしかかってはいたものの、まだ発生はしていないと言ってよい時期でした。しかし、これも忘れてはいけないことですが、住民の中でもいちばんまじめな人たちの振舞はまるで違っていました。政府は人々の信仰をすすめ、公の祈禱会とか断食と謙譲の日を定めることによって、罪を公に告白して神の恵みを願い、こうして、頭上にふりかざされた恐ろしい神罰を避けようとしました。いかなる宗派の人たちも、待っていましたとばかりにこれにとびつくありさまはどんなであったか、とても言い表わすことができません。彼らが教会や集会にむらがり、その混雑ぶりはたいへんなもので、そこに近づけないこと、いや、どんなに大きな教会の門にでも近づけないことがよくあったのですが、こんなありさまは言語を絶していたのです。また、方々の教会では、毎日、朝と夕方に祈禱会をひらくように定められ、また他のところでは、一人になって祈禱する日が定められました。前にも言ったように、人々はこのどれにも異常な熱意をかたむけて出席しました。あらゆる宗派におよびますが、家族によっては、自分たちだけで断食をする者もあって、それには身内の者しか加えませんでした。こんなわけで、要するに、ほんとうにまじめで信仰のあつい人たちは、真のキリスト教徒にふさわしい態度で、悔悟と謙譲という正しいつとめにはげみましたが、それは、さすがにキリスト教を信じる国民だという感じをあたえるものでした。

また、世間全体がそれぞれこの苦境にたえていこうという気構えを見せました。当時、華美とぜいたくにふけっていた宮廷でさえも、この社会危機にたいして心から心配の色を見せました。そもそもがフランスの宮廷にならってはじめられ、一般のあいだにもようやくその数がふえつつあった芝居や間《あい》狂言は、ことごとく上演禁止となりました。とばく場や公共の舞踏場や演芸場なども増大して風俗を堕落させはじめていましたが、これらも禁じられて閉鎖されました。一般の貧乏人たちの心をまどわしていた道化師、香具師《やし》、人形芝居、綱渡り芸人などのたぐいは、まったくのところ商売がなりたたなくなって店じまいをしました。それもそのはず、人々の心はほかのことでかき乱されていたからで、このため、その顔にはある種の悲惨と恐怖がただよっていました。彼らの目の前には死に神が立っており、だれもが考えていたのは、自分たちの墓のことであって、陽気な喜びや楽しみごとではなかったのです。

そうした健全な考えが正しい方向に向けられていたならば、第二のニネベになりかねなかったこのような苦難の時にあたり、人々もひざまずき、その罪を告白し、恵み深い救世主を仰ぎ見て許しをこい、自分たちにあわれみをたれてくれることを願うという、この上もなく幸いなことになっていたでしょう。ところが、そうした健全な考えも、一般の人々にあってはまったく極端に逆の結果となりました。以前にはむごいほどよこしまで無分別な彼らでしたが、今も無知で考えが愚かであることに変わりはなく、恐怖にかられて極端な愚行に走ったのです。前にのべたように、彼らは自分たちの運命を知るために、魔術師や魔女などあらゆる種類のぺてん師のもとへかけつけましたが、そのぺてん師のほうでは人々の恐怖心をあおりたて、寝てもさめても心配におののかせておいては、ぺてんにかかった彼らから金をまきあげていたのでした。それと同じように、人々は、いろいろな薬剤を手にいれるため、気でも狂ったようににせ医師やいかがわしい売薬者や、いろんな薬売りの老婆のあとを追いまわしました。こうして、おびただしい丸薬とか水薬とかいわゆる予防薬をためこみ、お金を浪費したばかりではなく、病毒こわさにまず薬を飲んで身体に毒をあたえておき、疫病の予防ではなくて、それにかかるよう身体を整えていたのです。他方、信じがたい話でほとんど想像もできないくらいでしょうが、家の門柱や町角には、医者のビラや無知なぺてん師どものはり紙がべたべたはりつけてあって、しきりに医薬のことを宣伝しては治療にくるよう勧誘していました。それは、ざっと次のようにはでな文句であやをつけていました。つまり、「効能てきめんの疫病予防丸薬」、「ぜったい確かな伝染病予防薬」、「大気汚染にたいする特効剤」、「伝染病におかされたばあいの的確な身体処置法」、「防疫丸薬」、「新発見、疫病にきくこと無比な飲み薬」、「疫病万能薬」、「世界でただひとつ正真正銘の防疫液」、「いかなる伝染病にもききめのすばらしい解毒剤」などです。このほかまだまだあって、とてもかぞえ切れるものではありません。もしそれができていちいち書きとめていけば、本が一冊できあがるでしょう。

またある者は、伝染病にかかったばあいいろいろな指示は当所でします、という患者集めのビラをはりました。これにつけた文句も見かけが立派なもので、次のようなものです。

「こちらは最近オランダから渡って来たばかりの高名な南ドイツの医師。昨年アムステルダムで大流行した疫病のあいだはずっとオランダに住み、実際それにかかった患者を多数なおした経験をもつ者」

「こちらはナポリから着いたばかりの身分あるイタリア婦人。えらい体験のすえ伝染病予防に取っておきの秘けつを発見し、一日の死亡者二万名と言われたさきごろのイタリア疫病の時に驚異的な治療をなしとげた者」

「こちらは身分ある老婦人。さる西暦一六三六年に当市ではやった疫病の時に治療を行ない、大成功をおさめた者。女性にかぎり診察に応ずる。ご希望の方は申し出られたい」

「こちらは経験ゆたかな医師。長年ありとあらゆる病毒と伝染病にきく解毒原理を研究、四十年にわたって治療にたずさわった結果、神の恵みのおかげで、どんな伝染病にもかからないですむ秘法を伝えるほどの腕前になった者。貧乏人は無料で指導」

こうして書きならべてはみたものの、ほんの見本のつもりなのです。このたぐいのものは、あげようと思えば二十や三十はわけもないでしょうが、それでも書きもれが多数出るでしょう。こうした例から、当時のどんな気質でも十分わかっていただけるでしょう。盗人やすりのような手合いが貧乏人から金をだましとっただけではなく、命とりになるようないかがわしい薬を飲ませて身体を毒したのはひどいものでした。ある者は薬だといって水銀を飲ませ、またある者もそれにおとらず毒になるものを飲ませ、伝染病の時には身体を守るよりも害になるような、宣伝とは似ても似つかぬものを飲ませていたのです。

そうした者のうち、ある陰険ないかさま医師のことをのべないわけにはいきません。そういう男であるから、群をなすほど貧乏人をうまくつり出しはするのですが、金を出さなければ何もしてやりませんでした。どうもその男は、通りにはったビラに、「貧しい人には無料で診断してあげます」という広告を大文字でつけ加えておいたらしいのです。

そういうわけで、貧乏人がぞくぞく彼のもとへ来ることになりました。彼ら相手にみごとな弁舌をつぎつぎにぶちまくり、健康状態や体質を見てやってから、たいしたこともない指示ばかりをならべ立てるしまつです。だが、とどのつまりは、ここに薬があるが、これを毎朝これこれの量だけ飲めばけっして疫病にかからない、いや、患者と一緒の家に住んでいても感染しないことはこの命にかけてうけあう、というものでした。そこでだれでも薬を買わざるをえなくなりました。ところがその値段はじつに高く、たしか半クラウンだったでしょうか。「でも、先生」とある貧しい女が言いました、「あたしは施しにすがっている貧乏者で、こうしていられるのも教区のおかげなのです。ところで、先生のビラには、貧乏者はただで助けてやる、とありますが」。「うん、あなた」と先生、「そのとおり、それがわしの広告だったな。ごらんのように、貧しい人には無料で診断してあげているが、でもそれは、薬をあげるというのとは違うね」。「なんということでしょう、先生」と女、「それじゃ、貧乏人にわなをかけたのですね。だって、無料で診断とは言っても、お金をはらって薬を買いなさい、という診断を下すのが無料なのですから。これは商人が品物を買わせる時にやる手ですよ」。こう言って女は彼をあざけり出し、ついにはその日いっぱい戸口に立って、来る人ごとにそのいきさつを話しました。とうとう、その女のためにお客さんが追い返されていることがわかった医者は、また女を二階に呼びもどして、無料で薬箱をあげなければなりませんでした。おそらくこの薬も、どう飲んでみてもきき目はなかったでしょう。

　ところで、どうしたらよいのかわからなくなっているために、あらゆる種類のぺてん師やいかがわしい薬売りにつけこまれやすくなっていた人々のことに話を返しましょう。このにせ医師のたぐいが、みじめな人々を相手に莫大な収益をあげていたことは疑いありません。これがわかるのは、彼らのあとを追いまわす者の群は日に日にうなぎのぼりで、ブルックス博士、アプトン博士、ホッジズ博士、ベリック博士など当代きっての名医よりも、彼らの門戸にむらがる者の数が多かったからです。そして彼らのうちには、薬代で一日に五ポンドもかせいだ者があるという話でした。

しかし、まだこのほかにも気違いじみたことがあって、このことは当時の人心の錯乱ぶりをわかっていただくのに役立つかもしれません。それは何かと言えば、今までのべた連中よりも悪質なぺてん師に彼らがひっかかったことでした。というのは、今までのべたけちな盗人どもは、人人をだましてポケットをまさぐり金をまきあげるだけのことで、その程度はどうであれ、悪いのはおもにだます者のぺてん行為の方であって、だまされる方ではなかったのです。ところがここでわたしがのべようとする例では、いけないのはおもにだまされる人々か、あるいは両方同じくらい悪かったのです。これは疫病からのがれようとして、お守り、魔薬、魔よけ、護符、その他これに類するものを身につけたことでした。それではまるで疫病は神の手ではなく、悪霊にとりつかれたものの一種でした。また、十字切り、十二宮図、紙を花結びにして言葉の模様を書いたものなどで疫病をはらいのけることができるかのごとくでした。とくに図のような「アブラカダブラ」という言葉を三角形のピラミッド形にしたものが用いられました。

ABRACADABRA
ABRACADABR
ABRACADAB
ABRACADA
ABRACAD
ABRACA
ABRAC
ABRA
ABR
AB
A

VENICE TREACLE
SIR
ANTIPESTILENTIAL PILLS
The QVACK DOCTOR

「いかさま医師」

ある者はイエズス会の記号を十字にして用いました。

IHS

またもっぱら次の印ばかり用いる者もありました。

疫病が全国をおびやかすというような重大な問題がもちあがり、危険この上もない時だというのに、まじないなどという愚行、いやまったくのところ悪行にふけるとはけしからん、といつまでのべても切りがないほどです。しかし、このようなことに関するわたしの記録は、どちらかと言えば事実だけに着目し、事実はしかじかであったとのべようとするものです。これからだんだん話していこうとおもっていることは、そんなまじないなどはまったく役に立たないことが気の毒な人々にわかったこと、そしてその後、じつにおびただしい人々が、このくだらないお守りなどのにせ物を首にぶらんぶらんさせたまま、死体運搬車ではこばれていき、各教区の共同墓地になげこまれた、ということです。

どうしてこんなことになったのかと言えば、疫病が近くまできているということがそもそも人人の頭を支配してからというもの、それは一大事とうろたえ出したおかげでした。これは一六六四年のミカエル祭（聖ミカエルの祝日、九月二十九日）あたりからだと言ってよいのですが、これがとくにはっきりしたのは、十二月のはじめに聖ジャイルズ教区で死亡者が二名あり、さらにまた年が変わって二月の警報があってからのことです。それもそのはずです。だれの目にも疫病がひろがったことが明らかになるとすぐ、金はだまし取ってもさっぱり言葉どおりにやってくれない連中を信用する愚かさを人々はさとりはじめました。それからというもの、災難をのがれるにはどのような手段をどう講じたらよいのかさっぱり見当がつかず、彼らの恐怖心は逆の方向に作用し、当惑のあまり愚行を重ねました。近所の家をあちこち走りまわるばかりではなく、通りにある家をつぎつぎたずねては、「主よ、われらをあわれんでください。どうしたらいいのでしょう」とくり返し叫び歩くのでした。

　実際、気の毒にも人々には、とくにかわいそうだとおもわれることが一つあって、そのために慰めを得ることがほとんど、あるいはまったくありませんでした。わたしは、心から恐れかしこまって反省をしつつこれをのべてみたいのですが、おそらくこれを読む人すべての気にいるわけにはいかないかもしれません。それはすなわちこういうことです。言うなれば、今や死神があらゆる人々の頭上で舞い出したばかりではなく、その家や部屋をのぞきこみ、顔をまじまじと見つめはじめた一方、――とは言っても、愚かで鈍感な者もいたかもしれず、また、事実そのような者も多かったのですが――ある者にあっては、もしもそう言ってよければ魂の奥の奥まで、まさにこれでもかこれでもかと警報が発せられたのでした。多くの良心が目をさまし、多くのかたくなな心がやわらいで涙を流し、長いあいだ秘密にしてきた罪を悔いて告白する者も大勢いました。絶望した者が大勢死にかけてうめき声をあげているのを聞けば、いやしくもキリスト教徒であればその心をいためたでしょうが、近よってなぐさめてやろうとする者はいませんでした。当時、盗みをはたらいた者、殺人をおかした者が大勢声をはりあげて罪を告白しましたが、生き残ってそれを書きとめてやる者はだれもいませんでした。イエス・キリストの名を呼んで神の恵みを求め、わたしは盗みをしました、わたしは姦通しました、わたしは殺人をおかしました、などと言っている人々の声が、歩いている時通りにまで聞こえることがありました。だが、少しでもその事情をたずねてみたり、あるいは、心身の苦しさにたえかねてこのように大声でわめいているあわれな連中を慰めてやるために、足をとめようなどという者はありませんでした。牧師のうちにははじめのうちこそ病人をたずねる人もいましたが、それもほんの少しのあいだのことで、やがて行なわれなくなりました。中へはいろうものなら、たちまち死んでしまいかねない家もあったのです。死体埋葬人と言えば、気の強いことではロンドン中でも右に出る者がなかったのですが、その人たちでもあとしざりすることがあり、また実際いくつか例があったことですが、家族の者がみんな一緒に死んだり、そのありさまがさらにもっと恐ろしいような家があると、恐怖のあまり中にはいって行けないことがありました。ところがじつを言うと、これも疫病がはげしくなり出したころだけの話でした。

時がたつと、そんなことにはなれっこになったのです。やがては何のためらいもなく、どこにでもはいって行くようになりました。このことは、あとでくわしくのべることにします。

すでに言ったように、いよいよ疫病もはじまり、責任当局でも人々の健康状態を真剣に考えはじめる段階がやってきました。住民や感染した家族の取り締まりに関してどんなことがなされたかは、また別にのべることにします。だが、健康のことに関しては、ここでのべておく方がよいと思いますが、前にも言ったように、いかさま医師とかいかさま薬売り、魔術師とか占い師のあとを、まるで気違いのように追いまわしている人々の馬鹿げた気風を見て、たいへんまじめで敬けんな人である市長は、貧乏人――とはつまり、貧乏人で疫病にかかった者のこと――を救うために特定の内科医と外科医を指定しました。そしてとくに、悪疫のあらゆるばあいにわたって金のかからない治療法を貧乏人のために公表するよう、医師会に命じました。実際、これは、当時なしうる最も思いやりのある賢明な処置でした。というのは、このおかげで人々は、ビラをまく人という人の門戸につきまとったり、何の考えもなく盲目的に、薬だと思って毒を飲み、生きようと思って死んだりするようなことがなくなったからです。

医者たちが作成したこの治療法は全医師会の協議によってできたもので、とくに貧乏人のことを考えて安い薬を用いるように考えられたものだったので、だれでも見れるように公表され、ほしいという者には無料でくばりました。だが、これは公にされて、見たい時はいつでも見れるので、それをいちいち説明して本書の読者をわずらわすこともないでしょう。

疫病の猛威が頂点に達した時は、まるで翌年の大火に似ていましたが、そう言ったからといって、医者の権威なり能力なりをおとしめる気であると考えられては困ります。疫病の手にはとどかなかったものをもすっかり焼きつくした大火には、どんな処置を施してみてもはじまりませんでした。消防ポンプはこわれ、バケツはなげすてられ、人間の力では通用せず、なすすべもなかったのです。疫病のばあいも同じで、どんな薬もききませんでした。医者ですら、口に予防薬をいれたまま疫病にかかりました。他人に処方を書いてやり、ああしなさいこうしなさいと教えてかけずりまわっているうちに、いつの間にか自分の身体に徴候があらわれ、他人に処し方を教えていたまさにその大敵のために打ちのめされて、ばったり倒れて死んでいく者もありました。このことは、数人の内科医——しかもそのうちの何人かは最も著名な医者でさえあった——と、最もすぐれた腕をもっている外科医数名のばあいに、実際あったことです。いかさま医者も大勢死にましたが、彼らはまったくきき目がないのをいやというほど知っていたはずなのに、おろかにも自分たちの薬にたよっていたのでした。この連中は、どうせ天罰をまぬがれえないことくらいは知っていたのだから、おかした罪をわきまえてむしろ逃げるべきだったのです。

医者も人なみに災難にあって倒れたと言ったところで、彼らの苦労や勤勉をなんらおとしめているのではありません。それに、そんなことはわたしの意図でもありません。自分の生命を失うことさえかまわず人類のためにつくしたということは、むしろ、ほめたたえるべきことです。ためになることをしよう、他人の生命を救おうとして彼らは努力したのです。しかし、医者が神罰をとめたり、これ見よがしに武装して天からつかわされた悪疫がその使命をはたすのをくいとめたりするのは、期待すべきことではなかったのです。

たしかに医者たちは、その技術を駆使し、慎重に処置を行なって、大勢の生命の救助と健康を回復させる力となりました。しかし、たびたびあったことですが、疫病の徴候が出ている者や、医者を呼びにやらないうちに感染して死にそうになっている者をなおすことはできませんでしたが、こう言ったからといって、彼らの評判や技量を減じることにはなりません。

次に、はじめて悪疫が発生した時、そのまん延の阻止と一般の安全のために、どのような公的手段を責任当局はとったかをのべる番です。あとになって疫病が勢力を増した時、当局はいかに賢明で思いやりがあり、貧乏人のためにも秩序の維持のためにもいかに気をくばって、食糧やその他のものを供給したかについては、今後たびたびふれる機会があるでしょう。しかし今は、感染した家族を取り締まるために発せられたいろいろの条例についてのべなければなりません。

前に家屋閉鎖のことをのべました。ここではこのことについて少しくわしく話す必要があるでしょう。というのは、疫病の話の中でここのところはじつに痛ましいからです。だが、どんなに悲しい話でものべないわけにはいきません。

すでにのべたように、六月ごろになると、市長と市参事会は、市内の取り締まりについて今まででよりもとくに関心を示しはじめました。

ミドルセックス州〔英国の南東部、今のロンドンの北部と西部に接する〕の治安判事は、国務大臣の命をうけて、聖ジャイルズ・イン・ザ・フィールズ、聖マーティン、聖クレメント・デーンズなどの教区にある感染家屋を閉鎖しはじめていましたが、なかなかの成功でした。というのは、疫病が発生したいくつかの通りで、感染した家屋を厳重に監視し、患者の死亡がわかるとすぐに埋葬するよう心がけた結果、それらの通りでは疫病が発生しなくなったのです。それにまたわかったことは、ビショップスゲート、ショアディッチ、オールドゲート、ホワイトチャペル、ステプニーなどの教区とくらべてみたばあい、病勢が頂点に達したあとの衰え方では今のべた教区の方が早かったのです。それというのも、すばやく上のような手を打ったことが、疫病をくいとめる上で大きな力となったわけです。

わたしが知っているところによると、この家屋閉鎖という方法は、ジェームズ一世が即位した一六〇三年に疫病が発生した時、はじめてとられたものです。そして患者を出した家族を家の中にとじこめてしまう権限は、「疫病患者の思いやりある救済と処置に関する法令」という当時の法令によって認められていたのでした。このたび、市長と市参事会が条例をつくるにあたり基礎となったのはこの法令で、一六六五年七月一日に発効しました。この時はまだ市内の感染者はほんのわずかで、九七教区におけるごく最近の週間死亡数は四名だけでした。こうして市内の何軒かは閉鎖され、患者も何名かバンヒル・フィールズをこえてイズリントン〔以上のうち、前者は市内の北方、後者はさらにその北方〕へ行く途中にある伝染病病院に移されましたが、このような手段のおかげで、ロンドン全体で一週間の死亡者が千名近くあった時でも、市内ではたった二八名でした。そして疫病が流行した期間をとおして、市内は他の場所にくらべてずっと健全だったのです。

今言ったように、市長が条例を発したのは六月のおわりごろで、発効したのは七月一日ですが、その内容は次のとおりです。

疫病伝染に関し市長ならびに市参事会のもとに発する条例。一六六五年

誉の高い故ジェームズ王の時代に、疫病に感染した者の思いやりある救済と処置に関する法令が発せられた。それによって、治安判事、市長、地方長官、その他の責任者に、そのおのおのの権限内で、感染した人や場所のために調査員、検査員、監視人、付添人、埋葬人を任命し、彼らにその任務の忠実な実行を宣誓させる権限があたえられた。また同法令は、さしあたり上の責任者が考えてどうしても必要と思われるばあいは、それにもとづく指令を下す権限をもあたえた。さて、よくよく考えた結果、（神のおぼし召しにあずかり）疫病感染の防止と回避のためまことに適切な措置と今考えられることは、次にあげる係員を任命し、次にのべる条例がよく守られることである。

＜調査員を各教区ごとに任命のこと＞

まず第一に、区長、副区長、ならびに区会は、各教区に一名、または二名、または数名の有徳で人望のある者を選んで任命し、これを調査員と名づけ、その任務を少なくとも二カ月間つづけさせることはぜひ必要と考え、これを命ずる。もしもこうして任命された適任者がその任をこばむばあいは、命に従うまで投獄のこと。

＜調査員の任務＞

調査員は、各教区で病気に見舞われた家、病気にかかった人、その病名について、つねにできるだけくわしく調べて確かめておくことを区長に宣誓すること。そして疑わしいばあいが生じた時には、病名が明らかにされるまでその家の出入りを禁ずること。もしだれか疫病におかされた者がある時は、その家屋の閉鎖を警吏に命じること。そして警吏が任務を怠ったばあいは、ただちにその旨を区長に報告のこと。

＜監視人＞

感染した家屋には残らず二名の監視人を任命し、うち一名は昼間、もう一名は夜間の勤務とすること。このような感染家屋に人が出入りしないよう、監視人はとくに気をくばり、この任務を怠る時は厳重な処罰をうけるものとする。さらに監視人の役目として、感染家屋の者に頼まれたことをしてやらなければならない。もし監視人が何かの用事につかわされる時は、家の錠をかけてカギは持参すること。昼間の監視人は夜十時まで、夜間の監視人は朝六時まで勤務するものとする。

〈検査員〉

あらゆる教区に女性の検査員を数名任命するよう特別の配慮をされたい。ただし、人の評判も高く、この種の任務に最適の女性にかぎる。検査員は知りうるかぎりよく検査して正しく報告する宣誓をし、検査を命じられた人体は疫病が原因で死亡したのか、あるいは他のどんな病気が原因なのかをできるだけ正確に調べること。そして疫病の治療と防止のために任命される医師は、各自が担当する教区においてすでに任命され、あるいはこれから任命される検査員を、適宜に招集しなければならない。その目的は、検査員が十分その職務に適しているかどうかを判断し、そしてもしその義務に欠けているような時には、正当な理由がありしだいとがめ立てるためである。

この災難の期間中、検査員はどんな公職につくことも、どんな店をひらくことも許されず、洗濯女や、そのほか一切の職業についてはならない。

〈外科医〉

従来、病気の誤報のために疫病がさらにひろがるという大きな悪弊があった。そこでこれにかんがみ、検査員をいっそうよく援助するために、有能で慎重な外科医を選んで任命するよう命じる。ただし、すでに伝染病病院につとめている者は除く。任命された外科医のあいだで、地理的に最も便利で都合がよいように市内と特別地域とを分割し、各人は一区域をその担当区域にきめなければならない。そして外科医はおのおのの担当区域で、検査員と一緒に人体の検査にあたり、病名の報告に万全を期すべきものとする。

そのほかに外科医は、みずから人を迎えによこしたり、各教区の調査員によって名前をあげて指示されるような患者があったばあいには往診して検査し、その患者の病名を確かめること。

この外科医はこの疫病にだけ専念し、そのほか一切の治療から遠のくことになるので、一名検査するごとに十二ペンスとし、検査をうけた者に支払い能力があるばあいはその財産から、さもない時は教区が負担して支払うものとする。

＜付添看護婦＞

もし付添看護婦が、疫病で患者が死亡してから二十八日たたないうちに感染家屋から去る時は、その付添看護婦が移った先の家屋はその二十八日がすぎるまで閉鎖されるものとする。

感染家屋と疫病患者に関する条例

＜病気について通知すること＞

家人がおできや紫斑《はん》やはれ物が身体のどこかにできて苦痛を訴えたり、あるいは原因のはっきりしないその他の病気で重病にかかったりした時、各家主はその徴候があらわれてから二時間以内に健康調査員に通知すること。

＜患者の隔離＞

この調査員や外科医や検査員によって疫病患者が発見される時は、すぐその夜、今住んでいる家に隔離されなければならない。患者がいったん隔離されたばあい、その後死亡することがなくても、病気の時住んでいた家は一カ月間の閉鎖とし、その期間中は他の家人も定められた予防薬を服用するものとする。

＜家財の消毒＞

病菌にさらされた家財一切の管理については、寝具類、衣服、部屋のカーテン類は火にあてて、感染家屋内に入用される香料でよく消毒すること。こうしたのち、はじめて平常どおりその使用が許されるものとする。以上のことは、調査員の指令をまって行なわれなければならない。

＜家屋の閉鎖＞

許可もなく疫病患者とわかっている者を訪問したり、感染しているとわかっている家屋に故意にはいる者がいたばあい、その本人が住んでいる家屋は、一定期間のあいだ、調査員の指令によって閉鎖されるものとする。

＜感染家屋から移転してはならない＞

さらに、疫病患者は、病気になった時、住んでいた家屋から市内のいかなる家屋にも移転してはならない――ただし、伝染病病院とか、テントとか、感染家屋の家主が所有し奉公人をやとっておいているような家屋は例外。このばあいには、移転先の教区にはかならず保証をあたえること。この患者の看護と費用は、すべて前にのべた点に準じ、たまたま移転して行く教区には一切負担をかけず、また移転は夜間に行なうものとする。家屋が二戸ある者は、健康な者でも患者でも、すきな方を空家に移転させてよい。ただ、まず健康な者を移したあとで病人を移すとか、また逆に、病人をまず移しておいて健康な者をあとで移すというようなことは許されない。そして健康な者を移転させた時は、はじめは徴候がなくても疫病にかかっているといけないから、少なくとも一週間はとじこめて人と交わることがないようにしなければならない。

＜死者の埋葬＞

このたびの疫病流行による死者の埋葬は、かならず日の出前か日没後の最も都合のよい時間に行なうものとし、教会委員か警吏の了承がなければいけないものとする。隣人でも知人でも、死体について教会へ行ったり、感染した家屋にはいったりすることは許されない。これを破る者は、家屋閉鎖か投獄かの処罰をうける。

疫病死した者の死体は、公禱、説教、講話の時に埋葬したり、教会においたりしてはいけない。また、教会、教会墓地、埋葬地で死体の埋葬が行なわれる時、子供は、死体、棺、墓穴の近くに来ることは許されない。なお、墓穴は深さは少なくともみな六フィートとする。

さらに、この疫病流行がつづいているあいだは、たとえ疫病以外の病気で死んだ時でも、埋葬に参列することはひかえること。

＜感染した家財を販売してはいけない＞

着物、織物、寝具、衣服などを感染家屋からもち出してはいけない。寝具類や古着類を呼び売りしたり、質入れのため運び出したりすることはかたく禁じる。古物商は、これらの品を販売する目的で陳列すること、――つまり、いかなる種類の通りでも、およそ通りと名のつくものに面している露店、陳列台、飾り窓につるすことは許されない。これを守らない時は投獄されるものとする。もし古物商なりだれかが、疫病に感染してから二カ月とたっていない家屋から寝具類、衣服、その他の家財を買いとる時は、その本人が住んでいる家屋は感染家屋として閉鎖され、少なくとも二十日はそのままとする。

＜感染家屋から患者を運び出してはいけない＞

もし注意を怠るか何かのために、患者が感染家屋からどこか別の家へ一人で行くか、人にはこばれて行くようなことがあるばあい、本人の属する教区にあっては、その報告をうけしだい、教区の負担において逃亡した患者を夜間につれもどすこと。そしてこの事件発生の関係者は、区長の指令で罰せられ、このような患者を迎えいれた者の家屋は、二十日の閉鎖をこうむるものとする。

〈すべての感染家屋には印をつけること〉

すべての感染家屋には、はっきり見えるように、入口の真中に長さ一フィートの赤い十字の印をつけること。その赤い十字のすぐ上に、「主よ、われらをあわれんでください」というおなじみの文句を書き、その家屋の閉鎖が正式にとかれるまで、そのままにしておくものとする。

〈すべての感染家屋は監視されること〉

警吏は感染家屋が残らず閉鎖され、監視人がつけられるよう注意すること。監視人は感染家屋の者を外出させないようにし、かつ日常の用を足してやらなければならないが、このばあい、その家族に能力がある時は家族の負担とし、また能力がない時は公共の負担とする。閉鎖は家族全員が回復したあと四週間はそのままつづけられる。

検査員、外科医、付添人、埋葬人が通りを歩く時は、長さ三フィートの赤い棒か杖をはっきり見えるようにもつよう、くれぐれも注意すること。また、自宅か、指令や要請をうけた家屋でなければはいってはならず、人と交わることはかたくひかえなければならない。その職務をはたしたばかりの時はとくに気をつけること。

〈家人〉

同じ一軒の家屋に数人の者が住み、たまたまそのうちの一人が疫病にかかったばあい、その教区の健康調査員から証明書をもらわなければ、患者も、その他の家人も移転は許されない。もしこれに従わない時は、患者または家人の移転先の家屋は、感染家屋のばあいのように閉鎖される。


〈貸馬車〉

貸馬車の御者にあっては、よく見うけられるように、患者を伝染病病院などの場所に乗せて行ったあとで普通の客を乗せる、ということがないよう注意されたい。患者を乗せたあとは、馬車を空気で十分に消毒し、五、六日間は休ませておかなければいけない。

街路の清掃と悪臭防止に関する条例

〈街路は清潔にしておくこと〉

第一に、各家主は門前の通りを毎日整備し、一週間中きれいに清掃することが必要であると考え、これを命じる。


〈清掃人夫が家庭のごみを処理すること〉

各家庭のごみ類は、清掃人夫が毎日集めなければならない。従来のように、集める時は角笛を吹いて知らせるものとする。


〈ごみ捨場は市内より遠くに設けること〉

ごみ捨場は、市内と街路からできるだけ遠くに設けること。汚穢《おわい》屋その他の者が、市内近郊の公園に汚穢桶をあけることは許されない。

＜不潔な魚類、肉類、かびた穀物には注意すること＞

悪臭のする魚類、不潔な肉類、かびた穀物、その他種類のいかんによらず腐ったくだものなどは、ロンドン市の内外を問わず販売することのないよう、とくに注意しなければならない。醸造者と飲食店は、かびて不潔な酒樽をおかないよう注意すること。

豚、犬、猫、家鳩、兎などは、市内のいかなる場所でも飼ってはならない。街路や小路を豚がさまよっている時は、教区役員その他の役員がこれを囲いにいれ、所有者は市会条例によって罰せられる。犬のばあいは、あらかじめ任命された犬殺しが殺すものとする。

浮浪者と無益な集まりに関する条例

＜乞食＞

市内の付近一帯におびただしくむらがっている浮浪人や乞食は、疫病をひろめる大きな原因であり、いろいろ条例を出して禁じたにもかかわらずとめることができそうにもなく、これほど大きな苦情のたねはない。したがって、こういう事情から、この問題に何らかの形で関係している警吏その他の者は、乞食が市内の街路をさまようのは一切許さないよう、とくに注意することを命じる。街路をうろつく乞食には、法律に定められた処罰を正しく厳重に課すものとする。

＜芝居＞

あらゆる芝居、熊いじめ、かけごと、歌謡、刀剣競技、その他このような人集めの原因となるものは、かたく禁じる。これに違反した者は、各区の区長によって厳罰に処せられる。

＜宴会は禁じる＞

あらゆる公の宴会——とくに、市内の商業組合の宴会、あらゆる種類の居酒屋で行なわれる晩さん会などは、追ってその旨の通達があるまで禁止する。これによって節約される金は、貧しい疫病患者の救済と福祉に用いるため、とっておくものとする。

＜飲食店＞

居酒屋、ビール店、コーヒー店、酒蔵などで騒々しく酒を飲むことは当代の通弊であり、疫病をばらまく最大原因であるから、きびしく取り締まらなければならない。いかなる団体でも個人でも、当市の古来から伝わる慣習と法律にもとづき、夜九時すぎは、飲酒のため居酒屋、ビール店、コーヒー店などにとどまることも、はいることも許されない。これを破る者は、法律に定めるところによって処罰をうける。

以上の条例、ならびに、さらに必要と思われる規則や指令をできるだけよく実施するために、区長と副区長と区会議員は、必要に応じて毎週一度、二度、三度、あるいはそれ以上、各区できまっている公共の場所——ただし、疫病感染のおそれがないこと——に集合し、どうしたら以上の条例を正しく実施できるかについて協議するよう命じる。ただし、感染地域やその付近に住む者が、他人に迷惑するおそれのあるうちは、会議に出席する必要はない。各区の区長、副区長、区会議員は、国王陛下の臣下を疫病から守るために、りっぱな条例が会議に提出されて作成されたばあい、すべてこれを実施できるものとする。

市長　ジョン・ロレンス卿
州長官　ジョージ・ウォーターマン卿
同　チャールズ・ドウ卿

これらの条例が適用されたのは、市長の管轄区域だけだったことは言うまでもありません。そこで、村落とか郊外とか呼ばれている地域や教区でも、治安判事によって同じ処置がとられたことを言っておくべきでしょう。わたしの記憶によると、家屋閉鎖の条例は、わたしどもが住んでいる方面ではそう早く実施されなかったと思います。それは前にも言ったとおり、八月のはじめまでは、疫病の勢いはロンドンの東部地域におよんでいなかったし、少なくとも、まだそんなにはげしくなってはいなかったからです。たとえば、七月十一日から十八日までの総死亡数は一、七六一名であったが、塔村落〔市内のすぐ西側にある ロンドン塔のあたり〕と呼ばれる全教区での疫病による死亡者は七一名しかありませんでした。その内訳は次のとおりです。〔次のタワー区はロンドン塔のあたり、ミナリズ区は市内の東端〕

教区名	七月十一日—十八日	十八日—二十五日	二十五日—八月一日
オールドゲート	一四	三四	六五

ステプニー	三三	五八	七六
ホワイトチャペル	二一	四八	七九
聖キャサリン（タワー区）	二	四	四
トリニティー（ミナリズ区）	一	一	四
	計七一	計一四五	計二二八

疫病の勢いはまことにすさまじいものがありました。それは、上の教区と隣接する次の教区で、同じ週の埋葬数は次のとおりだったことからわかります。

教区名	七月十一日—十八日	十八日—二十五日	二十五日—八月一日
聖レオナルド（ショアディッチ区）	六四	八四	一一〇
聖バトラー（ビショップスゲート区）	六五	一〇五	一一六
聖ジャイルズ（クリプルゲート区）	二一三	四二一	五五四
	計三四二	計六一〇	計七八〇

この家屋閉鎖ということは、最初、とても残酷で無慈悲なやり方だと考えられ、気の毒にも閉鎖にあった人たちの悲しみはひどいものでした。市長のもとには、きびしいではないかとか、理由もなく——中には悪意からというのもあった——家屋閉鎖にあった、というような苦情が毎日もちこまれました。ところがここで言っておきたいことは、調査してみると、そのようにわいわ

い不平を言っている者の多くはやはり閉鎖されざるを得ない状態だったことです。また、中には、病人を診察してみると疫病でなかったり、あるいは何とも言えないが、伝染病病院にはいることを承諾したために、閉鎖をとかれた者もありました。

　家の入口に錠をおろして昼夜の監視人をつけ、家族の健康な者が患者と別にされるとおそらく助かるかもしれないのに、家の出入りを一切禁じるというのは、たしかに、とても残酷でむごい処置と思われました。事実、このようにみじめな監禁にあって死んだ者が多くいたのです。ところがこの人たちは、家族の中に疫病は発生したけれども、逃げていたらかからなくてすんだと考えても無理ではないのです。こういうわけで、はじめは人々の不安と騒ぎは大きく、閉鎖家屋の監視に立たされている者にたいして、暴行や危害が加えられることも何度かあり、また力ずくで逃げ出す者も方々にありました。このことは、やがてのべることにします。しかし、家屋閉鎖は社会的にはよいことで、個人的な被害はやむをえませんでした。だから、少なくともわたしが聞くかぎりでは、そのころ責任当局とか政府にいくら頼んでみたところで、まったくその手をゆるめてもらえなかったのです。そこで人々はありとあらゆる策略を用い、できることなら逃げ出そうとしました。閉鎖にあった人々が、監視に立たされている者の目をごまかし、たくみにだまして逃げ出すために用いた策略をいちいち書こうとすれば、小さな本が一冊できあがるでしょう。そんな時にはつかみ合いはめずらしくなく、傷をうける者もありましたが、このことはあらためてのべることにしましょう。

　ある朝、八時ごろでしたが、ハウンズディッチ〔市内の東端〕を歩いていると、大きな騒ぎ声がしました。なるほど、人が集まることも、集まったところで長くいることも、あまり自由でなかったから、そんなに人が多くいたわけではないし、またわたしだって長いことその通りにいたわけではありません。しかし、その騒ぎ声は大きくて、わたしの好奇心をかき立ててしまったのです。そこで窓から顔を出している人に向かって、どうしたのですか、とたずねました。

その男は監視人で、感染のために、あるいは感染ときめられたために、閉鎖された家の入口に立たされていたようでした。彼によると、もう二晩もつづけて監視しており、昼の監視人もすでにまる一日いて、今また交替に来たところだという話です。ずっとこのあいだ、家の中では物音一つしなかったし、明りも見えませんでした。家の者はものも頼まないし、監視人のおもな仕事であった用足しにもやりませんでした。また、月曜日の夜、家族のだれかがちょうど死にかかっていたせいでしょうか、家の中で大声で泣いたり金切声をあげたりするのを聞きましたが、それからというもの、一度もわずらわされることはなかった、と彼は言います。その前の晩、いわゆる死体運搬車が家の前でとまり、死んだ女中が入口にはこび出されると、埋葬人とも運搬人とも言われる者が、緑色の毛布につつんだだけの女中を車に積んで立ち去ったようです。

ところで今のべた月曜日の夜、大きな泣き声を聞いた時、監視人は入口をノックしましたが、しばらくはだれも返事しなかったと言います。しかし、とうとう一人が顔を出し、怒ったような早口で次のように言いましたが、それは一種の泣き声か、あるいは今まで泣いている者の声でした。「こんなにノックして、何の用事だい」。「監視人ですよ。どうしました。何事です」と監視人。「あんたに何の関係があるんだい。死体運搬車をとめてよ」と男。これは夜の一時ころだったようです。その監視人によると、そのすぐあと死体運搬車をとめ、またノックしたが返事がなかったそうです。彼はノックをつづけ、触れ役も「死人をつれて来い」と何度か大声で叫びましたが、やはり返事はありませんでした。ついに車の御者は他の家から呼ばれ、もう待っていられない、と言って立ち去ったそうです。

監視人はこれをどう考えてよいのかわかりませんでした。そこで朝番とか昼番とか言われている者が交替に来るまで、そのままにしておきました。やがて相手に一部始終話したあとで、二人はしばらく入口をノックしてみたが返事がなく、やがて開き窓があいたままであることに気づきました。それはさきほどわたしに答えてくれた監視人が顔を出していた窓で、三階にありました。

そこで二人はそのわけをたしかめるために長いはしごをもってきて、一人が窓までのぼって部屋の中をのぞいてみました。そうするとシュミーズをつけたきりの女が一人、ぞっとするような様子で床の上に死んでいたのです。だが、いくら大声で叫び、長い棒をさしいれて床をはげしくたたいてみても、人の気配も返事もなく、家の中では物音一つしませんでした。

そこでやむなくまたおりてきて、もう一人に報告しました。この男ものぼってみたがやはり同じだったので、このことを市長か他の責任者に報告しようということになりましたが、窓からはいってみようという話は出ませんでした。二人の知らせをうけた責任者はさっそく指令を出し、物が盗まれないよう警吏一名とその他数名の立ち合いのもとに、その家をこじあけるように命じたようです。指命どおりにこじあけてみたところが、家の中にはさきほどの若い女しか見あたりませんでした。疫病におかされてもう手の施しようもないこの女を一人で死なせておいて、他の者はみな逃げていたのです。きっと、監視人をごまかして入口をあけさせるとか、裏戸とか屋根づたいに逃げる方法でも見つけたのでしょう。おかげで監視人はまったく気づきませんでした。家族の者にはさぞかしつらい別れだったのでしょうが、監視人が聞いたという泣き声や金切声は、その時、家族の者が悲しみにたえ切れず泣きくずれた声だったのでしょう。この若い女というのは、この家の女主人の妹だったのです。そしてこの家の主人と女主人が数人の子供と奉公人を引きつれて逃げたのですが、はたして彼らが病気だったか健全だったか、ついにわかりませんでした。それに、じつは、そのことはあまり調べてもみなかったのです。

このようにして、とくに監視人を用足しにやったようなばあいに、疫病におかされた家を逃げる者が多くいました。というのも、監視人の役目として、閉鎖された家族に頼まれる用事、つまり食べ物や薬のような必需品を買いに行くことや、内科医——ただし、来てくれるばあいにかぎる——とか外科医とか看護婦をつれてくることや、死体運搬車を呼びに行くなどのことをしなければならなかったのです。だが、そんな時の条件として、出かける時には外側の入口に錠をおろし、カギはもって行くということでした。なんとかこれを切りぬけて監視人をごまかそうとして、人々は合いカギを二つか三つほどつくらせたり、あるいはいろいろな方法を考え、しっかり取りつけた錠のネジをゆるめて家の中から錠をはずし、あれこれつまらない用事を見つけては監視人を市場やパン屋にやっているすきに、入口をあけて勝手に出て行ったのです。しかし、これが明るみに出たあとで、監視人たちは、入口の外側にナンキン錠をかけ、必要とあればさし錠をつけるよう指令をうけました。

聞いた話ですが、オールドゲートの中でもいちばん手前の通りにある家で、女中が病気になったおかげで家族全員が閉鎖され、カギをかけられました。その家の主人は、知人たちをつうじていちばん近くの区長と市長に訴え、女中を伝染病病院に移してもよいと言ったが、断わられました。その結果、入口には赤い十字の印がつけられ、上でのべたように外側にはナンキン錠をかけ、入口には条例にしたがって監視人をつけられました。

自分も妻子も、この気の毒な疫病患者である女中と一緒にとじこめられるよりほかにどうしようもないとわかると、この家の主人は監視人を呼んで言いました。この気の毒な女の世話をする看護婦を今呼びに行ってきてください。わたしどもに看護をまかされるとなれば、みんな死んでしまうこともうけあいでしょうから。もしつれてきてくれなければ、女中は疫病か空腹で死ぬことになりますよ。家族はだれも彼女のそばに行ってはいけないときめてありますから。しかも彼女が寝ているのは四階の屋根裏部屋で、いくら大声で叫んで人に助けを求めても、だめですからね……と。

監視人は主人の頼みを入れ、言われたとおりに看護婦を呼びに行き、その夜つれて帰りました。このあいだに主人は、この機会をのがすまいとして彼の店から露店に大きな穴をあけました。この露店は陳列窓の前、というより下にあって、もとは靴直しがすわっていたのですが、そんな陰うつな時のことであるから、死んでしまったか、どかされたかしていたのです。だからカギは主人がもっていました。露店につうじる穴をあけるなどは、監視人をびっくりさせるような物音を立てざるをえなかったでしょうから、入口のところに監視人がいたらできなかったでしょう。さて、この露店につうじる穴をあけたあと、監視人が看護婦をつれて帰るまでおとなしくすわり、その翌日も一日中そうしていました。ところが夜になると、また何かつまらない用事を考え出して監視人に行かせました。わたしの考えでは、女中につけるこう薬――これを調合するまで待たなければならなかった――を買いに薬剤師のところにやるか、あるいは何か待つのに少し時間がかかるような用事にやったのだと思います。監視人がいなくなったすきに、主人と家族の者は家からぬけ出し、あとに残された看護婦と監視人は、あわれな女中を埋葬し、とはつまり死体運搬車になげこみ、家のことも心配しなければなりませんでした。

このようにけっこう面白い話は、のべようと思えばいくらでもあります。いずれもその陰さんたる一年間にわたしが出くわした、つまり聞いた話ばかりで、また、いずれも、みな真実か真実に非常に近い、概して真実なことに間違いありません。というのも、こんな時には、詳細にわたってすべてを知りつくすことはだれにもできないでしょうから。報告によれば、監視人にたいして暴力をはたらくことも方々で起こったようです。わたしの考えですと、疫病が流行しはじめてからおさまるまで、殺されたり、死ぬほどの重傷をうけたりした監視人は十八名ないし二十名を下らず、しかもそんな事件は、感染して閉鎖にあった者が出ようとするのをおしとめられて起こったものでしょう。

実際のところ、それもしかたがなかったのです。というのも、今やロンドンには、閉鎖家屋の数だけの牢獄が生じたのですから。そのようにして閉鎖、いや、投獄された人々はなにも罪をおかしたわけではなく、ただみじめな目にあっているためかえってそういう処置にあっただけに、なおいっそうたえられないことでした。

さらに違いをあげれば、いわばこの牢獄にはいずれも看守が一人しかいなかったことです。彼は一人で家をまるまる一軒見張らなければならず、しかもたいていの家は、中には多いものも少ないものもあるが、出口がいくつかあるようにできており、いくつかの通りに出られるような家もあったので、監視人が一人でありとあらゆる出入口を見張り、人々の逃亡を防ぐなどということは不可能なことでした。しかもその人々はというと、今おかれた境遇によるおののきのため、ひどい取り扱いにたいする立腹のため、疫病のあまりのすさまじさのため、すっかり絶望的になっていて、家の片側で監視人と話しているあいだに、反対側から家族が逃げ出すというふうでした。

たとえば、今でもそうですが、コールマン通り〔市内の北部〕には小路がたくさんあります。そのうちのホワイト小路と呼ばれる小路で、ある家が閉鎖になりましたが、この家の裏には窓があるだけで入口はなく、そこから広場につづき、広場の出入口をとおってベル小路という小路にぬけるようになっていました。さて、警吏が監視人をおいたのはこの家の玄関で、そこで夜と昼の監視人が交替で見張りをしていたのですが、他方、この家の者は一人残らず夜のうちに例の裏窓から広場にぬけて逃げ、二人を二週間近くも監視させておきました。

ここからあまりはなれていないところで、監視人が火薬をしかけられてひどいやけどをしました。そして彼がぞっとするような叫び声をあげ、まだだれも助けに近よろうとしないでいるすきをねらって、家族のうちで動ける者はみな二階の窓から逃げました。患者が二人あとに取り残され、救いを求めていました。二人を世話する看護婦をつけるよう、さっそく手は打たれましたが、逃げた者が見つかったのは、疫病の勢いがおさまったあと、またもどって来てからでした。しかし、証拠となるものは何もなかったので、彼らをどうすることもできなかったのです。

さらにここで考えていただきたいのは、普通の監獄と違って、閉鎖家屋のばあいは格子のない監獄であったから、監視人が見張っている時でも人々は窓からとびおりたことです。そんな時には剣とかピストルを手にもち、そこを動いたり、助けを求めたりすればぶっぱなすぞ、と気の毒にも監視人をおどすのでした。

また、隣の家とのあいだに、庭園とへいやさくとか、あるいは中庭と離れなどがあるばあいがありました。そんな時には、隣同志のよしみでお願いし、へいやさくを乗りこえて隣の入口から出してもらうとか、あるいは隣の奉公人にお金をつかませ、夜のうちに逃がしてもらうとかしたのです。こういうわけで、つまるところは家屋閉鎖もけっして当てにはならず、またまったく目的にもかないませんでした。ただいたずらに人々を絶望におとしいれ、どんな危険をおかしてでも閉鎖を破ってみせるという窮地にまで追いやったのです。

しかもさらに悪いことには、このようにして逃亡した者がやけくそになって疫病にかかった身でさまよい歩き、ほかのばあいよりも遠くまで疫病をひろめたことです。というのは、こんなばあいに起こるいろいろな点をあれこれ考えてくれる人にはわかってもらえると思うし、またわたしどもにもそうとしか考えられないことですが、閉鎖がきびしくて多くの者は絶望におちいり、どんな危険をもおかして、かつ、だれの目にもはっきりと疫病にかかったままで家を逃げ出したまではよいが、どこへ行ったらよいのか、どうしたらよいのか、まったくのところ、自分たちがしたこともわからなかったのです。そんな逃亡者の大部分はどうしようもないほどひどい窮地に追いこまれ、まったく食べ物も得られずに通りや原野で死んだり、発熱があまりにもはげしいために倒れたりしました。また中には田舎にさまよって行き、行った先も知らず、これからどこへ行く気なのかもわからずに、ただともかくやぶれかぶれに歩く者もありました。ついには疲れてふらふらになっても助けてくれる人もなく、路上の家でも、村でも疫病にかかっていてもいなくても宿泊を断わられ、こうして道ばたで死んだり、納屋にはいってそこで死んでいったりしました。たとえ疫病におかされていなかったところで、だれもそういう者のそばに来たり、助けたりしようとはしませんでした。というのは、疫病ではないという本人の言葉など、だれも信じなかったのです。

他方、ある家族がはじめて疫病にかかった時、――すなわち、家族のだれかが外出し、不注意か何かで疫病にかかって家にもどって来た時――調査員よりも家族の者に早く知れることは言うまでもありませんでした。ところで調査員は、条例によって明らかなように、だれであれ病気だということを聞いたら、それがどんなぐあいであるかを調査するよう命ぜられていたのでした。病気になってから調査員がやって来るまでのあいだに、家の主人に行き先がはっきりしていれば、自分なり、家族全員なり、自由に移転させる余裕があったはずで、事実、そういう者が多くいました。ところが、そのため大きな災難が起こりました。移転したのはいいが、完全に疫病におかされている者が多く、そのため手厚く迎えいれてくれた人たちの家へ疫病をもちこむことになったのです。はっきり言って、それはじつにむごたらしく、恩知らずなことでした。

こんなこともなかば手伝って、疫病患者の気質について世間の通念、というよりはむしろ世間の反感がひろまりました。すなわちそれは、他人に病気を移すくらい何とも思っていないし、気をつけることなどもまったくしないというものです。しかし、わたしに言わせれば、それにも少しは真実があるかもしれないが、普通に言われているほど一般的なものではありませんでした。自分たちは今、神の裁きの席につこうとしているのだときめこんでいる時に、どうしてそんなによこしまなことができるのか、わたしにはこれといった説明がつきません。そんな行為は、高潔と人情はもちろん、信仰と道義にも反するものであることは十二分に知っています。しかし、このことについては、またあらためて話すこともあるでしょう。

わたしが今のべているのは、閉鎖されるのではないかという心配のあまり、やけくそになった人たちが、閉鎖される前でも後でも、策略とか暴力を用いて無理やりに逃亡したのはよいが、その後のみじめさは、減じるどころかひどく増すばかりであった、ということです。ところがそれにたいして、こうして、逃亡した中には避難先があった者も多くいて、そこにとじこもったきり疫病がすぎ去るまでひそんでいました。また、中には疫病が近づくことを予見し、家族全員で十分に食べられるだけの食糧をたくわえた上でとじこもり、しかもそれが、姿を見ることも、うわさを聞くこともできないほど徹底したものだったので、疫病が完全におさまって出てきた時には健康そのものだった、という家族も多くありました。こんな例ならいくつか思い出し、どんなやり方をしたかくわしくのべることもできます。というのも、事情があってどうしても移転できない者とか、こんなばあいに都合のよい避難先がない者には、こんなに効果的で安全な手段はどこにもなかったからです。それもそのはずで、こうして家の中にとじこもっていれば、まるで一〇〇マイルも遠くにいたようなものだったのです。それにわたしは、そういう家族が失敗したという話は一つも記憶にありません。その中でとくに注目すべきは、数人のオランダ商人で、彼らは、まるで包囲された小さな要塞にでもかくれるように家にひきこもったきり、家に出入りしたり、彼らに近づいたりすることをだれにも許しませんでした。とくに徹底していたのは、スロッグモートン通りの広場にあり、ドレーパーズ公園〔いずれも市内の中心部〕にのぞむ家に住んでいたオランダ商人でした。

だが、感染のため責任当局によって家を閉鎖された家族に話を返しましょう。そういう家族のみじめさときたら、とても口で言い表わせるものではありません。何とも言えず無気味な金切声

「閉鎖家屋」

やわめき声が聞こえてきたのも、たいがいはこんな家からでした。そこでは、この上なくいとしい者のうちひしがれた姿を見つめ、しかも監禁されたための恐怖心から人々はおびえ、今にも死ぬほど肝をつぶしていました。

今でもわたしの記憶にこびりついている事件があって、こうして書いている時でも、なんだかその騒ぎが聞こえてくるような気がしてなりません。ある身分の高い婦人がおりましたが、彼女には十九歳くらいの若い一人娘がいて、財産もかなりありました。そして今の家にたった二人きりで住んでいました。その若い娘と母親と女中の三人は、ある用事のため——それが何だったかは忘れた——出かけました。というのは、家が閉鎖されていなかったのです。ところが、帰宅してから二時間ほどたつと、娘は気分が悪いと訴えました。さらに十五分ほどすると吐き出し、ひどい頭痛がしてきました。「どうか、神様、この子が疫病でありませんように！」と祈る母親の驚きはたいへんなものです。頭痛がはげしくなってきたので、母親はベッドを暖めるよう女中に命じ、娘を寝かせることにして、汗が出るものをあれこれあたえる支度をしました。疫病の懸念がはじめて生じた時、普通とられる療法は汗を流すことだったのです。

ベッドを熱にあてているあいだ、母親は娘の着物をぬがせ、ベッドに横たえてからすぐローソクで照らしてみると、ももの内側にある運命の徴候がただちに目につきました。母親はもうこらえることができず、ローソクをなげすてたかと思うと、どんなにものに動じない心でもぞっとするようなすさまじい金切声をはりあげて叫びました。それに、悲鳴を一度あげただけとか、大声を一度あげただけというようなものではありません。すっかり心が恐怖のとりことなった彼女は、気を失ったかと思うと回復し、それから家中をかけまわり、階段をかけのぼったりかけおりたりするありさまは、まるで狂人のようでした。いや、ほんとうに気が狂ってしまって、正気を失って——あるいは、少なくとも自分でも何が何だかわからなくなって——何時間か金切声をはりあげて叫びつづけたが、完全に正気をとりもどすことはついになかったという話です。若い娘の方はどうだったかというと、もうその瞬間からは死体も同じでした。というのは、でき物の原因である壊疽《えそ》がもう全身にひろがっていたからで、それから二時間とたたないうちに死んでいったのです。ところが母親の方は、娘のことなどはまるでわからなくなって、彼女が死んでから数時間はわめきつづけました。これはずいぶん昔のことで、どうもはっきりはしませんが、たしか母親は回復しないまま、二、三週間後に死んだのだったと思います。

これはざらにある例ではありませんでした。たまたまわたしがこの事件をたいへんくわしく知るようになったので、それだけくわしくなったまでのことです。とは言っても、このような例がまだかぞえ切れないほどありました。そして週間死亡報が出ると、「ショック死」の項目にかぞえられる者、つまり、肝をつぶして死んだと言ってよい者が二、三人はほとんどのっていました。しかし、肝をつぶすあまりただちに死んだ者のほかにも、死なないまでも極端に変わりはてた者が大勢いました。正気を失った者とか、記憶がなくなった者とか、ものごとの判断ができなくなった者などです。でも、これはこのくらいにして、また家屋閉鎖の話にもどりましょう。

前にのべたように、閉鎖されてから策略によって家から逃げた者がいましたが、他方では、監視人を抱きこみ、金をにぎらせて夜中にこっそり見のがしてもらった者もいました。はっきり言って、罪とは言っても、それほど無害な買収はないだろう、と当時わたしは考えていました。したがって、気の毒な人たちをあわれに思わざるをえず、監視人が三人、閉鎖された家から人を逃がしてやったという罪で、公衆の前でむち打たれながら通りをひっぱりまわされた時は、ひどいことをするものだと考えないわけにはいきませんでした。

ところが、そうきびしくしてみても、なんと言っても貧乏人にものを言うのは金で、閉鎖されてもその手を使い、何とか逃げ出す算段をした家族が多かったのです。しかし、こんな家族には、たいがい避難先がありました。そして八月一日以後は、どちらに行くにせよ、道路をとおることは容易ではなかったのですが、それでも避難する方法はいくらでもありました。とくに、前に少しだけのべましたが、ある者はテントをもっていって野原に張り、ベッドないしベッド用のわら、食べ物などをはこび、まるでいおりに住む隠者のような生活をしました。というのは、だれも近よろうとする者はいなかったからです。こういう人たちの話がいくつかあって、おどけたものや、悲しいものがありました。中には砂ばくをさまよう巡礼者のような生活をし、ほとんど信じがたいような方法でみずからさすらい人となって逃げまわり、しかもそれでいて、こんなばあいには考えられないような自由を味わった者もいました。

わたしは二人の兄弟とその親類の男の話を知っていますが、三人とも独身でありながら、市内にぐずぐずしているうちに逃げそびれてしまったのでした。実際のところ、どこに身をかくせばよいのかさっぱりわからず、かといって遠くまで行く金もなく、生きのびるためにしかたなくある手段をとりましたが、それは、はじめこそ無茶と思われたもののよく考えてみれば当然の手段であって、なぜもっと多くの人が当時そうしなかったか不思議なくらいです。三人ともいやしい身分でしかなかったが、露命をつなぐのに足りるような必需品が買えないほど、貧乏でもありませんでした。ものすごい勢いで疫病がひろがるのを見た彼らは、できるだけ何とかして逃げることにきめました。

彼らの一人は、最近あったいくつかの戦争に出征し、その前はネーデルランド地方でも戦ったことがありました。軍人のほかはこれといった職業も身につけておらず、その上、負傷のためあまり重労働はできなかったので、ここしばらくはウオピングにある堅パン屋にやとわれていたのでした。

この男の弟も船乗りだったのですが、どうかしたはずみに片足を痛めて船には乗れなくなり、やむなくウオピングかそのあたりの製帆屋で働いて食べていました。ずいぶん倹約家であったせいで小金をためており、三人のうちでは最も金持でした。

三人目の商売は指物師か大工で、器用な男でした。彼の財産は箱一つだけ、つまり道具入れだけでしたが、これさえあれば、今のような時は別として、いつどこへ行っても食べていけたのです。彼はシャドウエル〔市内の東方、ウオピングの東にあるテムズ川北岸の地域〕の近くに住んでいました。

彼らはみなステプニー教区に住んでいて、前にも言ったように、ここは疫病におかされるのが、少なくとも病勢がすさまじくなるのが、いちばんおくれたところでした。そこに彼らは、ロンドン西部で疫病が衰え、しだいに彼らが住む東部におしよせてくるのをはっきり見きわめるまで住んでいたのです。

もしも読者が、彼ら三人が語ったとおりにのべるだけでよく、しかもこまかい点までうけあったり、誤りの責任をすべて負ったりする必要はない、と言ってくださるなら、できるだけはっきり彼らの話をのべることにしましょう。この話は、同じような災難がまたロンドンで起こったばあい、どういう行動をとったらよいか、そのたいへんよい手本になるだろうと信じます。もしもそんなことが起こらなくとも――かぎりなく恵み深い神よ、どうか災難がふりかかりませんように！――この話はいろんな意味でためになり、したがって、聞いても何にもならなかった、ということにはならないだろうと思うのです。

三人の話にはいる前に、あらかじめこれだけのことを言っておきますが、さしあたってわたしには、今までの話のつづきとしてまだまだのべることが残っています。

まだはじめのうちはずっと、わたしも自由に通りを歩きまわりました。とは言っても、あからさまに危険と知りつつ首をつっこむほどではなかったのですが、ただ、わたしどものオールドゲート教区の教会墓地に、大きな穴が掘られた時は例外でした。それはぞっとするような穴で、どうしても見に行きたいという好奇心にさからうことはできませんでした。できるだけ正確に判断してみたところ、穴の縦が約四十フィート、横が約十五ないし十六フィート、そしてわたしが最初に見たとき、深さは約九フィートほどでした。しかし、うわさ《ヽヽヽ》によると、その後ある個所は二十フィート近くも掘りさげられ、ついには水がわいてそれ以上掘れなくなったそうです。それほどまでにするのも、すでにこれよりも前、大きな穴をいくつか掘っていたが間に合わなくなったためのようです。というのは、疫病がわたしどもの教区に達するまでは長くかかったけれども、いったんやってきた時のすさまじさは、ロンドンの内外でオールドゲートとホワイトチャペルの二教区ほどはげしい教区はなかったからでした。

ほかの場所にも穴をいくつか掘っていたと言いましたが、それはわたしどもの教区にも疫病がひろがり出した時で、とくに死体運搬車が動きまわりはじめたころでした。ところで運搬車がわたしどもの教区に姿を見せるようになったのは、八月のはじめになってからのことです。この穴の中に、おそらくおのおの五十から六十くらいの死体がなげこまれていました。その後もっと大きな穴を掘るようになり、運搬車が毎週はこんでくる死体をつぎつぎ埋めていたのですが、八月の中ごろから末ごろにわたる死体の数が一週間につき二〇〇から四〇〇に達しました。だが地面から六フィート以内のところに死体を埋めておいてはいけないという責任当局の条令が出たため、穴を大きく掘りひろげるにしても思うにまかせず、約十七ないし十八フィートのところで水がわいてくるので、一つの穴にさらに多くの死体をなげいれるわけにはいきませんでした。しかし、九月もはじめになると、疫病の猛威は恐るべきもので、わたしどもの教区における埋葬数の増加は、ロンドン付近の大きさも同じくらいの教区ではくらべものでなくなったので、さっきのべた恐ろしい深淵を掘るよう指令が出るにいたったのです。というのは、穴もこれくらいになると、穴というより深淵と言った方がむしろぴったりだったからです。

この穴を掘る時には、これで一カ月以上は間に合うと考えられ、中にはこんな恐ろしい穴を掘る許可をあたえた教会委員を非難し、全教区の者をごっそり埋める準備をしているのだなどと言う者もいました。だが、時がたつと、教区のことに関しては教会委員の方がよく知っていることがはっきりしました。それもそのはずで、九月四日に穴ができあがると、たしか六日からそこに埋葬しはじめ、ちょうど二週間目の二十日までにはもう一一一四の死体をなげこんでいましたが、その時は地面から六フィート以内のところまで死体がきていたので、穴に土をかけなければなりませんでした。今でも教区には、これが事実に間違いはないと言ってくれ、教会墓地のどこにその穴があったかについても、わたしよりも正確に知らせてくれる老人もきっと生きているだろうと思います。穴の跡も教会墓地の地面の上に何年間も認められ、ハウンズディッチから教会墓地の西側のへいにそって進み、尼僧軒の近くにきてから東のホワイトチャペルにまがる通りと平行してありました。

好奇心のため、というより好奇心でもうじっとしていられなくなって、わたしがまたこの穴を見に行ったのは九月十日のころでした。もうその時は、四〇〇名近くが埋められていたのです。前のばあいのように、昼間に見るだけでは気がすみませんでした。というのは、昼間ではばらばらかかっている土を見るくらいが関の山だったでしょうから。それもそのはずで、穴になげこまれた死体は、ただちにいわゆる埋葬人――ほかの時には運搬人と呼ばれていた――によって一つ残らず土をかけられたのです。だがこんどは夜になってから行って、死体がいくつかほうりこまれるところを見てやろうと決心しました。

そういった穴に人々が近づかないよう、きつい指令が出されていました。それは感染を防ぐためにほかならなかったのです。ところがしばらくたつと、その指令がいよいよ必要になってきました。というのは、感染して死期も近く、精神も錯乱している者が、さまざま毛布にくるまったまま穴のところにかけて行ってとびこみ、言うなれば、自分で自分を埋葬したからです。人が穴にはいるのを係員がわざと認めていたとは言えませんが、わたしが聞いた話によれば、クリプルゲート教区のフィンズベリー〔市内の北側〕にある大きな穴のばあいは、そのころへいがなくまま死んて四方が原野だったものだから、患者が勝手にやって来て穴にはいり、土をかける間もなくそのでいったそうです。そして他の死体を埋めにやって来た係員がそこに患者を発見した時には、まだ冷たくはなっていなくても、すっかり息がとだえていたという話です。

こんな話をすれば、あのわたしがたずねた日の恐ろしい模様を伝えるのに少しは役立つでしょう。しかし、実際に自分の目で確かめなかった人には、いくら口で言っても本当のすさまじさはわかってもらえないでしょうが。ただ、それは非常に、非常に、非常に恐ろしいもので、口では言い表わせないものだ、としかのべることができません。

そこで番をしていた墓掘人と知り合いであったので、わたしは教会墓地にいれてもらうことができました。はじめこの男は全然断わりはしなかったが、はいらないように説きふせようとして一生懸命でした。そして善良で、信心深く、分別のある男であっただけに、真剣にこう言うのです。どんなに危険でも、やらなければならないのがわたしどもの任務です。命が助かるように願うのがせいぜいですよ。ところがあなたのばあいには、見たところ好奇心にかられているだけのようですね。たったそれだけのことで、まさかこのような危険をおかす価値が十分にあるなどとおっしゃる気ではないと思いますがね……と。わたしは行ってみたくてどうしようもなかったと、おそらくそれを見るのはためになることで、まんざらむだなこともなかろうと彼に言ってやりました。「やあ」と男は言います。「そういうお話なら、どうぞおはいりください。言っておきますがね、きっと説教を聞くようなものですよ。しかも今まで聞いたことのないような。その光景ときたらものを言ってるみたいで、声があり、しかも大声でだれにでも悔い改めるように話しかけてきますよ」。こう言って、彼は入口をあけて、「おのぞみならおはいりなさい」と言いました。

彼の話でわたしの決心が少しぐらつき、かなりのあいだためらいながら立ちつくしていました。だが、ちょうどそうしているところに、ミナリズ区の端から近づいてくるたいまつが二本見え、それから触れ役の声が聞こえたかと思うと、通りをこちらへやって来るいわゆる死体運搬車の姿が見えてきました。こうなってはもう見てみたいという気持をおさえ切れず、中にはいりました。最初わたしが見たかぎりでは、教会墓地にはだれもおらず、中にはいった者は埋葬人と車を駆る者——あるいはむしろ一頭立ての車を引く者——だけでした。ところが彼らが穴のところに来てみると、男が一人あちこちぶらついているのが見えたのです。彼はとび色のマントにくるまり、非常に苦しんでいるのだと言わんばかりに、マントの下で両手を動かしていました。そこで埋葬人たちは、すでにのべたように、精神が錯乱したりやけくそになって、自分で自分を埋葬しようとするあわれな人間の一人ではないかと思い、すぐ彼のまわりに集まりました。彼は何も言わないで歩きまわり、腹の底から大声で、二、三度うなり、心臓がはりさけるようなため息をつきました。

埋葬人たちが彼のところに来てみると、彼はわたしが前にのべたようなやけくそになった患者でもなければ、気が狂った人間でもなく、ひどい悲しみにうちひしがれて苦しんでいるのだということがすぐわかりました。ちょうど今はいってきたばかりの死体運搬車には、彼の妻と数人の子供たちがみな乗せられていて、苦しみと極度の悲しみにたえ切れず彼も一緒にはいってきたわけなのです。彼の嘆きが痛ましいかぎりであることは容易にわかったが、しかしそれはある男らしい悲しみで、涙にむせぶようなものではありませんでした。彼は埋葬人たちにたいして、どうか自分にかまわないでほしいとおだやかに頼み、妻子の死体が埋められるのを見とどければ行くからと言ったので、埋葬人たちも彼にうるさく言うのはよしました。ところが、運搬車がひっくり返され、死体がだれかれの区別なく勢いよく穴になげこまれたとたんに、彼は驚いてしまいました。というのは、あとになって不可能であることがわかったとはいえ、少なくとも妻子の死体はそれ相当に埋葬されるものとばかり思っていたからなのです。さて、彼がそのような光景を見たとたんに、もうこらえ切れなくなって大声で叫びました。わたしには彼の言葉は聞きとれなかったが、二、三歩後ろにさがったと思うと、気を失って倒れました。埋葬人たちはかけよって彼をだきあげました。少したつと彼は気がつき、それからハウンズディッチの端の反対側にあるパイ亭につれていかれましたが、そこでは知り合いだったらしく、看護してもらいました。立ち去る時に彼はもう一度穴をのぞいてみたのですが、死体の上には埋葬人たちがすぐ土をかけてしまっていたので、何も見えませんでした。ただし、山のように積みあげた土がいくつかあって、その上に七つ、八つ、いやもっと多かったでしょうか、ローソクのついた角燈が一晩中、穴のまわりにぐるりとおかれていたので、明かりは十分にあったのですが。

実際、これは悲しい光景で、他のばあいもほとんど同じでしたが、これには心を痛めてしまいました。ところが、もう一つの光景は身の毛もよだち、戦慄をおぼえるものでした。死体運搬車には十六ないし十七個の死体が積んでありました。ある者はリンネルの経かたびらにくるまれ、ある者は毛布に、またある者は裸も同様か、もしくはとてもゆるくつつまれていました。そのためせっかく身体にまとっていたものも運搬車からなげこまれる時にはとれてしまい、すっ裸で他の死体の中にころげおちるのでした。だが、死体にとってこんなことはたいしたことではなく、また見る者にとってもその見苦しいさまなどたいしたことではなかったのです。みんな死人なのだし、それにどうせいわば人類の共同墓地にごちゃごちゃ集められるのですから。というのは、ここにはもはや差別がなく、金持も貧乏人も一緒だったからです。これ以外に埋葬の方法がなく、また別の方法があるなどとは無理な相談でした。なぜなら、このような災難がふりかかる時には、死者の数はとてつもなく多くなり、そのため棺などはほしくても手にはいらなかったからです。

埋葬人にたいする陰口として、こんなうわさが流れていました。つまり、当時の死体には、たいていは良質のリンネルでつくられたいわゆる経かたびらに頭のてっぺんから足の先まできちんとつつまれていたものもあって、そんな死体が埋葬人に渡されると、けしからないことに運搬車の中でそれをはぎとり、すっ裸にして穴まではこぶということなのです。しかし、わたしにとっては、いやしくもキリスト教徒ともあろうものが、しかもそのように身の毛もよだつほど恐怖にみちている時に、そのようなひどいことをするとは容易に信じがたいのです。ですから、ただこのうわさをのべるだけにして、真偽はきめないでおくことにします。

患者の世話にあたった看護婦についても、むごたらしいことをいろいろやったとか、看護している患者の死を早めるようなことをしたとか、かぞえ切れないほどのうわさが流れていました。しかし、このことについてはあらためてのべることにしましょう。

実際、この光景にはショックをうけました。それにはほとんど圧倒されてしまい、この上なくつらい気持をいだき、何とも言いようのない悲しい思いにふけりながらそこを去ったのです。ちょうど教会を出て、家の方へ向かって通りをまがった時のこと、たいまつと触れ役のあとから運搬車が一台、ハロー小路から出てきて、反対側のブチャー小路〔どちらも市内の東側、オールドゲートにある〕へ行くのが見えました。見たところ死体を満載していたようで、この車もまっすぐ教会の方へ通りを進んでいました。わたしはしばらく立っていましたが、もう一度あのぞっとする場面を見に引き返す元気はありませんでした。それからまっすぐ家に帰りましたが、あのような危険をおかしたにもかかわらず、なんら病気になった様子もないことを考えるにつけても、感謝せずにはいられませんでした。また事実、疫病にはかからなかったのです。

そうしていると、またあの気の毒な男の悲しみが思い出され、それを考えると涙が流れてどうしようもありませんでした。おそらく本人でもそうは泣かなかったでしょう。ところが彼のことがどうしても気がかりで、ついに決心してまた通りに出てパイ亭へ行き、彼がどうしたかたずねてみることにしました。

この時はもう午前一時であったが、気の毒な男はまだそこにいました。じつを言うと、ここの人たちは彼と知り合いだったもので、疫病を移される危険などかえりみず、いろいろ世話をしながらずっとそこにひきとめていたのでした。もっとも、どこから見てもこの男は健康そのものとしか思えなかったのですが。

この居酒屋のことを考えると、わたしは残念でならないのです。もっとも、そこの人たちは上品で礼儀正しく、まずもって親切な人たちばかりで、以前ほど大っぴらではないが、こんなおそい時間まで店をあけて商売をつづけていたのです。ところが、ひどい連中がお客に来ていて、しかもこんなぞっとする恐怖のさなかに毎晩そこに集まり、こんな連中がいつもふだんやっているように飲めや歌えのかぎりをつくしていました。じつはそれもはなはだしく言語道断だったので、さすがの主人と女主人もはじめは恥ずかしくなり、次には彼らにたいして恐れをいだくようになりました。

たいてい彼らは通りにいちばん近い部屋をとっていました。いつもおそくまで騒いでいたのですが、死体運搬車が通りの角をわたってハウンズディッチへ行くような時、――これが居酒屋の窓からよく見えたのですが――触れ役の鐘が聞こえたかと思うと、しきりに窓をあけてながめたものでした。そして運搬車がとおりすぎる時、通りや窓で見ている人たちがあげる悲しみの声を聞くようなことでもあると、いちいち生意気にもその人たちをあざけり笑ったものでした。そのころ、ふだん通りを歩きながら神にあわれみを求める者が多かったのですが、そういう気の毒な人たちの声を聞くときには、とくにひどいあざけりようでした。

この連中は、前にのべた例の気の毒な男をつれてくる時の騒ぎに少しじゃまをされて、はじめは腹を立て、こんなやつ——連中は彼のことをこう言った——を墓から店へつれてきたのがいけないと言って、主人にかみつきました。だが、この方は近所の人で、病気ではないのですが、家族に災難があってどうしたらよいかわからなくなっているのです、などと言われると、こんどはその男のことや、妻子をなくして悲しんでいるさまをあざけることにその怒りを向けたのです。例のでっかい穴にとびこみ、妻子と一緒に天国へ行く——と連中はなじって言った——勇気もないのかと言ってあざけり、とても不敬どころか、神をもないがしろにするような言葉もはいたのでした。

こんなひどいことをやっているところへ、ちょうどわたしがまいもどって行きました。わたしが見るかぎりでは、その男はやるせない気持でじっと口もきかずにすわり、連中の侮辱もその悲しみを慰めることができなかったが、それでも連中の話には悲しみもし、腹も立てていたのです。そこでわたしは、連中の性格も十分のみこんでおり、かつその中の二人とまんざら知らない仲でもなかったので、おだやかにたしなめてやりました。

するとたちまち連中はわたしに悪口雑言をあびせてきました。おまえなんかより正直な者が、つぎつぎ教会墓地にはこばれている時に、墓にもはいらないで何をしているんだ。なぜおまえは、死体運搬車がやって来ませんように、と家にひっこんで祈っていないんだい……などとたいへんな剣幕でした。

こんなあしらいをうけても気をとり乱すようなことは全然ありませんでしたが、連中が生意気なのには実際驚きました。しかし、わたしはこらえました。わたしは彼らにこう言ってやったのです。おまえさん方でもだれでも、このわたしを不正直だなどと言って非難できるものならそれでかまわないが、でもはっきり言って、このたびの恐ろしい神罰では、わたしよりも善良な人たちが大勢さらわれて墓にはこびこまれたね。しかし、おまえさん方の質問にまっすぐ答えれば、わたしは偉大な神のあわれみのおかげで、こうして生きているというわけなのさ。ところがおまえさん方ときたら、ひどく罰当たりな言葉を吐くことによって、神の名をみだりに唱え〔「出エジプト記」二〇章七節参照〕、けがしているのだよ。それに神がわたしを生かしておかれる目的にはまだいろいろあろうが、とくにおまえさん方がこんなに傍若無人な振舞を、しかもこんなに恐ろしい時にするのをいさめるため——とくに、おまえさん方が、正直な隣人をあざけり笑うのをいさめるため——だと思うね。おまえさん方の中には、この人を知っている方だってあるだろう。ごらんのとおり、神のおぼし召しで家族から引き離され、その悲しみにうちひしがれているのですよ……と。

こうわたしが言ったのにたいして、ぞっとするほどいとわしいあざけりの言葉をあびせてきましたが、それはよく思い出すことができません。わたしが全然ひるまず、何でもずけずけ言ってやったので、どうも腹を立てたらしいのです。また、たとえ思い出すことができたところで、連中が吐いたぞっとするような毒舌、悪態は、まったくのべる気になりません。そんな言葉は、そのころ通りをぶらついているどんなにげすっぽい悪人でも使わなかったような言葉だったのです。

――というのは、こんなに無情な連中はともかくとして、当時はどんなにひどい悪人でも、こんなぐあいにたちまち死においやる力をもっている神の手にたいし、恐怖の念はいだいていたからです。

しかし、彼らのひどい言葉づかいのうちでもいちばんいけなかったことは、神をないがしろにし、神が存在しないかのような話をすることをも恐れないことでした。そして、わたしが疫病を神の手と呼ぶのをひやかすどころか、そのように疫病が荒れ狂うのと神の摂理とはあたかも関係がないかのごとくに、裁きという言葉をあざけり、もの笑いにすらしたのです。しかも、死体をはこび去る運搬車を見て、人々が神に呼びかけるなどは、まったく狂信じみていて、ばかげてくだらない話だ、と言うのでした。

それにたいしてわたしは、適当と思われるように答えましたが、彼らのぞっとするような話し方をやめさせるどころか、そのためかえってひどくののしるようになりました。はっきり言って、そんなことをされると、恐ろしさと腹立たしいような気持でいっぱいになりました。そこで、全市をおそった裁きの手が、彼らとその一族にその輝かしい復讐をとげなければよいが、と言って帰りました。

わたしがとがめるのを、彼らはこの上なく軽べつしながら聞いていましたが、やがてそれ以上は不可能と思われるほどひどくわたしをあざけり、わたしが彼らに説教したと言って、下品で失礼な嘲笑の言葉をつぎつぎに考え出してはわたしにあびせてきました。実際のところ、わたしは、腹立たしく思うよりは悲しくなりました。しかし、そんなにまで侮辱されたにもかかわらず、容赦なく言ってやったことを心で神に感謝しながらそこを去ったのでした。

「あざける人たち」

彼らはこのとんでもない乱行ぶりを、その後三、四日くらいつづけました。そして敬けんな態度や真剣な態度を見せる者とか、わたしどもにたいする神の恐ろしい裁きに少しでもおびえている者を、一人残らず嘲笑してやめませんでした。また、聞くところによると、疫病が流行しているにもかかわらず、教会に集まり、断食をして、その手を自分たちから取り去ってくれるよう神に祈った善良な人たちをも、同じように侮辱したということです。

今のべたように、彼らのこの恐るべき乱行は三、四日つづき、たしかまだそれ以上はたたないころだったでしょうか。連中のうちの一人が——それもとくに例の気の毒な男に向かって、墓にもはいらないで何をしているんだい、と言った男ですが——突然、天から疫病を見舞われ、たいへんあわれな死に方をしました。しかも、簡単に言ってしまうと、前にのべた大きな穴がまだいっぱいにならないうちに、——これがいっぱいになるのに、およそ二週間以上とはかからなかった——連中は一人残らずそこにはこばれたのです。

当時、だれでもが恐怖におののいている時、人間であれば考えるだけでも身震いしたろうと思われるような乱行を、この連中は数かぎりなく重ねました。とくに、人々が敬けんなことをしているのがたまたま連中の目にとまると、それが何であってもあざけりちらし、なかでも、このような災難の時にあたり、天からあわれみを求めようと、熱心に礼拝の場所にむらがる人たちにたいする嘲笑はひどいものでした。それに彼らがクラブの集合所にしていたこの居酒屋は、教会の入口が見えるところにあっただけに、彼らが神をけがす無神論的な悪ふざけにふける機会も、それだけとくに多かったわけです。

ところが、上にのべた災難が起きる前に、この悪ふざけも少しおさまり出していました。というのは、今ではこの地方でも疫病のひろがりが激烈を加え、そのため人々が教会に来るのを恐れはじめたからで、少なくともいつものように大勢は集まらなかったのです。牧師もまた死んだ者が多く、中には田舎に逃げた者もいました。それもそのはずで、だれであれ、こんな時にわざわざロンドンにとどまるだけではなく、あえて教会にやってきて、実際に大多数が患者であると考えてよい会衆にたいして牧師のつとめをはたすには――しかもあるところのように、これを毎日とか、一日に二度やるには――ゆるぎのない勇気と強い信仰が真に必要だったのです。

人々がこうした宗教上のつとめに異常な熱意を見せたのは事実です。教会の入口はいつでもあいていたので、牧師が司式をしていようといなかろうと、いつでも人々は一人で中にはいり、別別の座席にとじこもって燃えるような信仰心で神に祈るのでした。

これとは違う非国教会派の人たちも、おのおのその異なる宗旨にしたがって礼拝堂に集まりましたが、だれかれの区別なく、みな例の連中にもの笑いのたねにされました。しかも流行のはじめころはとくにそうでした。

例の連中がこのようにあけすけに宗教を侮辱できなくなったのは、各宗旨にいる何人かのりっぱな人たちのおかげだったようです。思うに、そのことと、疫病がすさまじく荒れ狂ったことが原因となって、しばらく前から連中がその無礼な振舞をかなり改めたのだと思います。そして例の男がはじめ居酒屋につれてこられた時の騒々しさに、ちょっと下劣で無神論の精神をふるい起こされただけのことで、わたしがあえてとがめた時も、やはり同じ悪魔によっておそらく気持をかき乱されたのでしょう。ただし、その時のわたしは、はじめはできるだけおだやかに、落ち着きはらい、やわらかな物腰だったのです。ところが、しばらくは、そのためかえって連中にあなどられることになったのでした。あとになってからそうではないことに気づいたとはいえ、彼らをおこらせまいとするわたしの配慮と思ったのでしょう。

実際、わたしは、その連中のぞっとするような不行跡にいたく心を痛めながら家に帰りましたが、彼らはきっと神の裁きの恐ろしい見せしめにされるであろう、と信じて疑いませんでした。なぜなら、わたしはこう考えていたからです。この暗たんとした時期は神の復讐に定められた時期である。だから、このさい、他の時よりはっきりした特別の方法で、神は怒りをぶちまけるにふさわしい相手を選び出すだろう。この災難で大勢の善人も倒れるだろうし、また現に倒れたことや、またこのようにだれかれの区別もなく死んでいる時に、だれかの永遠の状態をそれから判断するなどはあてにならないやり方であることに異存はない。けれども、こんな時にあたり、神の名と存在をあなどり、復讐などものともせず、その礼拝と礼拝者を嘲笑するような公然たる敵を、神はあわれみによって許すことを適当とは考えないだろう。他の時にはあわれみからがまんし、許してやってもよいと考えるとしても、今のばあいはだめだろう。今は審判の日であり、神の怒りの日なのだ……と。そうすると、ふと、次の「エレミヤ書」第五章、第九節の言葉が浮かんできました。『わたしはこれらの事のために彼らを罰しないでいられようか。このような国民にあだを返さないであろうか』と主は言われる」

つまり、こんな考えが重く心にのしかかり、例の連中のむごさにぞっとするあまり、ひどく心を痛めながら家へ帰りました。また、いわば神が剣を抜いて手にもち、連中だけではなく、全国民に復讐しようとして一生懸命になっているというのに、そのようにとんでもないやり方で、しかもこのような時も時、神と下僕と礼拝をあなどるほど、下劣で、かたくなで、ひどく悪いやつがよくいたものだと考えると、心もひとしお重くなったのです。

連中にたいしては、はじめのうち、実際少し腹を立てていました。ただし、そのほんとうの原因は、連中がわたし個人に加えた侮辱のせいではなく、神をけがす彼らの毒舌のためぞっとした気持におそわれたからです。とは言うものの、わたしがいだいている憤りの気持は、まったくわたしの個人的な理由によるものではなかったかどうか、心の中では疑っていました。それほど、ありとあらゆるひどいののしりの言葉を、連中はわたしに、つまりわたし個人にたいしてあびせたのです。しかし、帰宅して、一息いれたあと、深い悲しみを心にいだいたまま、ただちに寝ました。一晩中眠っていなかったのです。そして、わたしが大きな危険をくぐりぬけたにもかかわらず、こうして無事であることを心からつつしんで神に感謝しました。そのあと、真剣な気持で、心から熱心な祈りをささげ、あのやけくそな連中を許し、その目をひらき、十分に改心させてくれるよう、彼らのために神に頼みました。

これによってわたしは、自分のつとめ、つまり、悪意ある取り扱いをうけた者のために祈ってやるというつとめをはたした、というだけではありません。個人的な侮辱はうけたものの、わたしの心には憤りの気持は全然ないということを、心の中をくまなく調べてみて十二分に納得しました。神の栄誉を心から熱心に求める気持と、個人的な憤りや立腹から生じる気持とを区別する方法を知りたいとか、確かめたいと思う人には、わたしのようなやり方をつつしんでおすすめします。

しかし、疫病が流行したころの、わたしに思い出されてしかたがないような出来事に、それもとくに流行初期の家屋閉鎖のころに、この辺で話をもどさなければなりません。というのは、疫病がまだ頂点に達しないうちは、その後にくらべていろいろ観察する余裕がまだまだ人々にはあったからなのです。ところが、病勢がどうしようもなくなった時には、今までのようにお互いに交わり合うなどということはなくなってしまったのです。

すでに言ったように、家屋を閉鎖しているあいだ、監視人にたいして暴力が加えられたりしました。兵隊はというと、一人も見かけることができませんでした。当時、国王に従っていた近衛兵は少数で、その後かかえられることになった人数とはくらべものにはならなかったのですが、これも宮廷と一緒にオックスフォードへ行ったか、あるいは、どこか遠くの田舎で宿営していてばらばらでした。ただ、ロンドン塔とホワイトホール宮殿〔ウエストミンスターにある〕を守っていた分遣隊は例外でしたが、しかし、その数はとるに足らないほど少ないものでした。それに、国王衛兵と同じ服と帽子をつけて門に立っていた、いわゆる見張りと言われていた者のほかに、だれかロンドン塔の番をしていたのかどうか、はっきりしません。ただ、二四名の砲兵隊員と、兵器係と言われて、弾薬庫を守るように任命された士官が、何名かいたことは確かですが。義勇軍については、それを募るなどということは、まるで見込みがありませんでした。いや、たとえロンドン、あるいはミドルセックス州の責任当局が、太鼓をならして義勇軍を集めるように命じたところで、おそらく、そのためどんな目にあおうと、けっして隊ができあがるまでには集まらなかったでしょう。

これがかえって監視人をないがしろにすることになり、おそらくそれだけひどい暴力が向けられる原因にもなったのでしょう。この点については、のべておきたいことがあります。このように人々をとじこめておくために監視人をつけておくことは、まず第一に、効果がないばかりか、人々は暴力や策略を用いて、ほとんど気のままに逃げ出したということです。第二に、このようにして逃げた人たちは、たいがいは疫病にかかっており、やけくそになったあまり、あちらこちらとかけまわって、だれかれの区別なく病気を移して歩いたということです。すでに言ったように、おそらくこんなことが原因になって、患者というものは、他人を感染させたいと願っているものだ、というまったくでたらめなうわさがひろまったのかもしれません。

こうのべるのも、十二分に、しかも多くの実例についてよく知っているからなのであって、善良で、敬けんで、信仰心のあつい人々についての話は、しようと思えばいくつか語ることができます。その人たちが疫病にかかった時は、すすんで他人に感染させようとするどころか、自分の家族の者でも近づけようとはせずに、なんとか助けてやろうとしたのです。それどころか、病気を移して命にかかわるようなことになってはいけないというわけで、最もいとしい者にも会わずに死んでいくことさえあったのです。だから、もしも患者が他人に感染させることなど、気にかけなかったような例があったとすれば、きっと、次のようなばあいがそのおもな原因とは言わないまでも、その一つの原因だったでしょう。すなわち、疫病にかかった人たちが閉鎖にあった家から逃げ出したのはよいが、食べ物や慰めが得られないのでどうしようもなくなり、一生懸命に病気をかくすことにつとめた結果、何も知らずに油断していた人々に、われ知らず病気を移すことになった、というばあいです。

そのように強制で家屋を閉鎖し、すでにのべたように人々をその住んでいる家に監禁する、というよりはむしろ投獄することは、大局的にはほとんど、あるいはまったく無益であった、とわたしはそのころ信じていたし、今でもそう信じておりますが、これは今のべたような例がその一つの理由なのです。いや、わたしの意見では、そんなことはどちらかと言えば害になったと思うのです。なぜなら、そんなことでもなければ静かにベッドで死んでいったかもしれないのに、やけくそになった人たちを、疫病にかかったままわざわざ外をうろつかせることになったのですから。

　わたしはある市民のことをおぼえていますが、彼は例の方法でオールダーズゲート通り〔市内の北部〕かその辺にある自分の家を逃げ出し、イズリントンへ歩いて行きました。そこで彼は、天使軒、それから白馬軒という、今でも同じ看板で知られる宿屋に泊めてもらおうとしたが、断わられました。しかたなく、まだら牛軒という、これまた今でも同じ看板を出している宿屋にたどり着きました。彼は一晩だけ泊めてくれるように宿屋の者に頼み、自分は今リンカンシアに行く途中だといつわり、ごらんのとおりとても健康で、疫病などにはかかっていないと念をおしました。そのころは、疫病もまだその方面では大したこともなかったのです。

　宿屋の者の話では、泊まるところと言っても、今は屋根裏部屋のベッドが一つしかあいておらず、しかも、その翌日には、家畜を引きつれた商人が何人か来ることになっているので、そのベッドにしたって一晩しかあいていない。そういうわけで、それでもかまわなかったら、どうぞお泊まりください……ということでした。こうして彼は、ここに一泊することになったのです。そこで、ローソクをもった女中が一人、彼を部屋に案内するよう命ぜられました。彼の服装はじつにりっぱで、とても屋根裏部屋などには寝たこともないような人に見えました。部屋にたどり着いた時、彼は深いため息をもらして女中に言いました。「わしはこんなところに寝たことはまずないのだが」。しかし、女中は、これよりよい部屋はないのです、とまたくり返すだけでした。

「まあ」と彼、「何とかするさ。今は恐ろしい時なのだし、それに、一晩だけだからな」。こう言うと、彼はベッドのかたわらに腰をおろし、おそらく暖かいエール〔ビールの一種〕を一杯というのだったでしょう、女中にもってくるよう命じました。そこで女中はエールをとりに行きました。ところが、宿が少しあわただしくて、そのためおそらく他の仕事をしなければならなかったのでしょう、女中はエールのことを忘れてしまって、その日はそれっきり屋根裏部屋へのぼって行かなかったのです。

その翌朝、例の男が姿を見せないので、宿のだれかが、いったいあの男はどうしたのだ、と屋根裏部屋に案内した女中にたずねました。そう言われた女中はびっくりしました。「まあ、何ということでしょう」と彼女、「あの人のことは、全然気がつかなかったわ。エールを暖めてもってくるように言われたんだけど、忘れちゃって」。そうすると、こんどはその女中の代わりに、他のだれかが男の様子を見てくるように命ぜられました。そこで屋根裏部屋まで来てみたところが、男はベッドの上に横ざまに倒れてすっかり事切れ、ほとんど冷たくなっていたのです。洋服をはぎとり、あごをがっくり落とし、ひどく恐ろしい形相で両眼を見開き、毛布を片手にしっかりとつかんでいました。それで見ると、女中が去ったあとすぐ死んだことは明らかであり、もし女中がエールをもって行っていたら、多分、男がベッドに腰をおろしてから数分で死んだところに行きあわしていたでしょう。だれにでも想像はつくでしょうが、この事件が宿の中にまき起こした驚きはたいへんなものでした。何しろ、そんな災難にあうまでは、疫病とは無関係だったのですから。これによって、その宿屋が疫病におかされると、ただちに周囲の家にも感染しました。この宿屋で死んだ者がどのくらいあったかは覚えていませんが、はじめに例の男を案内した女中は、恐怖のためすぐ病気になり、そういう者は他にも何人かあったと思います。何しろ、イズリントンでは、前の週に疫病で死んだ者はたった二名だけだったのにたいし、この事件後の週には一七名の死亡者があり、そのうち一四名は疫病死だったのですから。ときに、これは、七月十一日から十八日までの一週間のことでありました。

運悪く自分の家が感染した時、ある家族、それも少なからざる家族が、やむなくとった手段がありました。それは、疫病が発生してからすぐ田舎に逃げ、知り合いのところに避難し、家の管理はたいがい隣近所か親類のだれかに頼み、家財その他の安全をはかる、というものです。家によっては、それを完全に閉鎖し、ドアにはナンキン錠をかけ、窓や入口にはもみ板を打ちつけた上で、その点検は普通の監視人や教区の役人にまかせられた家もありましたが、こんな例はごくまれでした。

このころ、市内と郊外で、――ただし、周辺教区、ならびにサリー州、つまりサザクと言われるテムズ川南岸をも含む――住民がすてて逃げた家屋は一万戸を下らない、と考えられていました。とは言っても、同居人とかその他特殊な人々など、他人の家に住んでいてそこから逃げた者も大勢いたわけですが、このばあいはそれを除いての話です。したがって、そういう者も全部いれると、逃げた者はおよそ二十万人くらいと算定されていました。しかし、この話はまたあとでのべることにしましょう。ただ、このことに関して、ここでは次のことを言っておきます。ところで、家を二軒もっている人々のばあいには、もし家族のだれかが病気になると、そこの主人はそれを調査員なりその他の係員に知らせる前に、子供でも奉公人でもかまわず、残り全員を自分が所有するもう一軒の家へ移し、それから病人のことを調査員に報告して、一人あるいはそれ以上の看護婦を指定してもらうのがつねでした。そして、もし病人が死ぬようなばあい、家を管理してもらわなければならないので、病人たちと一緒にとじこめられる人をもう一人やとったのです——金さえ出せば、こんな役でも引き受けようという者が大勢いましたので。

多くのばあい、これで家族全員が救われました。かりにみんなが病人と一緒にとじこめられていたとすれば、きっと一人残らず死んでいたでしょう。ところが、他方から言えば、家屋閉鎖のためにいろいろ困ったことが起こりましたが、これはその一原因でもありました。それというのも、閉鎖されるのではないかという心配と恐怖のため、家族と一緒に逃げる者が多くいたわけですが、その人たちは、たとえ世間でも知らないし、またはっきりと病人なわけでもないにせよ、やはり疫病にかかっていたのです。そして、どこでも自由に歩きまわりながらも、つねに自分のことはかくさなければならず、あるいはほんとうのことは自分でもわからないでいるうちに、いつの間にかひどく疫病を他人に移し、方々にばらまいていました。このことは、あとでもっと説明しましょう。

ここで、わたしの観測を一、二のべさせていただきたいのですが、このことは、本書を手にする人々にとって、もしこのように恐るべき疫病が今後またおとずれるようなばあい、有益なものとなるでしょう。

㈠　たいていのばあい、疫病は奉公人をとおして市民の家に感染しました。奉公人は、生活必需品、つまり食べ物とか薬類を買いに、パン屋、酒屋、商店などへ行くのに通りを行ったり来たりしなければなりません。また、どうしても通りをとおって商店や市場などの場所へ行かなければいけないとなると、どっちみち患者に出くわさないですむわけがなく、患者が吐いた息を吸いこまされ、そのまま自分が仕えている家族の中にもち帰っていたのです。

㈡　ロンドンほどの大都市に、伝染病病院がたった一つしかなかったのは、たいへんな間違いでした。それというのも、バンヒル・フィールズの向こうにあるこの伝染病病院では、おそらく二〇〇名から三〇〇名くらいの患者の収容がせいぜいのところでしたが、しかし、このほかにも伝染病病院がいくつかあったとし、その各病院とも千名は収容できる上に、一つのベッドに二名寝るとか、一室にベッドが二つ、ということがなかったとしたら、どうだったでしょうか。また、家族のうちでもとくに奉公人が病気になったばあい、本人にその気があれば、——実際にはそういう希望の者が多かった——ただちに一家の主人がいちばん近くの伝染病病院にいれてやるよう義務づけられておったとし、また、貧乏人が疫病にかかったばあいは、調査員が同様のことをやっていたとしたら、どうだったでしょうか。つまり、患者にその気があるばあい、——その気がなければだめですが——以上のような処置がとられ、家屋閉鎖が行なわれなかったとしたら、何千何万という人々が死ぬことはなかったろう、とはっきり今は言えますし、当時もずっとそのような考えをもっていました。それは、次のようなことがよくあり、わたしが知っているだけでもいくつか例をあげられるくらいだからです。つまり、奉公人が病気になっても、病人を病院にいれるか、あるいは自分たちが家を出て、病人には前にのべたような処置をとっておいてやるだけの余裕が家族にあったばあいは、その家族はみな助かりました。それにたいして、家族で一人、あるいはそれ以上の者が病気になり、そのために家屋が閉鎖されたばあい、その家族はみな死んでしまいました。やむなく運搬人は死体をとりに家の中まではいらなければなりませんでしたが、それは死体を入口まではこび出せる者はだれもないからで、ついには、はこび出そうにも生きている者がいなくなったからです。

㈢　こういうことから、疑問の余地もないほどはっきりしたことは、この災難は伝染によってひろまったということでした。すなわち、医者が発気《エフルーヴィア》と呼んでいるある種の発散気によって、息とか汗によって、患者のただれ傷から出る悪臭によって、あるいは、医者自身にでもおそらくわからない、何か他の方法によってひろまった、ということです。ところでその発気《エフルーヴィア》は、一定の距離よりも患者に近づく健康な者をおかし、ただちにその中枢部にはいっていき、みるみるその血液をたぎらせ、実際に見られたようなひどい精神の錯乱をうながしました。次には、その新しく患者となった者も、それと同じように病気を他人に移しました。この例はあとでいくつかあげますが、それを聞けば、このことをまじめに考える者であればだれでも、なるほどと思わざるをえないでしょう。疫病がおさまった今、ある人々は、疫病は神が直接手を下したものであって、この人間をやれ、あの人間をやれ、と特定の者だけをこらしめるように命令をうけた中間の媒介などはなかったのだ、と話すのを聞くにつけても、いささか驚かざるをえません。そんな話は、明らかに無知と狂信のもたらすところであって、わたしなどは軽べつしているのです。これは他の一部の人々がのべている意見も同じことで、それによると、疫病は空気によってのみ、つまり空気によっておびただしい虫や微生物がはこばれることによって伝染していくが、それらは呼吸のばあいに、時には空気と一緒に毛穴から、身体の中にはいりこみ、そこで猛毒、あるいは猛毒性の卵を発生し、それが血液とまじって体をおかす、というものです。これは無知なくせに知ったかぶりをする者の説であって、それはあまねく人々の経験からも明らかなところです。しかし、この話は、しかるべき時にもっとすることにしましょう。

ここでさらに、わたしは、一般の人々のなおざりな怠惰ぶりほど、市民にとって致命的なものはなかった、ということをのべないわけにはいきません。彼らときたら、長いあいだ疫病流行の注意なり警告なりをうけていたにもかかわらず、食糧その他の生活必需品をたくわえることによって、それに備えようとはしませんでした。そうしておれば、自分の家の中に引きこもって生活することもできたでしょう。すでにのべたように、現にそうした者もいて、その大部分は用心のおかげで助かっているのです。それに、彼らは、疫病に少しなれっこになってしまうと、もう最初のころのように、実際に疫病にかかっているばあいにはお互いの交際は用心する、ということがあまりなくなりました。相手を患者と知りながら、それを気にとめることもさしてなかったのです。

はっきり言って、わたしもそうした無分別な一人で、ほとんど備えがなかったものですから、わたしに仕えている奉公人たちは、疫病がまだなかったころのように、どんなにこまごましたものでも、一ペニー、半ペニーと外へ出て買わなければなりませんでした。ついに、いろいろ経験したおかげで、そんなことは愚かだとわかった時にはもう間に合わず、わたしどもみんなが一ヵ月たべていく食糧をたくわえる暇もありませんでした。

わたしの家にいた者は、家事を切り盛りしてくれる老女が一人、女中が一人、小僧が二人と、わたしだけでした。このわたしどもの周囲でも、ようやく疫病の勢力が増しつつあり、どのような手段をとったらよいものか、どのように行動したらよいのか、わたしもいろいろみじめな思いをしました。通りを歩いている時、いたるところで悲惨なことが起きるのをじつによく見ましたが、そのたびにわたしの心は、疫病そのものへの恐怖のために、何とも言えず寒々となってしまうのでした。じつに、疫病は、もともとそれだけで十二分に恐ろしいものだったのですが、人によってもむごたらしさに差があったのです。たいていのばあい、はれ物は首すじか鼠蹊《そけい》部にできましたが、しだいにかたくなって破れない時はすごく痛み、まるでこの上なく苦しい拷問でもうけているようでした。ある者にいたっては、この苦痛にたえ切れず、窓から身をなげるとか、ピストルで自殺するとか、その他の自殺をとげ、わたしもそのような暗たんたる光景をいくつか見たのでした。また、ある者は、もうどうにも痛さをこらえ切れなくなって、たえずうなり声をあげていましたが、そのようにかん高い悲痛な叫び声は、通りを歩いている時でも聞こえました。このことは、考えてみるだけでも心臓をえぐられる思いがしましたが、それも、同じような恐ろしい罰が、いつ自分にもふりかかるかもしれないと考えられただけに、なおさらのことだったのです。

正直なところ、今やわたしの決心もあやうくなり出し、まるで元気もなくなって、ひどく自分の無分別を悔いました。外を出歩いていて、今話したような恐ろしい光景に出くわすと、あえてロンドンにとどまるよう無分別にもきめたことを悔いたのです。どうしてもとどまるなどと言わずに、兄一家と一緒に逃げておればよかった、と思うことがよくありました。

今のべた身の毛もよだつような光景を見た恐ろしさのあまり、ときどき家の中にとじこもり、もう二度と出歩かないよう決心して、たぶん三、四日はその決心に従ったものでした。そのあいだ、わたしは、わたしやわたしの家の者が無事であることを心の奥底から感謝し、いつも自分の罪を告白し、くる日もくる日も神に身をまかせ、断食、謙譲、瞑想をして神に助けを求めながら暮らしました。少しでも暇があると、本を読んだり、毎日わたしに思い出されることをメモしたりしてすごしましたが、その後、本書を書くにあたって、戸外の見聞に関するものは、大部分このメモの中からとったものです。わたし個人の瞑想を書きとめたものは、わたし個人のために取ってありますが、どんなことがあっても公表されないよう望みます。

そのほかに、神に関する瞑想もいろいろ書きましたが、いずれもその時わたしが考えたもので、わたしには有益でしょうが、他人に見せるにはふさわしくないでしょう。ですから、そのことはこれだけにしておきます。

わたしにはたいへん親しい友人がいて、ヒースという名前の医者でした。この恐ろしい時期に、わたしはよく彼をおとずれ、じつにいろいろのことで忠告をうけて、たいへんお世話になりました。わたしがよく外出するのを知っている彼は、外出の時は疫病の予防にこれこれの薬を飲みなさい、通りを歩く時にはこれこれの薬を口にいれていなさい、というぐあいにこまかい指図をしてくれたのです。彼の方でもしばしばわたしに会いにきてくれましたが、すぐれた医者であることはもちろん、善良なキリスト教徒でもある彼の気持のよい話は、このどうしようもないほど恐ろしい時期にあたり、わたしにとってはじつに大きな支えでした。

もう八月もはじめとなり、わたしが住んでいるところでも、病勢はじつにすさまじく恐ろしいものになりました。ヒース先生はわたしをたずねてきてくれましたが、わたしがこんな時でもよく通りを歩きまわるのがわかると、わたしもわたしの家の者も家の中にとじこもって、だれも外に出ないようにしなければだめだ、と熱心に言ってくれました。それから、家にある窓を全部しっかりとしめ、よろい戸やカーテンもぴったりとしめ、けっしてあけないようにし、何よりもまず、窓や戸を開閉する部屋では、樹脂や松脂、硫黄あるいは煙硝などでもうもうたる煙を立てることだ、と言ってくれました。わたしどもはしばらくこのとおりにしました。ところが、そのようにとじこもっているだけの食糧をたくわえていなかったので、まったく外に出ないわけにはいきませんでした。とはいえ、じつにおそまきながら、その方向に向かってなにがしかの努力はしたのです。まず第一に、酒造と製パンの便宜はあったものですから、大袋二つの粉を買いに行き、数週間はわたしどものかまだけでパンを焼きました。また、こうじを買ってきて、樽という樽全部にビールをつくりましたが、家中みんなで飲んでも五、六週間は大丈夫のようでした。それに、塩バターやチェシア・チーズ〔英国西部のチェシア州でつくられるチーズ〕も多量にたくわえました。ところが、肉類はだめでした。わたしどもの通りの反対側の、肉屋や畜殺場が多くあるので知られているところでは、疫病の勢力が猛烈をきわめていて、そのため、通りをこえてそちらへ行くことさえ得策ではなかったのです。

　ここでまた言っておかなければなりませんが、このように食糧を買いに外出しなければならなかったことこそ、全市を破滅に追いやる大きな原因だったのです。というのは、そんな時をねらって疫病はつぎつぎ人々に感染し、また食糧も汚染していることがしばしばだったからであり、少なくとも、わたしにはそう信じる理由が十分にありました。それゆえ、市場の人々や、ロンドンに食糧をもってくる者は、ぜったいに感染していなかった、とたいへんな確信をもってくり返し言われていることは知っていますが、どうもわたしにはすっきりしないものがあるのです。食用家畜の大部分が畜殺されていたホワイトチャペルの肉屋は、ひどく疫病におかされていて、しかも、ついには並大抵のものではなくなったので、店もほとんどひらいているものがなくなり、かろうじてひらいているばあいでも、マイル・エンド〔市内の北東にあたり、ホワイトチャペルの東〕などの方面で家畜を畜殺し、それを馬に積んで市場にはこんでいたのであって、わたしはそのことをよく知っているのです。

しかしながら、食糧をたくわえるなどは貧乏人にできるわけがなく、自分で市場に買い出しに行くとか、人によっては奉公人や子供をやるとかしなければなりませんでした。しかも、これは毎日毎日のことだったので、大勢の患者が市場におしかけることになり、おかげで、健康な者もおびただしくそこに集まっては、死に神を家につれて帰っていました。

一般の人々が、できるかぎりの用心をしていたことは事実です。だれでも市場で肉の切り身を買うばあい、肉屋の手からじかにうけとらず、かぎからうけとりました。他方、肉屋の方では、さし出された金には手をふれず、酢がはいったつぼをあらかじめ用意しておいて、それにいれてもらったのです。買う方では、おつりをもらいたくないため、どんなはした金でもはらえるよう、いつも小金をもっていました。手には香料のびんをもって歩き、用いられるかぎりの手段はみな用いたのです。ところが、貧乏人のばあいは、こんなことすらできず、運を天にまかせるよりしかたがありませんでした。

こんな理由で、わたしどもは、毎日むごたらしい話をかぞえ切れないほど聞きました。ときどき、男でも女でも、市場にいながらばったり倒れて死ぬこともありました。というのも、多くの者は、たとえ疫病にかかっていても、それに気づかないでいるうちに、体内の壊疽《えそ》病の方では身体の中枢部をおかしていて、あっという間に死んでいったからです。同じ原因から、大勢の人々が、何の前ぶれもなく、突然、通りでこれと同じように死ぬことがしばしばでした。また、人によっては、たぶんいちばん近い屋台店とかどこかの玄関まで行って、すわって死ぬだけの余裕がある者もありましたが、これについてはすでにのべました。

こんな光景は、通りを歩いているとよくぶっつかるものであって、いよいよ病勢がすさまじくなってからというもの、まず第一に目にとまったことは、通りを歩くとかならず死体が五、六はあちこちにころがっている、ということでした。また、他方において見られたことは、このようなばあい、はじめのうちこそ、歩いている人たちも立ち止まり、近所の人たちに出てきてくれるように呼びかけていましたが、時がたつにつれて、そんなものには目もくれなくなった、ということです。それどころか、いつでも死体がころがっているのを見つけると、通りの反対側へ行き、死体には近よらなかったのです。もしせまい小路なり路地の時には、また引き返し、どこか別の道路を見つけて用事を足しに行くのでした。そのようなばあい、死体の方は、係りの者が知らせをうけて取り去りにくるまで、いつもそのままでした。あるいは、夜になって、死体運搬車について歩いている運搬人がようやくひろい上げ、はこび去ってくれるのでした。また、こんな役目をする連中も恐れを知らない者ばかりで、きまって死人のポケットをさぐり、ときにはよい服装をしていると——ときどきこういう死体もあった——それをはぎとり、奪えるものは全部もち去りました。

これはこれくらいにして、市場の話にかえりましょう。もしだれかが市場で死んだばあい、肉屋の配慮によって、いつも近くにいるようにしてある係員に頼んで、死体を手押車につけ、それをいちばん近くの教会墓地まではこぶようにしていました。だが、これはあまりにも多く起こったので、こうして死んだ者は、現在とは違い、「通りや原野で死んでいた者」と週間死亡報に記載されることはなく、ただ大ざっぱに疫病の項目にいれられました。

　ところが、こんどは、疫病の猛威がたいへんな程度にまで増大したので、以前にくらべますと、市場でも食糧の供給が減り、またお客もまばらになりました。そこで、市長は、食糧をもってくる田舎の人々をロンドンにはいる通りで止め、そのまま荷物をおろしてすわりながら商売をし、おわったらすぐ立ち去るように取り計らったのです。このことは田舎の人たちの刺激となり、そのような商売をどしどしやらせることになりました。それというのも、ロンドンのちょうど入口とか、原野の中でさえ、食糧を売るようになったからです。原野でも、とくにホワイトチャペルをこえて行ったところにある原野、スピタルフィールズ、といったところがおもなものでした。ここで注意していただきたいのですが、現在、スピタルフィールズと呼ばれているあたりの通りは、その当時はまったくの原野だったのです。それから、おもなところとして、サザク地区の聖ジョージ・フィールズ、バンヒル・フィールズ、イズリントン地区の近くにあるウッズ・クロースと言われる大原野がありました。そういった方面まで、市長や市参事会員やその他の高官たちは、手下の役人や奉公人をつかわして家族用の食糧を買わせ、自分たちはできるだけ家の中にいるようにしました。そうする者が他にも大勢いました。ところで、今のべたような方法がとられてからというもの、田舎の人たちは大いに勇んでやって来ては、あらゆる種類の食糧をはこんできましたが、疫病が移った者はほとんどありませんでした。思うに、こんなことも手伝って彼らは奇跡によって守られているといううわさがとんだのでしょう。

　わが家に話を移しますと、前にものべたように、パン、バター、チーズ、ビールをたくわえたあと、友人の医者の忠告に従い、家族ぐるみで家の中にとじこもりました。そして、命の危険をおかしてまで肉を買うより、つらいだろうが、むしろ数カ月はそれを食べないですごす決心だったのです。

しかし、家の者はとじこめたものの、わたしの飽くことのない好奇心だけはどうしようもなく、ただじっとおさえつけておくことはできませんでした。こうして外には出ても、たいがいは恐怖に縮み上がって帰るのがせいぜいでしたが、どうしてもやめるわけにはいきませんでした。ただ、はじめのころほど頻繁ではなかったのですが。

じつは、わたしには、ちょっと兄の家を見回る義務がありました。それはコールマン通り教区にあって、わたしに管理がまかされていたのです。はじめのうちは毎日行ってみましたが、その後は週に一、二度だけになりました。

こうして歩いているうちに、じつに多くの無気味な光景をこの目で見ることになったのです。とくに、通りでばったり倒れて息をひきとる者とか、ぞっとするような女の金切声などがそうで、女たちは、苦しさのあまり部屋の窓をさっとあけたかと思うと、ぎょっとするほど無気味な声でわめき立てるのでした。気の毒な人たちが、どんなにいろいろなかっこうをして悲しみにくれたか、いちいちのべることはとうていできません。

ローズベリー〔市内の中心部〕の土地競売市場をとおっていた時のことです。突然、頭上の開き窓ががらりとあいたかと思うと、一人の女が身の毛もよだつような悲鳴を三度ばかりあげ、それから、なんとも名状しがたい調子で、「ああ！　だっ、だっ、だめだ！」と叫びました。それを聞くと、わたしは恐怖におそわれ、血も凍る思いでした。通りのどこにも人の姿が見あたらず、また、どこかの窓があくこともありませんでした。どんなことが起こっても、今ではだれも好奇心を示す者はなかったのです。それに、助けようと思ってもできなかったのです。そんなわけで、わたしもベル小路へ進んで行ったのでした。

ちょうどベル小路を歩いていますと、通りの右手で、前よりも恐ろしい悲鳴がしました。ただ、今のばあいは窓から叫んでいるのではありませんでしたが、それにしても、家の人たちはみなひどい恐怖におそわれ、女や子供たちが、まるで気違いのように悲鳴をあげて歩きまわる物音が聞きとれました。ちょうどその時です。小路の反対側にある屋根裏部屋の窓があいて、だれかが大声で、「どうした」とたずねました。すると、さっきの窓から、「おお、神様！　だんな様が首をくくりました！」という答えがありました。「もう全然だめか」とまた聞くと、「そう、そう、もうだめ。もう息もなく冷たくなっています」という返事でした。この死んだ男はたいへん金のある商人で、副区長もしていました。わたしは彼の名前も知っていますが、言いたくはありません。そんなことをすれば、今ではまた栄えているその一家に、つらい思いをさせるだけでしょうから。

しかし、これはほんの一例にすぎません。毎日、各家庭ではどんなに恐ろしいことが起こったか、ほとんど信じられないくらいなのです。人々は、疫病がひどいため、また、じつにはれ物が痛んでたえられないため、自分で自分をおさえることができず、気違いになってわめき立て、ときには自分で自分の身に手を下し、窓から身をなげたり、ピストルで自殺したりなどしました。精神異状をきたしてわが子を殺す母親、ぜんぜん疫病にはかかっていなくても、悲しみのあまりおかしくなって死ぬ者、また恐怖のあまりおびえ切って死ぬ者、恐怖のため、白痴状態になる者、絶望と精神異状におちいる者、憂うつ症にかかる者など、じつにさまざまだったのです。

はれ物の痛さはとくにはなはだしく、ある者にとっては、たえられないほどのものがありました。内科医も外科医も、気の毒な人たちを大勢苦しめて、死に追いやることすらあった、と言えるでしょう。人によっては、はれ物がかたくなりましたが、そんな時、医者どもはそれをつぶそうとして、強い吸出用のこう薬をつけたり、湿布をしたりしました。それでもだめな時は、切開してひどい乱切りをしました。ある者のばあい、一つには病気の影響で、また一つにはあまり強く吸い出されてかたくなり、しかも、どんな器械でも切開できないほどになりました。そうすると、医者どもは腐食剤で焼いたのですが、おかげで、苦しさのあまり気違いになり、わけのわからぬことをわめきながら死んだ者が大勢あり、また手術中に死んだ者もありました。こんな苦しみをしている時、ある者は、自分をベッドにおさえつけてくれる人がいなかったり、世話をしてくれる人がいないため、前にのべたように自殺しました。ある者は、おそらく裸のままでしょう、通りへ逃げて行き、もし監視人その他の係員がとめなければ、まっすぐ川へ走って行って、ところかまわず水中に身投げしました。

このように苦しんでいる人々のうなり声や叫び声を聞いて、わたしの心はぐさりと刺されることがしばしばでした。ところが、二種類ある病状のうちでは、この方がずっと望みがもてると考えられていたのです。それというのも、もしこのはれ物がふくれるだけふくれ、つぶれてうみが出るようにさせることができるなら、あるいは外科医の言葉で、化膿をうながすことができるなら、患者はたいがい回復したからです。だが、これにたいし、すでにのべた身分ある女性の娘のように、そもそものはじめに突然死んでしまうような者のばあいは、疫病の徴候が身体には出ているものの、かなり楽な気持で歩きまわるのがしばしばでした。それも死ぬ少し前までで、かつ人によっては、卒中やてんかんによくあるように、倒れる瞬間まで歩いている者もありました。

このような者のばあい、突然、たいへん気分が悪くなり、ベンチとか屋台店へ、あるいはどこでもぐあいのよいところへ、あるいは、前にのべたように、できるなら自分の家へ走って行き、すわったかと思うと、気が遠くなって死にました。この死に方は、普通の壊疽《えそ》病にかかった者が、気が遠くなって死ぬ、いわば、夢を見ながら死ぬのとじつによく似ていました。こうして死ぬ者は、壊疽《えそ》病が身体のいたるところにひろがるまで、疫病にかかっていることにまったく気づかなかったのです。また、医者の方でも、患者の胸その他の部分をひらき、疫病の徴候を認めるまで、どんなぐあいなのか確かなことはわかりませんでした。

このころ、死にかかっている患者を看視する看護婦や監視人について、ぞっとするような話をたくさん聞かされていました。すなわち、患者に付き添うためにやとわれた看護婦が、患者を残酷にあしらった、飢え死にさせた、窒息させた、または、その他の悪らつな方法で最期を早めた、つまり殺害した、などというものです。また、閉鎖された家を監視するために配置される監視人は、患者がたった一人しか残っておらず、その一人もおそらく疫病で死にかかっているのを見はからって、家の中におしいってその患者を殺し、すぐさま死体運搬車にほうりこむので、墓場に着いてもほとんどつめたくなっていない、というのです。

わたしには、確かにこのような殺害が何度か行なわれました、としか言えません。たしか、その罪で投獄された者が二名ありましたが、裁判にかけられる前に死にました。また、それぞれ時は違いますが、そのような殺害のために処刑された者が三名ある、という話も聞きました。しかし、ここではっきり言っておかなければなりません。その後、一部の人たちがよく言うほど、それがありふれた犯罪だったとは、わたしには信じられないのです。それに、患者は自分で自分を

「よこしまな看護婦」

どうすることもできないほど弱っているのですから、それを殺すのはどうもおかしいように思われたのです。というのは、そのような患者が回復することはめったになかったからであって、また、もうじき患者は死ななければならず、生きようとしてもだめだということがわかってみれば、わざわざそれを殺そうなどという気にならないではありませんか。少なくとも、一部の人たちが言うようなものではありませんでした。

この恐ろしい時期にでも、強盗や悪事がとても多く行なわれたことは否定しません。人によっては、強欲にとても強く支配されていたので、どんな危険をおかしてでも盗みをはたらきました。とくに、住んでいる者がみんな死んで、はこび出されるべきような家に、どんな危険も覚悟でおしいり、疫病の危険などはかえりみず、死体から衣服をはぎとったり、また、死んだまま横になっている者から夜具をうばったりしました。

思うに、ハウンズディッチの一家のばあいがこれだったに違いありません。おそらく、他の者はもう死体運搬車ではこばれてしまったのでしょう、男と娘が一糸もまとわない姿で、別々の部屋の床の上に死んでいました。きっと、盗人のためにベッドからころげおとされたのだと考えられますが、夜具は盗まれ、すっかりはこび去られていたのです。

じつは、この災難をつうじて、最も向こう見ずで、恐れも知らず、破れかぶれなのは女であったことを言っておく必要があります。病人の面倒を見る看護婦として付き添った者は大勢いたのですが、やとわれた家でこそこそ盗みをはたらき、じつに目にあまるものがありました。中には、おそらくは見せしめに絞首刑となっているべきところなのでしょうが、公衆の面前でむち打ちの刑にされた者もありました。それというのも、このような盗難にあう家がおびただしかったからで、ついに、教区役員は患者に看護婦を推薦するように命ぜられ、自分たちが推薦する者にはいつも注意するようになったのです。やとわれ先の家にもしものことがあったばあい、看護婦を呼び出して釈明を求めるためでした。

しかし、盗みとは言っても、看護している病人が死んだばあい、衣服やリンネル、それに指輪とか金などを失敬するのがおもなもので、家ごとごっそり荒らしまわるものではありませんでした。わたしも、あるこうした看護婦の話を知っていますが、彼女は、数年たって死にのぞんだ時、看護婦をしていたころに盗みをはたらいたこと、それによってすごくもうけたことを、極度におののきながら告白しました。ところが、殺害のことになりますと、前にのべた例のほかは、うわさされているような話の確証があったとは思われません。

じつは、人の話によりますと、あるところで、ある看護婦が死にかかっている患者に付き添っていましたが、その顔にぬれた布切れをあて、それでなくとも息をひきとりそうだったその男の命を絶った、ということです。また、ある看護婦は、若い女性に付き添っていて、その女性が発作を起こして気絶している間に、気がつくのも待たずに窒息させたそうです。ある者は患者にこれを食べさせて殺した、ある者はあれを食べさせて殺した、ある者はぜんぜん食べさせないで飢え死にさせた、とさまざまでした。しかし、こうしたうわさには、疑問と思われる二つの点がたえずつきまとっていて、そのため、いつもわたしには問題にならなくなり、人々が相手を驚かすためにいつも語るほんのつくり話にすぎないのだ、と考えてしまうのでした。その第一の点は、どこでうわさを聞くにせよ、事件が起こった場所は、そこから最も遠いところか、ロンドンのちょうど反対にあたるところにきまっていたことです。ホワイトチャペルで話を聞けば、事件が起こったところは、聖ジャイルズ教区、ウェストミンスター、ホーボン、あるいはそういった方面でした。また、そういった方面でうわさを聞けば、起こったところは、ホワイトチャペル、ミナリズ、クリプルゲート教区にきまっています。市内で話を聞けば、起こったところはサザク地区でした。サザク地区でうわさを聞く時は、事件が起こったところは市内、というぐあいだったのです。

　第二の点は、どこでうわさを聞こうとも、こまかい点はいつも同じだったことです。とくに、死にかかっている男の顔に、ぬれた布切れを二つに折ってあてた話とか、身分のある若い女性を窒息させた話はそうでした。ですから、少なくともわたしの判断では、明らかに、そんなうわさは真実よりもうその方が多かったのです。

　しかし、そんなうわさでも、一般の人々には影響をもっていたと言わざるをえません。なかでも、前に言ったように、自分の家でやとい、自分の生命をあずける看護婦については、ますます用心するようになりました。そして、できるならかならず推薦してもらいましたが、数もあまり多くなかったこともあって、そのような、看護婦が見つからないばあいは、教区役員に頼みました。

　ところが、ここでもまた、そのころの悲惨が貧乏人に重くのしかかっていました。彼らは、疫病におかされても、食べ物も薬もなく、頼みとなる医者も薬剤師もなく、付き添ってくれる看護婦もなかったのです。彼らの多くは、じつにみじめなむごたらしいありさまで、窓から助けを求め、ときには食べ物をも求めながら死んでいきました。しかし、ここでつけ加えておかなければならないことは、いつでもこのような人々や家族の実情が市長に報告されると、きまって救済の手がさしのべられたことです。

よくあったことですが、家によっては、そんなに貧乏ではなくても、おそらくは妻子をどこかへ移してしまい、奉公人がいる時は暇を出してしまったところもありました。ところで、よくあったことですが、こういう者の多くは、費用をはぶくために家の中にとじこもったものの、病気になってもだれの助けも得られず、一人で死んでいったのです。

近所の知人が、ホワイトクロス通り〔市内の北部〕かその周辺の店主に金を貸していましたので、取り返したいと思い、十八歳くらいの小僧を使いにやりました。来てみると戸がしまっておりましたので、かなりはげしくノックしたところ、中でだれかが返事したように思われましたが、どうもはっきりしません。そこで待ってみましたが、少したってからまたノックし、次にもう一度ノックしたところで、ようやくだれかが階下におりてくる足音を聞きました。

とうとう、そこの主人が入口に姿をあらわしました。彼は半ズボンかさるまたをはき、黄色いフランネルのチョッキをつけ、靴下なしの素足にスリッパをつっかけ、頭には白い帽子をかぶっていて、小僧の話によると、今にも死にそうな顔つきをしていたそうです。

ドアをあけるなり、「こんなにうるさくするのは、どういうわけだい」と彼は言いました。小僧は、少しあっけにとられましたが、「だんな様の言いつけでまいりました。お金をいただいてくるように言われましたが、そう話せばわかるということで」と答えました。「そうか」と幽霊のような主人、「クリプルゲート教会のそばをとおったら、ちょっと立ち寄って、鐘をならしてくれるように言ってくれないか」。こう言ったかと思うと、またドアをしめて階段をのぼっていきましたが、彼はその日のうちに死にました。いや、おそらく一時間とたたないうちに死んだのです。この話は、その小僧から直接聞いたもので、信じる理由が十分にあります。これはまだ疫病も頂点に達しないころのことでした。たしか、六月のことで、それも月末近くのことだったと思います。死体運搬車が出回る前のことで、まだ、死者のために、弔いの鐘をならして葬式をしてやっていたころだったに違いありません。そのことも、少なくともそこの教区では、七月前にはきっぱりとやめてしまいました。なぜなら、七月二十五日ごろまでには、一週間の死者は五五〇名を上まわりましたが、金持でも貧乏人でも、もはやきちんとした葬式ができなくなったからです。

　もう前にのべたように、こんなに恐ろしい災難にあっているにもかかわらず、獲物を見つけたとなると、いつでも大勢の盗人が出没しました。しかも、たいがいは女だったのです。ある朝、十一時ごろ、しばしばやったことですが、コールマン通り教区にある兄の家に異状がないかどうかを確かめるため、わたしは出かけました。

　兄の家の前には小さな庭があり、門がついた煉瓦べいをめぐらしてありました。その中に倉庫がいくつかたっていて、数種類の商品がつまっていたのです。たまたま、ある倉庫に、山の高い婦人帽の梱《こり》がいくつかはいっていました。地方から送られてきたもので、おそらく輸出用だったのでしょうが、どこの国なのか、わたしにはわかりません。

　スワン小路〔市内の北部〕と呼ばれるところにある兄の家に近づいた時、山の高い帽子をかぶった三、四名の女性に出会ったのには驚きました。あとで思い出してみると、少なくとも、そのうちの一人は、手にも帽子をいくつかもっていたのです。しかし、彼らが兄の家から出てくるところを見たわけでもないし、兄の倉庫にそんな帽子がはいっていることも知らなかったので、彼らに話しかけようなどとはせずに、すれ違わなくてもすむように、道路を横切ってとおったのでした。そのころ、疫病がこわいので、いつもやっていたことなのです。ところが、さらに門に近づいたところ、もっと帽子をかかえた女性が門から出てくるのに出会いました。「もしもし」とわたしは言いました、「あそこにどんな用事があったのですか」。「まだまだいるわよ」と彼女、「あたしも、あの人たちと同じで、用事などなかったわ」。そこで、わたしは、門まで行くのを急ぐあまり、それきり彼女には何も言いませんでした。そのすきに、彼女は逃げてしまったのです。しかし、ちょうど門まで来た時、さらに二人の女性が、これまた帽子をかぶったうえに小わきにもかかえこみ、庭を横切って門を出ようとしている姿が見えました。そこで、わたしは、中にはいるなりさっと門をしめたところ、ばね錠がついている門はひとりでにとざされました。それから、女たちの方に向きなおって、「ほんとにまあ、あんた方は、ここで何をしているのですか」と言い、帽子をつかむなり、取り返しました。その中の一人は、はっきり言って、とても盗人には見えない女でしたが、こう言いました。「ほんとに、あたしたちがいけませんでした。でも、もとはと言いますと、この帽子には持ち主がないと聞いたものですから。どうか、お持ち帰りくださいませ。でも、あちらには、あたしたちのようなお客さんが、もっとおりますよ」。こう言って、その女は泣き、情けない顔をしました。そこで、わたしは女から帽子をとり、門をあけて、みんなに行きなさいと言ってやりました。じつは、その女たちがあわれだったからなのです。しかし、女に言われたとおり、倉庫の方を見たところ、さらに女ばかりが六、七人、あたかも、帽子屋で金を出して買っている時のように、すっかり平気で落ち着きはらい、帽子をかぶってみていました。

わたしは、そんなに大勢の盗人を見たせいもありますが、自分が今いる立場に驚いてしまいました。ここ何週間というもの、とても引っ込みがちになっていて、通りで人に会おうものなら、すれ違わないように通りを横切って歩いていたほどのわたしが、今、そんなに大勢の中にはいろうというのですから。

理由こそ違いますが、女たちの方でも驚きました。彼女らが言うには、みんな近所の者ばかりであるが、帽子の所有者はないから、自由にとってもよいと聞いたのだ、などと言うのです。はじめ、わたしは、大声をはりあげて女たちにどなりつけ、門のところまで引っ返してカギをとったので、みんなわたしのとりこになりました。そこで、みんな倉庫にとじこめてやるぞ、そうしておいて役人をつれてくるぞ、と言っておどかしてやりました。

彼女らは一生懸命にあやまり、門があいていた、倉庫のドアもあいていた、もっと高価なものがあると思って、きっとだれかがこわしてあけたに違いない、などとまくし立てました。じつのところ、これは信じてよかったのです。なぜなら、錠はこわされ、ドアの外側にかかっていたナンキン錠もがたがたになっており、帽子もそんなに盗まれていなかったからです。

ついに、わたしは、今はじゃけんできびしくしている時ではない、と考えました。それに、そんなことをしていれば、どうしてもあちこち出歩かなければならないだろうし、どんな健康状態なのかもわからずに、色々な人たちに来てもらったり、こちらでも出かけて行ったりしなければならないだろう。今はちょうど疫病の勢力がすさまじく、週に四、〇〇〇名の死者が出ている。だから、憤ってみせ、兄の帽子のことで裁判をやってみたところで、自分の命をおとすことになるかもしれない……と考えたのです。そんなわけで、わたしは、彼女らの名前と住所――彼女らの中には、ほんとうに近所に住んでいる者もいた――を聞き、兄が帰ってきたら、彼女らを呼び出して釈明を求めることになるだろう、とおどかすだけで満足しました。

次に、わたしは、それとは少し違う立場で彼女らと話しました。そして、こう言ってやりました。こんなにみんなが災難をこうむっている時、いわば最も恐るべき天罰を目の前にして、どうしてこんなことができるのか。疫病があなた方の戸口まで来ており、ひょっとすると、もう家の中にはいりこんでいるかもしれないではないか。二、三時間もたてば、死体運搬車が戸口にとまり、あなた方を墓場にはこんで行かないとは言えないはずだ……と。

こう言っているあいだ、わたしの話が彼女らに大きな感銘をあたえたとは思えませんでした。ところが、そのうちに、たまたま近所の男が二人、その騒ぎを聞きつけ、二人とも兄一家の世話になったとかで兄を知っているため、わたしを助けにきてくれました。今言ったように、二人は近所の者だったことから、女たちのうち三人はすぐわかり、その名前と住所を教えてくれました。どうやら、この女たちは、前にほんとうのことをわたしに言っていたようです。

こうして書いていますと、この二人の男のことがまだいろいろ思い出されます。一人の男はジョン・ヘイワードといって、そのころ、コールマン通りの聖スティーヴン教区で、下回りの寺男でした。当時、下回りの寺男というのは、墓掘人と運搬人の仕事をする者とされていたのです。この男は、そこの大教区で人が死に、きちんと葬式をやるばあいには、いつもその死者をはこぶか、はこぶ手伝いをしました。そのような葬式がやれなくなってからは、死体を集めるために鐘をならしながら死体運搬車を引いてまわり、部屋や家の中から多くの死体をはこび出しました。はこび出さなければならなかったわけは、ロンドン中のいかなる教区よりも、この教区は、とても長い小路や路地がたくさんあることで有名なことは当時も現在も同じですが、おかげで運搬車がはいれず、たいへん遠くまで死体をはこび出しに行かなければならなかったからです。こうした小路は今でもあって、これを証明してくれます。たとえば、ホワイト小路、クロス・キー路地、スワン小路、ベル小路、ホワイト・ホース小路、その他まだまだあります。こんなところでは、一種の手押車をもって行き、死体をそれに乗せて、運搬車まではこび出したのです。その男もこんな仕事をしましたが、ぜんぜん疫病にかからず、その後二十年以上も生き、死ぬまでその教区の寺男をつとめました。同じく彼の妻も看護婦をやり、その教区で死んだ大勢の患者の世話をしました。正直なため、教区役員に推薦されたわけですが、彼女も疫病におかされることはありませんでした。

この男は、疫病の予防として、ただ、にんにくとヘンルーダ草を口にいれ、たばこを吸っただけでした。このことは、彼の口から直接聞いたことでもあります。彼の妻がとった方法は、頭を酢で洗い、頭巾にも酢をふりかけていつも湿らせておくことでした。もしも付き添った者の発する悪臭が普通よりもひどい時は、酢を鼻の奥まで吸いこみ、頭巾にも酢をふりかけ、酢でぬらしたハンカチを口に当てたのです。

疫病はおもに貧乏人のあいだではやっていたけれども、最も向こう見ずで恐れを知らなかったのは貧乏人であったことを、はっきり言っておかなければなりません。彼らは、一種の蛮勇をふるって仕事にかけまわっていました。蛮勇などと言わなければならないのは、信仰にも、分別にも、もとづいた行動ではなかったからです。ほとんど用心などはすることもなく、たとえどんなに危険なものであろうと、仕事さえあればすぐそれにとびついてゆきました。仕事というのは、病人の看護、閉鎖された家屋の監視、患者を伝染病病院へはこぶこと、さらに悪いことには、死亡者を墓場まではこぶことだったのです。

人々の愉快な語り草となったものに笛吹きの話がありますが、事件が起こったのは、このジョン・ヘイワードの受持地域で、彼がたずさわっていた時のことでした。これはほんとうにあった話だと彼は言います。うわさによると、笛吹きは盲目になっていますが、ジョンが言うには、盲目というのはうそで、無知で愚かな貧乏人だったそうです。普通のばあい、夜の十時ごろ流して歩き、家から家へ笛を吹いてまわるのですが、彼が顔見知りの居酒屋ではよくお客が彼を呼び入れ、飲ませたり食べさせたりし、ときには小金をくれたりしていました。彼の方では、お返しに笛を吹いたり、歌をうたったり、たあいもない話をしてお客を楽しませる、というような生活をしていたのです。だが、すでにのべたような事態になってきますと、とてもこのような楽しみにふけっている時ではなくなりました。それでも、気の毒な男はいつものように流してまわりましたが、ほとんど飢え死にしそうでした。どうしているかと人にたずねられると、死体運搬車はまだつれて行ってくれないが、来週は呼びにきてくれる約束をした、と答えたものです。

ある夜のことでした。この気の毒な男に、だれかが酒を飲ませすぎたのかどうかわかりませんが、――ともかく、ジョン・ヘイワードが言うところによると、彼は自分の家では酒を飲むわけがなく、コールマン通りの居酒屋で、だれかにいつもより少し多く食べさせられたのでしょう。いつもは、というより、おそらくかなりのあいだ、腹いっぱい食べていなかったので、クリプルゲート方面のロンドン防壁の近くにある通りだったそうですが、屋台店の上にごろりと横になるなり、ぐっすり眠ってしまいました。だが、そばの小路のかどにある家の人たちが、運搬車がやって来る前にいつもならす鐘の音を聞き、ほんとうに疫病で死んだ者のなきがらを彼とならべて、その屋台店の上においたのでした。この気の毒な男もやはり死人で、近所のだれかがそこにおいたものとばかり考えていたのです。

　そういうわけで、ジョン・ヘイワードが鐘をならしながら運搬車を引いてきて、屋台店の上に死体が二つあるのを見た時、いつも使う道具でそれをもちあげ、運搬車の中にほうりこみました。このあいだ中ずっと、笛吹きはぐっすり眠ったきりでした。

　ここを去り、その他の死体を拾いあげて歩いているうちに、正直なジョン・ヘイワードの話によると、ついに笛吹きを運搬車の中に生き埋めにするほどになりました。それでも、ずっと彼は熟睡したままだったのです。とうとう、死体が地中にほうりこまれるところまで、運搬車はたどり着きました。わたしの記憶では、たしかマウント・ミル〔市内の北側〕だったでしょう。ところで、運搬車は、その陰惨な積荷をあけようとする少し前に立ち止まるのが普通でしたが、運搬車が立ち止まると、すぐ笛吹きは目をさまし、死体のあいだから頭を出そうとして少しもがきました。そのうち、急に運搬車の中に起きあがって、「おうい！　ここはどこだい！」と大声で叫んだのです。これで驚いたのはその仕事にたずさわっていた者ですが、少したって、彼は気をとりなおし、「しまった！　まだちゃんと死んでないジョン・ヘイワードが、車の中にいるぞ！」と言いました。すると、だれかが男に向かって、「おまえさんはだれかね」とたずねました。それに答えて男は、「あわれな笛吹きですよ。ここはどこですか」と言いました。「ここはどこかだって！　死体運搬車の中じゃないの。おまえさんを生き埋めにしようとしてたとこなんだよ」とヘイワード。「でも、ぼくはまだ生きてるんでしょ」と笛吹き。ジョンの話によると、はじめはほんとうにぞっとしたそうですが、これにはみんな少し笑ったそうです。そんなわけで、気の毒な笛吹きはみんなにおろしてもらい、また仕事に出かけたのでした。

普通語り伝えられているところでは、彼は運搬車の中で笛を吹きはじめたので、運搬人その他の者は驚いて逃げてしまった、となっていることはわたしも知っています。ところが、ジョン・ヘイワードの話ではそうでなかったし、笛を吹いたなどとは一言ものべませんでした。ただ、気の毒な笛吹きで、今のべたように運搬車ではこばれた、ということだけだったのですが、わたしは、これに間違いはないと心から思っています。

ここで注意しなければなりませんが、市内の死体運搬車は、それぞれ特定の教区にかぎられていたのではなく、報告される死亡数いかんによって、ある運搬車が教区をいくつかまわって歩いたのでした。また、死体をそれぞれの教区にはこぶ必要もなく、市内で集めた死体は、余裕がないため、郊外の埋葬地にはこばれたものも多くありました。

疫病の天罰が下った時、人々がはじめに見せた驚きがどんなものであったかについては、すでにのべました。こんどは、もっとまじめな宗教上の問題について、わたしの観測を少しのべさせていただかなければいけません。少なくとも、こんなに広大な都市のうちで、世俗的なものにせよ、宗教的なものにせよ、まったく準備がないところにこのような恐ろしい疫病に見舞われた例が、今までなかったのは確かです。まったくのところ、まるで前ぶれもなく、予期もせず、心配もしていなかったもののようで、したがって、社会的にもほとんど備えをしておりませんでした。例をあげましょう。

市長と州長官は、責任当局として、取り締まりの条例を準備しておりませんでした。貧乏人の救済にたいしては、なんらの処置もとれませんでした。

市民の方でも、貧乏人の暮らしに必要な穀物やあら粉をいれておく、公共の倉庫がありませんでした。このような非常のばあい、外国のようにそうした準備があったら、現にこの上ない貧苦にあえいでいる多くのみじめな家族は救われていたでしょう。しかも、今ではできない方法がとられていたことでしょう。

ロンドン市の資金のたくわえについては、ほとんど言うことがありません。ロンドン市金庫は、すごく豊かであるという話でした。これに間違いがないことは、翌年のロンドン大火のあとで、市内の公共建築物を再建したり、新しい工事をしたりするにあたって、莫大な金が金庫から出されたことから結論できるでしょう。たとえば、再建されたものとして、ロンドン市庁、ブラックウエル・ホール、鳥獣肉類市場の一部、王立取引所の半分、裁判所、負債者監獄、ラドゲートやニューゲートなどの刑務所、テムズ川のほとりにある波止場やさん橋や陸揚場のいくつかで、これらはみな、疫病の翌年に起こったロンドン大火で、焼けおちるか、めちゃめちゃになるかしたものでした。また、新しい工事としては、大火記念塔、フリート運河とその橋、ベツレヘム精神病院などでした。しかし、おそらく当時の市金庫の理事たちは、その後の理事たちが市内の美化と建築物の再建をはかった時にくらべれば、困窮している市民を救助しようとするばあいでも、弧児資金に手をつけることにとてもためらいを感じたのでした。たとえ、そうしたところで、かえって弧児たちはその資金がよいことに使われたと思ったでしょうし、そのために市内にたいする一般の信頼が、いろいろな非難に変わっていくこともなかったでしょうが。

ここで認めておいていただきたいことは、ロンドンを去った市民たちが、身の安全のために田舎に逃げたとはいえ、あとに残してきた人たちの福祉に大きな関心をよせ、貧乏人の救済のために、惜しむことのない寄附を忘れなかった、ということです。さらに、英国内の最も遠くはなれた地方にある商業都市でも、多額の寄附金が集められたのです。また、聞くところによりますと、英国内のあらゆる地方に住む貴族階級と紳士階級の人たちが、市内の悲しむべき事態を憂い、貧乏人の救済のために、多額の寄附金を市長と責任当局あてに送ってきたそうです。うわさでは、国王も、週に一千ポンドの金を四つの地方に分配するように命じたとのことです。つまり、市内とウエストミンスターの特別地域に四分の一、テムズ川の南岸サザク地区の住民に四分の一、防壁の内をのぞく市内の特別地域などの各地域に四分の一、ミドルセックス州の郊外地域と、市内の東方と北方の地域に四分の一です。しかし、この最後のことについては、うわさとしてのべておくにすぎません。

かつて、労働や小売商で生活をしていた家族とか貧乏人の大部分が、今や施しをうけてどうやら生きていたことは事実です。慈善心にあふれた善良なキリスト教徒が、このような人たちを援助するために、巨額の金を寄附してくれなかったなら、市内の存続は不可能だったでしょう。彼らの寄附金と、責任当局によるその公正な分配に関する報告書があったことに疑いはありません。ところが、分配の任にあたった係官までも大勢死んでしまい、また、聞くところによりますと、このような報告書は、疫病流行の翌年、収入役の事務所や書類のほとんどを焼きつくしたロンドン大火のため、その大部分がなくなったとのことです。こんなわけで、なんとかして見てやろうといろいろ手はつくしたのですが、ついにくわしいことはわかりませんでした。

しかし、次のことは、またこのような疫病に見舞われるようなばあいの指針となるでしょう。

だが、神よ、疫病から市内をお守りください！　つまり、そのころ、貧乏人の救済のために多額の金を毎週分配して、市長や市参事会員が苦労してくれたおかげで、そうしてもらわなければ死んでいたはずの人々が大勢助けられ、なんとか生きのびたのですが、これをのべておくと何かの役には立つでしょう。ここで、当時の貧乏人の実態と、彼らのことで心配されたことについて、簡単にのべさせていただきます。そうすれば、今後、もし市内が同じような災難にあったばあい、どのようなことが予測されるかについて、判断することができるでしょう。

疫病がはやり出すと、もう全市が災難をこうむらないですむ望みがなくなり、すでにのべたように、田舎に知人や地所をもっている者は、みな家族を引きつれて避難し、そのありさまは、いわば市内がそっくり門から逃げ出して、あとにはだれも残らなくなるかもしれないと思われるほどでした。こうなりますと、その時から、毎日の生活に直接かかわるような商売のほかは、いわばみな完全に停止しました。

この事実にはじつになまなましいものがあり、市民の実態がかなりよく含まれているので、いくら詳細にそれをのべてもかまわないだろうと思います。それゆえ、わたしは、上のような事態が生じた時、すぐ生活に困ってしまった人々を、いくつかにわけて説明したいのです。具体例をあげましょう。

一、製造業を営むあらゆる親方たち。とくに、装飾品、ならびに衣服、夜具、家具など日常生活にあまり必要でないものの製造にたずさわる人たち。たとえば、リボンその他を織る者、金モールや銀モールとか、金線や銀線をつくる者、裁縫婦、婦人帽、靴、帽子、手袋をつくる者。また、室内装飾業者、指物師、家具師、鏡製造業者、その他こうした製造業に依存する無数の商売を業とする者。つまり、このような製造業の親方たちは仕事をやめ、あらゆる職人や奉公人に暇を出しました。

二、わざわざテムズ川をのぼろうとする船はほとんどなく、出て行く船もなかったので、売買は完全にとまりました。そんなわけで、あらゆる臨時的な税関の役人、同じく水夫、車夫、運搬夫、貿易商人に頼って働いていたあらゆる貧乏人が、たちまち暇を出されて失業しました。

三、いつもは家屋の建築や修理にやとわれていた職人が、みな完全に仕事がとまりました。というのも、おびただしく多くの家から、あっという間に家人の命がうばわれていくのを見て、家を建てたいなどという者はなかったからです。そのため、このことからだけで、そのような仕事にたずさわっていた普通の職人が、一人残らず失業しました。たとえば、煉瓦職人、石工、大工、指物師、左官、ペンキ屋、ガラス屋、鍛冶屋、鉛管工、このような人たちに依存していたあらゆる労働者などです。

四、海運業がとまり、前のように船が出たりはいったりしなくなったので、船乗りはみな仕事にあぶれ、ぎりぎりの窮乏にあえいでいる者が多くいました。船乗りと同じ者に、船の建造や装備にたずさわり、それに依存していたあらゆる職人がそれぞれいました。たとえば、船大工、塡《てん》隙《げき》工、なわ製造工、乾物用樽製造工、製帆工、いかりその他の鍛冶。また、滑車製造工、彫り師、鉄砲鍛冶、船具商、船体彫刻師など。こうした商売の親方たちは、おそらくその財産で食べていけたでしょうが、貿易船がどこでもとまってしまったおかげで、それに関係する職人たちはみな失業しました。それだけではなく、テムズ川にはまずまず小舟も浮かんでいないありさまで、そのあおりで、水夫、船頭、小舟大工、はしけ大工などもほとんど全員と言ってよいくらい、やはり仕事がなくてあぶれました。

五、ロンドンにとどまった家族でも、田舎に逃げた家族でも、みなできるだけ生活を切りつめました。そのため、かぞえ切れないほど多くの従僕、下男、小売商人、職人、商人に仕えている帳簿係、といった人たち、とくに、気の毒な女中などは、締め出されてしまい、仕事も住むところもなく、なんのよるべもなくなったのです。これはじつにむごたらしいことでした。

この点についてはもっとくわしく知っていますが、ごく大づかみのところをのべるだけで十分でしょう。あらゆる商売がとまり、仕事はなくなりました。貧乏人が働けなくなり、そのためパンが買えなくなりました。寄附金の分配により、そうした悲惨ぶりはかなり和らいだとはいえ、じつに、はじめのころは、貧乏人の叫び声は聞くのも痛ましいかぎりでした。田舎へ逃げた者が多かったことは事実です。しかし、ロンドンにとどまっていた者はおびただしくあって、ついには絶望のあまり逃げ出したものの、路上で死におそわれたのでした。彼らこそは、死に神の使者でしかなかったのです。事実、ある者は、疫病にかかったまま歩きまわり、じつに不幸なことに、王国内の最も遠い地方にまでそれをひろめたのでした。

前にのべたように、この多くの者は、どうにもならないほどみじめなありさまで、その後におこったことがもとで命をうばわれていきました。こうした人たちは、疫病そのものによってではなく、疫病による結果のために死んだと言えるかもしれません。つまり、飢えや貧苦や物資の欠乏です。泊まるところもなく、金もなく、知人もなく、パンを得るすべもなく、パンをあたえてくれる人もいなかったからです。それというのも、彼らの多くにはいわゆる定住権がないため、教区に救済を要求できませんでした。彼らがうけた援助は、ただ責任当局に救済を求めて得たものだけなのです。ここで責任当局のために弁じておきますと、そのように救済を求められたばあい、必要と認められれば、慎重に気持よく応じてくれました。これにたいして、ロンドンに残った人たちは、今のべたようにしてそこを去った人たちが味わったような、貧苦と欠乏にあえぐことはありませんでした。

技術家でも、たんなる職人でも、その労働によって毎日のパンをかせいでいる者が市内にはじつにおびただしくいますが、それを知っている人たちに考えていただきたいのです。もし、このような人たちが急にみな失業し、仕事がなくなって賃金がもらえなくなったとしたら、いったいロンドンのみじめなありさまはどんなでしょうか。

これが当時のわたしどもの実情でした。ロンドンの内外を問わず、各方面から集まった善意の人たちによる寄附金がとてつもなく多額でなかったとするなら、市長と州長官には、社会の秩序を維持する力がなかったでしょう。実際のところ、絶望にかり立てられた人々は暴動を起こし、金持の家を荒らしたり、市場から食糧を略奪したりするのではないかという不安が、市長たちの気持にはありました。そんなことにでもなれば、何ものをも恐れず、とても自由にロンドンに食糧をはこんでいた田舎の人たちは、恐怖のためにもうやって来なくなり、ロンドンが飢きんにおちいることは避けられないところだったでしょう。

ところが、市長や、市参事会員や、郊外の治安判事たちの慎重ぶりはたいへんなもので、おまけに、各地方から集められた寄附金にはじつに助けられました。おかげで、貧乏人も騒ぎを起こさず、その窮乏は、いたるところで、できるかぎり救済されました。

このほかに、大衆の暴動を防ぐ原因になったものが二つありました。その一つは、じつのところ、金持は、本来ならそうすべきところなのに、食糧を家の中にたくわえておかなかったことです。もし彼らにそれほどの分別があり、ごく少数の者がやったように、家の中にとじこもったきりであったならば、おそらくもっと疫病にかからなくてもよかったでしょう。だが、どうも食糧をたくわえている様子もなく、したがって、大衆は、もう少しで押し入ろうとしたこともときどきあったことは明らかですが、そんなことをしても食糧は手にはいらないと考えたのでした。もし彼らがそんなことをしていたら、全市は破滅してしまったことでしょう。というのは、彼らに対抗できるような正規軍もなく、また、武器をとる人間が見つからなかったので、市内を守る義勇軍も集めることができなかったでしょうから。

しかし、市長や残っている責任当局者――というのは、市参事会員の中でも、死んだ者や、ロンドンにいない者があった――が用心したかいがあって、これをくいとめることができました。それというのも、できるかぎり知恵をふりしぼって、いちばん親切な方法をとったおかげだったのです。とくに、最もひどい者には金をあたえて救済してやるとか、また、ある者のばあいは仕事につけてやる、とりわけ感染によって閉鎖された家を監視する仕事につけてやる、というぐあいでした。それに、ある時は一万戸の家屋が閉鎖されたこともあったとのことで、そのような家屋の数はおびただしく、また、各戸には、夜と昼の監視人が二人配置されたため、じつに大勢の貧乏人を一度にやとう機会があたえられたわけです。

勤め先を首になった女中たちも、やはり看護婦としてやとわれ、いたるところで病人の世話をしました。このおかげで、たいへん多くの者が職につくことになりました。

それに、それ自体は痛ましいことですが、また、それはそれなりに救いともなったことがあります。すなわち、八月のなかばから十月のなかばまで恐ろしい勢いで荒れ狂った疫病は、その期間に三、四万人の命をうばったのでした。もしこの人たちが生き残っていたなら、その貧乏のため、きっとどうしようもない重荷となっていたでしょう。つまり、市内が総がかりでも彼らの生計の面倒は見てやれなかったでしょうし、彼らに食糧をあてがうこともできなかったでしょう。やがて、彼らは、生きていくために市内そのものか近郊を荒らさざるをえなくなり、そうなれば、どっちみち、市内はもちろん、全国をもこの上ない恐怖と混乱におとしいれていたでしょう。

当時、このような災難をうけて、人々がとてもつつましくなったことが認められました。というのも、今やおよそ九週間もつづけて、くる日もくる日も毎日千人近くの死者があったからです。週間死亡報の報告でもそんなに多かったわけですが、わたしがはっきりと確信するところによれば、実際の死者はまだまだ何千人もいたのです。混乱ぶりはじつにひどく、また運搬車が死体をはこぶのは夜中ときているので、中には、ぜんぜん死体をかぞえないで作業がつづけられたところもありました。教会書記や寺男が何週間もその場に居合わせなかったため、はこばれた死体の数がいくらあったのか知らなかったのです。このころの死亡数は、次のように死亡報によって確認されています。

	病死者合計	うち疫病による死者数
八月　八　日—同十五日	五、三一九	三、八八〇

―同二十二日	五、五六八	四、二三七
―同二十九日	七、四九六	六、一〇二
八月二十九日―九月　五　日	八、二五二	六、九八八
―同　十二日	七、六九〇	六、五四四
―同　十九日	八、二九七	七、一六五
―同二十六日	六、四六〇	五、五三三
九月二十六日―十月　三　日	五、七二〇	四、九二九
―同　十　日	五、〇六八	四、三二七
	計　五九、八七〇	計　四九、七〇五

こんなわけで、死亡者の大半はこの二ヵ月で命をうばわれたものでした。それは、疫病で死んだと発表されたものが全部で六八、五九〇名しかなかったのに、今のばあい、わずか二ヵ月で五万名をしめているからです。五〇、〇〇〇名というのは、今あげた表ではまだ二九五名足りませんが、そのかわり時間的に言っても二ヵ月には二日足りないからなのです〔作者の思い違い〕。

ところで、教区役員がくわしい報告を出さなかったとか、その報告があてにならないとか言いましたが、だれでも考えてみていただきたいのです。このような恐ろしい災難にあっている時、しかも本人たちも病気におかされている者が多く、おそらくちょうど報告を書き入れようとする時に死んでいくようなばあい、どうして正確な報告などができましょうか。これは教会書記のばあいですが、その下の役員でも同じことです。というのも、この気の毒な人たちは命がけで仕事をしていたのですが、全市をおそったこの災難からまぬがれることはできなかったからです。それも、ステプニー教区では、その一年間に、寺男、墓掘人、その下回り、つまり、運搬人、触れ役、死体運搬車の御者など、一一六名の死亡者があったことが事実とすれば、なおさらのことです。

実際、彼らの仕事は、死体を正確にかぞえておれるような性質のものではありませんでした。死体は夜中にごちゃごちゃ集められては、穴の中になげこまれたのですから。この穴もしくは堀に近づくことは、この上なく危険なことでした。わたしの目によくとまったことですが、オールドゲート、クリプルゲート、ホワイトチャペル、ステプニーの四教区の死亡数は、一週間に五百名、六百名、七百名、八百名というような発表でした。ところが、わたしと同じように、ずっと市内にとどまった人たちの意見を信じてよいなら、それらの教区では、週に二、〇〇〇名の死亡者が出ることもあったのです。できるかぎり正確にその地域を調査した人のおかげでわかったことですが、その一年間で疫病によって死んだ者は、ほんとうは十万名あったのに、死亡報の疫病による死亡数では、たった六八、五九〇名にしかなっていませんでした。

もし、わたしが自分の目で確かめたことと、目撃者から聞いた話にもとづき、意見をのべることを許してもらえるなら、わたしが信じていることもまったく同じなのです。つまり、疫病による死亡者だけでも、少なくとも一〇〇、〇〇〇名はあり、そのほか、別の病気で死んだ者や、原野、街道、人目につかない場所などのいわゆる伝達範囲にはいらないところで死に、ほんとうはちゃんとした市民であるのに死亡報にはのらない者がいた、ということです。疫病におかされると、悲しみのあまり放心するか、憂うつ症にかかることがめずらしくなかったのですが、そのように気の毒な人たちは、原野とか、森とか、荒涼として人気のないところとか、ほとんどどこへでもさまよって行き、藪とか生垣にもぐりこんで死ぬ者が大勢いたことは、だれでも知っていました。

近郊の村人たちは、あわれに思って食べ物をもって行き、少しはなれたところにおいてやりました。もしできるなら、取って食べれるようにとの配慮からですが、それができないことがときどきありました。次に行ってみると、気の毒にも死んで横たわり、食べ物には手をつけてないことがあったのです。こうしたみじめな光景はめずらしいことではありませんでした。わたしはこうして死んだ者をじつに多く見ており、その場所もじつに正確に知っておりますので、今でもそこへ行って骨を掘り返すことができると思います。それというのも、田舎の人たちは、死体から少しはなれたところに穴を掘り、先端にかぎのついた長い棒で死体を穴に引きずり入れ、できるだけ遠くに立って土をふりかけてくれたからなのです。そのばあい、死体の発する悪臭をさけるために、まず風向きを確かめ、それから船乗りが風上と呼んでいる方に位置を定めたことはもちろんです。このようにして、死亡報の掲載地域の内外にかかわらず、だれにも知られず、かえりみられることもなく死んだ者が、じつにおびただしくいたのでした。

じつを言うと、以上のことはおもに他人から聞いた話であるにすぎません。というのは、ベスナル・グリーンやハクニー〔前者は後者のすぐ南にあり、いずれも市内の北東の方面にあたる地区〕の方面は別として、わたしが原野に出かけることはめったになかったからで、これはこのあとも変わりありません。だが、いったん外出でもしようものなら、きまっておびただしい数のあわれな連中が遠くをさまよい歩くのが目にとまりました。けれども、その人たちの健康がどんなぐあいなのか、ほとんどわかりませんでした。

それもそのはずで、通りであろうと、原野であろうと、人がこちらへやってくるのが目にとまったばあい、だれでも逃げ出したものだからです。とは言っても、今のべたような話は、少しも偽りがないとわたしは信じています。

通りや原野を歩きまわることをのべたついでに、そのころの市内はどんなにさびれていたかを言わないわけにはゆきません。わたしが住んでいた大通りは、ロンドン中の――ということは、特別地域はもちろん、郊外もはいる――あらゆる通りで最もひろいもののうちにはいります。その通りの肉屋がならんでいた側、とくに門の外側では、舗装した通りというよりも緑の原野という感じが強く、たいてい、人々は、馬車を引きつれて通りの真中を歩きました。なるほど、ホワイトチャペル教会に近い方面の舗装が完全でなかったことは事実ですが、それにしても、舗装されているところにすら、雑草がいっぱい生えていました。しかし、これを不思議に思う必要はないのです。市内の大通り、たとえば、レドンホール通り、ビショップスゲート通り、コーンヒル、はては王立取引所〔後の二つは市内の中心部、前の二つはそこまで続いている〕にいたるまで、方々に雑草が茂っていたのですから。朝から晩まで、通りには荷馬車も乗合馬車も見られず、とおりすぎるものは、菜根、いんげん、えんどう、干し草、わらなどを市場まではこんできた田舎の荷馬車だけで、それもいつもにくらべると、ごくまれにしかとおりませんでした。乗合馬車のばあいは、病人を伝染病病院やその他の病院にはこぶ時以外はほとんど用いられず、往診に出かけても大丈夫と判断されるようなところにかぎり、そこへ医者をはこぶことがごくまれにあるだけでした。ほんとうに乗合馬車は危険で、だれもわざわざ乗りたがらなかったのです。それもそのはずで、そのすぐ前にだれが乗ったのかもわからず、しかも、今言ったように、疫病患者が普通それで伝染病病院まではこばれていて、ときにはその途中で事切れることもあったのですから。

　事実、病勢が今のべたようなはげしさを加えると、外出して病人の家まで行こうなどという内科医はほとんどいなくなり、それに、医師会員のうちでも最もすぐれた医者がとても多く死亡しました。これは外科医のばあいも同じです。それもそのはずで、今やじつにすさまじくなって、死亡報を別にすれば、およそ一ヵ月のうちに、くる日もくる日も、死者が一日に一、五〇〇名ないしは一、七〇〇名を下らなかったろうと思われるからです。

　疫病が流行した全期間をつうじて、最悪の時と考えられるのは、神はみじめな市民を全滅させるつもりなのではないかと善良な人々が考えはじめた、九月のはじめころだったでしょう。このころは、病勢が東部の各教区にも完全に達した時にあたっていました。わたしの意見をのべさせていただきますと、オールドゲート教区では、一千名以上の死者を出した週が二週間もつづきました。ただし、死亡報ではそんなに多くなっていませんが。でも、病勢がすさまじい割合でわたしが住んでいる周辺にひろがったところ、感染していない家が二十軒に一軒もなくなりました。ミナリズでも、ハウンズディッチでも、オールドゲート教区のブチャー通りの周辺や、わたしが住んでいる反対側の小路などでも、どんなすみずみまでも死に神の支配下にあったのです。ホワイトチャペル教区も同じ状態でした。そこはわたしが住んでいる教区よりはずっと小さかったのですが、死亡報では週に六〇〇名近くの死亡者があったことになっていて、そこはわたしの意見ではその二倍近くあったと思うのです。家族ぐるみで、いや、通りぐるみで、ごっそり死んでいきました。近所の人たちが、どこどこの家へ行って死んだ人をつれて行ってください、みんな死にましたから、などと触れ役に呼びかけることがよくあったほどひどいものでした。

まったくのところ、今や運搬車で死体をはこび去る作業はじつにいとわしく危険なものとなりました。そうすると、一人残らず死亡した家族の後かたづけを運搬人はしようとしないので、ときどき死体は数日間も埋葬されないでいることがあり、とうとう近所の家の者は悪臭にやられ、ついには感染することがある、と苦情が出るようになりました。このような係員の怠慢ぶりは相当なもので、ついに教会委員や警吏がその監督に当たるよう命ぜられました。村落の治安判事でさえ、係員にまじって命を危険にさらし、彼らをせきたてたり、はげましたりしなければなりませんでした。命の危険というのは、かぞえ切れないほど多くの運搬人が、どうしても死体に近づかなければならないので、疫病が移って死んだからです。前にのべたように、仕事を求め、パンを求める貧乏人が非常に多く、生きていくためには何でもやり、どんな危険でもおかさなければならなかったのですが、そんな人たちがいなかったなら、だれも仕事をする人が見つからなかったことでしょう。そうなれば、死体は地面にごろごろころがったままで、ひどく腐っていたことでしょう。

しかし、責任当局の施策はいくらほめてもほめ切れません。死亡者の埋葬はじつに整然としたものであって、よくあったことですが、死者をはこんで埋葬する係員が病気にかかったり、死んだりしたばあい、ただちに補充したのです。すでにのべたように、失業した貧乏人が大勢いたため、このことはむずかしいことではありませんでした。このおかげで、ほとんど同時に死んだり病気になったりする者がかぞえ切れないほどあったにもかかわらず、毎晩、かならずきちんとはこび去られたのです。そんなわけで、ロンドンに関するかぎり、生き残った者の力では死者を埋葬することができない、などとはとても言えませんでした。

その恐ろしい期間中、荒廃がひどくなるにつれて、人々もどうしたらよいのかますますわからなくなっていきました。そして、あまりにも恐怖におびやかされて、とても説明のつかないようなことをかぞえ切れないほどするのでした。病気の苦しみにたえられない患者も同じようなことをしたのですが、彼らのばあいには、じつに痛ましいものがありました。ある者は、大声でどなったり、わめいたり、両手をもんだりしながら通りを歩きまわりました。また、ある者は、祈りをあげて両手を天に向け、神よ、恵みをあたえたまえ、と言いながらとおりすぎました。じつは、気が違ってこんなことをしたのかどうか、わたしにはわかりません。しかし、それならそうでも、正気の時にはずいぶん真剣な精神の持ち主であることを示すものだったのです。それに、その方が、毎日、とくに夕方、あちこちの通りで聞こえてくる恐ろしいわめき声や叫び声よりは、ずっとましなものでした。あの有名なソロモン・イーグルという狂信者のことは、だれでも聞いて知っているでしょう。彼は、頭が変なだけで、疫病にはぜんぜんおかされていませんでしたが、ときどき丸裸で、かんかんおこっている炭火の鍋を頭にのせ、天罰が市内に下されたのだ、とぞっとするような形相で叫び歩きました。じつは、彼がなんと言ったのか、あるいは、なんと言おうとしたのか、わたしにはわかりませんでした。

ある牧師が、いつも夕方になるとホワイトチャペルの通りを歩きまわり、両手を上にあげて、「主よ、我らを赦したまえ。尊き血にて贖いたまいし民を赦したまえ」〔「嘆願」参照〕という英国国教会の祈禱書の一節をいつもくり返しとなえていました。あの牧師は気違いだったのかどうか、それとも、心から熱心に貧乏人のことを思ってそんなことをしていたのかどうか、言わないことにしましょう。つまり、このようなことについてはきっぱりしたことが言えないのです。なぜなら、このように無気味な光景は、わたしの部屋の窓をとおして外をのぞきこんだ時、――というのは、窓をあけることはめったになかったから、――わたしの目にうつっただけのものですから。そのようにして、わたしは、疫病が最もはげしく荒れ狂った期間中、家の中にとじこもっていたのです。すでに言ったように、実際、そのころは、もうだれものがれられないと多くの者が考え、それを口にさえ出して言いはじめておりました。じつは、わたしもそういう気がしてきたところでしたので、およそ二週間は家の中にとじこもったきり、一歩も外に出ませんでした。とは言うものの、どうにもそれにはたえられませんでした。その上、最も危険な期間中でも、危険などはかえりみず、公然と礼拝に出かけることをやめない人もありました。それに、非常に多くの牧師は教会をしめ切り、その他の人たちと変わりなく、命からがら逃げたことも事実ですが、みんながそうだったわけでもありませんでした。ある牧師は、あくまでもその職務をはたし、たえずお祈りをして集会をつづけました。ある時には、説教したり、悔悟と改心をすすめる簡単な訓戒をしたりしましたが、それを聞きにくる者がいるかぎりこれをつづけたのです。非国教会派のばあいも同じで、しかも、教区の牧師が死んだり逃げたりしていなくなった教会で集会をひらくことさえありました。このような時には、国教会派だの、非国教会派だのと言っている余裕がなかったのです。

実際、あわれにも死にかかっている人たちがあげる悲嘆の声を聞く時、わたしは、痛ましい気持でいっぱいでした。彼らは、牧師にたいして、慰めをあたえてくれるように、一緒に祈ってくれるように、訓戒してくれるように、導いてくれるようにお願いし、また、神には許しと恵みを求めて、大声で過去の罪をざんげしていました。そんな時、死にのぞんで罪を悔いている者が他人に向かって、苦しみの日まで悔悟をのばしてはいけない、このような災難の時は、悔悟にふさわしくもなければ、神に呼びかける時でもないなどと、じつにさまざまないましめをあたえているのを聞けば、どんなにかたくなな心の持ち主でもひどくつらい気持になることでしょう。あわれにも死にかけている人たちが、苦もんと苦痛にたえ切れなくなってあげたあのうなり声と叫び声を、わたしが聞いたままに伝えることができたらよいと思います。今でもそれが聞こえるような気がしてならないのです。そして、それをそのまま本書の読者に聞いてもらえたらよいと思うのです。わたしの耳には、あの時の騒ぎが、今でもこびりついているように思われてしかたがないのです。

もしも、わたしが、読者の魂までもゆさぶるような感動的な言葉でこの話をすることができたらと悔やまれてなりません。そうすれば、どんなに舌足らずで不完全なものであるにせよ、それを書きとめたことを喜びとするところでしょう。

神のおかげで、いまだに病気にもかからず、はつらつと健康そのものだったのですが、ただ、しめ切った家の中に十四日間くらいもとじこもっていますと、まったくやり切れない気持でした。とてもがまんできなくなって、兄に出す手紙をもって駅舎まで行くことにしました。通りの深い静けさに気づいたのは、じつにその時です。駅舎にたどりついて、手紙を入れに行った時、ある男が構内の片すみに立って、窓のところにいる男に話しているのが目にうつりました。さらにもう一人の男が、事務所のドアをあけていました。構内の中ほどに、カギが二個ついて金が中にはいっている小さな皮の財布がおちていましたが、だれも手を出そうとする者はありませんでした。窓のところにいる男が言うには、ほとんど一時間くらいもそのままだったそうですが、落とし主がさがしにもどって来ないともかぎらないので、それに手を出さなかったのだそうです。わたしはそんなに金に困っていなかったし、金額もたいしたことはなかったので、あるいはと思われる危険をおかしてまで、それを拾おうとか、金をわがものにしようなどという気にはなれませんでした。そんなわけで、そこを立ち去ろうと思っていたちょうどその時、さきほどドアをあけた男がそれを拾うと言いだしました。ほんとうの持ち主がやって来たら、ちゃんと返してやれるように、と言うのです。それから、彼は中にはいり、水がはいった手桶をもってきて、財布のすぐそばにおきました。次に、また引っこんだかと思うと、こんどは火薬をもってきてたっぷりと財布にふりかけ、そこから導火線を引きました。それは二ヤードくらいもあったでしょうか。このあと、三たび中にはいり、おそらく、このためにわざわざ準備していたらしいのですが、真赤に焼けた火箸をもってきました。そして、まず、導火線に火をつけますと、財布が焦げ、空気も煙で十分に消毒されました。ところが、彼はそれで満足しません。さらにそれから、火箸で財布を拾いあげ、財布が火箸で焼き切られるまで、そのままもっていましたが、そのあとで、金を手桶の中にふるい落とし、それをもち去ったのです。わたしの記憶によりますと、財布の金は、およそ十三シリングと、表面がすべすべした四ペンス銀貨と、ファージング銅貨が何枚かはいっておりました。

前にのべたように、お金のためだったら、どんなことでもやりかねないほど向こう見ずな者が、おそらく貧乏人の中にはいたかもしれません。しかし、疫病をまぬがれた少数の人たちは、悲惨ぶりがとてつもなくひどくなった時、自分のことにはじつに気をつけたのだということが、以上のようなことからも容易にわかるでしょう。

だいたいこのころ、ボウ〔市内の東方にあたる地域でエセックス州のすぐ隣〕の方向をめざして原野に出ました。というのは、テムズ川や船舶ではどんなぐあいになっているか、見たくてどうにもしかたがなかったからです。わたしは海運業に少し関係していることもあって、船舶の中にとじこもるのが、いちばん疫病にかからなくてすむ方法なのだが、とかねがね思っていました。そこで、その点をどのようにしてうまく確かめたものかと考えながら、ボウからブロムリー〔ボウのすぐ南の地域〕へ、そこからブラックウォール〔ブロムリーの南の地域、海運業の中心地〕まで原野をこえて来て、ついに、荷揚げや積み込みをするためのさん橋までたどり着いたのでした。

　そこまで来ますと、ある見すぼらしい男が、護岸と呼ばれる堤防の上をぶらついているのが目にとまりました。すっかり閉鎖された家並をながめながら、わたしも少しぶらつきました。とうとう、少し離れたところに立って、その見すぼらしい男と話しはじめました。まず、わたしは、そのあたりの人たちはどうしているか、とたずねました。「情けないことです」と彼は言いました、「ほとんど人がいません。みんな死んだり、病気になったりです。このあたりや、あの村では」とポプラー〔ブラックウォールのすぐ西側。ドックが多く、海運業の中心〕を指さしながら、「家族の半数がもう死んで、あとの者も病気というのがほとんどですよ」。それから、ある家を指さして、「あそこではみんな死にました。家はからっぽですが、だれも中にはいろうとする者もありません。気の毒などろ棒もあったもので、盗みにはいったまではよいが、高い代金をはらいましたよ。昨夜、自分でも墓場にはこばれましたからね」と言いました。それにつづいて、彼はあちこちの家をいくつか指さしました。「あそこでもみんな死にました。夫婦と子供五人です。あの家は閉鎖です。監視人がドアのところに立っているでしょう」。こんなぐあいに、その他の家についても説明してくれました。「あのね、あんたはここに一人いて何をしているの」とわたし。「まあ、わしは一人ぼっちの貧乏人でして。神様のおかげで、まだ病気にはかかっていません。ただ、わしの家族は別で、子供を一人なくしましたがね」と彼。「あんたがまだ病気にかかっていないというのはどういう意味かね」とわたし。「まあ、あれがわしの家ですよ」と、とても小さく、低い板の囲いがしてある家を指さしながら、「あそこに、わしの妻と二人の子供が住んでいます。とても生きているなどとは言えませんが。妻と一人の子供は病気にかかっているからです。でも、わしはそばに行きません」と彼。こう言いおわると、とめどもなく涙が彼のほおを伝わって落ちました。正直なところ、わたしももらい泣きしてしまいました。

「でも」とわたし、「なぜそばに行ってやらないのかね。どうして肉親を見捨てておけるのかね」。「ああ!」と彼、「そんなことするもんですか。見捨てているのではありません。できるだけ一生懸命、妻子のために働いています。ありがたいことに、ひもじい思いはさせておりません」。こう言うと、彼の目は天を仰ぎ見ましたが、その顔つきを見ていると、偽善者などではなく、真剣で、信心深く、善良な男にわたしは出会ったのだ、とすぐさとりました。あのように大声できっぱり言い切るのも、そのような境遇にありながら、自分の家族にひもじい思いをさせていないと言えることにたいして、感謝の気持をあらわしたものだったのです。「なるほど、あんた」、とわたし、「今どき貧乏人がどんな目にあっているか考えると、そりゃあ大きな恵みというもんだ。だが、それじゃあんたはどうやって生活しているのかね。今みんなをおそっている恐ろしい災難から、どうやってまぬがれているのかね」。「まあ」と彼、「わしは船頭でして。わしの舟があっちにありますが、家の代わりなんですよ。昼はその中で働らき、夜はその中で寝ます。もうけた金は、あの石の上におくんですよ」と、通りの反対側にあり、家からかなり離れたところにある平べったい石を指さす、「それから、家の者に聞こえるまで大声で叫びますと、中から出てきてそれをとっていくんです」

「なるほど」とわたし、「でも、船頭をしていて、どうやって金をかせげるのかね。今どき船で川をわたる者がいるの」。「ええ、おります」と彼、「いつもと様子は違いますが。あっちに船が五隻とまっているのが見えますか」と、ロンドンよりもかなり下流を指さす、「また、八隻か十隻くらいの船が、あっちでは鎖でつながれ、向こうでは錨をおろしているのが見えませんか」と、ロンドンの上流を指さす、「あのどの船の中にも、貿易商人とか船の持ち主といった人たちの家族が乗っています。疫病がこわいもんで、船にとじこもったきり、まるで人とはつき合わないで生活しているんですよ。わしは、あの人たちが上陸しなくてもすむように、物をもってきてやったり、手紙をはこんだり、どうしても必要なことをしてやって、仕えているわけです。いつも夜には、わしの舟を本船のボートに結びつけ、たった一人で眠るわけで。ありがたいことに、今まで病気にもかからなかったですね」

「なるほど、わかりました」とわたし、「でも、あんたが上陸したあとでも、船の上にあげてくれるのかね。この陸では、こんなに疫病がはやって、恐ろしいかぎりでしょう」

「まあ、その点は」と彼、「わしはめったなことで船にあがりませんから。ただ、もってきたものを、本船のボートにいれるか、船べりにおいておきますと、船内にもっていってくれます。たとえわしが船にあがったところで、ちっとも危険なことはないと思いますがね。上陸してどこかの家にはいるとか、だれかに触れるとかなんていうことは、ぜんぜんないですから。いや、わしの家族にだって触れませんからね。ただ、船の人たちに食糧をもって来るだけです」

「いや」とわたし、「でも、それがかえっていけないのかもしれませんよ。だって、あんたは、だれかからその食糧をうけ取るでしょう。このあたりはどこも疫病におかされているんで、人と話をするだけでも危険なことだもの。この村は、ロンドンから少し離れてはいるものの、いわばロンドンのはじまりには違いないからな」

「なるほど」と彼、「でも、どうもわしのことがよくわかってないようですね。ここで食糧を買うのではありません。グリニッジ〔市内の南東の方向にありテムズ川の南岸の地区〕まで舟をこいで行って、そこで生肉を買ったり、ときには、ウリッジ〔グリニッジのすぐ東の地区〕まで川を下って買物をすることもあります。それから、ケント州側〔ここでは、ウリッジのすぐ東の地域〕にある、顔見知りの一軒屋の農家をまわり、鳥肉や、卵や、バターを買い、それをいろいろ注文に応じて、船にとどけるわけですよ。このあたりにはめったに上陸しません。今は、ただ、妻を呼び出し、みんなどうやっているかを聞き、昨夜もらった少しばかりの金をやろうと思って、やって来たところです」

「気の毒な人だ！」とわたし、「それで、どのくらいかせいだのかね」

「四シリングです」と彼、「これでも、今どきの貧乏人のことを考えれば大金ですよ。でも、パン一袋、塩づけの魚、肉なんかもいただきまして。これで大助かりです」

「なるほど」とわたし、「それで、もうあげたかね」

「まだです」と彼、「でも、妻を呼んだところ、まだ出れないが、三十分もすれば大丈夫だろうということですので、こうして待っているわけです。あわれなやつです！ひどくまいっちゃって。はれ物ができましたが、やぶれたんで、助かるだろうと思いますけれど。でも、子供はだめでしょう。まあ、神様しだいのことで……」。ここで言葉を切ったかと思うと、はらはら涙を流しました。

「なるほど、ねえ」とわたし、「もし、あんたのように、何もかも神様のご意志にゆだねると、きっと神様が慰めてくれますよ。神様はみんなを公正にあつかってくれるのだから」

「ああ！」と彼、「わしらのだれかが助かるだけでも、かぎりないお恵みだというのに。愚痴をこぼすなんて、わしはなんということを！」

「そう言ってくれたか」とわたし、「それにくらべれば、わたしの信仰心なんか、なんと情けないものでしょう」。ここで、こんな危険のさなかに、この気の毒な男が支えとしているいいしずえは、わたしのばあいなどよりもなんとりっぱなことかと思うと、わたしは気がとがめてしかたありませんでした。彼にはどこも逃げるところはない。彼にはどうしても面倒を見なければならない家族があるが、わたしにはない。わたしのは単なる思い上がりにすぎないが、彼のばあいは、心から神にすがり、神に守られた勇気をもっている。それでいて、身の安全のためにはできるかぎり用心している……。

こう考えているあいだ、わたしはその男に少し背をそむけていました。というのも、じつは、その男と同じように涙をこらえることができなかったからです。

もう少し話していると、とうとう気の毒な女がドアをあけ、「ロバート！　ロバート！」と呼びました。彼は返事してから、ちょっと待て、すぐ来るから、と彼女に言いました。それから、さん橋をかけおりて舟のところへ行き、もらった食糧がはいっている袋をもって来ました。もとのところへ帰って、また大声で呼びました。それから、わたしに教えてくれた大きな石のそばへ行き、袋にはいっているものをあけ、みんな一つ一つならべ、それからもどりました。そうすると、妻の方では、それをとりに子供と一緒にやって来ました。彼は大声で話しかけ、この船長がこれこれをくれた、あの船長がこれこれをくれたなどと説明していましたが、おしまいに、「みんな神様がくださったんだ。感謝しなさいよ」とつけ加えました。気の毒な女が全部かかえこむと、とても体力が弱っていたため、たいした重さでもなかったのに、一度にはこぶことができませんでした。しかたなく、小さな袋にはいっているビスケットを残し、また取りにくるまで子供を見張りにつけておきました。

「ところで」とわたしは彼に言いました、「一週間かせいでもらったという四シリングもおいてやったのかね」

「そうですとも」と彼は言いました、「あれの口から言わせてみましょう」。そこで彼はまた、「レーチェル、レーチェル」と彼女とおぼしき名前を呼び、「お金をとったかい」。「はい」と彼女。「いくらあった」と彼。「四シリングと一グロート」と彼女。「そうか、そうか」と彼、「元気でいるんだよ」。こう言って彼は向きを変えて行きかけました。

この男の話に涙を流さざるをえなかったように、こんどは、彼の助けになるように、お金をやりたくてしかたがなくなりました。そこで彼を呼びとめて言いました。「ねえ、あんた。こっちへ来てくれないか。おそらくあんたは病気でないから、大丈夫だと思うのでね」。そしてポケットにつっこんでいた手を出し、「さあ、どうかもう一度レーチェルさんを呼んで、ほんのわずかばかりのものだが、彼女の慰めにしてもらえないかね。あんた方のように、神様を信ずる者は、けっして神様も見捨てませんよ」と言いました。そして彼にもう四シリングやり、どうか石の上におきに行って、妻を呼ぶようにと頼みました。

この男がいかに感謝したか、とても言葉では言い表わせません。また、彼の方でも、涙が顔を伝わって流れるだけで、口がきけませんでした。彼は妻を呼び、神様のおかげで、見知らぬ人が彼らの境遇に心をうごかされ、そのお金をくださったのだ、と説明しました。さらに、そのようなことをまだまだ彼女に言いました。わたしにたいしても、天にたいしても、やはり彼女も感謝の気持を身振りであらわすだけで、喜んでそれを拾いあげたのです。その一年間をつうじ、お金を使っても、こんなによかったと思ったことはありません。

それから、わたしは、グリニッジにはまだ疫病が達していないのかどうかを男にたずねました。彼の話では、およそ二週間前までは大丈夫だったのだそうです。でも、もうだめではないかな。とは言っても、デットフォード橋〔テムズ川の南岸、グリニッジの西〕よりの、南にひろがっている方面だけですよ。わしはただ肉屋と食料品店へ行くだけで、普通、頼まれてきたものをそこで買います。でも、とても用心しますよ……。こう彼は言いました。

次に、わたしは、そうして船の中にとじこもっている人たちが、必要なものを何から何まで十分にたくわえておかなかったのはどうしてなのか、と彼にたずねました。彼が言うには、そうしている人もあるそうですが、他方、どうしようもなくなってから驚いて船に移った時には、もう危険なため、とてもしかるべき商人のところへ行ってどっさり物を買いこむなどできなかった人もいる、ということです。彼が用を足してやっている船は二隻だそうで、わたしにそれを教えてくれましたが、そこにはビスケットパンと船用ビールのほかはほとんど、あるいはまったくたくわえがなく、そのほかはほとんど全部彼が買ってやっている、ということでした。まだほかにも、あのように他の船から離れている船があるのか、と彼に聞いてみました。あるという答えで、グリニッジのちょうど真向かいの地点から、ライムハウス〔市内のはるか東方、ポプラーの西〕やレッドリフ〔テムズ川の南岸、ライムハウスと対しているロザーハイズのこと〕の川岸にわたるまでずっと、およそ人を乗せる余裕のある船は全部、川の真中に二隻ずつならんでとまっているそうです。中には、数家族を乗せている船もあるとのことでした。疫病の影響がないのか、とたずねてみました。すると、彼は、ないと思いますが、ただ、二、三の船は別で、そこに乗っている人たちのばあい、船乗りを上陸させないように注意することを怠ったのです、と答えてくれました。プール水域〔ライムハウスから市内あたりにまでわたる水域〕にずらりと船がならんでいるさまは、じつにすばらしいながめだとのことでした。

潮が満ちてきたらすぐグリニッジまで舟をこいで行ってくるというので、どうかわたしも一緒にお供できないものだろうか、お話のように船がずらりとならんでいるさまが見たくてしかたないので、と頼んでみました。彼の答えは、キリスト教徒にふさわしい正直な人間として、あなたが病気でないことをはっきりわしに言えるならつれて行きましょう、ということでした。そこで、わたしは、病気などにはかかっておらず、神様のおかげでぴんぴんしていること、ホワイトチャペルに住んでいるのだが、長いこと家の中にとじこもっているのにとてもたえられず、少し新鮮な空気を吸いにここまで来てみたのであること、わたしの家の者はだれも疫病の気配すらないことを明言したのです。

彼はこう言いました。「まあ、わしとわしの情けない家族をあわれんでくださった情け深いあなたのことだ、病気でもしておれば、なんとしてもわしの舟に乗ろうなどと無情なことはなさいますまい。もしも病気なら、わしも、わしの家族も、ひとたまりもなくおしまいでしょうからね」。自分の家族のことを、そのようにありありと心配し、そのように愛情をこめて話すのを聞いた時、わたしはとても気がとがめて、はじめは、どうしても行ってみようなどという気にはなれなくなったのです。そこでわたしは彼に言いました。あんたを不安な気持にさせるより、好奇心をおこさないことにしましょう。とは言っても、疫病なんかにはまるっきりかかっていないと断言できるし、またとてもそれに感謝しているようなわけだが……と。ところで、こんどは彼の方でもわたしにやめさせようとはせず、わたしの言葉がうそでなかったことをどんなに信じ切っているかを見せるため、どうしても行ってくれるようわたしにせがむのでした。そんなわけで、潮が彼の舟のところまで満ちてきた時、わたしはそれに乗ってグリニッジまでつれて行ってもらったのです。彼が頼まれたものを買っているあいだ、グリニッジの東部にあって町を見おろす丘の頂にのぼり、テムズ川をながめました。それにしても、おびただしい船が二隻ずつ列をつくり、ある川幅のひろいようなところでは二列とか三列にならんでとまっているのは、驚くべき光景でした。しかも、これはロンドンの町までつづき、ラトクリフおよびレッドリフと呼ばれる家並にはさまれた、いわゆるプール水域だけではなく、下流もロング・リーチ〔ロンドンのはるか下流、ケント州とエセックス州にはさまれた水域〕のみさきのあたりまでずっとだったのです。もっとも、丘からはそこまでしか見えないのですが。

船の数は見当もつきませんが、きっと帆船が数百隻もあったに違いありません。よく考え出したものだとわたしは感心せざるをえませんでした。というのは、海運業に関係する一万人以上の人たちが、はげしい伝染をここで完全にのがれ、とても安全で気楽な生活をしていたからです。

わたしは、その日の遠出にとっても満足し、とくに気の毒な船頭にめぐり会えたことを喜んで

「テムズ川に退避」

家に帰りました。また、そのような荒廃の時にあたり、あんなに多くの家族に、あのようにささやかな避難所があたえられているのを見て、うれしく思いました。さらに、疫病のはげしさが増すにつれ、家族を乗せた船はしだいに遠くへ移動するのも見ましたが、聞くところでは、ついに海へ出て、北の海岸でいちばん都合のよい港や安全な停泊地まで行った船もある、ということです。

ところが、このように陸を去って船に住んだ者が、かならずしもみんな疫病をまぬがれたのでないことも事実です。それというのも、病気のため死に、川の中に投げこまれる者も多くいたからです。棺にいれられた者もあるが、聞いた話では、いれられない者もあったそうで、ときどき、テムズ川では、潮のまにまに死体のただよう光景が見られました。

しかし、あえて次のように言ってもよいと思うのです。つまり、そのように感染した船のばあい、たまたまそれを利用するのがおそすぎて、それっと避難した時には、あんまり陸で、ぐずぐずしすぎたため、本人はおそらく気づいてなくともすでに疫病にかかっていたのではないでしょうか。だから、病勢が船の上の人たちにおよんだのではなく、ほんとうは、その人たちが乗船の時にはこびこんだものなのではないか……と。あるいはまた、そのような船のばあい、例の船頭が言ったように、食糧を積みこむ暇がなかったため、必要なものを買いにしばしば人を陸につかわさなければならないか、あるいは、いろいろな舟が陸からやって来るのをこばむわけにはゆかなかったのではないでしょうか。だから、気がつかない間に、疫病が彼らのところにもちこまれていたのである……と。

ここで、わたしは、当時のロンドン市民の妙な気質が、彼らを破滅させる大きな力であったことに注目せざるをえません。すでにのべたように、疫病が発生したのは、ロンドンの反対側の地域、つまり、ロング・エーカー、ドルアリー小路などで、そこからしだいにゆっくりと市内の方面に進んできたのでした。最初の影響は十二月、次が翌年の二月、さらに四月で、ずっと影響はあったものの、事件が起こった時にほんの少しだけのものでした。それから五月までなくて、五月の最後の週でも疫病による死亡者が十七名しかなく、それも、反対側の地域だけのことでした。このあいだ中、週に三、〇〇〇名以上の死亡者が出るようになってからでも、レッドリフ、ウオピング、ラトクリフなどテムズ川の両岸にわたる人たち、およびサザク地区のほとんどすべての人たちは、こっちには疫病が来ないんだとか、少なくとも、こっちではあんなにひどくなりっこないんだ、などという考えを強くいだいていたのです。ある人たちは、ピッチやタールとか、石油、樹脂、硫黄など海運業と関係するあらゆる商売でよく用いられるものの臭いが、自分たちを疫病から守ってくれると考えていました。また、疫病はウエストミンスター、聖ジャイルズ教区、聖アンドルー教区などではげしさをきわめ、こちらへ来ないうちにまたしずまり出したのだから、もうこわがる必要はない、と主張する人たちもありました。じつは、ある程度これは正しかったのです。例をあげましょう。〔次の地名のうち、最後の二つはテムズ川の南岸。前者が後者の西〕

八月八日―同十五日

聖ジャイルズ・イン・ザ・フィールズ	二四二
クリプルゲート	八八六
ステプニー	一九七
聖マーガレット（バーモンジィー地区）	二四

ロザーハイズ	三
計	四、〇三〇

八月十五日―同二十二日

聖ジャイルズ・イン・ザ・フィールズ	一七五
クリプルゲート	八四七
ステプニー	二七三
聖マーガレット（バーモンジィー地区）	三六
ロザーハイズ	二
計	五、三一九

注。そのころ、ステプニー教区のものとされた数字は、だいたいみなステプニー教区がショアディッチと接する方面のものであることがわかっていました。つまり、現在スピタルフィールズと呼ばれているところで、ステプニー教区が、ショアディッチ教会墓地のちょうどへいのところまできているあたりの地域です。このころ、聖ジャイルズ・イン・ザ・フィールズ教区では病勢が衰え、クリプルゲート教区、ビショップスゲート教区、ショアディッチ教区で最も暴威をふるっていました。ところが、ライムハウスやラトクリフ・ハイウエイを含み、現在のシャドウエル教区やウオピング教区からロンドン塔近くの聖カサリン教区にいたるステプニー教区の一帯では、八月がすっかりすぎ去るまで、疫病による死亡者が週に十名といませんでした。でも、あとでひどい目にあったのですが、これについては、やがてのべることにしましょう。

ところで、このようなことから、レッドリフ、ウオピング、ラトクリフ、ライムハウスなどに住む人たちは、もう大丈夫だ、疫病はこっちへ来ないうちに姿を消してしまった、などとすっかりいい気になっていました。だから、彼らは、田舎に逃げようともしなかったし、家の中にとじこもろうともしなかったのです。いや、何も手をうたないどころか、友人や親類を市内から招いていました。また、その地帯を安全な場所と考え、きっとほかとは違って神が見のがしてくれる場所と考えて、ほんとうにほかから避難してくる者も少しありました。

いよいよ疫病がその地帯にもおよんだ時、彼らが驚き、備えもなく、どうしてよいか途方にくれるありさまは、他の地域とはくらべものにならないほどでした。というのは、九月と十月に、いざはげしい勢いで疫病が荒れ狂ったときには、もう地方に逃げることもできなかったからです。見知らぬ他人を、だれも自分に近づけようとはしなかったのです。それだけではなく、自分たちが住んでいる町にも近づけようとはしませんでした。聞いた話では、サリー州の方面にさまよって行った者がいましたが、森や共有地で飢え死にしているのが発見されたということです。その地方は、ロンドン近郊では最もひろびろとして森も多かったものですから。とくにそのようなことが起こったのは、ノーウッド、カンバーウエル教区、ダリッジ教区、ルイシャム教区（以上、いずれもテムズ川のはるか南方の地域）などのあたりで、その辺では、疫病をおそれるあまり、気の毒にも困っている人たちをだれも救ってやろうとはしなかったようです。

田舎に逃げてもだめだという考えが前にのべた地帯の人々にいきわたり、そのことが、すでに言ったように、ぞくぞくと船に避難することになった一因でもありました。人によっては、早いうちに避難し、しかも抜目なく、食糧をどっさり用意したおかげで、そのためにわざわざ陸にあがったり、売りに来た小舟を近づけたりする必要がない者もありました。そのようなばあい、だれよりもいちばん安全でいられたことは言うまでもありません。ところがあまりの切迫に驚いてパンももたずに船にかけこんだ者もあり、中には、船に乗ったままではよいが、もっと遠くまで船を動かしたり、ボートに乗って下流の安全なところへ食糧を買いに行ったりしてくれる船員がいないこともありました。このような者のばあい、船にいても陸と変わりなく疫病にかかりました。

金持は船舶にのがれましたが、下層の連中のばあいは、地回り小帆船、漁業用小帆船、はしけ、つり舟などでした。多くの者、とくに船頭は、自分の小舟の中で寝ました。ところが、そのような連中、とくに後者のばあいは、ひどい目にあいました。それというのも、食糧のためにかけずりまわり、おそらくは生活の道を切りひらこうとしているうちに、いつの間にか彼らのあいだに疫病がひろまり、ひどく猛威をふるうことになったからです。ロンドン橋の上流下流を問わず、停泊地にとまっているうちに、一人さびしくはしけの中で死んでゆく船頭が大勢いましたが、さわったり、近づいたりできない状態になるまで発見されないことがときどきありました。

実際、船乗り町の人たちの苦しみはじつに悲惨なもので、どんなに同情しても足りないものでした。ところが、情けないことに、当時はだれでも自分の安全だけが心配で、他人の苦しみに同情する余裕などありませんでした。それは、どこの家の入口にもいわば死に神が立っており、しかも、もう中にはいっているばあいすら多くあって、どうしたらよいのか、どこに逃げたらよいのか、わからなかったからです。

つまり、こうなりますと、同情などすっかりなくなるしかありません。ここにいたっては、なんといってもまず自分が生きのびることが先決であるかのようでした。それというのも、子供でありながら、この上なく苦しんでやつれ切っている両親にかまわず逃げる者がありました。また、これほどは多くないにせよ、あるところでは親が子供を見捨てて逃げました。それだけにとどまりません。追いつめられた母親が気違いになり、わけがわからなくなって自分の子供を殺すという恐ろしい事件がいくつか起こり、とくに一週間に二度あったこともありました。そのうち、一度は、わたしが住んでいるところから遠くありません。気の毒に、その気違いの方も、自分がおかした罪に気づくまで生きのびることもなく、ましてその罰をうけることはなかったのです。

これは驚くに足りません。というのは、自分にさしせまっている死の危険が、愛情の気持も、おたがいにたいする心配も、すっかりうばってしまったのですから。でもわたしは一般論をのべているのです。それというのも、びくともしない愛情、同情、道義を示す例が多くの者に見られ、わたしが知っているのでもいくつかあるのです。知っているとは言っても、うわさで聞いたものですが、それでこまかい点の真偽については保証できません。

ここで例をあげますが、まず、このたびの災難をつうじ、最も悲惨な例は妊娠中の女であったことをのべなければなりません。彼らは、つらい時がやってきて、陣痛がはじまっても、だれの助けもぜんぜん得られなかったのです。産婆も、近所の女も、彼らに近づく者はいなかったのです。産婆、とくに貧乏人を相手にしていた産婆は、たいてい死んでしまいました。評判のよい産婆は、全員とは言わないまでも、多数が田舎に逃げてしまいました。そんなわけで、途方もない金をはらえない貧乏な女では、およそ産婆に来てもらうなどは不可能に近かったのです。たとえそんなことがあっても、彼らが頼める産婆などは、何も知らない未熟者とだいたいきまっていました。とどのつまりは、この上ない苦しみに追いやられる女が、普通では考えられないほどおびただしい数にのぼりました。ある女たちは、りっぱに取りあげてやると称する産婆の軽率と無知のため、出産の時にいためつけられました。やはり無知な産婆が、子供はどうなろうと母親だけは救いたい、などとさらにもっともらしい理屈をつけて、いわば、無数の子供を殺しました。同じようにして母子とも死んだ例が随分ありました。とくに、母親が疫病にかかっているばあいは、だれも近づく者がなく、母子ともに死ぬことがあったのです。ときどき、母親の方が疫病で死に、赤ん坊はおそらく生まれ切っていないか、生まれるには生まれても、まだ母親につながっているばあいもありました。中には、陣痛の苦しみのさなかに死に、ぜんぜん出産が見られなかった者もあります。とにかく、この種の例はじつに多く、どれがどれにあたるかをいちいち判断するのはむずかしいことです。

週間死亡報に出ている異常なまでの死亡数を見れば、今のべたことがいくらかおわかりと思いますーーただし、死亡報で完全な報告ができるなどとはちっとも考えていませんが。死亡の項目をあげましょう。

出産中
流産と死産
乳児と幼児

疫病がいちばんはげしかった数週間をとり、同じ年でも、疫病がまだはやらないころの数週間とくらべてみてください。たとえば次のとおりです。

期間	出産中	流産	死産
一月三日―同十日	七	一	一三
―同十七日	八	六	一一
―同二十四日	九	五	一五
―同三十一日	三	二	九
一月三十一日―二月七日	三	三	八
―同十四日	六	二	一一
―同二十一日	五	二	一三
―同二十八日	二	二	一〇
二月二十八日―三月七日	五	一	一〇
計	四八	二四	一〇〇

期間	出産中	流産	死産
八月一日―同八日	二五	五	二一
―同十五日	二三	六	八
―同二十二日	二八	四	四
―同二十九日	四〇	六	一〇
八月二十九日―九月五日	三八	二	一一
―同十二日	三九	一三	〇

—同十九日	四二	五	一七
—同二十六日	四二	六	一〇
九月二十六日—十月三日	一四	四	九
	計 二九一	計 六一	計 八〇

このような数の不つり合いのほかに、さらに考えにいれなければならないことがあります。それは、当時ロンドンにとどまったわたしどもの普通の考えによれば、八月と九月のロンドンの人口は、一月と二月の三分の一にもならなかったということです。でも、要するに、この三項目によるその年の死亡数と、わたしが聞いた前年の死亡数は、次が普通のものです。

	一六六四年	一六六五年
出産中	一八九	六二五
流産と死産	四五八	六一七
	計 六四七	計 一二四二

今言ったように、人口のことを考えにいれたばあい、このような数字の不つり合いはものすごく増大するわけです。このころ、市内にとどまっていた人たちはどのくらいあったか、正確にかぞえようなどとするのではありません。でも、わたしは、およその人口をやがては推定してみたいと思います。今のべたことでわたしが説明したかったのは、上のような女たちの悲惨なありさ

まのことです。まことに、聖書にもあるように、「その日には、身重の女と乳飲み子をもつ女とは、不幸である」〔「マタイによる福音書」二四章一九節〕という言葉がぴったりでしょう。実際、とりわけ彼女たちには不幸なことだったのですから。

このような災難にあった家を、わたしはいちいちそんなに多く知っていたわけではありません。だが、悲しみに見舞われた人たちがあげる大きなわめき声は、遠くからでも聞こえたものです。妊娠している女たちについてはもう見てみました。つまり、九週間で出産中に死亡した女は二九一名あり、それも、いつもの三分の一くらいしか人口がなかった時のことです。そのころ、普通のばあいですと、同じ原因で死亡する者はわずか四八名だけでした。この割合については読者に計算してみていただきたいものです。

乳飲み子をもつ女たちの悲惨ぶりも、それに比例して大きかったことは、疑う余地もありません。死亡報ではほとんどこのことが明らかになりませんでした。でも、少しはわかりました。乳母にあずけられている幼児が、いつになく方々で飢え死にしていたのです。しかし、これなどはとるに足りないことでした。悲惨だったのは、㈠ 幼児が母親に死なれたものの、乳母がいないので飢え死にしたばあいです。そんな時、ただ窮乏したばかりに、家族全員と幼児がならんで死んでいるのが発見されました。わたしの意見をのべさせていただけば、このようにどうしようもなくて死亡した幼児は、数かぎりなくあったと思うのです。㈡ 次は飢え死ににによるものではなく、乳母によって毒殺されたばあいです。いや、それが母親の時さえありました。自分が疫病にかかっていながら、それとは気づかずに幼児を毒殺していた、つまり、乳を飲ませて病気を移していたのです。それのみか、このようなばあいは、母親よりも幼児の方が先に死ぬのでした。わたしは、次のように忠告を書きとめないわけにはいきません。もし、またこのように恐ろしい災難が市内にふりかかるようなばあいは、妊娠している女とか、乳飲み子をもつ女は、何か方法でもあったら、一人残らず住んでいるところを去るべきです。なぜなら、もし病気にでもおかされると、そのような女たちの悲惨ぶりは、とても他人とはくらべものにならないほど大きいからです。

ここで、わたしは、母親や乳母が疫病で死んだあとで幼児が生き残り、その乳ぶさを吸っていたなどという気味の悪い話なら、しようと思えばいくつか知っています。わたしが住んでいた教区のある母親は、どうも子供の健康がすぐれないので、見てもらうため薬剤師を呼びにやりました。薬剤師がやってきてみますと、母親は子供に乳を飲ませていましたが、見たところ、彼女は健康そのものだった、ということです。ところが、近づいてみると、子供に飲ませていた乳の上に疫病の徴候が認められたのでした。彼は驚いたに違いありませんが、あまりその女をびっくりさせたくないと思い、子供を貸してくれるように言いました。子供をうけとってから、部屋の中においてある揺りかごのところへ行って寝かせ、着物をあけてみたところ、子供にも徴候が認められたのです。さっそく彼は家に帰り、二人の病状をあらかじめ伝えておいた子供の父親に予防薬をとどけようとしたところ、その前に二人は死んでしまいました。子供が乳を飲ませてくれた母親に病気を移したものか、母親が子供に移したものか、はっきりしませんでしたが、どうも後者のようです。

同じようなことが、ある子供のばあいにもありました。その子供は、疫病で死んだ乳母のもとから両親のところにつれてこられましたが、やさしい母親は子供をうけとるのをこばもうともせず、胸の中にだきしめたのです。そのために彼女も病気を移され、すでに死んだ子供を両腕にかかえたまま事切れたのでした。

やさしい母親が夜も休まないでいとしい子供の看病をしたのが、子供よりも先に死ぬことがあったり、また、ときには、愛情にあふれる心をくだいて看病した子供は病気に打ちかって死をまぬがれたのに、母親の方は子供から病気を移されて死ぬなどという例はよくあったのですが、これにはどんなにかたくなな心もきっと動かされるでしょう。

東スミスフィールド〔市内の北西部〕の小売商人のばあいも同じでした。彼の妻は、はじめての子供をおなかにいれておりましたが、疫病にかかったまま陣痛をはじめたのです。でも彼女を助けてくれる産婆も、世話をしてくれる看護婦も得られず、やとっていた女中は二人とも逃げてしまいました。彼はまるで気がふれたように家から家へとかけまわってみましたが、なんら助けは得られませんでした。せいぜい彼にできたことは、感染して閉鎖された家の見張りをしていた監視人から、翌朝、看護婦を一人よこしてもらう約束をしてもらっただけでした。気の毒にも男は悲嘆にくれながら家に帰り、できるかぎり妻を助け、産婆がわりをつとめて子供を生ませましたが、子供は死産であったばかりでなく、およそ一時間後に、妻の方も彼の腕にだかれながら死んだのです。そのまま朝まで変わりはてた妻をしっかりだきしめていましたが、やがて、約束どおり、監視人が看護婦をつれてやって来ました。ドアをあけたままにしておくか、あるいは、掛金をかけておいただけでしたので、二階に上がってみたところ、男は死んだ妻を両腕にだきかかえたまますわっておりましたが、あまりの悲しみにうちひしがれ、二、三時間後には彼も死にました。彼には疫病の徴候がまったく認められず、ただ、悲しみの重さにたえられず死んでいったのです。

また、身内の者に死なれ、あまりの悲嘆に頭がおかしくなった人たちのうわさも聞きました。とくに、ある人などは、もうどうしようもないほど強い衝撃を心にうけたので、しだいに頭が両肩のあいだにめりこみ、ついに、頭のてっぺんが肩の骨の上に出るか出ないかくらいになりました。この男は、しだいに声も出なくなるし正気もなくなっていき、顔は前方を見つめたまま鎖骨にぶつかり、他人の手で支えてもらわないと自分ではどうしようもできなくなりました。気の毒なことに、この男は二度と正気をとりもどすこともなく、そのままの状態で一年近くも衰弱したあげく死んだのです。また、目を上にあげることも、何か特定のものを見つめることも、一度として彼にはありませんでした。

わたしには、このような出来事のあらましをのべるしか、ほかにしようがありません。なぜなら、そのようなことが起こる家では、全員が疫病で死ぬこともときどきあって、そんなばあい、いちいちこまかい点を知ることはできなかったからです。しかし、前にもちょっとのべたように、この種の事件はかぞえ切れないほどであって、通りを歩いている時でも目や耳にふれたものでした。また、どんな家について語るにしても、いろいろ同じような種類の話に出くわさないですむことは容易でありません。

しかし、今は、疫病がロンドンの東端の地域で荒れまくった時のことを話しているのです。長いあいだ、その地域の人たちは、疫病をのがれることができるといかに信じこんでいたか、そして、いよいよ疫病におそわれた時、いかに彼らは驚いたか、ということについて話しているのです。驚くというのも、彼らをおそった時の疫病は、まるで武装した人間のようだったからです。さて、こんな話をしていますと、前にものべましたが、どこへ行ったらよいやら、どうしたらよいやらわからずに、ウオピングからさまよい出た三人の気の毒な人たちのことが思い出されます。三人は、それぞれ、パン屋、製帆工、指物師で、みなウオピングか、その近くの者ばかりでした。

　すでにのべたように、その方面にいきわたっているのんびりした安心感はかなり強く、そこの人たちは、他の地域の人たちのように疫病をのがれるためにいろいろやりくりすることもないばかりか、自分たちは安全なのだ、安全は自分たちの側にあるのだ、などとうぬぼれていました。市内や感染した郊外をのがれ、ウオピング、ラトクリフ、ライムハウス、ポプラーなどといった地域をめざして、まるで安全地帯へでものがれるかのように避難する者が大勢いました。そのおかげで、普通のばあいよりも早くその方面に疫病がひろがることになったと言っても、けっしてでたらめではありません。このような疫病がはやり出したばあい、ただちにのがれてロンドンみたいな都市はからっぽにし、避難の当てがある者は、それをたよりに時を移さず逃げることには大いに賛成です。しかし、ここでつけ加えなければなりませんが、逃げようという者が全部のがれてしまったばあい、あとに残って苦しみにたえなければならない者は、今いる場所から一歩も動いてはならず、ロンドンの一端なり一地帯から反対側に移ったりしてはならないのです。というのは、そんなことをすれば、疫病を衣服につけて一軒一軒はこぶことになり、危害が全体におよぶことになるからです。

　ありとあらゆる犬や猫を殺すようにという条例が出ましたが、そのわけは、犬や猫は家畜であるため、家や通りをつぎつぎに走りぬけることが多く、したがって、患者の発気《エフルーヴィア》や病毒気を毛とか綿毛の中にくっつけて歩くことが考えられるからです。そういうわけで、疫病が流行しはじめたころのことですが、医者たちの忠告にもとづき、犬や猫はすべてただちに殺害することという条例が、市長ならびに責任当局によって発せられました。そして、それを施行する係官が一名任命されました。

責任当局の報告が信用できるとすれば、殺された犬や猫の数があまりにも多くて信じられないくらいです。たしか、犬が四万四、猫はその五倍だったと思います。猫を飼っていない家はほとんどなく、中には数匹いる家もあり、一軒で五、六匹飼っていることもときどきあったからです。また、小ねずみや大ねずみ、とくに後者を殺すためにありとあらゆる努力をはらい、猫いらずその他の毒薬をしかけました。おかげで、殺されたねずみ類も莫大なものでした。

はじめて疫病の災難をこうむった時、それにたいする備えがいかに市民全体に欠けていたか、つくづく考えることがしばしばでした。また、公私のいかんを問わず、いろいろな手段や処置をすぐとらなかったばかりに、その後どんなに混乱という混乱がまねかれ、どんなに莫大な数の人間がその災難にあって倒れたことでしょう。もしも適当な手段が講ぜられていたなら、神の助けもあって、そのようなことにならずにすんでいたでしょう。また、後世の人たちがそうと思えば、それから訓戒と警告をうけとることもできるでしょう。しかし、このことにはいずれまたふれることにします。

例の三人の男にもどりましょう。彼らの話にはどこをとっても教訓があります。もしもこのような時がまたおとずれるばあい、彼らのあらゆる行動、ならびに彼らが一緒になった少数の人たちの行動は、男にせよ、女にせよ、あらゆる貧乏人が手本とあおぐべきものです。たとえその他に彼らの話をここに書きとめるいわれがないとしても、わたしがぴったり事実どおりのことをのべているかどうかは別として、そのことだけで十二分だと思います。

三人のうち二人は兄弟ということで、一方はもと兵士だったのが、今はパン屋をやっており、他方はびっこの船乗りだったが、今は製帆工でした。三人目の男は指物師です。ある日のこと、パン屋のジョンが、製帆工の弟トマスに向かって言いました。「なあ、トム、おれたちはどうなるのかね。市内では疫病がひどくなって、こちらでもはやりだしたのだよ。どうしたらよいだろうね」

「まったくねえ」とトマス、「どうしたらよいか、ほんとに困っているんだ。だって、ウオピングではやりだそうものなら、宿を追い出されるにきまっているもの」。このようにして、二人は手回しよく相談しはじめました。

ジョン「宿をおいだされるだって、トム。そうなりゃあ、泊めてくれる者がいるかどうかわからないぞ。今はみんながお互いを恐れているため、どこにも宿なんかかかりられないからね」

トマス「どうしてだ。おれの宿の人たちはいい人ばかりでね、おれにもずいぶん親切にしてくれるんだ。でも、おれは仕事に毎日出かけるので、それが危険だと言うんだよ。家の中にとじこもって、だれも近づけないようにするんだと言ってるよ」

ジョン「そりゃあ、確かにそのとおりだろうな。思い切って、ロンドンにいようという気ならね」

トマス「いや、おれだってできたら家の中にとじこもることにしたいね。だって、親方が手がけて、おれが今少しで仕上げてしまう帆が一組すめば、長いこと仕事はなさそうだからな。もう商売はあがったりさ。いたるところで職人や奉公人が暇を出されているようなわけで、おれだって喜んで家の中にとじこもっていたいところだよ。だけど、どっちみち、それもやらせてもらえないようだね」

ジョン「そう、ではどうする気かね。おれもどうしたらよいかなあ。ほとんどおまえと同じようなものだからね。宿の人たちは一人残らず田舎へ行ってしまって、女中が一人残ったきりなんだが、この女中も来週には出かけ、家をしめ切ることになっているんだよ。そうなれば、おまえよりおれの方が先にひろい世間をさまようことになるのさ。どこか行き先さえあれば、おれも行ってしまう気なんだよ」

トマス「はじめに逃げなかったなんて、二人ともどうかしていたよ。あの時だったら、どこへでも行けたろうになあ。今では動けないからね。ロンドンを出ようとすれば、飢え死にきまっているもの。食べ物をわけてもらえないし、しかも、金を出したってだめときているからね。町の中にもいれてもらえないし、ましてや家の中はもっとだめなんだもの」

ジョン「それにも負けないくらい困ったことは、どうしようにもこうしようにも、金がほとんどないときているんだ」

トマス「その点は何とかなるさ。多くはないが、少しはあるよ。でも、道路はとおれないよ。おれたちの通りに住む正直な貧乏者が二人で歩いて行こうとしたところ、バーネットだったか、ウエットストトン〔前者はハーフォードシア、後者はミドルセックス州にある〕だったか、なんでもそのあたりで、一歩でも近づいたら銃殺してやる、といっておどされたというんだ。しかたなく、すっかりしょげてまた帰ってきたね」

ジョン「おれがそこにいたら、鉄砲なんてなんでもなかったな。金を出しても食べ物をくれないというのだったら、そいつらが見ている前でぶんだくってやったね。金さえ出せば、どうのこうのと言えた筋合いではないさ」

トマス「にいさんときたら、今でもネーデルランドにいるつもりで、もとの兵隊気分でしゃべっているね。でも、これはまじめな話なんだよ。こんな時のことだ、健康であることがはっきりしなければ、だれも近づけないようにするのはごくあたりまえのことじゃないか。それを略奪するのはよくないね」

ジョン「違うよ、そうじゃないんだ、おれのことも誤解してるよ。略奪する気なんかないんだ。ただ、路上の町でありながら、おれが天下の公道をとおるのをだめだと言ったり、金を出しても食べ物をくれなかったりするのは、まるでその町にはおれを飢え死にさせる権利があるようなものじゃないか。そんなことがあってたまるかい」

トマス「でもね、もと来た道をまた引き返しちゃいけない、とは言わないよ。だから飢え死にってことはないだろう」

ジョン「だけど、引き返した先の町も、同じぐあいにおれをとおしてくれないだろう。そうなれば、二つの町のあいだでおれは飢え死にするじゃないか。それにね、天下の公道だよ、どこであろうと、おれが歩いちゃいけないという法律はないだろ」

トマス「でもね、行く町々でいちいち議論するのは、とてもたいへんなことだよ。そんなことは貧乏人のすることじゃないし、とくにこんな時にはそんな気を起こしちゃいけないね」

ジョン「なあ、おまえ、この分だと、おれたちほどみじめな者はいないぞ。逃げ出すことも、ここにじっとしていることもできないんだからね。今のおれは、サマリヤのらい病人と同じで、

『もしここにとどまるならば、われわれはきっと死ぬであろう』〔列王紀下七章四節参照〕という心境だよ。おまえやおれの立場のように、自分の家もなく、どこかの家に宿を借りることもできない時は、とくにそうなんだ。こんな時だから、通りに寝るわけにもいかない。それくらいなら、まっすぐ死体運搬車にとびこんだ方がましさ。だからね、もしここにとどまればきっと死ぬだろうし、逃げたところで死ぬしかないだろう。おれは逃げる決心だ」
トマス「逃げる気なの。どこへ行くの。いったいどうするの。行くあてがあれば、おれもにいさんと逃げたいところだね。でも、おれたちには知り合いもないし、友だちもない。おれたちはここで生まれたのだから、ここで死ぬほかないだろ」
ジョン「いいかい、トム、この町だけじゃなく、この国全体がおれの生まれ故郷なんだよ。おれが生まれた町で疫病がはやっているというのに、そこを逃げてはいけないというのだったら、おれの家が火事でも逃げてはだめだと言うようなものさ。おれは英国に生まれたんだから、国の中ならどこに住んだってかまわないはずだろ」
トマス「でもね、浮浪人はみんな逮捕して、前の定住地へおくり返すように法律で定めてあるのは知ってるだろ」
ジョン「だけど、どうしておれが浮浪人なんだ。おれはちゃんとした理由があって旅をしたいと言っているだけじゃないか」
トマス「いったい、どんなにちゃんとした理由があって、おれたちは旅をするというの。または、むしろ放浪と言った方がいいかもしれないが、言葉なんかじゃごまかされないだろうな」
ジョン「命を救うために逃げているというのは、ちゃんとした理由じゃないかね。それがうそでないことはみんな知っているのじゃないかね。おれたちはとぼけてなんかいないさ」
トマス「でもね、とおしてもらったとしても、どこへ行くの」
ジョン「命が助かるところならどこでもいいさ。そんなことは、この町を出てからでも十分考える暇があるよ。こんな恐ろしいところを出てしまえば、どこへ行こうとおれはかまわないね」
トマス「とても苦しい目にあわされるだろうなあ。どうなるかわからないよ」
ジョン「それじゃ、トム、少し考えてみるか」

これは七月のはじめころのことでした。疫病はロンドンの西部と北部におよんでいましたが、前にのべたように、ウオピング、レッドリフ、ラトクリフ、ライムハウス、ポプラー、つまり、デットフォードやグリニッジ、ハーミテージ〔テムズ川北岸、市内のすぐ南東にあたるところ〕とその対岸から下流のブラックウォールにいたるテムズ川の両岸は、すっかり疫病をまぬがれていました。ステプニー教区では疫病による死亡者はどこにもありませんでしたし、ホワイトチャペル道路の南側ばかりか、そのあたり一帯の教区でも一人としてなかったのです。ところが、今話している週になりますと、死亡数が一、〇〇六名にはね上ったのです。

これから二週間たって、二人の兄弟はまた会いました。その時は、状勢が少し変わって、病勢もかなりのびており、死亡数はぐんと増大していました。死亡報によりますと二、七八五名にのぼっており、まだものすごくふえつつあったのです。ただし、あとでのべるように、テムズ川の両岸だけはまだかなり大丈夫でした。ところが、レッドリフでも死ぬ者があらわれ、ラトクリフ街道でもおよそ五、六名の死亡者が出るようになると、ついに、いささか驚いた製帆工は、急いで兄のジョンのところへやってきました。それというのも、宿を出るようにきっぱりと申しわたされ、準備をするにしても一週間しか余裕がなかったからです。兄のジョンにしたところで同じでした。というのは、もうとっくに宿を追い出されていたからで、ただ、パン屋の主人に頼んで、仕事場についている納屋にとめてもらっていたのです。そこで、彼は、いわゆるビスケット袋とかパン袋とかいわれる袋を何枚かわらの上に敷き、何枚かをかむって寝ていただけのことでした。

ここで、二人は、もうぜんぜんやとってはもらえず、仕事もだめなら賃金ものぞめないことがわかって、恐ろしい疫病の手がとどかないところにできるだけうまく逃げることにしました。二人ともこの上ない倹約家だったので、今ある金をできるだけ長くもたせて生活するようにつとめ、それから、たとえどのような種類の仕事でも、どこかでありつきしだいもっとかせごう、ということだったのです。

このようにきめたことをどうすればいちばんよく実行できるかと考えていますと、製帆工のトマスとよく知り合いである第三の男がこの計画を知るにおよび、仲間にいれてもらうことにしました。このようにして、三人は出発の準備をすることになりました。

たまたま、三人が持っている金は同じではありませんでした。だが、最もたくわえの多かった製帆工のトマスは、びっこである上に、田舎で仕事をして金をかせぐ見込みがいちばんありませんでした。そこで、三人が持っている金は、みな共同のたくわえとすることに賛成したのです。ただし、三人のうちのだれかが他の者よりも多く金をかせいだ時は、不平を言わないで、それを三人共同のものとしてそっくり出すことが条件でした。

荷物はできるだけ少なく持つことにしました。なぜなら、はじめは徒歩にし、できるならもう大丈夫と言えるくらい遠くまで歩くつもりだったからです。どちらへ行くべきかについて意見が一致するまで、三人は何度もくり返して相談しましたが、とてもまとまらず、ちょうど出発の朝になってもきまらないありさまでした。

ついに船乗りあがりのトマスが案を出して決着がつきました。彼はこう言います。「まず第一に、とても暑い天候だから、顔や胸に太陽が当たらないように、北へ行ったらよいとおれは思う。太陽をまともにうけたら、暑さのために息がつけなくなるよ。聞いた話だが、たぶん、病菌が大気中にうようよしている時、血液をあんまりたぎらせるのはよくないということなんだ。第二に、おれたちが出かける時の風向とは反対方向に行くのがよいと思う。市内からただよってくる空気を背にうけて歩くのはいやだからね」。三人が北に向かって出かけようとする時、ぐあい悪く風が南から吹くようなことでもなければ、このような二つの注意に従ってもよいことになりました。

次に、兵隊あがりのパン屋のジョンが意見をのべました。「まず第一に、おれたちはだれも途中で宿にとまるなんて思いもよらない。かといって、野宿するのではちょっとつらすぎるだろう。外は暖かでも、湿ってじめじめしているだろうからな。こんな時のことだ、健康には二重に気をつけなければならないね。だから、トム、おまえは製帆工なんだから、小さなテント一つくらいはわけなくつくれるだろう。毎晩テントを張り、次の日それをたたむ仕事は、おれがやるよ。そうすれば、英国中の宿屋なんてみな糞くらえさ。りっぱなテントにもぐりこんでいれば、まああ天下太平だね」

指物師はこれに異議をとなえました。どうか、それはおれにまかせてもらいたい。道具とは言っても、斧と槌しかないが、毎晩それで家をたてることにしよう。まあ、うんと満足してもらえるような、テントにもまけないくらいの家はできるさ……と言うのでした。

兵隊あがりのジョンと指物師は、その点についてしばらく論じていましたが、ついに、テントを主張するジョンが相手を制しました。ただ一つ、テントでまずいことは、いちいち持って歩かなければならない点であり、暑いさなかに、それではあんまり荷物が多くなりすぎるのでした。ところが、製帆工のトマスに幸運なことが起こり、それにけりがつきました。それというのも、彼が仕えている親方は、製帆業はもちろん、なわの製造所もやっていましたが、そのころ使っていない貧弱な馬が一頭あって、正直な三人の男を助けてやりたいという気持から、荷物でもはこばせるようにといって三人にくれたのです。また、出発の前に、トマスがわずか三日ばかり仕事を手伝ってやったお礼として、古いトガンマスト用の帆をくれました。それはすり切れてはいましたが、たいへんりっぱなテントが十分つくれるものでした。兵隊あがりのジョンがどんな形にするかを指示すると、みんなでそのとおりにすぐテントをつくりあげ、支柱、または支柱がわりの棒もつけました。このようにして、三人は旅の用意が整いました。つまり、男が三人、テントが一張り、馬が一頭、鉄砲が一ちょうです。鉄砲をもつわけは、兵隊あがりのジョンがどうしても武器をもって行くと言ってきかなかったからです。今はもうパン屋じゃなくて、騎兵なんだ、と言うのでした。

指物師には小さな道具袋があって、田舎で仕事にありついたようなばあい、彼はもちろん、みんなの暮らしを立てるのに役立ちそうでした。三人がもっている金はそっくり共同の資金にし、こうしていよいよ旅をはじめることになったのです。朝出かける時、船乗りあがりのトマスが小型コンパスではかったところ、風は北西微西から吹いていたようです。そこで、三人は、北西に進路を向けました、というよりは、向けることにきめました。

ところが、その時、困難が行く手をさえぎったのです。三人はハーミテージ近くのウオピングの手前側から出発するのでしたが、ショアディッチ教区やクリプルゲート教区などのような、とくに市内の北側では、疫病が今ものすごく荒れ狂っていたので、その地域の近くをとおるのは安全ではないと考えました。そこで、ラトクリフ街道を東にラトクリフ・クロスまで進みましたが、たえずステプニー教会を左手に見ながら歩きました。ラトクリフ・クロスから北のマイル・エンドへ行くのはこわかったのです。なぜなら、そうすれば、ステプニー教会墓地のすぐ近くに来なければならなかったし、それに、風はむしろ西から吹いていたようで、そうとすれば、市内で疫病がいちばんひどい方面からまっすぐ吹きつけてくる風にあたることになるからです。つまり、そんなわけで、ステプニーをあとに大きくまわり道をし、ポプラーとブロムリーをとおり、ちょうどボウで大通りに出ました。

ここでは、ボウ橋の上に監視がつけられていて、そのまま進めば尋問をうけていたでしょう。だが、三人は、ボウの町の手前でオールド・フォード〔ボウのすぐ北の地域〕へ折れているせまい道路へわたり、そこの取り調べをうけないで、オールド・フォードへ歩いて行きました。いたるところで警吏たちが見張っていましたが、それは人々の通行を禁じるためよりも、むしろ自分たちに町の人人が住みつくのを防ぐためのようでした。さらに、そのころ、まんざらうそでもないようなうわさが生まれたせいでもあったのです。すなわち、ロンドンの貧乏人どもは、仕事がないため、したがってパンがないため、生活に追いつめられて飢え死にしそうな状態にあるが、武器をとって立ち上がり、暴動を起こしたそうだとか、パンをうばうため、周辺の町を全部荒らしまわるそうだ、というものでした。今言ったように、これはただのうわさにすぎず、また、それだけにとどまったことは結構なことでした。しかし、一般に考えられたほど現実からかけはなれたものでもありませんでした。それというのも、さらに二、三週間たちますと、貧乏人たちはそのうけた災難のために、もう少しで原野や町になだれこみ、いたるところで何でも手あたりしだいにこわしてしまうところを、やっとのことでくいとめられたからです。前にものべたとおり、そのようなことにならないですんだのは、ただ、疫病があまりにもはげしく荒れ狂い、あまりにもすさまじい勢いで彼らをおそったので、暴徒と化して何千人も原野になだれこむかわりに、むしろ墓場へどっとはいったからにすぎません。それもそのはずで、暴動が今にも起こりそうになった聖セパルカー〔市内の西部にある〕、クラークンウエル、クリプルゲート、ビショップスゲート、ショアディッチなどの教区があるあたりでは、病勢がじつにすさまじく、まだ頂点に達しない八月はじめの三週間にあっても、それだけの教区で五、三六一名も死亡者がありました。それと同じころ、ウオピング、ラトクリフ、ロザーハイズあたりの地域では、前にものべたように、ほとんど疫病におかされていないか、おかされていてもとるに足らないものだったのです。そこで、要するに、前にも言ったごとく、市長や治安判事のうまい処置のおかげで、絶望のあまり狂暴になった人々が暴徒となって騒ぎ立てる、つまり、貧乏人が金持から略奪するのをくいとめる大きな力になりました。これに間違いはありませんが、それよりも死体運搬車の方がずっと働きました。それもそのはずで、前の五教区だけの死亡者でも二〇日間で五、〇〇〇名以上あったと言いましたが、同じ期間をとおして、患者の方はひょっとするとその三倍はあったかもしれず、回復した者もありましたが、大勢の者が毎日病気にかかってはあとで死んでいったからです。その上、また言わせていただきますと、死亡報に五千名とあれば、実際にはその二倍近くあるものとわたしはいつも信じていました。そこに出る報告が正しいと考えるいわれもなかったし、わたしの目にうつったような混乱の中で、正しい報告ができようなどと思う余地もなかったからです。

しかし、三人の旅人に話をもどしましょう。オールド・フォードではちょっと調べられただけでした。三人は市内よりも地方から来た者のように思われたので、それだけにそこの人々も気安くしてくれ、向こうから話しかけてきて、警吏と部下の見張りたちがいる居酒屋へつれて行き、飲ませたり食べさせたりしてくれました。おかげで三人はとても元気さわやかになりました。ここで、ひょっこり三人の頭に浮かんだことは、どこから来たのかと今後たずねられたばあい、ロンドンではなくてエセックス州からだと答えてはどうだろう、ということだったのです。

このちょっとしたごまかしをうまくやるために、三人はオールド・フォードの警吏にうんととりいり、三人はエセックス州から来てその村をとおるのであって、ロンドンから来たのではない、という証明書をもらいました。これは州民のロンドンという通念からすればうそでしたが、ウオピングとかラトクリフは市内でも特別地域でもなかったので、文字どおりには正しかったわけです。

この証明書は、ハクニー教区にあるホマートン〔オールド・フォードのすぐ北、市内の北東の方向〕という隣村の警吏にあてたものですが、そのききめはじつにすばらしく、そこを自由に通行できることはもちろん、治安判事からりっぱな健康証明書まで発行してもらいました。これは警吏の願い出により、さしてわけなく出してくれたものです。このようにして、三人は、ハクニーの分散した長い町をとおって進み、――というのは、そのころ、ハクニーはいくつかの村落にわかれていた――、ついに、スタンフォード丘〔ホマートンの北西、市内のはるか北方〕の上で大きな北方道路に出ました。

このころまでには三人とも疲れてきたので、ハクニーからつづいている裏道の、今のべた大きな道路に出る少し手前あたりにテントを張り、第一夜の露営をすることにきめました。そこで、さらに次のようにしてこれを実行したのです。つまり、納屋、または納屋のような建物を見つけたので、まず、中にだれもいないかをできるだけよくさがして確かめたあとで、テントのてっぺんを納屋にもたせかけて張りました。こうしたわけは、その夜の風はとてもはげしく吹きまくっていたせいもありますが、テントの取り扱いはもちろん、そのような露営にまだなれていないためでもありました。

この中で、三人は眠りにつきました。だが、まじめで冷静な指物師だけは、第一夜だというのに、みんながこのようにぞんざいに寝てしまうことにあきたらず、どうしても眠れませんでした。なんとか眠ろうとしてもだめなことがわかると、外に出よう、そして鉄砲をもって見張りに立ち、仲間を守ってやろうと決心しました。そこで、鉄砲を手にし、納屋の前をあちこちぶらつきました。納屋は道路の近くの畑の中にたっていましたが、まわりは生垣でした。見張りに立ってからほどないころ、大勢と思われる人々がこちらにやってくる騒ぎ声が聞こえてきました。しかも、彼の考えでは、その人たちはまっすぐ納屋の方へ進んできたのです。彼はすぐ仲間を起こすことはしませんでしたが、さらに二、三分たってその騒ぎ声がますます大きくなると、パン屋のジョンが彼に呼びかけ、どうしたのだとたずねたかと思うと、自分でもすばやく出てきました。もう一人の男、製帆工トマスは、びっこでいちばん疲れていたので、まだテントの中に寝ていました。

彼らが思ったとおり、騒ぎ声の主たちはまっすぐ納屋へやって来ました。ちょうどその時、三人の旅人のうちでだれかが、まるで見張りをしている兵隊とそっくりに、「だれか」ととがめました。とがめられた人たちはすぐには答えませんでしたが、そのうちの一人が背後にいる一人に向かい、「ああ、ぜんぜんがっかりだ。おれたちよりも先にだれかが来ているんだよ。納屋はふさがっているのさ」と言いました。

その言葉を聞くと、なにか不意をおそわれたように、一行は立ちどまりました。全員でおよそ十三名くらいだったようですが、女性も少しいたようです。一行はどうすればよいか相談しましたが、その話しぶりから、彼らもやはり同じ苦しみにあえいでいる貧乏人で、避難によって安全を求めていることが三人にもすぐわかりました。その上、三人は、その一行がわりこんで来ることを心配する必要もなかったのです。それというのも、「だれか」と言う声がしたとたん、女たちはまるでびっくりしたように、「あの人たちに近よらないで。ひょっとしたら患者かもしれないじゃない」と言うのが三人に聞きとれたからです。男のうちのだれかが、「話すだけならいいじゃないか」と言うと、「だめ、ぜったいそんなことはしないで。神様のお情けでここまでのがれてきたのよ。お願いだから、いまさらあぶないまねはよすことにして」と、女たちが答えました。

このことから、その一行は善良でまじめな人たちばかりで、自分たちのように、命からがら逃げているのであることが三人にわかっ たのです。それに力を得て、ジョンが仲間の指物師に、「あの連中をもできるだけはげましてやろうじゃないか」と言いました。そこで、指物師はその一行に向かい、「もし、もし、話を聞いていると、あんた方もおれたちと同じで、恐ろしい敵から逃げているようだ。おれたちのことは心配いらないよ。あわれな男が三人だけだから。あんた方が病気にかかってないのなら、おれたちから移される心配はいらないね。おれたちは納屋の中にいるのじゃなくてこのとおり外でささやかにテントを張っているようなわけで、どこかに引っ越してやってもいい。テントならどこでもすぐ張れるのでね」と声をかけました。ここで、リチャードというその指物師と、フォードと名乗る一行のある男とのあいだに交渉がはじまりました。

フォード「おまえさん方はみんな健康だとうけあうわけね」

リチャード「いやあ、あんた方が心配に思ったり、あぶないのじゃないかなと考えたりするといけないから、念のため知らせたまでだが。でも、わざわざあぶないことをしてもらいたくないね。だから言うのだが、おれたちは納屋を使っていたわけじゃないんで、引っ越すことにしましょう。あんた方も安全だし、おれたちも安全だしね」

フォード「それはほんとに親切な話だ。だけど、おまえさん方は健康で、病気にはかかっていないと十分わかれば、どうして引っ越してもらわなければならないの。もうちゃんと露営していて、おそらく休んでいたんでしょう。よかったら、おれたちが納屋にはいり、しばらく休ませてもらおうかな。おまえさん方に迷惑をかけるにはおよばないね」

リチャード「そうね。でも、あんた方はおれたちよりも大勢だね。あんた方も一人残らず健康だとうけあってもらえないかな。おれたちからあんた方に病気を移す危険もそうだが、あんた方におれたちが移されることだってあるのだからね」

フォード「神様のおかげで、数はほんのわずかでも、とにかくのがれた者がいることはありがたいことだ。これからの運命はわからないが、今までのところは無事だね」
リチャード「ロンドンのどこからやって来たの。あんた方が住んでいたあたりには疫病がおしよせて来たの」
フォード「そうだとも、じつに恐ろしいかぎりだったね。そうでもなければ、おれたちはこうして逃げはしなかったさ。だけど、あとに残った者はほとんど生きていないと思うね」
リチャード「どのあたりからやって来たの」
フォード「大部分はクリプルゲート教区で、たった二、三人だけクラークンウェル教区だが、それもこちら側なんだ」
リチャード「では、もっと早く逃げてこなかったのはどうしてなの」
フォード「逃げ出したのはしばらく前で、イズリントンのこちら側でできるかぎりみんな一緒になっていたんだ。そこでは古い空家に住む許可をもらったし、おれたちが持ってきた夜具類や道具類もあったんだよ。だけど、イズリントンにも疫病がおしよせてきて、おれたちが住んでいた隣の家がやられ、閉鎖されてしまった。おれたちは驚いて逃げてきたというわけなんだ」
リチャード「それでどちらへ行く気なの」
フォード「運まかせさ。どこといって当てもないが、神様をたよる者には神様の導きがあるだろう」
その時はそれくらいで話し合いがすみました。一行は納屋へやって来て、どうやら中へはいりました。中には干し草しかなく、しかも、ほとんどいっぱいつまっていましたが、できるだけうまくそれを使って休みました。だが、寝る前に、ある女の父親と思われる老人がみんなを集めて祈りをささげ、神の祝福と導きを求めている姿が三人の目にとまりました。

そのころは夜明けが早い時節でした。指物師のリチャードがその夜の前半に見張りをつとめ、兵隊あがりのジョンが交替して、朝ごろ持ち場につきました。みんなはお互いに知り合うようになりました。話しぶりからしますと、その一行がイズリントンを去った時、北方のハイゲート〔市内のはるか北西で、ミドルセックス州との境にある〕まで行くつもりだったのですが、ホロウエイ〔ハイゲートの少し南東〕で足どめをくってしまって、どうしても通行させてもらえなかったようです。そこで、野や丘を横切って東の方へ進み、ボーデッド川にたどり着き、町を避けながらホーンジィーを左手にニューイントン〔以上、みな州の境あたりだが、ホーンジィーはミドルセックス州〕を右手にしてとおりすぎ、そちらの方からスタンフォード丘のあたりで大きな北方道路に出たようです。三人のばあいは、ちょうど反対側からそこに出たのでした。今、一行は、沼地をこえて川をわたり、エピング森〔エセックス州にある〕へ行こうと思っていました。そこまで行けばゆっくり休ませてもらえるだろうというわけなのです。一行は貧乏なことはなく、少なくとも食べるのに困ることはなかったようです。少なくとも、二、三カ月はつつましく暮らせるだけの余裕が十分あったのでしょう。一行の話によりますと、それくらいもたてば、寒い天候のために疫病がやむか、少なくとも、すっかりあばれつくしてしまってしずまってくれるだろう、と思っているのでした。感染しようにも、生き残った人がいないというだけのことかもしれないが、と言うのです。

このようなことは、三人のばあいにしてもほとんどそのままあてはまりました。ただ、三人の方が旅行の準備がよく整っていたようだし、もっと遠くまで行くつもりでした。それというのも、一行のばあいについて言うと、二、三日ごとにロンドンの情勢がつかめるように、一日の道のりをこえたところに行く気はなかったからです。

だが、ここで三人は、思いがけなく困ったことにぶつかりました。つまり、それは馬のことです。というのは、馬で荷物をはこぼうとすればどうしても道路を歩かなければならなかったからです。それにたいして、その一行のばあいは、原野でも道路でも、道であっても道でなくとも、すきなようにこえて行けるのでした。それに、町の中を通行したり、町に近づいたりする必要もまるでなく、ただ、生活に入用なものを買う時が別だっただけです。それにはずいぶん苦労もしました。でもこれはいずれしかるべきところでのべることにしましょう。

ところが、三人のばあいは道路を歩かなければならず、さもないと、囲い地をこえて行くためにさくや門をこわして乱暴をはたらき、その地方に大損害をあたえることになるのでした。できるなら三人はそんなことをしたくなかったのです。

しかしながら、三人はこの一行に加わり、運命をともにしたくてしかたありませんでした。そこで少し話し合ったあとで、北方へ行こうというはじめの計画をやめにし、一行についてエセックス州に行くことにしました。そんなわけで、朝になるとテントをはずし、馬に荷物をつけ、みんな一緒に旅立ちました。

川岸にたどり着きますと、渡しもりが彼らのことを恐れたため、渡し場をわたるのには少し弱りました。だが、少し離れたところに立って話し合った結果、いつもの渡し場からはへだたったところに舟をもっていき、彼らが乗れるようにそこにおいてくる、ということに渡しもりは同意してくれました。そこで、川をわたってしまったら、舟をそのままおいてもらい、舟がもう一隻あるからあとでとりに行く、ということでした。しかし、実際は八日以上もとりに行かなかったようです。

ここで、彼らは、渡しもりに前もって金をはらい、食べ物と飲み物を補給してもらいました。渡しもりはそれを買って、舟の中においてくれたわけですが、今言ったように、前もって金をうけとってからのことです。だが、こんどは、どうして馬をわたしたものか、ほとほと弱ってしまいました。舟では小さくて乗せてわたれないわけです。とうとう、荷物をおろし、泳がせてわたるしかありませんでした。

彼らは川から森に向かって歩きましたが、ウォルタムストウ〔エセックス州にある〕までやって来た時、どこでもそうでしたが、そこの町の人たちも彼らの通行をこばみました。警吏と部下の監視たちは、彼らから少し離れたまま話し合いをしました。彼らはいつものような説明をしましたが、その人たちはさっぱり信じてくれず、次のような理由をのべるのでした。前にも二、三組の者がその方面へやって来て、同じような口実をならべ立てた。ところが、その連中がとおった町で数名の者が感染し、当然のことながら、その後、その連中はそのあたりの人たちにひどい目にあわされた。ブレントウッド〔エセックス州にあり、ウォルタムストウのはるか東方〕あたりか、あるいはとにかくその方面で、疫病によるものか、それともただ食べ物に窮したものかわからないが、その連中のうち数名が原野で死んだ……と言うのです。

こんな理由をのべられると、ウォルタムストウの人たちがとても警戒がきびしく、十分に安心できる者でなければうけいれないようにしていることも、なるほどと思われました。だが、指物師のリチャードと、はじめに三人と交渉にあたった例のフォードという男は、次のようにのべ立てました。それだからといって、道路をふさぎ、人に町を通行させなくてもよいという理由にはならない。なにも大したことを頼んでいるわけではなく、ただ、通りをとおりたいと言っているだけではないか。町の人たちが自分たちをこわいというのなら、家の中にはいって、戸をしめておけばよいではないか。丁重なことも、失礼なこともいらないから、だまって仕事をしておればよいのだ……、と。

警吏とその部下たちは理屈では納得しようとせず、がんこな態度をつづけ、耳をかそうともしませんでした。そこで、話し合いにあたった二人は、どうしたらよいか相談するため、仲間のところへもどりました。どう考えてもまったくがっかりすることばかりで、しばらくはなすすべを知りませんでした。しかし、ついに、兵隊あがりでパン屋をしているジョンは、少し考えこんでいましたが、「なあ、交渉のことはおれにまかせてくれないか」と言いました。彼はまだ相手に見られていなかったのです。そこで、指物師のリチャードに命じて、木から棒を切り取らせ、できるだけ鉄砲の形につくりあげる仕事にとりかからせました。少したつとみごとなマスケット銃が五、六ちょうできあがり、離れて見れば本物と変わりがないほどでした。雨降りにさびつくのを防ぐために兵隊がするように、発射装置がついているあたりには、布切れやぼろ切れをかき集めてくるませたのです。あとはねん土やどろ土を手あたりしだいにこすりつけました。このあいだ中、残りの者は、彼の指示によって二、三組にわかれて木の下にすわり、互いにかなり離れたところでたき火をしていました。

こうしているあいだ、彼は二、三人の者を引きつれて進み、町の人たちがつくったさくからよく見える路地にテントを張りました。そして彼らにあるただ一つの本物の鉄砲をもって、そのすぐそばに歩哨を立たせ、町の人たちによく見てもらえるように、鉄砲を肩に行ったり来たりさせたのです。また、馬はすぐそばの生垣にある門につなぎ、枯枝を集めてテントのうしろでたき火をしました。町の人々にはたき火と煙は見えても、それで何をしようとしているのかはわからないようにするためです。

そこの人たちは、かなりのあいだ彼らをとても熱心に見つめていましたが、どうも見たかぎりでは、かなりの大部隊と考えざるをえませんでした。そうなりますと、そこを立ち去ってくれるならともかく、そのまま駐屯してしまうのではないかと不安になり出しました。とくに、馬や武器があるのを見てからはたいへんでした。というのは、テントのところには馬一頭と鉄砲一ちょうを見たし、路地のそばにある生垣の中では、別の連中が肩にマスケット銃（と思いこんだのだが）をかついで畑を歩きまわっているのを見たのです。つまり、このような光景を見て、そこの人たちがひどく驚いてしまったのも当然でしょう。どうしたらよいかを聞くために、治安判事のもとへかけつけたようです。治安判事がどうすればよいと言ったかは知りませんが、夕方ごろになると、前にのべたさく［傍点］から、テントの歩哨に呼びかけました。

「なんだね」とジョンは言いました。（ジョンはテントの中にいたもようですが、呼びかける声を聞いて外に出て来ました。そして鉄砲を肩にかつぎながら、まるで自分の将校にそこの見張りを命ぜられた歩哨であるかのような口のきき方をしました。）

「ねえ、おまえさん方は何をするつもりだい」と警吏は言いました。

「何をするつもりかって、――おれたちに何をしてもらいたいの」とジョン。

警吏「なぜ行ってしまわないのだい。なんのために、そこにいるんだい」

ジョン「なぜあんた方はおれたちを天下の公道に引きとめ、おれたちに歩かせないなんて言うの」

警吏「理由をのべる義務はないだろ。疫病のためだと前に言ってきかせたがね」

ジョン「おれたちだってなにも念をおす義務はなかったのだが、みんな健康な者ばかりで、疫病なんかにはかかっていないと言ってきかせたではないか。それなのに、あんた方は、おれたちに公道を歩かせないと言うんだね」

警吏「こっちには道をふさぐ権利があるんだ。身の安全のためにはやむをえないことでね。それに、これは天下の公道なんかじゃないぞ。黙許による村道なんだ。ここに門があるだろう。ここを人がとおるばあいは、通行税をいただくことになっているんだ」

ジョン「あんた方だけじゃなく、おれたちにだって身の安全を求める権利はあるよ。おれたちは命があぶないから逃げているることくらいわかるだろう。それをとおさないなんて、じつにあわれみのないひどいやり方だね」

警吏「もと来たところへ帰ったらいいだろう。そのじゃまだてはしないぞ」

ジョン「いや、あんた方よりも疫病の方が手ごわい相手だからこそ、こうして逃げているんじゃないか。そうでもなければ、こんなところへ来るもんか」

警吏「それじゃ、どこか別の道にしたらいいだろう」

ジョン「できないね。やろうと思えば、あんた方も、教区の人たちもみんな追いはらい、すきな時に町の中をとおれることくらいわかっていると思うがね。でも、ここで引きとめられたから、だまっているだけさ。ごらんのとおりここで露営してしまったから、ここに住むことにするよ。食べ物をつづけてくれるだろうね」

警吏「食べ物をつづけるだって！　そりゃどういうことかね」
ジョン「なに、おれたちを飢え死にさせるつもりはないんだろうね、ということさ。おれたちをここに引きとめるというなら、養ってもらわなくちゃね」
警吏「こっちが養うんでは待遇が悪いぞ」
ジョン「みみっちいようだと、おれたちの方から勝手にいただくことになるよ」
警吏「ねえ、まさか略奪をして露営しようというんじゃないだろうな」
ジョン「暴力をはたらくなんてまだ言っていないよ。なぜおれたちを暴力にかり立てるようにするの。おれは古い兵隊で、飢え死になんかしておれないんだ。食糧がないのでもどらざるをえなくなると考えているのであれば、間違いというものだよ」
警吏「おどかすというなら、こっちもそれに対抗できるように考えるよ。州をあげておまえさん方に立ち向かう指令だって出せるのだからね」
ジョン「おどかしているのはおれたちじゃなくて、あんた方じゃないか。あんた方が危害を加えると言っているのだから、その隙をあたえないからといって、おれたちを非難できないはずだよ。すぐ行進をはじめるからね」
（警吏も、警吏と一緒にいた人たちも、これにはすっかり驚いてしまい、すぐ調子を変えました。）
警吏「おまえさん方はどうしてもらいたいんだい」
ジョン「はじめ、おれたちは、町の中をとおしてもらえればそれでよいと思っていたんだ。だれにも危害を加えるつもりはなかったし、あんた方も危害や損害をうける心配はいらなかったはずなんだ。おれたちは盗人じゃないよ。困り切っている貧乏人で、何千人という人間を毎週なめつくすロンドンの疫病がこわくて逃げているだけさ。あんた方はよくもこんなに無情なまねができるね」

警吏「自分の命のためにはしかたないだろ」

ジョン「なんだって！　こんな災難にあっているのに見殺しにするの」

警吏「それじゃ、おまえさん方の左手の原野をこえ、町のそっち側のうしろをまわって行くなら、門をあけてもらうことにしてもよいがね」

ジョン「そっちじゃ、荷物があるから騎兵どもがとおれないね。（じつは一頭しか馬がなかった。）それにおれたちが行きたいと思っている道路には出ないときている。いったい、どうしておれたちに道路を歩かせまいとするの。その上、持ってきた食糧があるきりで、おれたちはここで一日いっぱい足どめをくっているんだ。食糧を少しよこして助けてくれてもよさそうなもんだがね」

警吏「ほかの道を行くならよこしてもいいよ」

ジョン「そんなぐあいにして、田舎の町という町がおれたちの行く道をふさいでしまうんだ」

警吏「あらゆる町がおまえさん方に食べ物をやっていたら、どんなにひどいことをされるだろうね。テントはあるようだし、泊まるところはいらないのだな」

ジョン「ところで、食糧はどれだけくれるの」

警吏「何人いるかね」

ジョン「いや、部隊に全部ゆきわたるようにくれとは言わない。三組にわかれているんだがね。

男が二〇名と女がおよそ六、七名のパンを三日分くれて、例の原野をこえて行けるという道を教えてくれれば、おれたちのことで町の人たちをこわがらせることはもうしたくないね。あんた方の願いをいれて、ほかの道を行くよ。ただし、おれたちが疫病にかかっていないことは、あんた方と変わりないが」

警吏「ほかの仲間たちもこれ以上騒ぎを起こさないとうけあえるかね」

ジョン「大丈夫。安心していいよ」

警吏「また、おまえさん方にあげるための食糧をおいておく場所から、一歩もこっちへ来る者がないように責任をもってくれるね」

ジョン「それはおれがうけあうよ」

（ここで彼は仲間の一人を呼び、リチャード隊長とその一隊に沼地の側にある低い方の道を進み、森の中で合流するように伝えよと命じました。これはみんなうそでした。リチャード隊長も、その一隊もなかったからです。）

この結果、そこの人たちは、二〇個のパンと三、四片の大きな上質の牛肉をきめた場所にとどけ、門をいくつかあけてくれたので、一同はそこをとおりぬけました。だが、一同が出て行く姿を見るだけの勇気すらだれにもありませんでした。それにもう夕方だったので、たとえ見たところで、どんなに一同が少数であるかを知るわけにはいかなかったでしょう。

これはみな兵隊あがりのジョンが取り計らったことでした。だが、このことが州全体にあたえた驚きはたいへんなもので、もし彼らの人数がほんとうに、二、三百人だったら、鎮圧のために州全体をあげて兵を起こし、そうなれば彼らは投獄されているか、あるいは、おそらく頭をぶち割られていたことでしょう。

彼らもまもなくこれに気づきました。というのは、それから二日後、いくつかの騎兵隊と、それに歩兵隊までが、マスケット銃で武装しているといわれる三組の連中をさがしまわっているのを見たからです。その連中は、ロンドンから逃げた者で疫病にかかっているが、田舎の人たちに病気をばらまいているだけではなく、略奪までもはたらいて歩いている、というものでした。

ことの成り行きをこうして見ていると、彼らには身の危険がすぐわかりました。そこで、兵隊あがりのジョンの助言もあって、またわかれわかれになることにしたのです。ジョンと二人の仲間は、馬を引きつれ、ウオルタム〔ウオルタムストウの北方〕の方へでも行くようにして出かけました。他の者は二組にわかれましたが、みな少しずつ離れ、エピング〔ウオルタムの東〕の方へ向かいました。

はじめの夜、彼らはみんなで森の中に露営しました。お互いにあまり離れないようにしましたが、見つかるといけないので、テントは張りませんでした。ところで、リチャードはまさかりと斧をもって仕事にとりかかり、木の枝を切りとってテントとも小屋ともつかないものを三つたてました。その中で、みんなは、この上なく気持のよい露営をしたのです。

ウオルタムストウでもらった食糧のおかげで、今夜はたっぷり食べることができました。あしたの夜のことは神にまかせることにしたのです。兵隊あがりのジョンの指揮で今まではとてもうまくいったので、みな喜んで彼を指揮者にすることにしました。彼のまず最初の指揮ぶりはとてもりっぱに思えました。一同に向かってこうのべたのです。自分たちは今ロンドンからほどよく離れたところにいる。今すぐ地方の救済にあずかる必要もないので、自分たちが地方を感染させることがないのと同じように、地方のために感染されることがないように注意すべきだ。今あるわずかの金はできるだけ倹約しなければならない。地方に乱暴をするようなことはしてもらいたくないので、できるかぎりその実情を知るようにつとめてほしい……と。一同はみな彼の指示に従うことにしました。そんなわけで、小屋を三つそのままにして、翌日、エピングに向かってたちました。隊長も、——ジョンはこのように一同から呼ばれるようになっていた、——その二人の仲間も、ウオルタムへ行く計画をやめて、みんな一緒に出かけたのです。

エピングの近くまで来た時、彼らは立ち止まり、切りひらかれた森の中にほどよい場所を見つけました。そこは北側にあって、街道とはあまり近くないが、かといってそんなに離れているわけでもなく、低い刈込木が少しかたまっているその下にありました。ここに彼らはキャンプを張ったのです。そこには木の棒でつくった大きなテントとも小屋ともつかないものが三つありました。大工と、その助手になった者たちが、木の棒を切りとってきて地面にぐるりと丸く打ちつけ、棒の細い端をてっぺんでゆわえつけ、側面を木の枝や灌木で厚くふいてつくったものです。だから、その中はすきま一つなく、じつに暖かいものでした。このほかに、女たちだけの小さなテントと、馬をいれておく小屋をつくりました。

次の日か、またはさらにその次の日が、たまたまエピングの市の日にあたっていました。そこで、さっそくジョン隊長と相手側の一人が市へ行き、食糧を買いました。つまり、パンと羊肉と牛肉です。それとは別に、女の方でも二人が、まるで他の連中とは関係がないようなふりをして市へ行き、もっと買いこんできました。ジョンは、それをはこんで帰る馬と、それをいれる袋——大工が道具をいれて歩いていたもの——をもって行きました。大工は仕事にとりかかり、手にはいる木材をどうにか用いて、みんなのためにベンチと腰掛けをつくり、さらに食事に用いるテーブル状のものものつくりました。

二、三日間はだれにも気づかれませんでしたが、その後になると、彼らを見ようとして大勢の人々が町からかけつけ、そのあたりは彼らのことで驚きにみなぎりました。はじめのうち、人々は彼らに近づくのをこわがっていたようですが、他方、彼らの方でも人々を遠ざけておきたかったのです。というのは、ウオルタムでは疫病がはやっており、エピングでも二、三日前からはじまった、といううわさがあったからです。そこで、ジョンは、人々に向かってここへ来ては困ると呼びかけました。「だって、ここにいるのはみんな健康な者ばかりで、おれたちのところへ疫病をもってきてもらいたくないし、また、おれたちがあんた方のあいだに疫病をひろめたなんて言われたくもないんでね」と。

このあと、教区役員がやって来て、少し離れたところで話し合いをはじめました。おまえさん方は何者なのか、どんな権限があってそこに居を定めようとするのかを知りたい、と相手はたずねました。ジョンは何もかくさずに答えました。自分たちはロンドンから逃げのびた者で、追いつめられた貧乏人である。疫病が市内にひろまれば、きっとみじめな目にあうことを見とおして逃げ出し、ようやく命は助かった。頼れるような知り合いも親類もなく、はじめはイズリントンに落ち着いたが、その町にも疫病がおしよせてきたのでさらに遠くへ逃げた。エピングの人々は町の中にはいられるのをこばむだろうと考えたので、ごらんのとおり、ひろい郊外の森の中にテントを張った。病気を移されるのではないかと人に考えられたりこわがられたりするよりは、むしろ喜んでこのようなわび住まいの苦しさにことごとくたえるつもりである……と。

はじめ、エピングの人々は、彼らに向かって乱暴な口のきき方をし、どうしてもよそへ行くようにと言うのでした。ここはおまえさん方が来るところではない。おまえさん方は健康そのものだなんて言ってはいるが、ひょっとしたら疫病にかかっていて、この一帯を感染させるかもしれないではないか。ここにいてもらうわけにはいかないね……ということでした。

ジョンは長いあいだじっくりとそこの人々に説きました。あんた方、つまりエピングの町の人人とこの一帯の人々は、ロンドンがあるからこそ暮らしていけるのではないか。農地からあがる作物をロンドンの市民に売りつけ、地代をかせいでいるではないか。それなのにそのロンドンの市民にたいし、またはそんなにおかげをこうむっている者にたいし、こんなにひどいことをするなんてあんまりだ。ロンドンの市民が世にも恐ろしい敵の面前から逃げのびてきた時、あんた方がどんなに残酷で、どんなにひどいもてなしをし、どんなに不親切なまねをしたかが、こんご人人の記憶に残り、語り草になるのは、あんた方だっていやだろう。そうなれば、エピングの人間と聞いただけで市内ではどこでもいまいましく思うようになり、わざわざ市場に物を売りにきても、そのたびに、やじ馬どもが通りで石をなげつけるにきまっていよう。あんた方自身だってまだ疫病におかされないときまっているわけではないし、聞くところによると、ウオルタムではもうやられたというではないか。あんた方がまだ感染しないうちに恐ろしくて逃げたばあい、ひろい原野に落ち着く自由さえも認められなかったとしたら、ずいぶんむごい仕打ちだと思うだろう……と。

エピングの人々はまたこう言いました。おまえさん方の話では健康で疫病にかかっていないということだが、その確証はどこにもないではないか。うわさによると、ウオルタムストウには大勢の暴徒がなだれこみ、おまえさん方のように健康だなんてふれこんだという。でも、教区役員の言うことなんかには耳をかさず、町を荒らしまわってむりやりに進むと言っておどかしたそうだ。総勢は二〇〇名近くいて、ネーデルランド地方の兵隊と同じように武器とテントをもっていたというんだね。武器をちらつかせ、兵隊の言葉を使いながら、言うことをきかなければむりやりに取り立てても露営してやるぞとおどかし、食糧をゆすり取ったそうだ。その何人かはラムフォード〔ウォルタムストウとブレントウッドの中間ぐらいにある〕とブレントウッドに向かったが、おかげでその一帯は感染し、この二つの大きな町にも疫病がひろまったので、そこの人たちはいつものように市場へ行こうとはしなくなったという。もしかすると、おまえさん方はその一隊の片割れかもしれない。もしもそうなら、今まであたえた損害と、この一帯をひどい恐怖におとしいれた罪をつぐなうまで、州の刑務所にはいっておとなしくしていてもらわなければならない……と。

ジョンは答えました。他人がやったことは自分たちとまったく関係がない。自分たちがみんな同じ組であることは確かだが、今ごらんのとおりの人数よりも多かったことはない（ついでながら、まったくそのとおりだった）。ロンドンを出かけた時は別々の二組だったが、事情が同じなので途中で一緒になった。だれにでも望みどおり身元を明らかにするし、氏名や住所もいつなりと知らせよう。自分たちが騒動を起こしたというのであれば、その釈明ができるようにだ。自分たちはどうにか生きていければそれでよいのであり、疫病の心配がない森に息をつける場所が少しほしいだけであることが、町の人々にもわかっていただけよう。疫病のおそれがあるところにはとてもおれないし、ここがあぶないということにでもなれば、露営はやめにするつもりである……と。

町の人々は言いました。「だけど、こっちも貧乏人の負担はもういっぱいかかえこんでいるんでね。これ以上ふやさないようにしないと。ここの教区にも、住民にも負担はかけません、という保証はできないと思うがね。それはちょうど、おまえさん方に、疫病を移す危険がないとは言い切れないのと同じことさ」

ジョンは答えました。「そりゃね、あんた方の負担になることについては、そうなりたくないものだと思ってますよ。食糧を恵んでもらって、さしあたり困っているところを助けてもらえたら、ずいぶんありがたいんだが。ロンドンにいたころ、おれたちはだれも施しをうけて生活していたわけではないので、神様のおぼし召しにより、無事にわが家へもどり、ロンドン市民も健康をとりもどすことができたら、きっと十分にお返ししますよ。

おれたちがここで死ぬようなばあいについて、はっきり言っておきたいが、だれかがそんなことになれば、あとに残った者が埋葬し、あんた方には負担をかけません。ただ例外は、おれたちがみんな死ぬような時で、そうなれば、最後の者は自分の力で自分を埋葬できないので、その分だけあんた方に負担をかけることになるな。でもはっきりしていることは、それにかかるだけの費用は残して死ぬだろうね。

その一方、あんた方に同情心がまるでなく、おれたちを救ってくれる気が全然なくても、暴力を用いて物をゆすったり、盗みをはたらいたりはしません。だが、今持っているわずかばかりの金を使いはたし、追いつめられて死ぬようなことになっても、神様のおぼし召しならしかたないね」

ジョンがこのようによどみなく道理を立てて語りかけたところ、町の人々はそこを去りました。そこに落ち着くことには同意しなかったものの、だからといってじゃまをすることもなかったのです。そんなわけで一同には何事もなく三、四日すぎました。そのころには、町はずれにある食糧品店と遠い知り合いになっていました。こまごましたものが必要なばあい、それをもってきてくれるようにやや遠くから呼びかけ、それをやや遠くに置いてもらい、いつもじつにきちんと金をはらっていたのです。

この期間中にも、町の若い人々がかなり近くまでやって来て、立ち止まって彼らを見つめることがしばしばありました。ときには、少し離れて話し合うこともあったのです。とくに、第一安息日には、小屋の中にとじこもったまま、みんなで神に礼拝をささげている姿が見うけられ、賛美歌をうたっている声が聞こえてきました。

こんなことや、おとなしくて当たりさわりのない振舞のおかげで、彼らはしだいにその一帯の評判がよくなりだしました。彼らをあわれに思いはじめ、よく言ってくれるようになったのです。その結果、とても雨が多い夜のことでしたが、近所に住むある紳士が、わらを十二束積んだ小さな荷車を彼らによこしてくれました。彼らの小屋の上をふき、湿気を防ぐことはもちろん、その上で休むようにというわけです。あるそんなに離れていない教区の牧師も、こうした人がいるとは知らず、およそ二ブッシェルの小麦と半ブッシェルの白えんどうをくれました。

言うまでもなく、彼らはこのような救済をうけてとても感謝しました。とくに、わらには大助かりでした。それもそのはずです。器用な大工は、寝台としてかいば桶のようなものをつくり、それに木の葉やそれに似たようなものを手あたりしだいにつめこみ、テント布をみんな切って掛けぶとんをつくっていたのでした。しかし、そうして寝ても、湿気でじめじめしており、かたく、健康によくなかったのです。そんなところへこのわらがとどけられたのですが、彼らにはそれがまるで羽ぶとんのようであり、ジョンの言葉によりますと、他のときの羽ぶとんよりもありがたいものでした。

このように、この紳士と牧師が、放浪者たちに施しをして見せたところ、他の者もすぐそれにならいました。おかげで町の人々からは毎日なにかの施しをうけるようになりましたが、近在に住む紳士階級の人々からおもにもらったのです。ある者は、椅子、床几《しょうぎ》、テーブル、それに必要と思われるような家財道具をくれました。ある者は、毛布、ひざ掛け、掛けぶとんでした。ある者は陶器、またある者は食べ物を整える台所用品をよこしてくれました。

この手厚いもてなしにはげまされ、大工は、大きな小屋とも家ともつかないものを数日で建てました。それにはたるきもふいてあり、屋根もきちんとついていたし、暖かく休めるように床もあげていました。というのは、もう九月のはじめで、じめじめして寒い天候がはじまっていたからです。でも、この家はとてもよくふかれており、側面も屋根も厚かったので、けっこう寒さを防ぐことができました。また、大工は、家の一方に土壁をつくってそれに煙突をつけました。またある者は、さんざん苦労したあげく、煙をとおす通風孔を煙突にあけました。

ここで、彼らはそまつではあったがとても気持のよい生活をおくり、とうとう九月のはじめになりました。すると、ほんとうかうそかはともかくとして悪い知らせが耳にはいってきました。それは、一方ではウオルタム・アベー〔エピングの西方〕で、他方ではラムフォードとブレントウッドでたいへんはげしかった疫病が、こんどはエピング、ウッドフォード〔エピングの南方〕、そのほか森にそった大半の町にもおしよせてきた、というものです。なんでも人の話によれば、行商人とか食糧をもってロンドンと行ったり来たりしているような者によって、おもにはこばれてきたのだそうです。

もしもこれが正しいとすれば、その後、英国中にひろまったうわさとは、明らかに食い違うものでした。すでにのべたように、このうわさは、わたしの目で確かめることはついにできないものですが、市内に食糧をはこぶため市場に出入りした者はぜんぜん疫病にかからなかったとか、田舎に疫病をもち帰ることはけっしてなかったとかいうものです。このいずれもうそだったろうとわたしは確信しています。

ひょっとすると、この人たちは、奇跡とは言わないまでも、考えていた以上に無事だったのかもしれず、ロンドンへ行って来ても疫病にはおかされなかった者が大勢いたのかもしれません。そのことは、ロンドンにいる貧乏人の大きなはげましになりました。というのは、もし市場へ食糧をもっていった人たちが驚くほど幾度も無事に切りぬけていなかったなら、少なくとも、普通では考えられないほど無事でなかったら、ロンドンの貧乏人はどうしようもないほど悲惨なものだったでしょうから。

だが、こんどは、この同居ほやほやの人たちも不安がさらに大きくなり出しました。それは、周囲の町がまさしく感染していたからです。必要なものを買いに外出することさえ、お互いに安心してまかせるのがこわくなり出し、このため、じつに苦しい思いをしました。それというのも、今では、そのあたりのあわれみ深い紳士階級の人たちからもらったもののほかは、全然何もないと言ってよいくらいだったのです。しかし、彼らが力づけられたことには、たまたま、そのあたりの紳士階級の中で、前に何もよこしてくれなかった他の人たちが、彼らのうわさを耳にしてものを補給しはじめたのです。ある者は大きな豚、つまり食用豚を一頭おくり、ある者は羊を二頭、またある者は小牛を一頭よこしてくれました。要するに、おかげで肉類は十分になり、ときにはチーズやミルクなどといったものも全部もらいました。彼らがおもに困ったものはパンでした。というのは、紳士階級の人たちが穀物をおくってくれても、それを焼いたり、粉にしたりするところがなかったからです。このため、昔のイスラエル人のように、粉にもパンにもせず、彼らがもらった最初の二ブッシェルの小麦をこがして食べなければなりませんでした。

とうとう、もらった穀物をなんとかしてウッドフォードの近くにある製粉所まではこび、そこで粉にしてもらいました。その後、パン屋は、中がうつろで湿気のない炉床をつくりあげたため、かなりうまくビスケット・ケーキを焼くことができました。このようにして、彼らは、周囲の町から援助や補給をうけなくても生活できるようになったのです。またそうなったのはよいことでした。というのは、その後まもなく、そのあたりはすっかり疫病におかされ、近くの村では、疫病による死亡者がおよそ一二〇名もあったということだったからです。彼らにとって、これはぞっとすることでした。

このため彼らは新たに会議をひらきました。こうなりますと、彼らが近くに落ち着くのではないかという心配は、そのあたりの町ではいらなくなりました。それどころか、逆に、貧乏人の家族には、家をすてて、ちょうど彼らがしたのと同じように森の中に小屋を建てるものがあったのです。ところが、このようにして引っ越した貧乏人の中には、その仮小屋に住んでいても病気にかかる姿が見うけられました。その理由は明らかです。つまり、戸外に引っ越したからではなく、引っ越すのが手おくれだったからです。ということは、近所の人たちと大っぴらに交わったため、自分か、あるいはおそらく自分たちのだれかが疫病を移され、それから引っ越したので、どこへ行こうと病気も一緒にはこび歩いていたからです。あるいは、無事に町からのがれたあと、また患者のところへやって来て交わることのないよう、十分に注意しなかったからです。

だが、正しい理由はどうであれ、町の中だけではなく、同じ森のすぐ近くにあるテントや小屋にも疫病が発生していることを一同が知るようになった時、こわくなっただけではなく、露営をやめてどこかに引っ越そうと考えはじめました。というのは、そのままそこにいようものなら、明らかに命があぶなかったでしょうから。

そこを去らなければならないために、彼らがとても悩んだことは驚くに足りません。そこではじつに親切に迎えいれてもらい、たいへんな人情と慈悲をかけてもらったのですから。だが、命を守るためにそんなに遠くまでのがれてきて、今また逃げなければあぶないというのであってみればどうしようもなく、ほかに方法もありませんでした。しかし、ジョンは、今直面している不幸を取り除く方法を思いついたのです。すなわち、彼らの第一の恩人である例の紳士にまず悩みを明かし、どうすればよいかその援助と助言を求めよう、というものでした。

親切で慈悲のあるその紳士は、そこを去るようにすすめました。疫病がはげしくなって、避難することが全然できなくなってはいけないから、と言うのです。だが、そんな彼にも、どこへ行ったらよいか教えるのはとてもむずかしいことでした。最後に、ジョンは、相手が治安判事であることを思い出してお願いしました。自分たちはよその治安判事の前につれ出されることがあるかもしれないが、その時のために健康証明書をいただけないものか。どんなことになろうと、自分たちもロンドンを離れてからはかなりたっていて、追いはらわれるようなことはしたくないから……と。この願いを紳士はただちに認めてくれ、正式の健康証明書を出してくれました。それからはどこでもすきなところへ自由に行けることになったのです。

こうして彼らはきちんとした健康証明書をもらったわけですが、それにはこう書いてありました。この者たちは、エセックス州の村にたいへん長いあいだ住んでいたが、十分くわしく調べもし、また四十日以上もあらゆる交際をたち切って生活したが疫病はまるで認められなかったところから、健康であるという結論がはっきり下されたものである。このように移動するのも、この者たち、あるいはこの者たちのだれかに疫病の徴候があるからではなく、むしろこの町をおそった疫病がこわいためにやむをえずしたことであって、どこでうけいれられても安全であろう……と。

この証明書をたずさえて、とても気はすすまなかったが移っていきました。ジョンはロンドンから遠いところへは行きたくなかったので、ウオルタム側の沼地をめざして進みました。ところが、ここで、ある男に会ったのです。彼は、川を上り下りするはしけのために水位を上げてやる堰《せき》の番をしている様子でしたが、無気味な話をして一行をぞっとさせました。それは、ミドルセックスとハーフォードシア〔英国の南東部の州で、ミドルセックスのすぐ北〕側にある川ぞいや川の近くの町、すなわち、ウオルタム、ウオルタム・クロス、エンフィールド、ウエア〔エンフィールドだけがミドルセックスで、あとはハーフォードシア〕といった町や、路上の町には、ことごとく疫病がひろまっている、というものです。それで、一行は、その方面へ行くのがこわくなりました。ただし、その男は、彼らをだましていたようです。というのは、かならずしも話のとおりではなかったからです。

とはいうものの、驚いてしまった彼らは、森を横切ってラムフォードやブレントウッドの方へ移動することにしました。だが、うわさによりますと、その方面にも大勢の者がロンドンから逃げてきて、ラムフォードの近くまでおよぶヘイノートという森〔ラムフォードの北西〕のあちこちにたむろしているということでした。そして、食べ物も住居もないため、変わった生活をし、施しをうけられないため森や原野でとても追いつめられていたばかりではなく、そのように切迫した生活のためやけになり、州民にたいしてじつに乱暴をはたらき、強盗や略奪をするばかりか、家畜を殺すなどのこともやったというのです。そうかと思うと、ある者は、道ばたに小屋やあばら屋をたて物もらいをし、しかも、しつこくてほとんど施しを強要するようなものだったということです。それで州ではとても不安になり、何人かを逮捕しないわけにはいかなかったそうです。

これで、まず第一にさとったことは、前のところとは違い、こんどは州民の慈悲心と親切心はきっとかたくとざされているだろう、ということでした。また、他方では、どこにたどりついても尋問をうけ、自分たちと同じような境遇の者から乱暴をうける危険があるだろう、と感じました。

こんなことをすべて考え合わせ、隊長のジョンは、一同に代わって前に助けてもらった親しい恩人のもとへ帰り、ことの次第をありのままにのべてから、つつしんで助言を求めました。恩人が親切なことは相変わらずで、また前のところに住むことにしてはどうか、あるいは、それがだめなら、ほんの少しだけ道路から遠いところに移ってはどうか、という意見をのべてくれました。そしてそれにふさわしい場所を教えてくれたのです。実際のところ、時期も時期で、ミカエル祭も近くなっていたところから、彼らは、どちらかというと小屋よりも人家の方を避難所として望んでいたのです。そこで、以前は百姓家か何かで、今はほとんど住めないほど荒れはてていましたが、とにかく古くてこわれかかった人家を見つけました。それはある農場にくっついていたものですが、そこの農場主の同意により、彼らがすきなようにその家を用いてもよいことになりました。

　器用な指物師の指示のもとに、みんなはさっそく仕事にとりかかりました。そしてほんの二、三日もしますと、悪い天候でもみんな避難できるようなものになったのです。こわれかかっていたとはいえ、家の中には古い煙突と古いかまどがありましたが、いずれも使えるようにしました。それから建て増しや、物置きや、差し掛け小屋をぐるりとまわりにつくったところ、すぐみんなが一緒に住めるようなものになりました。

　よろい戸、床、戸、その他いくつかのものをつくるのに、なによりも板が必要でした。だが前にのべた紳士が彼らに目をかけてくれましたが、そのおかげでそのあたりの者も彼らとうまくいき、とくに彼らはみな健康そのものであることが知れわたっていましたので、一人残らず彼らの力になってくれ、どんな板でもあまっているものは彼らにあたえてくれたのです。

　彼らはそれっきりここに露営しました。そしてこれ以上は動かないことにしました。その州ならどこでも同じですが、ロンドンからやって来た者にたいしてはどんなにひどい驚き方をするか、彼らにははっきりわかっていたのです。それに、どこかでうけいれてもらうことは至難のわざであり、少なくとも、ここでうけたような歓迎と援助はのぞむべくもないこともよく知っていたのです。

　ところで、その地方の紳士階級の人たちや周囲の人たちから大きな援助と激励をうけてはいたものの、たいへん困った破目におちいりました。というのは、十月や十一月ともなると寒い上に雨が多くなり、彼らはそのような苦難にはなれていなかったからです。それで、風邪をひいて節節が痛み、病気にもなりましたが、ただ疫病にはかかりませんでした。このようにして、十二月ころになると、ふたたびロンドンへ帰ったのです。

わたしがこの話をこんなにくわしくのべるのは、疫病がおさまると、すぐロンドンに姿をあらわすことになった大勢の人々の成り行きを説明するのがおもな目的です。それというのも、すでにのべたように、思いのままにのがれることができ、しかも地方に避難先のある者は、どっとばかりに大勢そこをめざして逃げたからなのです。それと同じように、疫病がすでにのべたように恐ろしいほど極端なはげしさを加えた時、親しくしている者が地方にいないような中流の人たちも、避難できるところならどの方面にでも逃げました。それは、何とかやっていけるような金を持っている者でも、持っていない者でも変わりありません。金のある者はいつもいちばん遠くまで逃げました。なぜなら、それでも暮らしていけたからです。ところが、すでにのべたように、金のない者は大きな苦しみを味わい、やむなく地方に迷惑をかけてその窮乏を救ってもらわなければならないことがしばしばでした。そのおかげで、地方ではたいへんな不安におちいり、ときには逮捕したこともありました。ただし、そのばあいでもどうしたらよいかほとんどわからず、罰することにはいつもたいへん消極的であるばかりか、つぎからつぎへと追い立てて、ついにはまたロンドンへむりやりにたち帰らせることもめずらしくはありませんでした。

わたしがこのジョン兄弟の話を知ってからよく調べてみたところ、やはり今のべたように、どうしようもない大勢の貧乏人が地方のあらゆる方面にのがれたことがわかったのです。ある者は、小さな物置きとか、納屋とか、離れ家とかに住み、地方の人々からとても親切にしてもらいましたが、自分の身元を少しでも満足に説明できたようなばあいはとくにそうで、ことに、手おくれにならないうちにロンドンから離れた者はなおさらのことでした。ところが、そうはいかない者があって、人数も多かったのですが、野や森に小さな小屋やしのぎ場所をつくって住んだり、穴の中でもほら穴の中でもところかまわず世捨て人のような生活をしたりしました。このようなばあいには、その窮乏ぶりがひどいものであったことはうなずけるでしょう。それがあまりにもはなはだしかったので、危険などはかえりみず、またロンドンに引き返さなければならなかった者が大勢いたのです。そこで、小さな小屋がからっぽであることがしばしばあり、そのあたりの人人は、そこの住人が疫病にやられて死んでいるものと思いこみ、こわくて近づこうともしませんでした。それもかなりのあいだそうだったのです。また、不幸な放浪者の中には、ときには助けてもらえないこともあって、たった一人で死ぬことも考えられないことではありません。とくにある時などは、テントとも小屋ともつかないものの中で男が一人死んでおりましたが、すぐそばの畑の門の上に、不ぞろいな字で次のような言葉がナイフで刻まれていました。それから判断しますと、もう一人いた男が逃げ出したか、あるいは、一人が先に死んだのでもう一人がありったけの力をふりしぼって埋葬してやったものと考えられるでしょう。

おお、なさけない！
二人とも死ぬ、
ああ、ああ

すでに、わたしは、テムズ川の下流で船乗りたちがどんなぐあいにしていたか、実際に確かめたことをのべておきました。何隻もの船舶が、いわゆる沖合いにとまり、プールからずっと下流まで見わたすかぎり、後方にずらりと列をつくってならんだ光景はどんなものであったかものべました。聞くところによりますと、そのありさまははるかグレーブズエンド〔ケント州の港町で、テムズ川の河口近く〕の下流まで同じで、中にはもっと下流にいた船舶もあり、波風の心配さえなければどこにでも停泊していた、ということです。それに、デットフォード・リーチ〔プールのすぐ下流の水域〕くらいまでのところやプールなどにとまっていたばあいをのぞいて、そうした船舶に乗っている人々のところまで疫病がおよんだという話は聞いたことがありません。もちろん、よく上陸しては田舎の町や村や農家へ行き、食糧、鳥肉、豚肉、牛肉などを買いこんではいたのですが。

同じように、ロンドン橋の上流の船頭たちも、なんとかしてできるかぎりテムズ州の上流へ移っていたのでした。船頭の多くは、いわゆる天おおいをつけて梱《こり》をつけ、下に敷いて休むわらを中につめこんだ小舟に全家族を乗せていました。このようにして、川岸にそった沼地にずらりとならんでいましたが、中には帆で小さなテントを張り、日中は陸上でその下にねころび、夜になると小舟に帰る者もいました。わたしが聞いたところによりますと、こんなぐあいにして、食べるものがつづくかぎり、あるいはそのあたりから食べ物が得られるかぎり、川のほとりには小舟や人が列をなしていたということです。じつのところ、紳士階級の人たちでもだれでも、田舎の人たちは、この時にかぎらずほかのいつのばあいでもたいへん積極的に救いの手をさしのべてくれましたが、喜んで自分たちの町や家にうけいれてくれることはけっしてありませんでした。でもそうだからといって非難するわけにはいきません。

わたしがよく知っている話ですが、あるところに不幸な市民がおりました。ひどく疫病にたたられ、妻も子供も一人残らず死んでしまって、あとに残ったのは彼と二人の奉公人と、それに力のかぎり妻子を看護してくれた親類の老婦人だけだったのです。このやるせない男は、死亡報に掲載される地域内ではありませんでしたが近くの村へ行き、そこで空家を見つけ、家主をさがし出して借りました。二、三日後に荷馬車を借り、家財をつめてその家まではこびました。村人たちは荷馬車を乗り入れさせまいとしましたが、少し言い合いをしたあげく、荷馬車に乗っていた者たちはむりやりに通りをとおって入口までたどり着きました。こんどはそこで警吏が立ちふさがり、どうしても荷物を中に入れさせまいとしたのです。だが例の男は家財をおろして入口のところにおかせ、荷馬車をかえしてしまいました。そうしたところが、彼は治安判事の前に引き立てられていきました。とはつまり、治安判事の前にいけと言われたので、それに従ったのです。治安判事は、家財をふたたび持ち去るように命じましたが、彼はそれをこばみました。そうしますと、治安判事は警吏に向かって、車夫どもの後を追っていってつれもどし、家財を荷馬車につみなおしてはこび去らせよ、ばあいによっては、あとで指令があるまでさらし台にかけておけ、と命じました。もしも車夫どもが見つからず、この男も荷物をはこび去るのがいやだと言うなら、荷物は入口からカギを用いて引きずり出し、通りで焼きはらわせよ、というものです。気の毒にも悲しみにうちひしがれた例の男は、これを用いてやむなく家財をまた持ち去ることにしましたが、これではあまりにもむごいではないかと言ってつらい悲嘆にくれるばかりでした。しかし、どうしようもなかったのです。自分たちの身を守るために、どうしてもそのようにきびしい手段をとらざるをえなかったのです。ほかの時だったら、そんなむごいことはしなかったでしょう。このあわれな男が生きのびたか死んだかわかりませんが、その時はもう疫病にかかっていたのだ、といううわさがありました。おそらく、自分たちが彼にあんなことをしたのも当然なのだと思わせるために、村人たちが言いふらしたのかもしれません。しかし、彼の全家族がほんの少し前に疫病で死んだのですから、彼か、家財か、あるいはその両方とも危険であったことは、考えられないことではなかったのです。

ロンドンに隣接する町の住民が、感染をのがれて逃げてきた悲惨な人々にひどいまねをしたことが大きな非難の的だったことは、わたしも知っています。すでにのべたことからもわかるでしょうが、じつにむごいこともずいぶんありました。しかし、自分たちの身に危険がないことは明らかで、慈悲と援助をあたえてもかまわないようなばあいには、結構すすんで救助の手をさしのべたのだ、ということものべておかないわけにはいきません。だが、じつはどこの町も自分のことが大切だったもので、追いつめられて市外へのがれた気の毒な人々にひどいあしらいをし、ふたたびロンドンに追い返すようなこともしばしばありました。こんなことが原因で、地方の町を非難するいろいろな声がかぎりなく起こり、とうとう一般市民のあいだに相当しみこんでしまったのです。

とはいうものの、そのような万全の警戒にもかかわらず、ロンドンから十マイル——あるいは二十マイルだったかもしれない——以内にあるちょっとでも名の知れた町では、多少の差こそありますが、疫病におかされて死亡者を出さなかったようなところはありません。いくつかの町に関する報告をわたしは聞いていますが、次のような数になっております。

エンフィールド	三二
ホーンジィー	五八

ニューイントン	一七
トットナム	四二
エドモントン	一九
バーネットとハドリー	四三
聖オールバンズ	一二一
ウオトフォード	四五
アクスブリッジ〔以上、ロンドンの北方から西方にわたる町〕	一一七
ハーフォード	九〇
ウエア	一六〇
ホズドン	三〇
ウオルタム・アベー	二三
エピング	二六
ブレントウッド	七〇
ラムフォード	一〇九
バーキング〔以上、ロンドンの北方から東方にわたる町〕	約二〇〇
デットフォード	六二三
グリニッジ	二三一
エルタムとルイシャム	八五
クロイドン	六一

ブレントフォード	四三二
キングストン	一二二
ステインズ	八二
チャーツィー	一八
ウインザー〔以上、ロンドンの南方から東方にわたる町〕	一〇三
	その他

このほかにもう一つのことが原因で、田舎の人々が、ロンドン市民、とくにロンドンの貧乏人にたいして、一層きびしくなったのかもしれません。これは前にふれたことですが、疫病にかかった者には、他人に病気を移してやろうとしているかのような傾向というか、よこしまな性向が見られたことです。

この理由につき、わが国の医者たちのあいだで大いに議論がたたかわされました。ある者は病気の性質上そうなるのだと主張します。病気にかかった者はだれでも、同じ人間にたいする憎しみと一種の怒りの感情を植えつけられるのであるが、まるで、それは病気の中に感染してやろうという悪意があるばかりではなく、人間の性質そのものの中に、悪魔の心あるいは「悪魔の目」〔「マタイによる福音書」二〇章一五節参照〕をはたらかすようにそのかす悪意があるかのごときものだ、と言うのです。狂犬のばあいには、病気にかかる前はどんなにおとなしくても、いったん病気になれば、近づく者はだれでも、しかも前にいちばん見なれていた者をめがけて真先にとびかかってかみつくものだと言われますが、それに同じだという主張です。

ある医者は、人間の性質が腐敗しているせいにしました。同じ人間でありながら、自分が他人よりもみじめであることにたえられず、人はみんな自分と同じように不幸であるか、あるいは自分と同じようにひどい境遇にあってくれればよい、という一種の願望をひとりでにいだいているのだ、というものです。

またある医者は、それはただ一種のやけくそであるにすぎない、と言います。自分がしていることに気づかないか、あるいは気にもとめず、したがって、自分の近くの者はもちろん、自分自身の危険とか安全さえも関心がないのだ、と主張します。実際、ひとたび自暴自棄になり、自分自身の安全とか危険に関心を失ったばあい、他人の安全などに気をつけなくなるのも、さして驚くに足らないことでしょう。

しかし、わたしは、この重大な問題についてまるで異なった考え方をし、そんな事実は認めないとのべることによって、その解答、あるいは解決にしたいと思うのです。それどころか、実際にはそうだったのではなく、ロンドン周辺の村人たちが、むごたらしくてきびしいと大評判である自分たちの仕打ちに正当な理由をつけるか、少なくともその言い訳をするために、ロンドン市民にたいしてあまねくあげた不平だったのだ、とわたしは言いたいのです。どうせ不平をこぼしたところで、市民にせよ、村人にせよ、お互いを傷つけるばかりだったのだと言ってよいかもしれません。すなわち、市民の方では、災難の時にあたり、しかも疫病にかかっていながら、ぜひうけいれてかくまってくれるようにせがみます。ところが村にはいるのをこばまれ、家財と家族もろともロンドンに押し返されるので、田舎の人々は残酷で不当だと言ってかこちます。それにたいし、村人の方では、自分たちがすっかりだまされていて、市民がいわば有無を言わせず押し入ってくることを知っています。そこで市民が疫病にかかったばあい、他人のことを無視するだけではなく、すすんで病気を移そうとしている、と不平を言います。ところが、そのいずれもありのままではありませんでした。つまり、言葉のあやばかり多かったのです。

　ロンドン市民についてしばしばうわさが流れ、地方の人々を驚かしたことの中には、見逃せないものがあることは確かです。彼らは救ってもらうことはおろか、略奪や強奪のために大挙しておしよせてくる覚悟だそうだとか、彼らは疫病にかかったまま自由に通りをかけずりまわっているそうだとか、他人に病気を移さないように家を閉鎖して患者をとじこめておくような配慮はなされていないそうだ、などというものです。ところが、ロンドン市民のために弁じておきますと、わたしがすでにのべたような特別のばあいをのぞいて、うわさのようなことや、それに似たようなことはけっしてやりませんでした。それどころか、万事がじつにたいへんな配慮のもとに処理されており、全市内と郊外では市長と市参事会員の配慮により、また周辺地域では治安判事や教会委員などのおかげにより、とてもみごとな秩序が保たれていました。だから、疫病がこの上なくはげしくはびこり、人々がこの上なく驚いて困っている時でも、りっぱな統制とみごとな秩序がいたるところで見られた点で、ロンドンは世界のあらゆる都市の手本となるものでしょう。だが、このことはあとで別に話します。

　ただ言っておきたいことは、主として責任当局の思慮のおかげでなされたことが一つあったということですが、それは彼らの名誉のためにものべておくべきでしょう。すなわち、家屋閉鎖というやっかいな大仕事にあたって節度を守った、ということです。すでにのべたように、家屋閉鎖は大きな不満のたねであったことは確かであり、当時の人々のあいだに見られたたった一つの不満のたねだったと言ってよいかもしれません。それは、健康な者を患者と同じ家の中にとじこめるのはとても恐ろしいことだと考えられたからであって、そのようにしてとじこめられた人々の訴える声はじつに悲痛なものだったのです。それは通りの上にまで聞こえてきて、同情心をかき立てることの方が多いのですが、ときには憤りの念を呼び起こすこともありました。親しい者と話がしたいと思っても、窓のところでしかできませんでした。そこに立ってとても悲しそうになげいたものですが、それを聞いて、話をしている相手や、とおりすがりに事情を聞いた者の心を動かすこともよくありました。そのような苦情の声は、入口に立たされている監視人のきびしさを非難することがよくあり、ときにはその尊大さをけなすこともありましたが、そんなばあい、監視人の方ではずいぶん傲慢な答え方をするのがつねで、ともすると、通りからその家族に話しかけている者をも侮辱しがちだったのでしょう。それが原因で、あるいは家族の者を虐待したため、場所は違いますが、殺された監視人はたしか七、八人いたと思います。個々の事件に立ち入ることはできませんので、謀殺《マーダー》されたと言ってよいかどうかわかりません。監視人たちは勤務中で、当局から正式に命ぜられた任務をはたしていたことは事実です。そして正式な命をうけて公務を遂行している公務員を殺すことは、法律用語ではつねに謀殺《マーダー》と呼ばれているのです。ところが、監視している家の人々とか、その人々を心配している者にたいしてひどい無礼をはたらくことは、責任当局の指令によっても、あたえられた権限によっても、認められていませんでした。だから、そのようなことをしたばあい、公務ではなくて私事を行なっていたのだと言ってよいでしょう。つまり、公人としてではなくて、私人として行動していたのです。したがって、そういう不当な行為によって、彼らの身に危害が加えられたとしても、それは彼らの責任でした。実際、それが当然かどうかは別として、彼らにたいする人々の呪いは、じつにひどいものでしたので、彼らにどんなことが起こってもあわれんでくれる者は一人もなく、たとえどんな目にあわされても、ともすればそれで当然だと口を合わせて言うような始末でした。また、家を見張っている監視人にたいしてどんなことをしようと、それをしたために、だれかが罰せられたという記憶もありません。

このように閉鎖された家からなんとかしてのがれるために、なんといろいろな策略を用い、そのためどんなに監視人をあざむいたりへこましたりしてまんまと逃亡したか、もうすでにのべましたので、またそれをくり返すのはよしましょう。しかし、ここで言っておきたいことは、閉鎖された家族にたいして、責任当局は適度の手心を加えてくれることが多かったことです。しかも、本人に伝染病病院かどこかへ移る気があるばあい、閉鎖された家から家人が患者をはこび出したり、だまって係員につれて行ってもらったりする時は、とくにそうでした。ときには、健康であるということと、行く先の家に必要なだけのあいだとじこもっているということをはっきりさせた上で、閉鎖された家の健康な者にたいして他へ移ってもよいという許可をあたえることもありました。疫病にかかった気の毒な家族に物を供給するため、つまり、食べ物も薬品もふくむいろいろな必需品を供給するため、責任当局の気のくばりようもじつにたいへんなものであって、そのための係員に必要なだけの命令を下すだけでは満足せず、区長みずから馬に乗ってしばしば閉鎖家屋におもむきました。そして、世話が十分いきとどいているかどうか、また、必要なもので不足しているものはないかどうか、係員がいつも言うことを聞き、ほしいものをもってきてくれるかどうか、などについて窓からたずねさせたものです。もしも家人の答えが肯定ならば、それでなんということもありませんでした。しかし、物の供給が思わしくないし、係員が怠慢だとか取り扱いが不親切だという苦情があれば、たいがいそのような係員はほかへ移され、かわりの者が任務につけられました。

そのような苦情が不当と思われるばあいもあったことは事実です。もしも、係員が、自分が正しくて家人の方がありもしないでたらめを言っているのだ、と整然とのべ立てて当局者を納得させることができれば、その係員はそのまま職務をつづけ、家人がお目玉をくいました。だが、このようなことはくわしく調べるわけにはいきませんでした。というのは、当時の事情からして、双方を対決させることはとてもまずかったし、通りと窓とでは苦情に受け答えするのもうまくいかなかったからです。それゆえ、責任当局では、不当な処置とまずい結果をいちばんよく避けることができるように思われる方法として、たいがいは家人にくみして係員をやめさせました。もしも監視人の方が被害者であっても、同じような職務につかせてやってすぐ償うことができると考えたのです。ところが、家人が被害者の時は、どうしても償いができませんでした。そのうける被害は生命にかかわることでしたので、取り返しはおそらくきかなかったのです。

逃亡について前にのべたことのほかに、監視人と気の毒にもとじこめられた人々とのあいだのこのようないざこざは、じつにいろいろ起こりました。とじこめられた人々が監視人に用事ができたばあい、ある時は不在であったり、ある時は酔っぱらっていたり、ある時は眠っていたりというふうでした。そんな時は、きまってひどく罰せられましたが、それも当然のことだったのです。

しかしながら、さんざん策を講じてみた結果、病人も健康な者も一緒にとじこめる家屋閉鎖には、まことに不都合なことがいろいろあらわれ、じつに悲劇的なこともあって、もしもその余地があれば、考えなおしてしかるべきものでした。だが、家屋閉鎖は法律によって定められ、公共の利益ということをおもな目的としてめざしており、その施行によって生ずる個人的な損害は、公益のためにはどうしようもないものでした。

全体的に考えてみて、家屋閉鎖が疫病を阻止するのに少しでも役立ったかどうかは、今日にいたるまで疑わしいことです。じつのところ、役立ったとわたしには言えません。というのは、この上なくぴったりと十分に感染家屋を閉鎖したにもかかわらず、はげしさが頂点に達した時の病勢ほどひどく狂暴なものはなかったからです。もしもあらゆる患者の隔離が十分であったなら、近づこうにも近づけないから、健康な者が病気を移されることがなかったことは確かです。だが、ことの真相はと言いますと、ここでちょっとふれるだけにとどめますが、見たところ患者とは思えないような者によって、知らず知らずのうちに疫病がひろめられていったということなのです。ところがそのような患者は、だれから病気を移されたかということも、だれに病気を移したかということも知らない始末でした。

ホワイトチャペルのある家では、女中が感染したために閉鎖されました。だができ物が身体に生じただけで、別にこれといった徴候もあらわれず回復しました。ところが、この家の人たちは、四十日間というもの、自由に歩いて大気を吸ったり運動したりすることはできなかったのです。息苦しさ、懸念、怒り、じれったさ、その他こんなひどい目にあって生ずる苦痛のおかげで、この家の女主人は熱病にかかりました。巡視員がやって来て、疫病だと言いました。ただし、医者の診断では違うことがはっきりしたのです。しかし、前の隔離がほんのあと二、三日でおわろうというのに、巡視員、つまり調査員の報告にもとづき、その家族は新たに四十日間の隔離をはじめなければなりませんでした。このために一同は怒りと悲しみですっかりふさぎこんでしまいました。そして前と同じように、せまいところにおしこめられ、のびのびと息をして大気を吸うことができなくて困ったあげく、とうとう大半の者が病気になってしまったのです。ある者はこの病気、またある者はあの病気というぐあいでしたが、主として壊血病が多く、たった一人だけがはげしい腹痛におそわれました。こうしてついに幾度か隔離をくり返したあとで、巡視員と一緒に救助のために病人を見にきた者のだれかが疫病をもちこみ、家族の者がみんなそれに感染してほとんど死んでしまいました。それも、前からほんとうに疫病にかかっていたからではなく、それを防ぐように注意をはらうべきはずの者がもちこんだ疫病が原因だったのです。これはよく見受けられたことであって、じつに家屋閉鎖から生ずる最悪の弊害の一例でした。

このころ、ちょっと困ったことがわたしに起こり、はじめはひどい悩みのためにたいへん心をかき乱されました。ただし、結果的には、大きな不幸にあうこともありませんでした。これは何かというと、ポートソークン区〔オールドゲート教区〕の区長から、わたしが住んでいる地域の調査員に任命されたことです。わたしどもの教区は大きくて、調査員も十八名をくだりませんでした。正式には調査員ですが、一般の人々からは巡視員と呼ばれていました。そんな仕事はまぬがれようとあらんかぎりがんばり、どうか勘弁してくださいとあれこれ理屈をならべて副区長に頼みました。とくに、わたしは家屋閉鎖にまったく反対であるのに、わたしの意見にもそぐわず、まためざす目的にもかなうまいとかたく信じているようなことでわたしを用いようとするのは、じつにひどいことではないだろうか、と強くのべ立ててやったのです。しかし、せいぜい許してもらえたことは、その係員は二カ月を任期として市長の任命をうけるものだが、わたしのばあいは三週間だけつづければよい、ということだけでした。ただし、その条件として、やめる時は、残りの期間をわたしのかわりにやってくれるだれかほかに適当な戸主を見つけてくること、というのがありました。つまるところ、そのような仕事をまかせるにふさわしい人に引き受けてもらうのはとてもむずかしいことでしたので、三週間だけでよいという好意もとるに足りないものでしかなかったのです。

家屋閉鎖には、わたしにも重要だとわかるききめが一つあったことは事実です。すなわち、疫病にかかった者をとじこめてしまったことです。そうでもしなかったら、疫病にかかったまま通りをかけずりまわることにでもなれば、とてもやっかいでもあり危険でもあったでしょうし、精神が錯乱している時であれば、恐ろしさのあまりぞっとするくらいひどいものだったでしょう。実際、そのようにして家の中にとじこめられるまで、はじめは相当そうした姿が見受けられつつあったのです。それどころか、じつに公然たるもので、貧しい者はあちこち歩きまわっては戸口で物もらいをし、疫病にかかっていると言って、ただれ傷にあてる布切れとか、何か別の施し物と両方とか、錯乱した精神がたまたま思いつくままに何でもねだるのでした。

ある裕福な市民の妻で身分のある婦人が、ほんとうのことかどうかわかりませんけれども、オールダーズ通りかその方面でこうした連中の一人によって殺される、というじつに気の毒な話がありました。その男は、疑いもなく気が狂ってわめき立て、歌をうたいながら通りを歩いていました。人々は酔っぱらっているだけだと言いましたが、彼自身の言葉では疫病にかかっているということであって、どうもそれがほんとうだったようです。この婦人に会った時、彼はキスしようとしました。ひどく乱暴な男に出会った彼女は、すっかりおびえて逃げはしたものの、通りはじつに人どおりが少なくて、助けてくれる者も近くにはおりませんでした。今にも追いつかれそうだとわかった時、彼女はくるりと向きを変えて力まかせに突きとばしたところ、たいへん弱っている彼は後にひっくり返りました。ところが、まったく不運なことに、とても近くにいた彼女は彼につかまってしまい、そのまま引っぱられて倒れてしまったのです。そして先に立ち上がった彼が彼女を制し、キスをしてしまいました。いちばんいけないことには、キスをしおわった時、おれは疫病にかかっているんだぞ、おまえだって、きっとおれと同じことになるさ、と彼女に言ったのです。妊娠して間もない彼女は、それでなくてもすでにおびえ切っているのに、相手が疫病にかかっているということを聞いた時は、大きな悲鳴をあげ、気絶か発作で倒れてしまいました。その後少しは回復したものの、それがもとでほんの二、三日して死にました。彼女が感染していたかどうかは聞いたことがありません。

また別の例ですが、ある疫病におかされた男が、よく知っているある市民の家へやって来てドアをノックしました。中へとおしてくれた召使から主人が二階にいることを聞き、階段をかけのぼって、家族がみんなで夕食をとっている部屋にはいりました。一同はどうしたのかもわからず、少し驚いて立ちかけたところ、彼の方では、だまってすわっていてください、ただお別れに来ただけですから、と言うのです。一同は彼に向かって、「――さん、どうしたんですか。どこへ行くんですか」とたずねました。彼の返事は、「行くですって。そうじゃなくて、病気になったので、あしたの夜死ぬことになるでしょうから」と言うのです。一同がどんなに仰天したか、書き表わすのはともかく、信じるのは容易なことでしょう。婦人たちや、まだほんの少女にすぎなかった娘たちは、そのままばったり死んでしまうのではないかと思われるほど、肝をつぶして立ち上がり、ある者はこっちのドアから、またある者はあっちのドアから急いで逃げ出し、階上へかけのぼる者もあれば階下へかけおりる者もありました。そして、できるかぎり一緒にかたまって部屋にカギをかけてはいり、まるで驚きのあまり正気を失ったかのように窓から金切声をはりあげて助けを求めました。主人はというと、女たちよりは落ち着いていたものの、やはり驚きと怒りはこらえ切れず、かっとなって、男をつかむなり階下へつきおとしたい気持にかられました。だが、その時、男は病気であって触れるのは危険であることをふと考えると、ぞっとしてしまって、まるで失神でもしたように、じっと突っ立っていました。身体も頭もやられているあわれな患者も、このあいだ中、まるで途方にくれたように、手足一つ動かさず立っていました。ついに、くるりと向きを変え、できるかぎり平静をよそおってこうのべたのです。「ああ！　みなさんはそういう気ですか。わたしのために仰天してしまったというわけですか。ええと、それじゃ家へ帰って、死ぬことにするかな」。そう言うなり、すぐ階下へおりて行きました。彼を家の中へいれた召使はローソクをもって後について行きましたが、彼の前に出てドアをあけることがこわくてならず、どうしたものかと考えながら、階段の途中に立っていました。すると男がそのままおりて行ってドアをあけ、外へ出るなりバタンとしめました。

少したってから、ようやく家族の者の驚きがおさまってきましたが、そんなことがあっても、別にこれといったまずいことも起こらず、その後、家族の者がその話をする時には、ほっと胸をなでおろしたことくらいは読者にも察しがつくでしょう。男は行ってしまったけれども、その時の大騒ぎが静まるまでには、しばらくどころか、数日かかったそうです。また、部屋という部屋でじつにいろいろの香煙や香料をたき、ピッチや火薬や硫黄などの煙をもうもうとあげ、みんながそれぞれ衣類を着替えして洗濯をすますなどのことをしてしまうまでは、家の中を歩きまわるにも安心できませんでした。例の気の毒な男のことについては、生きのびたか死んだかおぼえておりません。

もしも家屋閉鎖によって患者をとじこめてしまわなかったら、ひどい熱のために心が錯乱しきっている大勢の患者が、たえず通りをあちこちかけずりまわっていたであろうことは、この上なく確かなことです。実際においても、そういう者がじつにおびただしくあって、会う人ごとにありとあらゆる乱暴をはたらきました。それはまるで、狂犬が人に会えばとびかかってかみつくようなものだったのです。また、そんな患者が、疫病にかかってのたうちまわっている時、男にでも女にでもかみついたとしたら、そのかみつかれた者は、感染してどうすることもできなくなり、もう前から病気にかかって徴候も出ている者と変わりがなくなったことでしょう。

また聞いた話では、ある患者には三つはれ物が出ていましたが、その激痛にたえかねてシャツのままベッドからとび出し、靴をはき、次に上着をつけようとしました。ところが、そうさせまいとする看護婦に上着をひったくられたので、彼女をなげとばし、その上をとびこえ、階下にかけおり、シャツのまま通りにとび出してまっすぐテムズ川へ走って行きました。看護婦の方では彼のあとを追い、彼をとめてくれるように監視人に呼びかけましたが、監視人はぎょっとしてしまって彼にさわるのがこわく、そのまま走るにまかせておいたのです。そこで、彼はスティルヤードさん橋〔以下、いずれのさん橋もロンドン橋の少し上流〕までかけおり、シャツをかなぐりすててテムズ川にとびこみましたが、泳ぎがうまかったのでわけなく川を泳ぎ切りました。そして、いわゆる潮がさしていたので、とはつまり西方へ流れていたので、フォールコンさん橋あたりでようやく陸にたどりつきました。もう夜中のこととて陸にあがっても人がいなかったので、裸のままかなりのあいだ通りをかけまわりました。すると、そうしているうちに満潮になったのでまた川にとびこみ、スティルヤードさん橋まで泳いでもどり、そこで陸にあがり、また通りをかけぬけて家にたどり着き、ドアをノックし、階段をかけあがってまたベッドにもぐりこみました。だがこんなにひどいことをやったら疫病がなおったというのです。すなわち、腕と足をはげしく動かしたので、はれ物ができていたところ、とはつまりわきの下と鼠蹊《そけい》部がのびて、はれ物が化膿して破れることになったそうです。それに、冷たい水のために血液中の熱もさがった、ということでした。

他のいくつかのばあいも同じですが、この話も、わたしがよく知っていて正しいことをうけあえるような事実としてのべているのでないことは、ちょっとつけ加えておくだけでよいでしょう。とくに、男がとてつもないことをしたおかげで病気がなおったという真実性についてはそうで、はっきり言って、そんな話はあまり信じられません。しかし、当時、みじめな人たちが精神錯乱におちいり、いわゆる頭が変になって、どんなにやけくそなことをいろいろ仕出かすことが多かったかが、これによってはっきりするでしょう。また、もしも家屋閉鎖によってそんな患者がとじこめられなかったら、まだまだどんなにそのような連中が出現したかわからない、ということもうなずけるでしょう。それを防いだことが、家屋閉鎖というきびしい方策によって行なわれた唯一のとは言わないまでも、最良の事例だと思います。

ところで他方において、家屋閉鎖そのものにたいする苦情はじつにひどいものがありました。たまたま近くをとおりかかった者が、疫病におかされた人々があげるいたましい叫び声を聞けば、きまって心がしめつけられる思いがしたものです。激痛か血液の熱によってそのように物事をわきまえる力をなくした病人たちは、部屋の中にとじこめられるか、自分の身に傷つけるのを防ぐためにおそらくベッドや椅子にしばりつけられているのでした。そして、とじこめられて動けないことや、いわゆる気ままに以前と同じ死に方をさせてもらえないことにたいして、恐ろしいばかりにわめき立てていたのです。

このように患者が通りをかけずりまわるのはじつに無気味なものでした。責任当局ではそれを防ぐために最善をつくしたものの、そんなことをするのはたいがい夜中で、しかもだしぬけのことにきまっていたので、くいとめようにも係員が近くにいるわけがなかったのです。また、日中にとび出す患者があっても、係りの者は手を出したがりませんでした。なぜなら、そんなことをするようになれば、病状もひどく進んでいることに間違いはなく、普通では考えられないほど伝染力が強くなっているので、そのような患者に触れるほど危険なことはなかったからです。他方、患者の方では、自分が何をしているかも知らずにたいがいは走りつづけ、ついにはばったり倒れたきり死んでしまうか、あるいは、すっかり気力を使いはたし、ばったり倒れておそらくは三十分か一時間すると死んでいくのでした。しかも、その三十分か一時間のうちにはきまって完全に意識をとりもどし、自分たちの境遇をしみじみと悲しく思いながら、この上なく悲痛で人の心を刺すような叫び声をかならず発しましたが、それはとても聞いておれないほどあわれなものでした。この大半は、家屋閉鎖の条例が完全に実施される以前に起こりました。というのも、はじめのうち、監視人たちは、人々をとじこめておくのにその後ほどうんときびしくすることはなかったからです。つまり、こんなことが多く起こったのは、監視人のある者が義務を怠り、見張っている人々に逃げられたり、病人でも健康な者でも外を出歩くのをだまって見ていたりしたために、怠慢だといって厳重に罰せられるようなことがまだないころのことでした。ところが、その行動を調べるための係員が任命され、どんなことがあっても監視の義務をはたさせ、手抜かりがあれば罰しようとしていることがわかると、監視人もずっと厳重になって、人々はきびしくとじこめられることになったのです。だが、これには人々もすっかり気を悪くし、とてもがまんできるようなものではなかったので、その不満の大きさはほとんど言い表わせるものではありません。しかし、はっきり言っておかなければなりませんが、家屋閉鎖は絶対に必要だったのです。ただし、何かほかの手段でも折よくとりいれるのであれば別ですが、でもそれはすでに手おくれでした。

当時、以上のように病人を家の中にとじこめておくことにしなかったら、ロンドンはこれまでになかったほど恐ろしい都市となっていたでしょう。おそらく、家の中はもちろん、通りの上でもごろごろ人が死んだでしょう。それもそのはずで、病気がいちばんひどくなると、たいがいは精神が錯乱してとりとめもないことを口走り、そうなれば無理やりにおさえつけないかぎりベッドに寝ていようとはしなかったのです。なにもしばりつけられなかった者が、ドアから出してもらえないことがわかった時、窓から身投げした例がたくさんありました。

ほかの家庭ではどんなに異常なことが起こっているか、だれにも十分に知ることができなかったのは、このような災難をうけている時でもあり、人々がお互いに交わることがなかったためでした。とくに、テムズ川の中や、ハクニー近くの沼地から発し、一般にウエア川とかハクニー川と言われた川〔市内の北東にあたる方面〕の中で、精神錯乱になっておぼれ死んだ者の数はどれくらいあったかは、今日までわかっていないと思います。週間死亡報に記載された者についてはほんのわずかしかなかったし、また、そのような者についても、思いがけない事故でおぼれ死んだものかどうかもわかりませんでした。しかし、わたしが観察してよく知っている範囲内でも、その一年間におぼれ死んだ者は、死亡報にのっている総計よりも実際には多いだろうと思います。というのは、死体こそ見つかりはしなかったけれども、おぼれ死んだことがわかっている者が大勢あったからです。これは他の死に方のばあいでも同じでした。また、ホワイトクロス通りかそのあたりで、ベッドの中で焼け死んだ男がありました。ある者は自殺だと言うし、またある者は付添看護婦が仕出かしたのだと言いますが、その男が疫病にかかっていたことについてはだれも異論がありませんでした。

　あの一年間、市内で火事、少なくとも大きな火事がなかったことも、当時ことあるごとにつくずく考えましたが、情け深い天の配剤と言うべきものでした。もしも火事が起こっていたら、じつに恐ろしいことになっていたでしょう。人々は火事を消さないでほっておいたか、あるいは、どんなに感染の危険があろうとも、どんな家にはいろうとも、どんなものに手をふれようとも、どんな者と一緒になろうともいっこうにかまわず、大勢どやどやと群がったに違いありません。ところが、実際には、クリプルゲート教区の火事や、ちょっとした二、三の火事など、すぐ消されてしまったようなばあいのほかは、その種の災難が一年中に一度も起こりませんでした。ゴズウエル通りからオールド通りのはずれ近くをとおって聖ジョン通りにいたる、スウオン小路（以上、いずれも市内の北側）というところに建っている家について、こんな話がありました。つまり、そこのある家族がじつにひどく疫病にかかって一人残らず死んでしまったというのです。最後に死んだのは女性で床に倒れていましたが、想像によると、ちょうど暖炉の前で死のうとして、はじめからそこに横になったような様子だったそうです。暖炉には薪を燃やしていたため、そこから火がこぼれたらしく、床板と、それを支えている根太に燃え移り、ちょうど死体のところまで達していました。しかし、その女性はほとんどシュミーズしかつけていなかったにもかかわらず、死体は無事で、そのまま火は消えていました。その家は小さな木造だったが、火でやられたのはそれだけだったそうです。この話がどこまで正しいか、わたしにはきめられません。とにかく、翌年には火事のため市内もひどい目にあわされることになるのですが、この年にはほとんどその騒ぎもなかったわけです。

実際、激痛のためにどんなに人々が精神錯乱におちいったか、また、すでにのべたように、気が狂って、ほっておかれるとどんなに向こう見ずなことをいろいろやったかを考えてみると、そのような災難がそれ以上起こらなかったのは、とても不思議なことでした。

わたしはよくたずねられたけれども、はっきり答え方を知っていたとは言えないことがあります。それは、感染した家屋がそんなに注意深く調べられ、そんなにみんながとじこめられて監視されていたのに、その一方では、どうしてあんなに多くの患者が通りをうろつくようなことになったのか、ということでした。

はっきり言って、これにたいしては、次のようにしかわたしには答えられません。つまり、ロンドンのように人口の多い大都市にあっては、感染した家をただちにあますところなく発見したり、そのような家を一軒残らず閉鎖したりすることは不可能でした。それで、自分はどこどこの感染家屋に住んでいる者だということさえ知られていなければ、たとえどこでも自由に通りを歩きまわることができたのだ、というものです。

何人かの医者が市長に申し立てたように、疫病の狂暴ぶりがすさまじく、ひろがるのが早くてつぎつぎに死者が出るような非常時には、病気にかかった者と健康な者をいちいち調査に歩きまわったり、規則どおりにきちんと家の中にとじこめたりしようとしてもできっこなかったし、それに、まずうまくいかなかったことは疑う余地がありません。通り全体でほとんど全部の家が感染し、いくつかの家では一人残らず病気にかかっているところがずいぶんある、というありさまでしたから。さらにまずいことには、どこどこの家が感染したとわかるころになると、もう患者の大半は完全に死んでいて、あとの者は監禁がこわくて逃げ出しているのでした。だから、そのような家を感染家屋ということにして閉鎖するのは、ほとんど何にもならなかったのです。とにかく家族の者が病気にかかっていることがはっきりわからないうちに、疫病の方ではほしいままに猛威をふるい、もうその家から去っていたのですから。

疫病の蔓延をくいとめることは、責任当局にもできなかったし、どのような方法なり方策を講じてみてもだめだったように、この家屋閉鎖という方法も、めざす目的にはまるでおよばないものだったことが、道理をわきまえた人には以上のことから十分に納得できるでしょう。実際、家屋閉鎖には、まさにそのような閉鎖にあった家族がうけたひどい重荷につり合う公益が、まるでないように思われました。わたしがそのきびしい処置を指示して、社会のために働いてみたかぎりでは、とてもそんなことではめざす目的にかなうものではない、としばしばさとったものです。たとえば、巡視員なり調査員として、感染したいくつかの家族を詳細にわたって調べることを求められましたが、家族の者にはっきりと患者が出た家へやって来ますと、ほとんどきまって何人かは逃げてしまっていました。これには責任当局も腹を立て、調査なり点検が怠慢だと言って調査員を責めたものです。しかし、調べてみたところで、判明するずっと前から家屋は感染しているのでした。ところで、この危険な仕事――正規には二カ月――をわたしは半分しかつとめなかったのですが、戸口でたずねるか近所の人々から聞くほかに、家族の実情を知ることはまるでできないということが、そのあいだに十分わかりました。一軒一軒はいって調べることについては、さすがに当局も市民におしつけようとはしなかったし、あるいは、だれもそんな役目を引き受ける者がいませんでした。というのは、そんなことをすれば、わたしどもが疫病にかかって死ぬばかりか、わたしどもの家族も破滅してしまうことをはっきり知りながら、あえて危険に身をさらすようなものだったでしょう。また、もしもそんなひどい目にあわされるかもしれないのであれば、はっきり断言できますが、ちゃんとした市民ならだれもロンドンにいなかったにちがいありません。

そこで、近所の人々か家族の者にたずねるという方法によってしか実情を確実に知ることができず、かつ、それもあまり信用できないということであってみれば、この問題も前にのべたように不確実にとどまるしかありませんでした。

なるほど、家の中でだれかが病気にかかったばあい、とはつまり疫病の徴候があらわれたばあい、そこの主人は、発見してから二時間以内に、自分が住んでいる地域の調査員に報告するよう、条例によって定められていたことは事実です。ところが、これをやらないでうっちゃっておく口実ばかりあれこれさがしていたのであって、病気でも健康でも、とにかくその気がある者は一人残らず家から逃がしてやる手段をいろいろ講じたあとでなければ、そんな報告はめったにしませんでした。こんなぐあいですから、家屋閉鎖は、疫病をくいとめるのに十分な方法として、けっして信頼できるようなものではなかったことが容易にわかるでしょう。なぜなら、他のところでも言ったように、そんなぐあいに感染家屋をのがれた者の多くは、自分では健康だと信じ切っているかもしれませんが、ほんとうは疫病にかかっていたからです。この中から、通りを歩いているうちにばったり倒れて死ぬ者があらわれたのです。それも、弾丸にやられる時のように、あっという間に疫病の一撃をくらって倒れたのではありません。ほんとうはずっと前から血液の中に病菌をもっていたのでした。ただ、ひそかに体内の中枢器官がむしばまれていたので、ついに心臓がぐさりととどめをさされ、そしてまるで急に気絶するか卒中の発作にかかった時のように、たちまち患者が死んでしまうまで、よくわからないだけのことでした。

わが国の医者でも、一時は次のように考える人がいたことはわたしも知っています。つまり、そんなぐあいに通りで死ぬ者は、まるで天から病気の一撃をくらったかのように、倒れたちょうどその瞬間にやられたのであって、それは人間が電光にうたれて死ぬようなものである、というものです。ところが、あとでどうしてもその意見を変えなければならないわけが生じました。というのも、そのような者が死んだあとで死体を調べてみますと、疫病の徴候か、あるいは疫病であることをはっきり示すその他の証拠が、まさかと思われるほど前から身体にあらわれているのが毎度のことだったからです。

すでに言ったように、わたしども調査員がある家に疫病が侵入したことをつきとめた時には、もはや閉鎖しようにも手おくれであり、ときにはあとに残った者がもうみんな死んでしまっていることがありましたが、今のべたようなことがしばしばその理由をなしていたのです。ペティコート小路〔市内の北東〕でのことですが、二軒の家が同時に感染し、数名が病気にかかりました。ところが、そのことはたくみにかくされていたので、わたしの仲間の調査員は、二軒の家の者がみんな死んだので運搬車をまわして死体をかたづけてほしい、という報告があるまでなんにも知りませんでした。その二軒の主人たちは共同で計画をめぐらし、次のように手はずをきめていたのです。つまり、調査員が近所にやって来たばあい、普通は一人ずつ出ていき、お互い相手のために答えてやる、つまりうそをついてやるか、あるいは、近所のある人たちに頼んでみんな健康だと言ってもらおう、というものでした。おそらくこんなにうまい話はないと思っていたのでしょうが、ついに死に神にたたられてもはや秘密にしておくことができなくなり、死体運搬車が夜中にその二軒の家をおとずれたので、世間に知れわたることになったものです。しかし、調査員が警吏に命じて二軒とも閉鎖させようとした時には、残っているのはわずか三名だけでした。一軒に二名と、もう一軒に一名でしたが、みんな死にかかっていたのです。いずれの家にも看護婦がいて、彼らが白状したことから、もうすでに五名の埋葬があったこと、二軒とも感染してから九日ないし十日たつこと、あとの家族は大勢いるがみんな逃げてしまい、その中には病人も、健康な者も、そのいずれとも判明しない者もいたことが明らかになりました。

　これに似たようなことが、やはり同じ小路の別の家で起こりました。つまり、家族の者に患者が出たわけですが、そこの主人は閉鎖にあうのがとてもいやだったものですから、もうとてもかくし切れなくなった時、自分で閉鎖してしまったのです。すなわち、「主よ、あわれみたまえ」という祈りの文句と一緒に、入口のドアに大きな赤い十字をしるしたわけです。それで調査員はだまされてしまい、もう一人の調査員の指令で警吏がやったものとばかり思っていました。それは、各地域とも二名の調査員がいたからなのです。こんなぐあいにして、感染していたにもかかわらず、勝手気ままに家を出たりはいったりしていました。そして、ついにその策略がばれた時には、奉公人と家族のうちで健康な者を引きつれ、急いで逃げ去りました。そんなわけで、とうとうその一家は閉鎖されないですんだのです。

このようなことが原因で、すでに言ったように、家屋閉鎖によって疫病の蔓延をくいとめるというのは、不可能ではないまでもじつに困難なことでした。ただし、人々が家屋閉鎖を不満に思うどころか、大いにやってもらいたいと考えて、疫病におかされたことがわかったばあい、すぐそれを正しく忠実に責任当局に知らせる、という気があれば別ですが。しかし、一般の人々からそんなことは期待できないし、また、すでにのべたように、調査員も家の中へはいって調査することもおぼつかないので、家屋閉鎖のよい点はすっかりなくなり、手おくれにならないうちに閉鎖される家はほとんどなくなります。ただ例外は、病気をかくせない貧乏人や、あまりのことにびっくり仰天して真相がばれてしまうような人の家だけになってしまいます。

わたしに代わる別の人を調査員として認めてもらったあと、すぐ危険な役目から解放されました。その人にお願いするにあたり、いささかの金をつつんだ上で引き受けてもらったものです。そんなわけで、正式には二カ月やるべきところを、三週間以上とはつとめませんでした。とはいうものの、時は八月で、わたしどもの方面でも疫病がすごくはげしく荒れ出したころであるのを考えにいれれば、それも相当な期間だったわけです。

この役目を仰せつかっているあいだ、閉鎖に関するわたしの意見をぜひ仲間にたいしてのべてみたい、という気持をどうしてもおさえることはできませんでした。わたしどもにたいへん明白だったことは、現在行なわれているようなきびしい処置はそれだけでもひどいものであるが、次のような難点もある、ということでした。つまり、すでにのべたように、めざす目的にかなうどころか、毎日のように患者が通りを歩いている、というものです。ある家が感染したばあい、それでもなおあとに残りたい、病人と一緒にとじこめられてもかまわないという者は別として、病人から健康な者を引き離す方法をとっていた方が、いろいろな点でさらにずっと当を得ていたろう、というのがわたしどもの一致した意見でした。

病人から健康な者を引き離してしまうというわたしどもの案は、疫病におかされた家だけにかぎられ、病人をとじこめるとは言ってもいわゆる監禁ではありませんでした。動けないような病人は、まだ正気で判断力があるうちは不平を言いませんでした。なるほど、精神が錯乱してくると、とじこめるなんてひどいではないか、とがなり立てはしました。しかし、健康な者の移動については、彼ら自身のため、病人から引き離してやることこそまさに道理にかなった正しいことである、とわたしどもは考えたのです。それから、他の人々の安全のため、しばらく引っこんでいて、ほんとうに健康で他人に病気を移すことがないかどうかを確かめてみるのも、やはり妥当なことと考えました。これには二十日か三十日あれば十分だというのがわたしどもの判断だったのです。

ところで、健康な者がこの二十日間の隔離生活をおくるため、わざわざ家まで準備してあったとしましょう。そうすれば、今まで住んでいた家に患者と一緒に監禁されるよりも、このような家にとじこめられる方が、ひどい目にあっているという気持が当然ずっと少なくなることは確かです。

しかし、ここで次のことをのべなければなりません。つまり、葬式の数がとてもふえてからというもの、以前のように弔の鐘を鳴らしたり、哀悼の意を表したり、嘆いたり、喪に服したりすることがお互いにできなくなりました。それだけではなく、死亡者のために棺を用意することさえできなくなったのです。それで、しばらくして疫病の狂暴ぶりがすさまじいばかりに増大したと思うと、結局、ばったり家屋閉鎖をやめてしまいました。そのような手段を一つ残らず講じたところでどうにもなるものではなく、疫病の方ではどしどしひろがって手のつけようもないほど荒れ狂うものだ、ということが十分わかったようでした。そのすさまじさときたら、ちょうど翌年の火事のようなもので、その時には、ものすごい火勢でどんどん燃えひろがったので、市民は絶望のあまり消そうという気をなくしてしまったのでした。疫病のばあいもおなじで、ついにはあまりにも病勢がはげしくなったので、人々はお互いに顔を見合わせながらじっとすわっているだけで、絶望し切ってどうしようもない様子だったのです。ありとあらゆる通りは荒れはてた感じで、家屋の閉鎖どころか、住民が一掃されてしまったように思われました。ドアはあいたままで、窓はしめてくれる人がいないので、がらんとした家の中で風のためにがたがた鳴っていました。要するに、人々はすっかり恐怖のとりこになりつつあったのです。そして、どんな規制も方法も役に立たず、あとはただどこもかしこも荒廃するのを待つだけだ、と考えはじめていました。このようにどちらを向いても絶望がぎりぎりのところまできた時、もったいなくも神はその手をとめられ、疫病の猛威をしずめてくれました。そのありさまは、流行のはじまりの時のように人をあっと言わせるものであり、ほかならぬご自分の手によるものであることを示されたのです。しかも、その手は、ある手段を媒介として用いはしたものの、そのようなものにはとても及ばない高所にあることが明らかにされました。これについては、しかるべきところでのべることにしましょう。

しかし、今や頂点に達してすべてを荒廃させてしまうほど荒れ狂っている疫病や、さっき言ったように、あまりにもひどく仰天して絶望にすらおちいっている人々について、わたしは語らなければなりません。このように疫病がぎりぎりのところまできた時、はげしく感情をゆさぶられた人間がどんなに極端な行動にかり立てられたか、ほとんど信じられないくらいです。わたしの考えでは、これはどんな話にもまけないくらい人の心を動かすものでした。ハロー小路というのは、ホワイトチャペルのブチャー路にあるいろいろな小路とか、袋小路とか、路地などが接合している、にぎやかなところでした。ある時、ほとんどすっ裸の男が、家の中から、あるいはおそらくベッドの中からぬけ出してきて、このハロー小路から通りへとび出したことがありました。また、これほど魂に深い印象をあたえるものがあるでしょうか。つまり、そんなに痛ましい光景は考える力を十分そなえている者ならば、この光景ほど心を動かされるものがあるでしょうか。まなかったわけで、この気の毒な男がひろい通りにとび出し、踊ったり、歌をうたったり、おどけた身振りをつぎつぎにしながら走りすぎると、五、六人の女や子供がそのあとを追い、どうかお願いだから帰って、と彼に向かって大声でわめき立てました。彼をつれもどす手助けをしてくれるよう他の人々にも頼みましたが、彼に手をふれたり、彼に近づいたりする勇気はだれにもなく、結局、それはだめだったのです。

わたしはこの一部始終を部屋の窓から見ていましたが、それはじつに悲惨な光景でした。それというのも、わたしの観察によると、この苦痛にあえぐあわれな男は、その時でもこの上ない激痛にずっと絶え間なくなやまされていたからなのです。話によれば、どうしても化膿したり破れたりしないはれ物が二つできていたのだそうです。ところが、外科医たちは、強い腐食剤をそれにつけて破る気だったらしく、その時は腐食剤がついており、熱い火のしでもあてたように彼の肉を焼きつけていました。この気の毒な男がどうなったかは知りませんが、きっとそのようにうろつきまわっていて、ついにばったり倒れて死んだのだろうと思います。

　市内そのものの様相がぞっとするようなものだったのは当然です。わたしどもの方面からもどしどしつめかけて、いつもは通りがにぎわっていたのに、今はそんなこともなくなりました。なるほど、王立取引所は閉鎖こそされていませんでしたが、もはや人の出入りもありませんでした。たき火もなくなっていました。とてもざあざあはげしく降りしきる雨のため、もう何日かはほとんど消えつくしていたのでした。だが、それだけではありません。ある医者たちは、人間の健康にとって、たき火などはなんの役にも立たないばかりか、有害でもあると主張しました。そしてこのことを大声でまくし立て、市長に不平を言ったのです。他方、同じ医者でも高名な者たちはそれに反対をとなえ、なぜたき火が疫病のはげしさをやわらげるのに役立ち、また役立たざるをえないようになっているのか、その理由をあれこれのべ立てました。わたしには両者の論点をくわしく説明することはできません。わたしが記憶しているのは、彼らはこまかい理屈をならべて互いにひどくけちをつけ合っていた、ということだけです。ある者の主張によると、たき火には賛成で、ただ、石炭ではなく木材を使うことがかんじんで、それも、テルペンチン性の強い発気《エフルーヴィア》がほしいから、とくに樅《もみ》とか杉などといったような木材がよい、というものでした。また、硫黄やピッチがよいから、木材ではなく石炭がよい、という者もありました。かと思うと、ある者は、そのいずれもだめだと主張しました。とどのつまり、市長は、たき火をやめるようにという指令を出したのですが、それはとくに次の理由にもとづくものだったのです。つまり、あまりにも病勢がすさまじいので、どんな手段を講じてもきき目がなく、なんとかやわらげてくいとめようと手を打つと、衰えるどころかむしろつのるように思われるということを、はっきりわきまえていたからでした。とはいえ、このように責任当局が当惑してなすすべを知らなかったのも、危険に身をさらしたくないとか、重大な仕事をかかえこんでわずらわしい思いをしたくないというよりは、むしろどんな手段を講じてもうまくいかないということが原因でした。それというのも、彼らのために弁じておきますが、彼らは骨身をおしむこともなく身命をなげうってがんばったのです。ただ、どれもきき目がなく、疫病は荒れ狂うばかりでした。今や人々はどうしようもないほど恐怖にふるえあがり、そのため、いわばあきらめてしまって、すでにのべたように、絶望のどん底におちこんだのでした。

しかし、ここで言っておかなければなりません。人々が絶望のどん底におちいったというばあい、いわゆる宗教的な絶望とか、来世にたいする絶望とかいうのではありません。それはどうしても疫病をのがれることができないとか、生きのびることができないことにたいする絶望なのです。病勢があまりにもすさまじくてくいとめることができないものだったので、八月や九月ころの絶頂期に病気になった者はほとんど死をまぬがれることがなかったことも、彼らにはよくわかっていたのでした。しかも、六月や七月や八月はじめに普通見られた作用とは違って、今はまるで変わっているのでした。そのころには、すでにのべたように、疫病におかされてから何日もそのままの病状がつづき、長いこと血液を病毒でけがされてぽっくり死んでいく者が多かったのでした。ところが、今はその反対で、八月の最後の二週間と九月の最初の三週間にかかった者の大半は、せいぜい二、三日もすれば死んでしまうのが普通で、ちょうど感染したその日に死ぬ者も多くあったのです。そのような災いが起こるのは土用のせいなのか、あるいは、占星術者がもっともらしくのべるように、シリウス星の感応力のせいなのか、それとも、以前から体内にやどっていた疫病の種子が、その時になってみんなぱっと成熟に達したものか、わたしにはわかりません。しかし、このころには、一晩で三、〇〇〇名以上の者が死んだといううわさがありました。もっとくわしい観察をしたとさかんにのべ立てる者の言葉によると、みんな二時間のうちに、つまり、午前の一時と三時のあいだに死んでいったそうです。

このころ、今まで見られなかったほど人々が急に死んでいったわけですが、その例はかぞえ切れないほどあって、わたしの近所でもいくつかあげることができます。関門の外側にあって、わたしのところからもあまり離れていないところに住んでいたある家族のばあい、全部で十名いたのですが、ある月曜日にはみんな元気そうに思われたのでした。だがその晩、女中一人と小僧一人が病気になって、次の朝には死んでしまったのです。その時、もう一人いた小僧と子供二人が発病し、そのうち一人がその日の晩に死亡し、残りの二人も水曜日になると死亡しました。要するに、土曜日の昼までには、主人夫婦と子供四人と奉公人四人がみんな死んでしまって、家の中はすっかりからっぽになったのです。ただ、老婆が一人いただけで、彼女は、その死んだ主人の兄弟に頼まれて、家財の管理にやって来たものでした。その兄弟は、あまり離れていないところに住んでいて、病気にはかかっていませんでした。

そのころ、人がみんな死んではこび去られてしまったため、住む人もないままになっている家が多くありました。とくに、さっきと同じように関門をこえてずっと行き、「モーゼとアロン」という町名の標識を中にはいったところにある小路ではひどいものでした。話によると、何軒か家がかたまっていましたが、生き残った者が一人もおらず、しかも各家で最後に死んだ者の中には、なかなかかまってもらえず、ようやくのことではこび去られて埋葬された者もあったそうです。その理由として、死亡者を埋葬するだけの人間が生きていなかったのだと書いた者もいますが、それはまるっきり信じられません。そうではなく、その家並にとりかこまれた小路の死亡者があまりにも多かったため、たとえ埋葬しなければならない死体がころがっていても、埋葬人なり墓掘人にそれを知らせる者がいなかったのです。真偽のほどはわかりませんが、そのような死体の中にはどうしようもないほど腐ったものがあって、はこぶのに苦労したということでした。運搬車は大通りにぬける小路の入口までしか近づけなかったので、死体をそこまではこび出すのはそれだけたいへんだったわけです。しかし、そのころはどれだけ死体が残っていたのかはっきりしません。普通であればそんなに多いことはなかったはずです。

人々が生きることに絶望し、やけくそになったありさまはどんなにひどいものだったかについてはもうのべましたが、ちょうどこのことが原因で、三週間か四週間をつうじて、わたしどものあいだにふしぎな影響を生むことになりました。つまり、そのおかげで人々はじつに大胆になったのです。もうお互いに用心し合ったり、家の中にとじこもったりはしておらず、どこでもいたるところへ出かけて行き、人と交わりはじめました。「あなたのご機嫌もうかがいませんし、わたしの調子も言いません。わたしどもが一人残らず死ぬことははっきりしているのですから、だれが病気で、だれが健康だ、などというのは問題になりません」とお互いに話し合っていたものでした。そんなわけで、どんな場所でも、どんな人のあいだでも、やけになってとびこんだのです。

こうしてだれもが公衆の中にまじることになったのですが、やはり教会にもどしどしつめかけるようになったのは驚くべきことでした。だれの近くにすわっているとか、遠くにすわっているとか、どんな悪臭をかいでいるとか、人がどんな健康状態らしいとか、そんなことはもう問題にしませんでした。だれもが自分たちのことをまるで死体のように考え、用心などはちっともしないで教会へやって来て、自分たちがめざす聖なるつとめにくらべれば、生命なんかたいしたことはない、とでも言わんばかりにひしめいていたのです。じつに、こんな時にでも出かけて来るその熱心なさまや、説教に耳をかたむける時の心をうちこんだ真剣なさまにふれてみると、つぎのようなことがはっきりわかりました。つまり、教会に来るたびごとにこれで最後だと思うと、神の礼拝をみんなはどんなに重要視するか、ということです。

なお、そのほかにもまだ奇妙な影響がありました。それというのも、教会にやって来たばあい、だれが説教壇に立っていようとも、偏見とか難色はいっさい示さなかったからです。教区教会の牧師の中にも、だれかれの区別なくなめつくした恐ろしい災難にあって、やはり一般の人々と一緒に死んでいった者が大勢いたことに疑いはありません。また、ある牧師たちは、とてもその恐ろしさにたえるだけの勇気がなく、逃げ道がありしだい、田舎にのがれていったことも事実です。そのため教区教会の中には、まるで牧師がいないものもあらわれたので、人々は非国教会派の牧師に説教を頼むのを、なんとも思わなくなりました。非国教会派の牧師たちは、「信仰形式統一令」〔一六六二年に制定、国教会の祈禱書を認めさせようとするもの〕という法令によって、その聖職給を二、三年前にうばわれていたのです。また、そのばあい、非国教会派の牧師たちの援助をうけることにたいして、国教会派の牧師たちも苦情はのべませんでした。そんなわけで、いわゆるだまりこくった牧師たちと呼ばれていた非国教会派の牧師たちも、このばあいには大勢その口をひらき、公然と人々に説教したのでした。

ここで次のようにのべてよいでしょう。また、そう言って間違いだということもないだろうと思うのです。つまり、死を目の前にすると、節操のある人間というものはお互いにすぐ和解し合うものだ、ということです。それから、分裂が醸成され、敵意がなくならず、今のように、偏見がつづき、思いやりがなくなり、しかもキリスト教の統一が破れたままの状態であるのは、主としてわたしどもが安易にかまえていて、このような事態を遠ざけているからなのだ、ということです。疫病がもう一年流行すれば、このような反目はすっかり融解するでしょう。死に接し、死ぬおそれのある病気をまのあたりにすれば、わたしどもの気性からは遺恨の情が消え去り、わたしどものあいだにわだかまっている敵意が取り除かれ、以前とは違う目で物事を見るようになるでしょう。今まで英国国教会にばかり従ってきた人々も、今では、非国教会派の牧師に説教してもらうことに同意したのでした。それと同じように、とてつもない偏見をいだいて英国国教会の中から離れていった非国教徒たちも、今や喜んで教区教会にやって来て、以前はとても認めなかった礼拝に従ったのです。ところが、疫病の恐怖がしずまると、万事がまたもとの木阿弥で、以前の好ましくない状態に返ったのでした。

わたしはただ歴史的にこれをのべているにすぎません。いろいろな議論をはじめて、お互いにもっと思いやりをもって仲よくするよう、そのいずれか一方、あるいは両方を動かそうという気はまるでないのです。そんな議論が適当だとも、うまくいきそうだともわたしには考えられません。分裂はむしろ大きくなるように思われ、とても小さくなる方向には進んでいないようです。それなのに、わたしのような者が、どちらかに影響をおよぼすことができるなどと、どうして考えられましょうか。とは言うものの、次のようにくり返してのべることは許されるでしょう。つまり、死はわたしどもすべてを和解させることは明らかで、墓の向こう側では、みなふたたび同胞になるだろう、ということです。党派や宗派を問わず、みんな天国へ行けることを望みますが、そこには偏見も不信もないことでしょう。ただ一つの主義と、一つの信条があるだけでしょう。少しのためらいもなく、この上なくぴったりと心から融和して一体となれる天国へ、なぜわたしどもは喜んで手をとりあって行けないのか、どうしてこの世でそれができないのか、わたしには何も言えません。また、それについてはこれだけにしておきますが、ただ、やはり嘆かわしいことだ、とだけ言わせていただきます。

この恐ろしい時期の惨禍については、まだまだのべることができます。わたしどものあいだで毎日のように見られた光景とか、気違いになった患者が仕出かすぞっとするような所業とか、書くことには不自由しません。今や通りではますます恐ろしい光景がくりひろげられるようになり、家族同志がお互いに恐怖のたねにさえなりつつあったことなどもあります。しかし、すでにわたしは、ある男がベッドにしばりつけられ、どうしてものがれられないのがわかると、不運にも手がとどくところに立っていたローソクでベッドに火をつけ、そのまま焼け死んだ話をしました。またある男が、あまりの苦痛にたえ切れず、何が何だかさっぱりわからなくなって、通りで裸のまま踊ったり歌をうたったりした話もしました。つまり、このような話をしてしまったあとで、今さら何がらつけ加えられるというのでしょうか。このころの悲惨ぶりをもっといきいきと読者に伝えたり、複雑につながり合った惨禍をもっと完全にわかってもらうために、何を言えばよいというのでしょうか。

この時期はぞっとするほど恐ろしいものであったことや、ときにはわたしの決心もすっかりぐらついてしまったことや、はじめにいだいていた勇気がもうなかったことを認めないわけにはいきません。ぎりぎりまで追いつめられた人々はかえって外を出歩きましたが、わたしは逆に家の中にとじこもることになりました。そしてすでにのべたように、ブラックウォールとグリニッジまで遠出のつもりで行ってみたほかは、以前にもやったことがありますが、その後およそ二週間はほとんど家の中にばかりいたのです。なにもロンドンなどにとどまっていないで、兄一家と一緒に田舎へのがれればよかったのに、と何度か後悔したことはもうのべましたが、そうしたくても今ではもう手おくれでした。かなりのあいだそうして家の中にひっこんでいましたが、とうとう我慢し切れなくなって外へとび出したところ、すでに言ったように、やっかいで危険な役目を仰せつかり、また出歩くことになったわけです。だが、その役目がおわると、疫病が最高潮のあいだはまた家の中にひきこもり、十日か十二日あまりもじっとおとなしくしていました。そのあいだ、無気味な光景がわたしどもの通りでつぎつぎにくりひろげられるのを、わたしの家の窓から見ました。とくに、ハロー小路からとび出してきて、激痛にたえかねて踊ったり歌をうたったりした気の毒な狂人はその一例であり、そのほかにもまだまだあったのです。そのハロー小路の入口では、一日たりとも、一晩たりとも、ほとんどかならず何か無気味なことが起こらない時はありませんでした。そこは貧乏人ばかりが住んでいるところで、その大半は畜殺業者か、畜殺業にたよる仕事にたずさわっていました。

女が大部分ですが、悲鳴や、わめき声や、お互いに呼び合う声が入りみだれ、ひどくがやがや騒ぎ立てながら、その小路からおびただしい人の群がどっとばかりに出てきたものです。それで、はじめはどういうことなのかさっぱりわかりませんでした。ひっそり静まり返った真夜中、その小路の入口には死体運搬車がほとんどとまったきりでした。というのは、もしも中にはいろうものなら、うまく引き返すことができなかったし、それに、ほんのちょっとしかはいれなかったからです。つまり、そこにそうしてとまって死体を積みこんでいたわけです。教会墓地はほんの少ししか離れていなかったので、いっぱいになってそこを去っても、すぐまた帰ってくるのでした。子供や友人の死体を運搬車まではこぶ時、気の毒な人たちは、この上なくぞっとするほど騒がしくわめき立てましたが、それを書き表わすことはとてもできません。死体の数からしますと、もうだれも残っていないだろうとか、そんなところに小さな都市の人口をなすくらいの人間がいたのだ、と考えたくなるくらいでした。人殺しだ、と叫び出したことも何度かあったし、火事だ、という大声が聞こえたこともありました。しかし、それはすべて狂気のさたであり、疫病にかかって苦しんでいる者の泣き言であることは、容易にわかったものです。

そのころはどこでもこうだったと思います。というのは、六週間か七週間というもの、わたしが今までのべてきた以上に疫病は荒れ狂っていたからです。そして、それがあまりにもはげしくなったので、とうとうどたん場まで追いつめられて、例のすばらしい条例にふみ切ることになったのでした。その条例については、責任当局をたたえて大いに弁じておきましたが、それは、昼間のあいだは通りで死体が人目につくようにしてはならず、また日中の埋葬もいけない、というものでした。それも当然のことで、事態がここまでくると、しばらくは異例の処置にもたえる必要があったのです。

ここでどうしても書き落とせないことがあります。実際、これは尋常のことではないとわたしには考えられたし、少なくとも、神の正義の手をはっきり示すもののように思われました。つまり、予言者、占星術者、易者、いわゆる魔術師や魔法使いなどのたぐい、運勢鑑定家、夢占い師、といったような者は、みんなどこかへ消えてしまったのです。そういう連中は一人も見あたらなくなったのでした。きっと、大いに産をなそうというつもりでロンドンにふみとどまったまではよいが、惨禍が頂点に達するころになると、大勢の者がつぎつぎ倒れていったのに違いありません。実際、一般の人々が気違いのように馬鹿だったため、彼らのもうけもしばらくは大きすぎるくらいありました。しかし自分たちの運命を予言することも、自分たちの運勢を鑑定することもできず、今ではひっそり鳴りをしずめ、多くの者は墓場に葬られたのです。中には、彼らは一人も生き残っていないのだ、とひどい言い方をする人もいましたが、わたしにはとてもそう言い切れません。ただ、白状しておかなければなりませんが、疫病の惨禍がおわったあとで、彼らのうちのだれかが姿をあらわした、という話は一度も聞いたことがありませんでした。

ところで、このとくに恐るべき流行期間中にしたわたしのつぶさな観測にもどりましょう。すでに言ったように、もう九月にさしかかっていましたが、思うに、この月は今までロンドンでは見られなかったほど恐ろしいものでした。それというのも、従来ロンドンをおそった疫病流行の記録に全部あたってみたところ、今度のようにひどいものは見あたらなかったからです。八月二十二日から九月二十六日のわずか五週間で、週間死亡報にあらわれた死亡数はほとんど四〇、〇〇〇名に達していたのでした。その詳細は次のとおりです。

八月二十二日―同二十九日	七、四九六
―九月五日	八、二五二
―同十二日	七、六九〇
―同十九日	八、二九七
―同二十六日	六、四六〇
計	三八、一九五

これだけでもけたはずれな数字でした。しかし、わたしには、この報告が不十分なものであると信じる理由がちゃんとあるのですが、その理由をそえ、どんなに不十分であるかを読者に知ってもらったとしましょう。そうすれば、その五週間のうちどれをとってみても、週に一万名をこえる死亡者があったのであり、その前後の数週間にもそれとつり合う死亡者があったことを、読者には何のためらいもなく信じていただけるでしょう。そのころ、人々に見られた、とくに市内の人々に見られた混乱は、とても言い表わしようのないものでした。ついに恐怖があまりにもつのって、死体をはこび去る役目の人々からは勇気がなくなりはじめました。それればかりか、以前に疫病におかされて回復した者の中にも死亡者があらわれたのです。そのうちのある者は、ちょうど穴のそばまで死体をはこび、いざ投げこもうとしている時に、ばったり倒れて死にました。このような混乱は市内の方がずっと大きかったのですが、その理由は、どうにかのがれられるこ

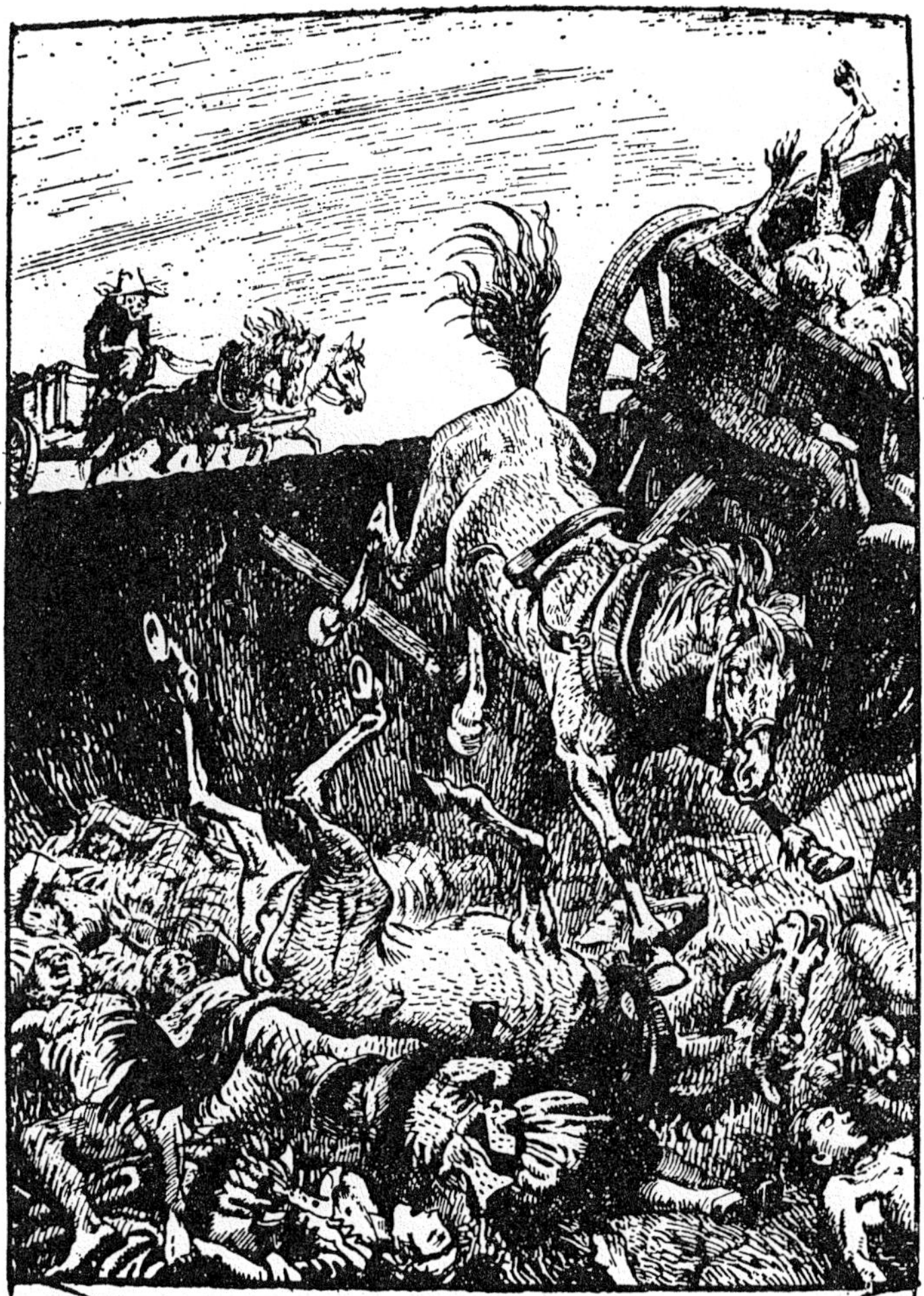
The
BVRIAL PIT
IN·SPE·REQVIESIMVS·ET·RESVRGEMVS

「埋葬用の穴」

とを当てにしていい気になり、もう死のはげしさはすぎ去ったと思いこんでいたことです。聞いた話ですが、ある運搬車がショアディッチを進んでいて、そのまま御者に逃げられるか、あるいは、たった一人だけの御者が通りで死ぬかしたため、馬の方が勝手に歩きまわって運搬車をひっくり返し、あちらこちらに死体を落としてまわったそうですが、それは身の毛もよだつようなものだったということです。また、ある運搬車は、フィンズベリーの原野にある大きな穴の中で発見されたそうですが、御者が死ぬか、あるいは運搬車をすてて逃げ出し、あとに残った馬があまりにも穴のそばを走ったので、まず運搬車がその中に落ち、そのため馬も落ちることになったものらしい、ということでした。御者の鞭が死体にまじって穴の中にあったことから、御者も一緒に落ちて、その上に運搬車が重なったのではないか、という考えもありました。しかし、どうせ確かなことはわからなかったのだと思います。

わたしどものオールドゲート教区でも、死体をいっぱい積んだ死体運搬車が教会墓地の門にとまっているところを何度か発見されたそうですが、触れ役も、御者も、そのほかのだれもついていなかったということです。このようなばあいにかぎらず、そのほか多くのばあいにあっても、いったい運搬車にはどんな死体が積んであるのかわかりませんでした。それもそのはずで、死体はバルコニーや窓からロープでつるしおろされることもあったし、運搬人が運搬車まではこぶこともあれば、そのほかの者がはこぶこともあったからです。それに、当人たちがみずから言っているように、わざわざ数をかぞえるなどということはしなかったのでした。

今や責任当局の警戒は最大の試練に立たされましたが、やはりこのばあいにも、いくらそれは感謝しても感謝し切れないものであったことをはっきり言っておかなければなりません。どんなに犠牲をはらい、どんなに苦労しようとも、市内や郊外で次の二点がおろそかにされたことは一度もありませんでした。

㈠　食糧はいつでもたっぷり手にはいったので、ほとんど言うまでもないことですが、値段もそんなに上がりませんでした。

㈡　死体はかならず埋葬するか、何かをかぶせておきました。ちなみに市内を端から端まで歩いてみても、昼間のあいだは葬式を見るどころか、その気配すら感じられませんでした。ただ、前にものべたように、九月はじめの三週間だけは少しありましたが。

その後、いくつか記録が公表され、死体は埋葬もされずにごろごろころがっていたとのべていますが、それを読めば、今のべた第二項はおそらく信じがたくなるでしょう。だが、それはまったくのでたらめだという確信がわたしにはあります。少なくとも、どこかでそんなことがあったとすれば、すでにのべたように、生き残った者がなんとか逃げ道を見つけて死んだ者をすてて去り、係員には報告しなかった、というような家で起こったことに違いありません。今のばあい、そんなことはまるで問題になりません。これは断定できます。わたしだって自分の教区で少しはその方面の指揮にもたずさわり、しかも、その教区の荒廃ぶりは、住民の数に比例して、ほかでは見られないくらいひどいものだったのですから。そんなわけで、死体が埋葬されないでころがっていたようなことはないと確信しているのです。すなわち、正式の係員が知っているのに死体がほっておかれたとか、死体をはこぶ人や地中に埋めて土をかける埋葬人が足りないのでほっておかれた、などということはなかったのです。ここまでのべればもう十分でしょう。それもそのはずで、たとえば「モーゼとアロン」という小路にあるあばら家では死体がころがっていたかもしれませんが、発見されるとすぐ埋葬されたことは言うまでもないことですから、そんなことはとるに足りないことなのです。第一項、すなわち、食糧のことで不足だとか高いとかいうことについては、前にものべたし、またあとでふれたいとは思いますが、次のことだけはここで言っておかなければなりません。

(一) とくにパンの値段はそんなに上がりませんでした。それもそのはずで、その年のはじめ、とは言っても三月の第一週に、一ペニーの小麦パンは十オンス半の重さがありましたが、疫病が最高潮になっても九オンス半のものが手にはいり、しかもその期間中ずっと値段が上がらなかったのです。そして、十一月のはじめころには、また十オンス半で売られました。どんな都市にせよ、そんなにひどい疫病に見舞われながら、パンの値段がほとんど変わらなかったという話は、たしか今まで聞いたことがありません。

(二) また、じつに驚いたのですが、パン屋やパン焼きがまがとざされてパンの供給にも事欠く、などということはありませんでした。でも、ある家族の者は次のように言っていました。つまり、こね粉を焼いてもらいに女中がパン屋に行くのは当時の習慣でしたが、ときどき病気、すなわち疫病をもらって帰ってきた、というのです。

前にものべたように、この恐ろしい流行の期間をつうじ、利用された伝染病病院はたった二カ所だけでした。それはオールド通りの向こうの原野にあるものと、ウエストミンスターにあるものです。また、人々をそこにはこぶばあい、まったく強制はしませんでした。じつは、このばあい、強制の必要はなかったのです。というのは、追いつめられた貧乏人がおびただしくいて、慈善にたよるしか何の援助も便益も食糧も得られなかったため、大いに喜んでそこに移され、看護をうけることを望んだろうからです。ところが、それができなかったところに、じつはあらゆる公衆管理の中に見受けられるただ一つの欠陥があったのだと思います。病気で入院する時か、なおって退院する時に、金を出すかその保証をしなければここでは伝染病病院にいれてもらえなかったのですから。こう言うのも、すっかり病気がなおって退院する者はじつに多くあり、またそこにはとてもすぐれた医者が任命されたため、入院のおかげをこうむった者が大勢いたのでした。これはいずれまたのべることにしましょう。すでに言ったとおり、そこに送りこまれるのは奉公人がおもな者であって、自分たちが仕えている家族の生活必需品を買いに出かけて疫病にかかったものでした。そのばあい、病毒におかされて家に帰ってくると、家族のあとの者に感染させないように移されてしまったわけです。流行の全期間をつうじ、そこの看護はじつにゆきとどいていたので、ロンドン伝染病病院で死亡した者は全部でわずか一五六名、ウエストミンスター伝染病病院では一五九名だけでした。

もっと伝染病病院がほしいとは言っても、患者を一人残らずそこにおしこむ、という意味はぜんぜんありません。家屋閉鎖をやめ、病人を大急ぎでその住居から伝染病病院に移したらどうかという提案が、そのころもその後も一部にあったようですが、もしも、そうしていたなら、実際よりもずっと悪い結果が間違いなく生じていたでしょう。病人を移動させることが、とりもなおさず、疫病をひろめることになっていたでしょう。しかも、そのように移動させたところで、病人の家から病菌を追いはらう効果があがるわけがなく、おかげであとの者は自由の身になって、きっと他人に病気をばらまいたでしょうから、ますます、病勢をつのらせていたに違いありません。

また、それぞれの家庭では、病気をかくしたり病人をかくしたりするため、どこでもいろいろな方法がとられることになったでしょうが、それがあまりにもひどいので、巡視員なり調査員なりが知らないでいるうちに、家族全員がやられてしまうこともあったでしょう。他方において、おびただしく大勢の者が一度に病気にかかり、公立伝染病病院の収容能力とか、係員が病人を発見して移動させる能力を、すっかり上回っていたに違いありません。

このことも当時は考慮されていて、よく論じ合っているのを耳にしたものです。責任当局では人々を家屋閉鎖に従わせることがやっとのことで、とじこめられた者がいろいろな手で監視人の目をごまかして逃げたことは、すでにのべたとおりです。ところが、そのような困難を考えてみる時、もう一つの方法をとってみても実行できなかったろう、ということは明らかでした。というのは、病人をベッドなり住居なりからむりやりつれ出すことはできなかったろうからです。それをやるには、市長に仕える役人ではなく、役人の一隊でなければだめだったに違いありません。他方、人々はひどく怒って必死になり、自分たちとか子供や身内の者に手を出そうとする者は、たとえどんなめにあうことになろうとかまわず、殺してしまったことでしょう。そんなわけで、ただでさえこの上なく逆上していた人々を、まったくの気違いにしてしまったことでしょう。ところが事実は、さまざまな理由から、人々を慈悲と同情をもって取りあつかうのが正しいことであり、病人をその住居からつれ出すとか、むりやりに引っ越させるばあいのように、乱暴にして恐怖をあたえるやり方ではだめなことが、責任当局にはわかっていたのでした。

このことから、はじめて疫病が流行し出したころにまた話をもどしましょう。つまり、疫病がロンドン中にひろがることが確実になって、すでにのべたように、裕福な人がまずびっくりし、大急ぎでロンドンから逃げ出したころのことです。事実、しかるべきところでのべましたが、人人の群はすさまじいものであり、人々をはこび出している馬車や馬や四輪荷馬車や二輪荷馬車などがあまりにも多かったので、まるで市内ぐるみで逃げていくような観がありました。そのころ、もしもぎょっとするような条例、とくに、人々の処置を本人の意志に反して行なおうとするような条例が出されていたなら、市内も郊外もこの上なく混乱したことでしょう。

ところが、賢明なことに、責任当局は人々をはげまし、さらに、市民を統制したり、通りの秩序をきちんとしたり、ひいてはどのような種類の人々にも万事ができるだけ望ましい状態にあるようにするための、じつにすぐれた条例をつくったのでした。

第一に、市長、州長官、市参事会、一定数の市会議員ないしはその代理たちが次のような決議をし、それを発表しました。「われわれ自身は市内から去ることはなく、いつも近くにいて、あらゆるところできちんと秩序が保たれ、いかなるばあいでも公正が行なわれ、また、たとえば、寄せられてきた施し物を貧乏人にわけあたえるようにつとめるものとする。つまり、市民によって課せられた義務をはたし、その信頼にこたえるよう、全力をつくすものである」

こうした条例を遂行するため、市長や州長官などの人たちはほとんど毎日会議をひらき、治安の維持に必要と思われるような処置を講じました。そして、一般の人々には親切と慈悲のかぎりをつくしてあたったけれども、盗人、押し込み強盗、死体や病人を荒らしまわる者など、ふてぶてしい悪党はどれもこれも十分に罰せられたのです。また、そのような行為を禁じるいろいろな布告が、市長と市参事会によってたえず発せられました。

同じように、警吏や教会委員もみな市内にとどまるように命ぜられ、それに従わないばあいには厳罰に処せられました。あるいはまた、その地域の副区長とか区会議員が承認する有能な家屋管理人を選定しなければなりませんでした。そして、その人たちのことを保証し、また、警吏が死亡したばあいには、ただちに他の警吏をかわりに指名する保証もしなければならない、ということだったのです。

このおかげで人々の気持もたいへん落ち着きをとりもどしました。とりわけ、疫病騒ぎで仰天しはじめたころ、みんなが逃げることばかりを口にしていた関係上、市内には貧乏人しかだれもいなくなり、大勢の市民のために地方が略奪されて荒廃する、という危険性があった時にはとくにそうでした。また、責任当局でもおくれをとることがなく、約束どおり大胆に職務をはたしてのけました。それというのも、市長や州長官は通りとかいちばん危険な場所にいつも出向きました。そして、あまりにも大勢の人々に近くでわいわいやられるのはいやだったけれども、緊急のばあいには人々が近づくのをけっしてこばまず、辛抱強く苦情や不平にいちいち耳をかしたのです。市長は市役所にわざわざ低い桟敷をつくらせ、不平が舞いこんでそれを聞こうというばあい、その上に立って、群集からは少し離れていました。群集の中に出てもできるだけ安全であるためです。

また、市長係と言われる係員が正式にきめられ、待機していていつも順番で市長に付き添いました。そして、よくあったことですが、そのうちのだれかが病気なり疫病にかかったばあい、その生死がはっきりするまで、ただちに他の者が代理に用いられてその職務を行ないました。

同じように、州長官や区長も、役目として定められたそれぞれの持ち場や区で職責をはたしました。執行吏は、それぞれの区長から順次指令をあおぐように定められました。そんなわけで、いかなるばあいでも、間断なく法は行なわれていたのです。次に、市場の自由に関する条例が守られているかどうかを確かめることには、とくに注意をはらいました。このため、市長か、あるいは州長官――いずれか一方の時も両方の時もある――が、市がたつ日には馬にまたがって出かけ、条例どおりに行なわれているかどうか、市場に出入りするための奨励と自由が、地方の人たちにたいして最大限にあたえられているかどうか、いやなものやぞっとするものが通りにあって、地方の人たちをこわがらせたり、来るのがいやだというような気持を起こさせていないかどうか、などを確かめました。また、パン屋には特別の条例が発せられ、パン屋組合の組合長は、役員会と一緒になって、パン屋の規正に関する市長の条例が施行されるよう、また、市長が毎週定めるパンの適正価格が守られるよう、確かめることを命ぜられました。あらゆるパン屋はたえずかまでパンを焼いていなくてはならず、それに違反したばあいは、ロンドン市の公民権を失ったのです。

このおかげで、パンはいつでも多量に、しかもいつもの値段で手にはいったことは、前にものべました。食糧が市場で不足することもけっしてありませんでした。しかも、それにはわたしもよく驚いたくらいです。そして、地方の人々が、まるで市内にはなんの疫病もそれにかかる危険もないかのごとく、自由に大胆に市場へやって来るのに、この自分は外出するのにもこうしてびくびく用心ばかりしている、とよく気をとがめたほどでした。

通りがたえずきれいにされ、ぞっとするものとか、死体とか、不潔だったり不快だったりするものがすっかり取り除かれていたのは、じつに今のべた責任当局のみごとな処置というしかありませんでした。ただし、前にものべたように、だれかが急に倒れるとか、通りで死ぬとかしたばあいは別です。このような者は、夜になるまで、たいがいは布とか毛布をかぶせておくか、あるいはいちばん近くの教会墓地に移しておきました。どうしてもやらなければならないことで、おのずから恐怖感をあたえるばかりか、無気味でも危険でもあるようなことは、みな夜中にやりました。疫病におかされた死体を移すとか、死体を埋葬するとか、病毒でけがされた衣類を焼くばあいは、夜中にやったわけです。すでにのべたように、それぞれの教会墓地とか埋葬地にある大きな穴に投げ込まれる死体も、やはりみな夜中にはこばれ、こうして夜明けまでにはなにもかも取り繕われていたのです。そんなわけで、昼間のうちは、惨禍のしるしを見ることも聞くこともまるでできませんでした。ただ、通りにはだれもいなかったことや、ときどき窓からはげしい叫び声や嘆き声がしたことや、閉鎖された家や店がおびただしい数だったことから察せられるだけでした。

通りががらんと静まり返っている点では、市内よりもむしろ周辺地域の方がひどいものでした。ただ、すでに言ったとおり、疫病が東に進み、市内のすみずみにひろがった時だけは例外です。じつに、情け深い天の配剤というしかないのですが、もうくわしくのべたように、はじめ疫病はロンドンの一端に起こり、それからしだいに他の方面にものびていき、こちらの東方へやって来た時には、すでに西方ではその狂暴ぶりがおさまっていました。そんなぐあいに、一方へ進めば他方ではしずまりました。たとえば次のとおりです。

疫病は聖ジャイルズ教区とウエストミンスター側のはずれではじまり、およそ七月の中ごろまでには、そのあたり一帯で頂点に達しました。つまり、聖ジャイルズ・イン・ザ・フィールズ、ホーボン地区の聖アンドルー、聖クレメント・デーンズ、聖マーティン・イン・ザ・フィールズ、ウエストミンスターなどといったところです。七月の末ごろにはそうした教区で勢力が弱まり、東へ進んで、クリプルゲート、聖セパルカー、クラークンウエル地区の聖ジェームズ、聖ブライド、オールダーズゲートなどでものすごく増大しました。こうした教区で流行しているあいだ、市内、サザク側の全教区、ステプニー、ホワイトチャペル、オールドゲート、ウオピング、ラトクリフあたりではほとんど大丈夫でした。そこで、市内の全地域、東側や北東側の郊外、サザク地区などでは、ほとんど疫病には関係がないと言わんばかりに、人々は平気で仕事にとびまわり、商売をつづけ、店をしめることもなく、お互い自由に交わっていたのです。

　クリプルゲート、クラークンウエル、ビショップスゲート、ショアディッチといった、北側や北西側の郊外がすっかりやられている時でも、その他はみんなまずまず健全でした。たとえば、七月二十五日から八月一日までの期間で、あらゆる病気による死亡数は、次のようになっています。

聖ジャイルズ（クリプルゲート）	五五四
聖セパルカー	二五〇
クラークンウエル	一〇三
ビショップスゲート	一一六
ショアディッチ	一一〇
ステプニー教区	一二七
オールドゲート	九二

ホワイトチャペル	一〇四
市内の全九七教区	二二八
サザク地区の全教区	二〇五
計	一、八八九

こんなわけで、要するに、その一週間の死亡数を比較してみたばあい、全市内と東側の全郊外とサザク地区の全教区を合わせたものよりも、クリプルゲートと聖セパルカーの二教区の方が四八名も多かったのです。こんなことが原因で、疫病におかされてかなりたってからも、市内は大丈夫だという評判が英国中にずっとつづきました。とくに、食糧のおもな供給地である近傍の州や市場ではそうでした。それもそのはずです。ショアディッチやビショップスゲート、あるいはオールド通りやスミスフィールドをとおって地方からやって来る時、市外の通りは人がまばらで、家や店はしまり、わずかばかり歩いている者も通りの中央にきまっていました。ところが、いったん市内にはいると、様子がずっと良くなり、市場や店はあいているし、そんなに大勢ではないにせよ、人もいつものように通りを歩いていたのです。こんな状態が八月の末ごろから九月のはじめまでつづきました。

しかし、それから事態が一変しました。西側と北西側の教区では病勢が衰え、市内や東側の教区やサザク側にその力が重くのしかかりましたが、これは恐るべきものでした。

じつに、それからというものは市内も無気味な様相をあらわしはじめ、店はしまるし、通りには人がいなくなりだしました。なるほど、大通りではやむをえない事情で人々が歩きまわることが多く、真昼間にはかなり出歩いていましたが、朝方や夕方には大通りでもほとんど人影が見あたらず、これはコーンヒルやチープサイド〔いずれも市内の中心部にある大通り〕といった通りでも同じことでした。

このようなわたしの観測は、その数週間に出た週間死亡報によって十分に立証されました。次にあげるものはその抜粋ですが、それは今のべた教区に関するもので、わたしの推定をじつに明確ならしめてくれます。

市内の西側と北側における、このような埋葬数の減少をはっきり示す週間死亡報は、次のごとくです。

九月十二日から同十九日まで

聖ジャイルズ（クリプルゲート）	四五六
聖ジャイルズ・イン・ザ・フィールズ	一四〇
クラークンウエル	七七
聖セパルカー	二一四
聖レナード（ショアディッチ）	一八三
ステプニー教区	七一六
オールドゲート	六二三
ホワイトチャペル	五三二
市内の全九七教区	一、四九三
サザク側の八教区	一、六三六

計　六、〇七〇

実際、ここでは事態がふしぎな変化をとげており、しかも、それは悲しむべき変化でした。もしもあと二カ月間同じことがつづいていたら、生き残った者はほとんどいなかったことでしょう。ところが、前にものべたとおり、まことに情け深い天の配剤のおかげなのですが、このようにどうしようもなくなった時、はじめはじつにひどく疫病に見舞われた西方と北方も、ごらんのように、ずっと好転していきました。一方で人の姿が消えていくにしたがい、他方ではまた人々が出歩きはじめました。さらに一、二週間もすると、この変化がずっと大きくなって、つまりは、ロンドンの反対側の人々がずっと元気づけられることになったのです。例をあげましょう。

九月十九日から同二十六日まで

聖ジャイルズ（クリプルゲート）	二七七
聖ジャイルズ・イン・ザ・フィールズ	一一九
クラークンウエル	七六
聖セパルカー	一九三
聖レナード（ショアディッチ）	一四六
ステプニー教区	六一六
オールドゲート	四九六
ホワイトチャペル	三四六

市内の全九七教区	一、二六八
サザク側の八教区	一、三九〇
計	四、九二七

九月二十六日から十月三日まで

聖ジャイルズ（クリプルゲート）	一九六
聖ジャイルズ・イン・ザ・フィールズ	九五
クラークンウエル	四八
聖セパルカー	一三七
聖レナード（ショアディッチ）	一二八
ステプニー教区	六七四
オールドゲート	三七二
ホワイトチャペル	三二八
市内の全九七教区	一、一四九
サザク側の八教区	一、二〇一
計	四、三二八

市内とこの東部や南部の悲惨ぶりは、もうじつにぬきさしならぬものでした。それは、ごらんのとおり、そのような地域、つまり、市内、テムズ川南岸の八教区、ならびにオールドゲートや

ホワイトチャペルやステプニーといった教区には、疫病が重くのしかかっていたからです。しかも、この時期は、死亡数が前にものべたようにとてつもなく上がった時で、週に八千名か九千名、いや、わたしが信ずるところでは、一万名か一万二千名くらいは死んだはずでした。というのは、理由はすでにのべましたが、死亡数を正確にかぞえることは不可能だったのだ、というのがわたしの定見なのです。

それればかりか、この上なく著名な医者で、その後、当時の状況と自分の観測をラテン語で書いて公表した人によると一週間で一万二千名の死亡者があり、とくに一晩で四千名も死んだことがあった、というのです。ただし、一晩でそんなに大勢が死ぬほど、とりわけ致命的な夜があったことは、わたしの記憶にありません。しかし、前にわたしは死亡報なんてあてにならないと言いましたが、それはこのようなことからはっきりするでしょう。これについては、あとでもっとのべることにします。

たんなるくり返しと思われるかもしれませんが、またここで、市内や、当時わたしが住んでいた地域の悲惨な状態をのべさせていただきましょう。市内やその地域では、おびただしく大勢の者が地方にのがれたにもかかわらず、まだ、じつに人が多く残っていました。おそらく、市内にも、サザクにも、ウオピングにも、ラトクリフにも、疫病はけっしておしよせてくることはないのだ、という強い信念を人々は長いこといだいていたため、なおさらのことだったのでしょう。いや、その点に関する人々の確信はたいへんなものだったので、ロンドンの西側や北側の郊外から東側や南側に向かって、まるで安全地帯であるかのように移ってくる者が大勢ありました。そのため、おそらく実際よりも早くその方面へ疫病をはこびこんだのだ、とわたしは心から信じています。

またここで、後世のためになるように、疫病が人から人へどんなふうに感染するものであるかについて、さらに一言しておくべきでしょう。つまり、健康な者がただちに疫病を移されるのは、病人からだけにかぎらず、健康な者からのばあいもある、ということです。もっと説明しましょう。病人というばあい、病気にかかっていることがみんなに知られていて、病床につき、治療をうけてきた者とか、はれ物やでき物が身体にできている者などのことです。このような者にはだれでも用心できるでしょう。病床についているか、どんなことをしてもかくし切れない状態にあるのですから。

健康な者というばあい、疫病に感染し、ほんとうは身体も血液も病毒におかされているのに、その影響が顔つきにはあらわれないどころか、たくさん例があったように、数日間は自分でもそれに気づかなかったような者のことです。このような者は、いたるところで、近づく者はだれにたいしても、死の息を吐き出していたわけです。それればかりか、着ている衣類には病菌がひそみ、両手がさわるものは病毒におかされていたのでした。とくに、身体が暑くて汗ばんでいる時はなおさらのことであって、しかも、そのような者は、たいがい汗ばむことが多かったのです。

ところで、このような者を見分けることはできなかったし、また、すでにのべたように、彼ら自身でも疫病におかされているのに気づいていないことがときどきありました。通りでばったり倒れ、そのまま気絶することがよくあったのは、じつにこのような人々でした。それというのも、彼らは最後の最後まで通りを歩きまわっていたかと思うと、急に汗ばみ、気が遠くなり、どこかの入口にすわったまま死んでいく、ということがしばしばあったからです。またそうとわかって、自分の家の入口までたどり着こうと必死にもがくとか、あるばあいには、ようやく自分の家に帰れたかと思うとすぐ死んでしまった、ということもありました。またある時は、歩いているうちに病気の徴候があらわれてもそれに気づかず、家に帰ってから一、二時間して死んでいくのですが、外を出歩いているうちは健康そのものだった、という例もありました。このような者こそ危険だったのであり、このような者こそ健康な者が恐れるべきだったのです。しかし、他方において、それを見分けることはできなかったのでした。

疫病に見舞われたばあい、どんなに人間が警戒してもその蔓延をくいとめることができない理由は、ここにあるのです。つまり、患者と健康な者を見分けるとか、患者が自分の病状をはっきり知ることができないためです。一六六五年の疫病流行の期間中、ロンドンを自由に歩きまわった男をわたしは知っていました。彼は解毒剤だか強壮剤を持って歩き、あぶないと思ったら飲めるようにしていました。しかも、これは危険だぞということを知るなり感じとるなりする物差しがちゃんとあって、じつにそれは前にもあとにもお目にかかったことがないようなものでした。でも、どこまで信用できるのかは知りません。彼のすねには傷がありましたが、健康でない人たちの中にまじって疫病におかされようとする時には、きまって合図があるのですぐ気づくというのでした。つまり、すねの傷が痛んで真っ青になったのだそうです。そこで、ひりひり痛みを感じる時には、わざわざいつも持って歩いている薬をすぐ飲み、引きさがるなり身体に気をつけるなりしなければならないのでした。ところで、自分では健康だと思い、お互いにもそう思われているような人たちと一緒の時、彼の傷が痛んだことはずいぶんあったようです。だが、そんな時にはすぐ立ち上がり、「みなさん、この部屋には疫病の患者がいます」と、みんなに向かって言い、ただちに散会させたものでした。まったくのところ、この話はあらゆる者にたいする真の警告だったのであって、感染した町でだれかれの区別なく交わる者には疫病が避けられず、自分では知らない間に移されているものであることや、それと同じく、まさか自分が患者だとは知らないで他人に移しているものであることを示しています。このようなばあい、ずっとさかのぼって、病人がそうとわかる以前に交わった者をも全部とじこめるのでなければならないのであって、いわゆる健康に見える者をとじこめるとか、病人を引っ越させるというだけではだめでしょう。ところで、どこまでさかのぼればよいのか、どこでとまればよいのか、だれにもわかりません。それもそのはずで、自分が疫病をもらったと考えられるのは、いつ、どこで、どのようにしてなのか、だれからなのか、だれにもわからないのです。

大気が疫病でよごれており、病菌は大気中にあるのだからだれと交わるにも用心はいらないのだ、などとじつに大勢の者が言いだす原因は、ここにこそあるのだと思います。このことで人々が変に驚いて動揺しているのを見たことがあります。不安におののいたある男が、「患者なんかには近づかなかったんだよ！　つき合ったのはね、健康でぴんぴんしている者ばかりだったのに、疫病にかかっちゃったんだ！」と言います。すると別の男が、「きっと、おれは天から疫病をもらったらしいや」とのべ、神がどうのこうのと言いはじめます。また、はじめの男が大声で、「疫病にも患者にも、近づいたことはないんだよ。きっと、大気中に病菌があるんだな。おれたちが息をする時、いわば死に神を吸いこんでいるのさ。だから、神の手がはたらいているわけで、逆らえっこないんだ」としゃべりつづけます。このような考えが原因になって、それでなくとも危険になれっこになっていた大勢の人々は、流行のおわりころになって病勢が頂点にさしかかった時、ついにはじめとは比較にならないほど平気になり、用心しなくなってしまいました。そうなりますと、疫病にかからせようというのが神の意志なら、外を歩きまわろうと、家の中にじっとしていようと、同じことさ、どうせ逃げられっこないんだ、と一種のトルコ人的な宿命観を口にするようになりました。だから、感染した家の中や疫病におかされた人たちのあいだにも大胆にはいって行ったり、患者をたずねたりし、つまるところ、疫病にかかっている妻や子供たちと一緒に寝たりしたのです。その結果はもう言うまでもないことで、それと同じことをやっているトルコやその他の国々のばあいと変わりありませんでした。すなわち、そのような者も疫病をもらい、数かぎりなく死んでいったのです。

こう言ったからといって、なにも神の審判にたいする畏敬の念や、神意にたいする崇敬の念をないがしろにしようという気はまるでありません。このようにたいへんな時にこそ、神にたいするそうした気持をいつも心にいだいているべきものでしょう。そのような災難自体が、市であれ、国であれ、民族であれ、それがふりかかるところにたいする天からの一撃であることに疑いはありません。それは神の復讐の使者であり、またその市なり国なり民族に大声で謙譲と悔悟をうながす呼びかけなのです。じつに予言者エレミヤが「エレミヤ書」第十八章の第七節と第八節でのべているのと同じでしょう。すなわち「ある時には、わたしが民または国を抜く、破る、滅ぼすということがあるが、もしわたしの言った国がその悪を離れるならば、わたしはこれに災を下そうとしたことを思いかえす」と。ところで、わたしが覚え書きを記録したのも、そのようなばあい、神にたいする畏敬の念を正しくいだいてもらいたいからであって、それをないがしろにする気はまるでないのです。

それゆえ、わたしは、災難の原因として、神の手が直接下されたもので神意の指示によるものだ、とすることを非難しているわけではありません。いや、それとは反対に、人が疫病にかからないですみ、また、かかったばあいでも死なずにすんだという驚くべき例がたくさんあったのですが、そのいちいちのばあいについて、まことに不思議な神意が読みとれるのです。わたし自身が助かったことも、ほとんど奇跡に近い例であると思っていますが、感謝の気持で書きとめておく次第です。

しかし、疫病は自然的な原因より生ずる病気であるというばあい、自然的な手段をとおして実際にはひろまっていったと考えなければならないし、また、人間界の因果関係に支配されているからといって、なにも神の審判ではないというわけではありません。それもそのはずで、神が自然の全組織を組み立て、自然の運行をあずかっているのですが、まさにその神が、慈悲をたれるにせよ、審判を下すにせよ、人間にたいする自分の所業は自然的な原因が普通にはたらいていく中に示せばよい、というお考えなわけです。そして、わざわざありふれた手段である自然的な原因をとおしてはたらきかけているのです。ただし、いざ必要となれば、超自然的にはたらく力を別に残してはいますが。ところで、疫病のばあい、超自然力をはたらかせる異常な契機がはっきりあるのではなく、ただ普通に事態がくりひろげられるだけで十分であって、神が伝染病によって普通めざしている結果がことごとくそこから生じてくることは明らかです。こうした原因と結果の中にあって、このように目に見えず、どうしようもない力で、ひそかに疫病が伝わっていく現象は、超自然力や奇跡によるものとしなくとも、はげしい神の復讐をとげるのに十分以上のものがあります。

疫病そのものの鋭い侵透性はたいへんなもので、伝染は知らず知らずのうちに起こったので、その場に居合わせるかぎり、どんなにきびしく警戒しても安全ではありませんでした。しかし、今だにわたしの記憶にはある多くの例があざやかに生きていて、わたしは確信をいだかざるをえないのですが、そのような例が示す証拠にはだれも逆らえないだろうと思うのです。つまり、国民全体の中で、いやしくも疫病を移された者であれば、だれか他の者からであれ、すでに疫病にかかった者の衣類とか接触とか悪臭からであれ、ともかく普通の伝染方法によって移されたのだ、とわたしは信じないわけにはいきません。

疫病がはじめてロンドンに伝わってきた時の様子もこのことをよく証明しています。つまり、レバント地方からオランダへ、オランダからロンドンへと輸送された貨物の媒介によるものです。はじめて疫病が発生したのはロング・エイカーのある家であり、そこはさきほどの貨物がはこばれて最初にひらかれたところでした。疫病にかかった者とはっきりと不注意な交際をしたため、疫病はその家から他の家へひろがり、さらに死体の係りの教区役員などに移りました。このような事実は、人から人へ、家から家へというのが疫病の伝わり方であって、その他の径路によるものではなかった、という大原則を支えるはっきりした根拠となるものです。最初に感染した家では四名の死亡者がありました。その家の主婦が病気であることを聞きつけて近所の女性が見舞いに行ったところ、家に帰って自分の家族に病気を移し、自分も死に、家族もみんな道づれにしました。あとの家に出たはじめての患者と一緒に祈りをささげるために牧師が呼ばれましたが、彼もすぐ発病し、同じ家族の数名とともに死んだということです。こうなると医者たちも考えこむようになりました。それというのも、疫病の大流行なんて、はじめは考えてもみなかったからです。ところが、死体を調べるためにつかわされた医者たちは、次のようにはっきりと意見を公表したのでした。つまり、死因はまぎれもなく疫病であり、その恐るべき特徴がことごとくあらわれている。どうも大流行の気配が感じられる。じつに大勢の者がすでに患者と接していて、当然、病気を移されたものと考えてよいだろうし、そうなれば、疫病をくいとめることはできないだろう……と。

ここで、医者たちの意見は、その後のわたしの観測と一致していました。それは、危険は知らず知らずのうちにひろまるものだ、ということです。それもそのはずで、患者は自分のすぐ近くに来る者にしか病気を移すことができないかもしれません。しかし、ほんとうは病気をもらいうけたかもしれないのだが、それとは知らず、まるで健康な者のように外を歩きまわる者は、一人で千人に疫病を移し、さらに、その千人も、それに比例して大勢の者に疫病を移すことだってできます。そして、病気を移す者も、移される者も、そのことは少しも知らず、おそらくその後数日はなんの異常も感じないでしょう。

たとえば、この流行の期間中、自分が疫病におかされていることにはぜんぜん気づかずにすごしていたのが、ついに徴候が身体に出ていることを発見して口もきけないほど驚くという者が大勢いました。そうなれば、そのあと六時間と命がもつことはめったになかったのです。それもそのはずで、徴候と呼ばれるでき物もじつは壊疽《えそ》であって、大きさは小づくりの一ペニー銀貨くらい、堅さは胼胝《たこ》か角《つの》くらいの小さな瘤《こぶ》状をなしていました。だから、病気がそこまで進むと、もうはっきりと死ぬしかありませんでした。けれども、すでに言ったように、その死を告げるはん点が身体にあらわれるまで、疫病におかされたことも知らなければ、調子がおかしいことにすら気づかなかったのです。ところが、だれでも認めなければならないことは、もう以前に相当ひどくやられていて、すでにそれからしばらくたっていたに違いなく、したがって、その息も汗も衣類のはてまでも、何日も前から伝染力をもっていた、ということでした。

これが原因でじつにさまざまな症例が生じましたが、それについては、わたしなどよりも医者たちの方が実際にあたってみてずっとよく知っていることでしょう。とは言うものの、わたしも見たり聞いたりすることができたものがありますから、それを二、三のべることにします。

ある市民が九月までは無事に暮らしていました。九月というのは、市内で疫病が今までになく重くのしかかった時です。彼はすこぶる元気で、自分はどんなに大丈夫であるか、どんなに用心したか、どんなに病人に近づかないようにしたかなど、話が少し大胆すぎるように思われるところがありました。ある日のこと、近所に住むもう一人の市民が彼に向かって、「——さん、あまり自信をもちすぎない方がいいですよ。だれが病気で、だれが健康であるか、知るのはむずかしいですからね。だって、外見ではぴんぴん元気な人がいたかと思うと、一時間もすればもう死んでしまうというありさまでしょう」と言いました。「そのとおりですね」とさきほどの男は答えました。というのは、彼にしたってなにがなんでも大丈夫なわけではなく、ただ長いことまぬがれてきただけのことですから。その点については、前にのべたように、人々、とくに市内では、あまりにも安易になりつつあったのでした。彼は言葉をつづけて、「そのとおりですね。わたしも自分が大丈夫だなんて考えてるわけじゃないですがね。ただ、危険な人と一緒にいたことはないと思うのですよ」とのべました。「そうじゃないでしょ！」と近所の男、「一昨夜、グレースチャーチ通り〔市内の南部〕のブルヘッド亭で——さんと一緒じゃなかったですか」。「そうでしたよ」と最初の男、「でも、危険だと考えてよいような人はだれもいなかったですがね」。ここで、近所の男は、相手を驚かしたくなかったのでもう何も言いませんでした。ところが、このため相手はかえって好奇心をそそられ、近所の男がしりごみしている様子にますますがまんできなくなり、興奮ぎみで、「ねえ、まさかあの男が死んだのではないでしょうね」と大声でたずねました。それにたいして、近所の男はやはりだまっていましたが、目を天に向け、なにやら口の中でつぶやきました。すると最初の市民は真っ青になり、「それじゃ、わたしもだめか」と言ったきり、ただちに家へ帰り、なにか予防薬をもらおうとして近所の薬剤師を迎えにやりました。というのは、彼はまだ病気にかかっているとは思っていなかったからです。ところが、薬剤師が彼の胸をひらいた時、ため息をついて、「神におすがりしなさい」と言っただけでした。こうして、その男は、あと二、三時間で死にました。

さて、どなたでもこのような例から判断していただきたいのです。責任当局が、患者を隔離するとか移動させるなどの規制をしたところで、はたして疫病はくいとめられるでしょうか。その疫病ときたら、人がまるでぴんぴんしていて、忍びよる病魔にも気づかず、何日もそのままずごしているうちに、人から人へどしどしひろまっていくのです。

ここで次のことを問題にするのが妥当でしょう。つまり、疫病がこのように致命的な姿であらわれるまで、どのくらいの期間、その種子が人間の体内にひそんでいると考えたらよいでしょうか。また、どう見ても健康そうに歩きまわっている人間が、近づく者にことごとく病毒をあたえているのは、どのくらいの期間でしょうか。この問題にたいしては、わたしはもちろんのこと、どんなに老練な医者でもただちに答えることはできないだろうと思います。しかも、普通の観測者の方が、医者の観測をしのぐようなことに気づくことだってあるかもしれません。外国の医者たちの意見では、病毒は生気なり血管なりの中に相当のあいだかくれているだろう、ということのようです。そうでもなければ、疑わしいところから入港してくる者にたいして、どうして四十日間の検疫停船を強いるでしょうか。四十日間というのはあまりにも長いので、それだけあれば、人間の体力と疫病のような大敵が戦い、しかも勝敗がつかないことなどはとても考えられない、という気がするでしょう。ところで、わたしの観測によりますと、疫病にかかって他人に感染させるようになるまでは、せいぜい十五日か十六日くらいとしか考えられませんでした。市内である家が閉鎖され、だれかが疫病で死んだとしても、その後十六日か十八日のあいだ家族の中に病人らしい者があらわれなければ、あまり閉鎖をきびしくせず、家族の者がこっそり外出しても見ないふりをしていたのは、まさにその点にもとづくものでした。また、その期間後は一般の人々もそこの家の者をこわがらなくなるどころか、大敵が家の中にはいっても被害をうけなかったというわけで、むしろそれだけ強壮になったのだと考えました。とは言うものの、さらに長いあいだ疫病がひそんでいることもときどきありました。

今までのべたいろいろな観測にもとづき、わたしは次のことを言っておかなければなりません。すなわち、わたしのばあいは神意によって禁じられていたように思われますが、疫病を防ぐ最良の薬はそれから逃げることである、というのがわたしの意見であり、処方箋として残しておかなければならないものです。神は危険のさなかにあってもわたしどもを守ることができるし、もう危険をのがれたと思っている時でも不意打ちをくらわせることができるのだ、などと言って人々がみずからをはげましていることは、わたしも知っています。このような考えからおびただしい数の人間がロンドンにとどまったのですが、おかげで、その死体が運搬車でつぎつぎ大きな穴にはこばれることになりました。もしも、危険から逃げ出していたら、そのような災難はきっと受けなくてよかったことでしょう。少なくとも、身の安全だけはおそらく保たれていたことでしょう。

これと同じ、あるいは似たような性質の災難が将来また起こるばあい、以上の原則さえはっきり考慮にいれておくなら、市民の処置にあたっては、一六六五年にとられた手段とか、外国でとられたと聞いている手段などとは全然違うものになるだろうと確信します。つまるところ、当局は人々を小さな集団にわけ、早目にお互いを引き離して移動させることを考えるでしょう。そして、じつは今度のような疫病は人の集団にたいしてとくに危険なのであるから、百万人くらいもの人間を一かたまりにさせておくことはしないでしょう。以前にもだいたいそれでひどい目にあっているし、このままでまた疫病が起こることにでもなれば、きっと同じことをくり返すに違いありません。

疫病は火事のようなものです。火事が起こったばあい、隣接する家が二、三軒しかなければ、たったそれだけしか焼けません。また、家が一軒だけのばあい、つまりいわゆる一軒屋であるばあい、焼けるのはその火元の一軒屋のみです。ところが、もしも密集した町なり都市なりで火事が起こり、勢いがついたとなると、激しさは増大するばかりで、いたるところで荒れ狂い、なんでも手あたりしだいに焼きつくしてしまうでしょう。

もしもまた今度のような病魔におそわれる必配があるばあい、――神よ、それを禁じたまえ！――、ロンドン市当局が危険な市民の大部分を楽にかたづけられる案を、いくらでも出すことができます。危険な市民というのは、乞食をしたり、飢え死にしかかったり、働いてようやく食べているような貧乏人のことですが、中でも、疫病にとじこめられたばあい、穀つぶしと呼ばれるような者をおもにさしています。疫病が起こりそうなばあい、まず、そのような連中の処置を慎重に有利な条件でしてやり、裕福な市民には自分と奉公人と子供のことをまかせると、市内と市外からはすっかり人がいなくなって、疫病の的として市民のうち十分の一以上とは残らなくなるでしょう。しかし、たとえそれが五分の一で、二十五万人残り、疫病におそわれたとしても、方方に分散しているために、同じ数の人間がダブリンとかアムステルダムなどのような小都市に密集しているばあいにくらべ、それを防ぐ準備がずっとよく整っているでしょうし、その影響もうけにくいでしょう。

なるほど、何百、いや何千という家族がこんどの疫病で逃げました。とはいうものの、そのうちの大半は逃げおくれ、途中で死ぬばかりか、行く先の地方に病気をもちこみ、安全を求めてたよっていった人たちを感染させました。これで物事は混乱してしまい、疫病を防ぐ最良の手段であるべきものが、かえってそれを蔓延させることになったのです。これもまた次のことをよく証明しており、それは前にもほんのちょっとだけふれましたが、ここでまた振り返ってもっとくわしくのべなければなりません。すなわち、身体の中枢部が疫病におかされ、もうどうしてものがれられないほど生気がやられたあとでも、人々は何日も外見上は健康な者と変わりなく歩きまわり、そのあいだずっと他人に病気を移す危険があったのだ、ということです。つまり上のことがこのことをよく証明しているのです。というのは、そのような人々は、世話になる家族はもちろんのこと、とおりすぎる町までも感染させたからです。多少の差はあるにせよ、英国の大きな町がほとんどことごとく疫病の被害をこうむったのは、まさにそのためでした。そのようなところに住んでいる人たちは、かくかくのロンドン人が病菌をもってきたのだ、などといつも話していたものです。

ここでどうしても言っておきたいことがあります。それは、このようにまったく危険な者がいたとは言っても、彼らには自分の健康状態がまるでわからなかったと考えられることです。というのは、もしも彼らがあるがままの状態をほんとうによく知っているのに、健康な者のあいだを歩きまわっていたのだとすれば、それはまるで謀殺者のようなものだったに違いありません。それに、そんなことをすれば、前にもふれましたが、わたしにはどうもうそとしか思えなかったあの例の話が、じつはほんとうだったのだということになるでしょう。つまり、患者は他人に病気を移すことをまるでなんとも思わないどころか、むしろすすんで移そうとする、という話です。そんな話はほんとうに根も葉もないことであってくれればよいと思うのですが、それがもちあるのも、一つには今のべたように病人が自分の病状に気づいていなかったためだと考えます。

個々の例をのべても全体のことを十分に証明したことにならないことは認めます。しかし、そんな話とはまるで正反対だった人たちを何人かあげることもできるのであって、その家族や近所の人たちの中でまだ生きている人がいるなら、それをよく知っているはずです。わたしの近所に住むある家の主人も疫病にかかりました。その時、彼は、自分がやとっているある貧乏な職人から移されたものであることに思い当たりました。彼は職人の家に見舞いに行ったか、あるいは、どうしてもかたづけたいと思っていた仕事のことで行ったのでした。そこの入口に立っているあいだでも、少し病気の心配はあったものの、まだはっきりそうとわかったわけではありませんでした。ところが、次の日になるとはっきり症状があらわれてきて、彼は重病にかかってしまったわけです。すると、彼は同じ屋敷内にある別むねの建物にすぐ移してもらいました。真ちゅう細工をやっていたことから、そこは仕事場になっていて、二階には部屋があったのです。彼はここに身を横たえ、ここで死んだのですが、外部からやとった看護婦にすべてをまかせたきり、身近な者の世話をうけようとはしませんでした。そして、疫病を移すといけないので、妻も子供も奉公人も部屋には近づけず、看護婦をとおして彼らに祝福と祈りをおくりましたが、看護婦も遠くからそれを伝えるだけでした。これもみな感染させまいとする気持からであり、また、家族もろとも閉鎖されているのであるから、こうでもしなければその安全が守れないことを彼は知っていたのです。

ここで次のこともの べておかなければなりません。つまり、病気はみんな同じでしょうが、人の体質が違えば疫病の作用も違ってくる、ということです。ある者はすぐ参ってしまい、高熱、嘔吐、たえがたい頭痛、背部の痛みなどのために、ついにはうわ言をあげてわめき立てるしまつでした。またある者は、首とか鼠蹊《そけい》部とかわきの下にはれ物やでき物が生じ、それが破れるまでたえがたい激痛になやまされました。それにたいして、すでにのべたように、知らないうちにおかされる者もいました。いつの間にやら熱のために生気がやられ、それにはほとんど気づかないでいると、ついにばったり気絶し、そのまま苦痛もなく死んでいくのです。

わたしは医者でないから、同じ病気がどうしてこんなに違った結果を生み出すのか、身体が違えばどうしてこんなに違った作用をおよぼすのか、その理由やありさまをいちいちのべるわけにはいきません。また、わたしがこの目で確かめた観測をここでならべ立てる必要もありません。

なぜなら、わたしなどよりも医者たちがずっと効果的にそれをやったし、それに、わたしの意見と彼らの意見がくい違うばあいもあるだろうからです。わたしがのべているのは、ただ、個々の例について知っていること、聞いたこと、信じていることだけであり、また、実際に観測できたものや、疫病の変化する性質などであるにすぎません。疫病のこの性質は、今あげた個々の例にはっきりあらわれていました。とは言うものの、次のこともつけ加えておいてよいでしょう。つまり、そのような症例のうち前者、すなわちありありと疫病におかされるばあい――ひどい熱、嘔吐、頭痛、痛み、はれ物などをともなうばあい――は、その死に方がじつにむごたらしかったので、苦痛という点ではいちばんつらいものでした。しかし、知らないうちにおかされる後者のばあいは、いちばんいけない病状でした。というのは、前者のばあい、とくにはれ物が破れると回復することがしばしばあったけれども、後者のばあいには死をまぬがれなかったからです。どんな治療も、どんな手当てもできず、どうしても死ぬしかありませんでした。また、他人にとっても後者は困りました。なぜなら、前にのべたとおり、本人も他人も気づかないでいるうちに、いつの間にか交際の相手に死の息を吹きかけていたからです。どのようにしてなのか、説明も想像もできませんが、侵透性の病毒はいつしか相手の血液にしのびこんでいたのです。

当の本人たちが知りもしないのに、このように疫病を移したり移されたりしているということは、当時よくあった二種の症例から明らかです。まだ生きている人で、流行のあいだロンドンに住んでいた人ならば、ほとんどだれでもこの二種の症例に幾度か出くわしたことがあるに違いありません。

(一) 父親と母親がまるで健康そのもののように歩きまわり、自分たちもそうとばかり信じていたところ、つまりは知らぬ間におかされていて、一家を全滅させることになった、というばあいです。ひょっとしたら自分たちは病気にかかっていて危険なのではないか、という懸念が少しでもあったなら、とても彼らにそんなことはできなかったでしょう。聞いた話ですが、ある家族がこのようにして父親から病気を移されたところ、本人よりも家族の何人かが先に病状をあらわしはじめた、ということです。ところが、もっとくわしく調べてみると、父親の方がしばらく前から病気だったらしいことが判明しました。自分が家族の者に病毒をばらまいたことを知ると、すぐさま彼は気違いになり、自殺しようとしましたが、彼を看視していた者にとめられ、二、三日して死んでいったそうです。

㈡　もう一つの特徴はこうです。自分ではどう考えてみても健康であるし、数日間にわたってどう観察してみても健康なのであるが、ただ食欲が衰えるとか、胃のぐあいが少し悪い、という者が大勢いました。いや、中には、食欲があるどころか、とてもこらえ切れないほどあって、ただ頭痛が少しするだけという者もいました。そこで、どこが悪いのか見てもらおうとして医者を呼びにやったところ、身体には徴候があらわれ、とても見込みがないほど病状が進んで死に瀕していることがわかり、すっかり驚いてしまうというありさまだったのです。

考えてみればじつに悲惨なことでした。今あげた後者のばあい、おそらく一、二週間も前からいわば殺人者として歩きまわっていたのです。自分の生命をなげうっても救ってやりたいような者を破滅におとしいれ、おそらく自分の子供をやさしく抱いてキスをしている時でも、死の息を吹きかけていたのです。しかし、確かにこれは事実だったのであり、その後もよく起こったことであって、そうした実例をいくつもくわしくあげることだってできます。ところで、もしもこのように気づかない間に死の一撃が加えられ、このように姿を見せないで飛ぶ死の矢の正体がつかめないとするなら、患者を隔離するとか移動させるとかという計画をいくら立ててみたところで何になるでしょうか。そのような計画を実行できるのは、ただ病気なり疫病なりにかかっていることがはっきりしている者にかぎります。ところが、それと同時に、健康そうには見えるけれども、交わるすべての人にずっと死をもたらしつづけている者が、人々の中には何千人といるのです。

このためしばしば医者たち、とくに薬剤師や外科医たちが当惑し、健康な者と病人の見分け方がわかりませんでした。そのような患者がいることは彼らもみな十分に認めていました。多くの者は、生気をむしばむ病菌を血液中にもち、その身は生きている腐肉にすぎず、その息や汗には病毒があるけれども、見たところ他の健康な者と変わりなく、自分でも気づいていなかった、ということをよくわきまえていたのです。つまり、医者たちは、実際はそれに間違いないことはだれでも認めたのですが、その見分け方をどうしたらよいかわからないのでした。

わたしの友人であるヒース先生の意見では、息のにおいでわかるだろうということでした。ところが、彼も言うように、においを識別するには疫病の悪臭を奥深く吸いこまなければならないのであるが、その息のにおいをかいで病気を確かめるだけの勇気がだれにあるでしょうか。聞いたところでは、当事者がガラスの上に吹きかける息で識別できるだろうという意見の人たちもいました。その息が固まってくれれば、奇妙で、怪物的で、恐ろしい形をした微生物が顕微鏡で見えるだろうが、それはたとえば竜とか、いろいろな蛇とか、悪魔とか、見るからにぞっとするものだろう、というものです。しかし、この真実性についてはずいぶん疑わしいところがあります。

わたしの記憶では、そのような実験をしようにも当時は顕微鏡がなかったのでした。

これまた学者の意見ですが、そのような患者の息を吹きつけられると鳥には毒がまわり、ただちに死んでしまうだろう、というのでした。これは小鳥にかぎらず、おん鳥でもめん鳥でも同じことで、後者のばあいにはすぐ死ななくても、いわゆる感冒にかかり、とくに、そんなとき卵を生むとみんな腐ってしまうだろう、というのです。しかし、このようなさまざまの意見については、実験によって裏づけされてもいなかったし、実際にそれを見た者がほかにもいるという話も聞きませんでした。そこで、聞いたままに書きとめておきますが、ただ、それが正しいという公算はきわめて強いと思うことだけは一言つけ加えておきましょう。

湯の上で強い息を病人に吐かせることを提案した者もいました。そうすれば、普通には見られない浮きかすが残るだろうというのです。それは湯にかぎらず、その他いくつかのものでもよいわけだが、とくに、粘液質のもので、浮きかすができたらそのまま浮かべておくようなものがよい、ということでした。

しかし、全体をよく考え合わせますと、この疫病の性質が以上のようなものなので、それを発見したり、人から人へ伝わるのをくいとめたりするなど、とても人間わざではできないことをさとりました。

じつは、ここにむずかしい問題が一つあって、今日にいたるまで十分な解決がつきませんが、わたしが知るかぎり、それに答える方法はたった一つしかありません。それはこういうことです。疫病による最初の犠牲者は、一六六四年の十二月二十日ころ、ロング・エイカーあたりで死にました。どこからその疫病がやって来たかと言えば、オランダから輸入され、その犠牲者の家ではじめてひらかれた絹の荷物からだ、と一般には言われていました。

ところが、この後は、だれかが疫病で死んだとか、疫病がその地域ではやっているという話はぷっつりとだえました。こうしておよそ七週間ばかりたち、とうとう翌年の二月九日になりますと、同じ家からさらにもう一人の死亡者が出ました。それからまた鳴りをひそめ、その後しばらく大衆に関するかぎりはまったく安心でした。それというのも、週間死亡報には疫病による死亡者がもう出なくなったからです。ところが四月二十二日になりますと、さらにもう二人死亡し、前と同じ家ではありませんが通りは同じで、よく思い出してみると、前の家の隣にあたっていました。この間、九週間のひらきがありました。この後はなにもなかったのですが、二週間たつとこんどはいくつかの通りで発生し、いたる方面にひろがりました。そこで、問題はこんなぐあいになると思われます。このあいだ中、疫病の種子はどこにひそんでいたのか。そのように長いことじっとしていながら、それ以上じっとしていられないのはどういうわけだったのか。その理由は、疫病が身体から身体へじかに感染しなかったためか、あるいは、じかに感染したのだというなら、身体は疫病におかされていても、病状はずっとあらわれないということがあるためかもしれません。それは何日間どころか、何週間もつづき、隔離期間である四十日間はおろか、六十日間も、ときにはもっと長いあいだつづくのでしょう。

わたしもはじめにのべたし、生きのびた人々のうちにもよく知っている方が大勢いるでしょうが、なるほどその冬はじつに寒く、三ヵ月間も長い厳寒がつづいて、医者たちが言うように、このために疫病がくいとめられたのかもしれません。とは言うものの、学者のお許しを願って次のことを言っておきたいのです。彼らが考えるように、疫病がいわば氷結しただけのものであるならば、凍りついた川と同じで、それが解けた時には元どおりの勢いを得て流れ出したことでしょう。ところが、この疫病のおもな衰退期は二月から四月のあいだであって、そのころはもう厳寒もおわり、天候が温暖になっていました。

しかし、このむずかしい問題を解く方法がもう一つあって、これはわたしの記憶をたどるだけでよいと思います。つまり、十二月二十日から二月九日までと、二月九日から四月二十二日までの長い期間中に死亡者が一人もいなかったという事実は認められない、ということです。週間死亡報はただ一つこの反証となってはいるが、そのような死亡報などは、仮説を立てるにせよ、このように重要な問題を解決するにせよ、少なくともわたしにとっては信用できないものでした。というのも、教区役員、検査員、その他死亡者とその病名を報告するように任命された者の中にはごまかしがあった、というのがそのころ一般の意見であったからであって、それには十分の根拠があったとわたしは信じるのです。はじめ、人々は、自分の家が疫病におかされていると近所の人たちに思われたくなかったので、金とかその他のものを用いて、死亡者を疫病以外の病気で死んだように報告してもらったのでした。その後、疫病におかされたばあい、多くのところでこのようなことが行なわれたことを知っています。いや、あらゆるところで行なわれた、と言ってもよいと思います。このことは、流行の期間中、疫病以外の病名で週間死亡報に書きこまれた死亡数がものすごく増大していることから明らかでしょう。たとえば、病勢が頂点にさしかかりつつあった七月と八月には、他の病気で死んだ者が週に千名から千二百名、いや、ほとんど千五百名にのぼることはごく普通でした。そのような病気による死亡数がほんとうにそこまで増加したのではなく、じつは疫病におかされた家族や家庭の大多数が、家屋閉鎖をのがれようとして、死亡者を他の病名で報告してもらったわけなのです。例をあげましょう。

疫病以外の病気による死亡者

七月十八日―同二十五日	九四二
―八月一日	一、〇〇四
―同八日	一、二一三
―同十五日	一、四三九
―同二十二日	一、三三一
―同二十九日	一、三九四
―九月五日	一、二六四
―同十二日	一、〇五六
―同十九日	一、一三二
―同二十六日	九二七

ところで、この大部分、あるいはこの多数が疫病で死んだのに、役人たちが以上のように報告するよう説き伏せられたものであることに疑いはありませんでした。個々の病名による死亡数で判明したものは次のとおりです。

	熱病	発疹チフス	食傷	歯の病気	計
八月一日―同八日	三一四	一七四	八五	九〇	六六三

―同十五日	三五三	一九〇	八七	一一三	七四三
―同二十二日	三四八	一六六	七四	一一一	六九九
―同二十九日	三八三	一六五	九九	一三三	七八〇
―九月五日	三六四	一五七	六八	一三八	七二七
―同十二日	三三二	九七	四五	一二八	六〇二
―同十九日	三〇九	一〇一	四九	一二一	五八〇
―同二十六日	二六八	六五	三六	一一二	四八一

これらとつり合いを示す病名がほかにもいくつかあって、一見して明らかに、同じ理由から死亡数が増大していました。たとえば、老衰、肺病、嘔吐、膿瘍《のうよう》、疝痛《せんつう》などといったもので、その多くが疫病によって死亡したものであることに疑いはありませんでした。ところが、もしもできるなら、疫病にやられたことが他人にばれないようにすることが家族にはなによりも重要だったので、できるかぎりの手段を講じて事実を繕おうとしたのです。そして家族のだれかが死んだばあいには、検査員をわずらわしながら、疫病以外の病気により死亡という報告を調査員にたいして出してもらうよう、全力をあげたのでした。

前にも言ったように、死亡報に疫病死とはじめてのった人たちが死んでから、疫病があからさまにひろがってかくしようもなくなるまでの休止期間は長いのですが、つまりはこれも以上のべたことによって説明がつくでしょう。

その上、そのころの週間死亡報そのものもこのことが正しいことをはっきり示しています。それというのも、最初の時以来、疫病のことにも、それによる死亡数の増加にもまるでふれていませんが、疫病といちばんまぎらわしい病気のばあいには明らかにふえていたからです。たとえば、疫病にもとづく死亡者がほとんどあるいは全然いない時、発疹チフスは週に八名とか十二名とか十七名とかいました。ところが、その前は、発疹チフスによる普通の死亡数は週に一名とか三名とか四名とかでした。同じように、前にものべましたが、死亡報には疫病死がぜんぜんのっていないにもかかわらず、問題の教区とそれに隣接する教区では一週間の埋葬数がどの教区よりもふえていました。以上のことから、そのころ疫病がとだえたかと思うと、またいわば不意に活動しはじめるように思われたけれども、じつはつぎつぎに感染していて、とてもとだえるどころではなかったのだ、ということがわかります。

それとも、病毒は、はじめ輸入の時に汚染していた荷物の他の部分に残っていて、おそらくそれがひらかれなかったか、少なくとも全部はひらかれなかったのかもしれません。あるいは、最初の患者の衣類に残っていたのかもしれません。こう言うのも、死ぬほどの病毒に九週間もおかされていながら、自分にも気づかないほど健康そうにしていられたとは、わたしには考えられないからなのです。しかし、たとえそうだったにしても、わたしの主張にはかえって有利なことになります。つまり、病菌は見たところ健康そうな者の身体にやどっていて、彼らが交わる人に移されているのだが、いずれの者もそのことには気づかない、というものです。

このため、当時の混乱はたいへんなものでした。見たところ健康そうな者からでも、このように驚くべき径路をたどって疫病が移されるものであることがはっきりわかってくると、近づく者にはだれにでもすごく用心し、油断しないようになりはじめました。安息日だったかどうか記憶にはありませんが、ある祭日のことでした。オルドゲート教会で座席に人がぎっしりつまっていた時、突然、ある女性がなにか悪臭をかいだような気がしました。とっさに彼女は病毒が座席にただよっているものと思いこんで、自分の考えなり疑いなりを隣の人にささやき、それから立ち上がって座席から出て行きました。ただちにそれが隣の人、それからその座席にすわっていたすべての人へと伝播し、その座席の人も、それに接する二、三の座席の人も、みんな立ち上がって教会から出て行きました。一体何がいけないのか、だれが原因なのか、だれも知らなかったのです。

このようなことから、ただちにあらゆる者がなにかの薬剤を口に含むようになりました。あやしげな老婆がすすめたり、ときにはおそらく医者がすすめたりしたのでしょうが、他人の息から病気が感染するのを防ぐためだったのです。それがじつに盛んなものだったので、いやしくも人がいっぱいつまった教会にはいろうとすると、入口のところでとてもさまざまなにおいがして、薬剤店なり薬種屋なりにはいろうとする時ほどの健康さはおそらくなかったにせよ、それよりもっと強烈なものでした。つまり、教会中はまるで嗅ぎびんのようなものでした。教会のある片すみでは香水のにおいばかりがただよっていたかと思うと、別の片すみでは香料、香油、いろいろな薬剤や薬草のにおいがし、またある片すみでは薬用塩や酒精剤のにおいがするといったぐあいで、各人が予防のためにそなえていたためにまちまちでした。しかし、すでに言ったごとく、そのように疫病は健康そうに見える者からも移されるという信念、というよりはむしろ確信に支配されるようになってからは、教会や礼拝堂に集まる人の数はその前にくらべてずっと少なくなったことにわたしは気づきました。それもそのはずで、ロンドンの市民については次のことを忘れてはならないのです。つまり、疫病流行の全期間をつうじて、教会なり礼拝堂が完全に閉鎖されたことは一度もないし、人々が礼拝に出かけるのに応じなかったこともなかったのですが、ただ、そのころ病勢がとくにはげしかったような教区だけは別であって、そのばあいでも、そのはげしさがつづく期間だけのことでした。

実際、ほかのばあいだったら家の中から一歩でも出るのをこわがっていた時なのに、礼拝のためには勇気をふるって出かける人々の姿ほど不思議なものはありませんでした。ただし、これは、すでにのべたような絶望の時期がまだおとずれない時のことです。最初の疫病騒ぎで田舎へのがれた者や、病勢の異常な増大で、またまた肝をつぶして林や森に逃げた者は大勢いたけれども、流行の時期における市内の人口はどんなに多かったか、これがよい証拠でした。それもそのはずで、とくに、病勢が衰えた地域とか、まだそれが頂点に達しない地域で、安息日になると教会に姿をあらわすおびただしい群集を見るにいたっては、ただ驚くばかりでした。しかし、これについてはやがてまたのべることにします。さしあたり感染の問題にかえりましょう。最初、まだ人人が感染を正しく理解していないころは、まぎれもなく病気にかかっている者だけを用心していました。帽子を頭にかぶるとか、布を首にまきつけているようなばあいは、そこにはれ物ができているということであって、いかにもそうした連中は恐ろしかったのです。ところが、白い垂れえりをつけ、手には手袋をはめ、頭には帽子をかぶり、頭髪はきちんと手入れしているようなりっぱな身なりの紳士を見たばあいは、ちっとも懸念をもちませんでした。そして、かなり長いこと自由に話しこんでいたものですが、それが近所の人だったり、知り合いだったりするとなおさらのことでした。しかし、ここで医者たちが、病人はもちろん、見たところ健康そうな者も危険であること、自分はまったく大丈夫と思っている者が、じつはいちばんあぶないことがしばしばあること、以上のことやその理由については、今では一般にだれでも知っているものとされていることなどを、はっきりのべたのでした。そうしたところ、先にものべたように、人々はだれにたいしても用心しはじめ、カギをかけたきり家の中にとじこもる者が大勢ありました。それは、外に出て人と交わらないようにするためでもあり、外でだれかれの区別なく交わってきた者を家にいれたり近づけたりさせないためでもあったのです。少なくとも、息を吹きかけられるとか、悪臭をかがされるほどに近づいてもらいたくないためでした。そして、たとえ離れたところからであっても、見知らぬ者と話し合わなければならない時には、かならず予防薬を口に含み、衣服にもふりかけて、病菌をよせつけないようにつとめたものです。

次のことは認めないわけにはいきません。つまり、人々がこうした用心をしだしてから、危険にさらされることが少なくなり、そうした家には以前のようにすさまじい勢いで病毒が侵入することもなくなって、神意による計らいはもちろんのことながら、そのおかげで何千という家族が助かったのでした。

しかし、どんなことであれ、貧乏人の頭にたたきこむのはできない相談でした。彼らはいつもの衝動的な気性に変わりはなく、疫病にかかれば大声をあげて悲しむくせに、健康な時には話にならないほど不注意で、向こう見ずで、がんこでした。仕事にありつけるとなれば、どんなに危険で感染のおそれがあるものであっても、どっとおしかけるありさまでした。そう言われたところで、彼らの答えは、「それは神様にまかせなくっちゃね。病気にかかったところで、ちゃんと覚悟はできているし、ただ死ぬまでのことさ」などときまっていたものです。あるいはまた、

「ねえ、どうしろというんだい。飢えて死ぬわけにはいかないね。食えなくて死ぬくらいなら疫病にかかる方がましだよ。ちゃんとした仕事があるわけじゃなし、どうすればよいのですか。こんなことでもやらなけりゃ、乞食をしなくちゃならないんでね」といったぐあいでした。たとえ死体の埋葬にしろ、病人の世話にしろ、感染家屋の監視にしろ、みんなひどく危険なことばかりだったのですが、彼らの言いぐさはたいがい同じでした。なるほど、必要にかられてやるというのはまったく道理にかなった言い訳で、それほどりっぱなことはありませんでした。しかし、その必要の意味が違うばあいでも彼らの話しぶりはほとんど同じだったのです。このように無謀な行為のおかげで、貧乏人はじつにひどく疫病に見舞われることになりました。そして、病気にとりつかれた時の困窮した境遇のほかに、このことが原因になって、彼らはあんなにも群をなして死んでいったのでした。それもそのはずで、彼らが、とはつまり労働にたよって生活している貧乏人が、健康で金をかせいでいるあいだ、以前より少しでも倹約が見られるようになるどころか、相変わらずめちゃくちゃに浪費し、あすに備えることを知りませんでした。そんなわけで、いったん病気にかかったとなると、窮乏の点からも病気の点からも、つまり食糧は不足するし健康は害されるで、ただちに苦しみのどん底につきおとされたのです。

このような貧乏人の悲惨ぶりについては、何度となく目撃することができました。また、信心深い人たちが、そのような貧乏人にたいして必要と思われる食糧とか薬剤とかその他の救済品をおくって、くる日もくる日も慈善活動をつづけているのもときどき目にしました。実際、当時の人々の気質にたいして支払われるべき当然の義務として、ここで次のことをのべておくべきでしょう。つまり、疫病にかかった貧乏人を援助するため、じつに多額の義捐金が市長や市参事会員のもとへおくられてきました。そればかりではなく、大勢の人たちは個人的に多額の金を救済のために毎日施し、ある病気で困窮している家族の状態を聞くために人をつかわしては救いの手をさしのべていました。それのみか、ある信心深い婦人たちにいたっては、そうした善行にあまりにも熱心になり、慈善という大きな義務をはたすにあたっては神の守護があるはずだという自信のあまり、みずから貧乏人に施し物をわけて歩きました。そして、貧乏な家族が疫病にかかっていても、わざわざその家へたずねて行ったりなどもし、付添いが必要な者には看護婦をつけてやったり、薬剤師や外科医を呼んでやったりしました。前者は、薬とかこう薬とか必要なものをあてがうためであり、後者は、必要なばあいにははれ物やでき物を切開して手当てをするためでした。こうして婦人たちは、貧乏人に心から祈りをささげたことはもちろん、実質的な救済を行なって祝福をあたえたのです。

一部の人たちが言うように、このような慈善家の中で疫病の惨禍にたおれるという悲運を味わった者は一人もいない、などとうけあう気はありません。しかし、その中でだれかが死んだという話は一度も聞かなかった、ということは言ってよいでしょう。同じような災難にあったばあい他の人々のはげましになるよう、このことをのべておきます。まったくのところ、「貧しい者に施す者は主に貸すのだ、それは主が償われる」〔「箴言」一九章一七節参照〕ということに疑いはなく、貧乏人に施し物をあたえ、このような悲惨をなめている貧乏人を慰めて助けてやるため、生命の危険をおかす者は、そのつとめをはたすにあたって神の守護があるものと期待してよいでしょう。

また、このようなとてつもなくめざましい慈善行為は、なにも少数の人たちにかぎったことではありませんでした。この点を簡単にあしらうわけにはいかないので説明しておきますが、市内や郊外からも、地方からも、金持たちがよせてくる義捐金はまったく莫大なものでした。とどのつまり、そうでもなければ欠乏と病気のはさみうちになって死をまぬがれなかったはずの人々が、とてつもなく大勢そのおかげでなんとかやっていけたのです。そうした寄附金がどのくらいだったかについては、わたしはもちろんのこと、きっとだれもはっきり知らなかったでしょう。しかし、その方面によくつうじている人が言ったように、この疫病にあえぐロンドン市の貧乏人を救済するため、何千ポンドどころか、何十万ポンドもの金が集まったのだと信じています。それどころか、週に十万ポンド以上はかぞえられるとわたしに断言した人もいました。その金は、教区委員の手で各教区会に、市長や参事会員の手でそれぞれの区や地区に、法廷や司法官の特別の計らいでそれぞれが住む地域に分配された、というものです。もちろん、これは、信心深い人たちがさっきのべた方法で個人的に施してくれる寄附金とは別であって、しかもこれが何週間もつづいたということでした。

はっきり言って、これはじつに莫大な金額です。しかし、うわさに聞くところでは、貧乏人を救済するため、クリプルゲート教区だけでも週に一七、八〇〇ポンドの金がくばられたそうで、どうもほんとうとしか思えないのですが、もしもこれが正しいとすれば、以上の話もありえないことではないでしょう。

このロンドンという大都市に向けられた著しい神慮はたくさんありますが、これもその中にかぞえるべきことに疑いはありませんでした。そうした神慮の中には、記録してしかるべきものがこのほかにもまだいろいろあったのです。ところで、このように神が王国内のあらゆる地域に住む人々の心を動かし、ロンドンの貧乏人を救済するため、あのように喜んで寄附するように仕向けてくださったことは、じつに注目すべきことでした。そこから好ましい結果がいろいろな形で生まれ、とくに、あんなに大勢の命をくいとめて健康を回復させ、あんなにおびただしい家族を飢えと死から守ったことは、そのよい例でした。

ところで、こんどの災禍における情け深い天の配剤のことを今は話しているのですから、他のことと関連してもう何度かのべましたが、またここでくり返さないわけにはいきません。つまり、疫病の進展のことですが、それはロンドンの一端ではじまり、しだいにゆっくりとある方面から他の方面に進んでいったのでした。また、わたしどもの頭上をとおりすぎる暗雲は、一方で空を暗く曇らせているかと思うと、他方では晴れわたらせているものですが、ちょうどそれは暗雲のようなものでした。そんなわけで、疫病が西方から東方へと荒れ狂って進むばあい、それが東方へ移れば西方ではおさまるというぐあいでした。そのおかげで、疫病にまだ見舞われていないとか、運よく見のがされたとか、すでに猛威がおさまったとかいう地域は、その他の地域を援助してやれるよう、いわば容赦されていました。それに反し、外国にその後いくつか例があるように、もしも疫病が市内と郊外の全域で同時にひろまり、あらゆるところで一様に荒れくるっていたなら、住民全体が打ちのめされていたに違いありません。そして、ナポリでそうだったと聞いていますが、一日に二万名もの死亡者が出ていたことでしょうし、また、住民がお互いに助け合うこともできなかったことでしょう。

それもそのはずで、ここで言っておかなければなりませんが、病勢が頂点に達した時、人々はじつに悲惨で、そのあわてぶりはとても言い表わしようのないものだったのです。ところが、こうした彼らにくらべて、自分たちの地域がおそわれる少し前とか、おそわれてしまったすぐあとの彼らは、同一の人間でありながらまるで別人でした。人間ならだれにでも見られる気質が、その当時はあまりにも露骨すぎたということは認めざるをえません。すなわち、いったん危険がすぎ去ると、助かったということを忘れてしまう気質です。だが、そのことはいずれまたのべることにしましょう。

ここで忘れてならないことは、すべてをおそったこの惨禍のあいだ、商業はどんな状態だったかということについて、国内商業はもちろん、外国貿易の観点からもふれておくことでしょう。

外国貿易については、ほとんど言う必要がありません。ヨーロッパ中の貿易国はみんな英国をおそれていました。フランスでも、オランダでも、スペインでも、イタリアでも、英国船の入港を認めなかったし、英国と交流しようという気もなかったのです。じつは、オランダとは仲が悪く、猛烈な戦争をしていたのでした。国内でこんなに手ごわい敵と戦わなければならなかったのですから、外国と戦争するなど、とんでもない話だったのですが。

したがって、英国の貿易商人たちはぴったりと仕事がとまりました。彼らの船は、どこへも、とはつまり外国のどこへも行けませんでした。国産の製品や商品は、外国ではだれも手をふれようとしませんでした。英国人はもちろん、英国の貨物もこわがられていました。実際、それはむりもないことだったのです。というのは、英国の羊毛製品は、人体と同じくらい病菌を保持する力があるからであって、もしも病気にかかっている者が荷造りすると、きっと病菌が付着し、それに手をふれることは患者と同じくらい危険なことでしょうから。それゆえ、英国船が外国に着き、貨物を陸に揚げたばあい、きまって梱《こり》をひらかせ、そのために指定された場所で空気消毒させました。ところが、ロンドンから来たとなるとどんな条件でも入港が認められず、まして貨物をおろすなどということはできませんでした。これがとくに厳重だったのはスペインとイタリアです。トルコ、ならびにいわゆるエーゲ海群島では、トルコ領でもベニス領でも、そんなにきびしいことはありませんでした。トルコのばあいにはまるで障害がなく、そのころイタリアに向けて荷を積んだ四隻の船がテムズ川に停泊していましたが、めざすレグホーン〔今のリヴォルノで、イタリアの北西〕とナポリからいわゆる入港許可証がおりず、やむなくトルコへ向かったところ、わけなく船荷をおろす許可が得られました。ただ、そこに着いてみると、積荷の中にはその国で販売するのに適さないものもあっただけのことです。さらに、またあるものはレグホーンの貿易商人に送りつけたものであるため、船長には貨物を処理する権限もなかったし、その指令もうけておらず、おかげで当の貿易商人たちはたいへんな不都合をこうむった、ということもありました。しかし、これは事態からやむなく起こったことであるにすぎません。その通知をうけとったレグホーンとナポリの貿易商人たちは、とくに自分たちの港あてに送られてきた船荷は管理してくれるよう、またスミルナやスキャンダルーン〔前者はトルコの海港、後者はシリアの海港〕の市場に向かないようなものは他の船で送り返すよう、またそこから知らせてよこしました。

スペインやポルトガルでの不都合はもっとひどいものでした。というのは、英国からの船、とくにロンドンからの船はどんなことがあっても入港させてもらえず、まして荷をおろすことなどはいけなかったからです。こんなうわさがありました。ある英国船が、英国製の毛織物、木綿、あや織りラシャなどいくつかの梱《こり》からなる船荷をひそかに引き渡したところ、スペイン人はその荷物をすっかり焼き払わせ、陸揚げにたずさわった者を死刑にしたそうです。どうもこれはうそばかりではなかったように思われます。ただし、その確認はしておりませんが。だが、ロンドンでは疫病がじつにはげしく、まったく危険が大きかったことを考えれば、これもありえない話ではありません。

同様に、英国船の中にはそうした国に疫病をはこびこんだものもある、といううわさも聞きました。とくに、ポルトガル王に従っているアルガルヴェ王国〔ポルトガル南部、もともとムーア人の王国〕のファロ港はそのよい例で、そのため何名かが死んだと言われておりましたが、確認はされませんでした。

スペイン人やポルトガル人はそのように英国人を用心していましたが、他方、すでにのべたごとく、はじめ疫病はおもにウェストミンスターにいちばん近いあたりではびこっていて、市内とかテムズ川のほとりなどの商業地域では少なくとも七月のはじめまで、またテムズ川に停泊していた船舶は八月のはじめまで、いずれもまったく疫病におかされなかったことは、ぜんぜん疑う余地がありません。それもそのはずで、七月一日までのところで、全市内の死亡者はわずか七名、特別地域内ではわずか六〇名、ステプニー、オールドゲート、ホワイトチャペルの各教区を合わせて一名だけ、サザク地区の八教区を合わせて二名だけでした。ところが、そんなことは外国の目からすると同じことでした。というのは、ロンドン市が疫病におそわれた、という凶報が全世界にゆきわたって、疫病の進展はどうなのか、どの地域ではじまり、どの地域に達しているのか、などとたずねてみることはなかったからです。

その上、疫病が蔓延しはじめてからというもの、その速度はみるみる大きくなり、死亡数も急に増加したので、なるたけ情報を少なめにしたり、実際にはもっと軽いのだと外国の人々に思いこませようとしてもむだでした。週間死亡報に出ている報告で十分だったのです。週に二千名から三、四千名の死亡者があったというだけで、世界の商業圏をすみずみまで仰天させるには十分でした。それにつづいて市内そのものもひどくやられたため、前にのべたように、全世界が警戒するようになったわけです。

また、この種のことについて情報がひろまるばあい、事実よりも控え目にならないことだけははっきり言えるでしょう。わたしがのべたことからもわかるでしょうが、たしかに疫病そのものはじつに恐るべきものであったし、人々の惨状はまったくひどいものでした。しかし、うわさははてしなく大きくなって、外国に住むわたしどもの知人たち、たとえばとくに兄のおもな取引先であるポルトガルやイタリアの貿易商人たちなどが、次のように知らされていたのも驚くにあたりません。つまり、ロンドンでは週に二万名の死亡者が出るそうだとか、死体は埋葬されないで山のように積み重なっているそうだとか、死亡者を埋葬できるだけの人間は生きていないそうだとか、患者の世話ができるだけ健康な者がいないそうだとか、英国全体がロンドンと同じように見舞われており、したがって、そうした世界の中心部ではかつて聞いたこともない全国的な流行を見ているそうだ、などというものです。

そして、わたしどもがどんなに真相を説明し、住民の十分の一以上とは死ななかったなどと言ったところで、ほとんど信じてもらえませんでした。今ではまた人々が通りを歩き出し、逃げた者も帰りはじめたので、通りではいつものような人だかりが見られるようになって、ただ、各家庭とも身内の者や近所の者などに死なれたことだけが違う点だ、といくら言ってもだめでした。こんなことはとても信じられなかったわけです。もしも、現在、ナポリとか、その他イタリアの海岸ぞいの都市でそのことをたずねてみるなら、もう何年も前にロンドンでは恐ろしい疫病がはやって、今のべたように、週に二万名も死亡したそうだ、などと知らせてくれるでしょう。それはちょうど、一六五六年にナポリ市では疫病におそわれ、一日に二万名も死亡者があったそうだ、とロンドンでは伝えられたのと同じです。ところで、はっきり断言できますが、そんなことはまるっきりうそだったのです。

しかし、このように無茶な情報は、それだけでも不当で無礼なものであったことはもちろん、英国の貿易にとってはじつに不利なものでした。というのも、そうした地方でわが国の貿易が立ち直りを見せるまでには、疫病がすっかりおさまってから長いことかかったからです。フランダース人やオランダ人、とくに後者は、そのおかげでものすごい得をしました。市場をすっかりひとり占めにしたばかりか、英国内のいくつか疫病におかされていない地方から製品を買いとり、それをフランダースにはこび、さらにそこから自国産に見せかけてスペインやイタリアに輸出までしていたのです。

しかし、ときには見つかって罰せられることもありました。つまり、貨物だけではなく、船まで取り上げられたのです。それもそのはずで、もしも英国人と同じように英国製品も病菌をもっていて、それにさわったり開いたりにおいをかいだりするのがほんとうに危険だったとするなら、そうした連中は、その秘密貿易によって、病毒を自国にはこぶばかりか、そうした貨物を売りつけている国民にも病菌をまきちらす危険をおかしていたわけです。そのような行為の結果として、どんなに多くの人命が失われるかを考えれば、良心のある人間ならだれもそんな貿易に手を出すことができなかったはずです。

そうした連中のおかげで、なにか被害が、つまり心配されたような種類の被害が起こった、などと断定しているのではありません。だが、わが英国のばあいには、そのようにあやふやなことを言う必要はないように思われます。というのは、ロンドンの人々のせいなのか、それとも、すべての州や主要都市に住むあらゆる種類の人々とどうしても交わらなければならなくなる商業のせいなのか、いずれにしてもこのような方法によって、おそかれ早かれ疫病は全国中にひろがってしまったからです。それは、ロンドンでも、あらゆる都市や大きな町でも同じことで、とくに商工業都市や海港ではひどいものでした。そんなわけで、おそかれ早かれ、英国中の主要なところは多少にかかわらず疫病に見舞われました。また、アイルランド王国でも見舞われたところがありますが、ただ全部はやられませんでした。スコットランドの人々がどうであったかについては、調べる機会がありませんでした。

疫病がロンドンで猛威をふるっているあいだ、いわゆる外港〔ロンドン以外の港のこと〕ではものすごく貿易が栄え、とくに近くの国々や英国の植民地との取り引きが盛んでした。たとえば、コルチェスター、ヤーマス、ハル〔この順に、英国の南東部、東部、北東部の海港〕など東岸の町は、ロンドンの貿易がいわば完全にとざされてから数カ月のあいだ、隣接する州の製品もオランダやハンブルク〔西ドイツの北部〕に輸出していました。同様に、ブリストルやエクセターなどの都市は、プリマス海港〔以上、いずれも英国南西部の海港〕ともども、同じ利点を用いてスペイン、カナリヤ諸島〔アフリカの北西岸沖〕、ギニア〔アフリカの西部〕、西インド諸島〔北米南東部と南米北部のあいだ〕、とくにアイルランドなどと貿易をしました。しかし、疫病がロンドンで八月や九月に見られたような猛威をふるったあと、各方面にもひろがるようになると、おそかれ早かれそうした市や町の全部なり大部分が疫病におそわれ、そうなると貿易はいわば全面的停止をくらったというか、とにかく終止符を打たれることになりました。このことについては、国内商業をのべる際にもっとふれることにしましょう。

しかし、ここで一つだけ言っておくことがあります。それは外国から帰ってくる船のことですが、当然のことながらその数は多く、かなり前に世界各地に出かけた船もあれば、出かける時疫病のことは知らないか、少なくともそんなにひどいものは知らない船もありました。こうした船は大胆にもテムズ川をのぼってきて、きめられたとおり船荷をおろしました。ただ、八月と九月だけは別で、この時には疫病がロンドン橋の下流全域にいわば重くのしかかっていて、しばらくはだれも仕事に出ようとしなかったのです。こうした状態がわずか二、三週間くらいもつづくと、帰航船、それもとくに傷みにくい積荷をつけているような船は、しばらく停泊するようになりました。それはプール（テムズ川で帰航船がつながれる水域をプールと言い、ロンドン塔からカコルズポイント〔ライムハウスの沖合いにある砂洲〕やライムハウスまでの両岸もいれた全流域が含まれます）の少し下流とか、メドウェイ川〔英国の南東部にあり、テムズ川の河口に注ぐ〕あたりの下流にまでわたる、テムズ川の流域でした。中にはメドウェイ川にはいりこんだ船も五、六隻あり、またノー砂洲〔テムズ川の河口にある〕やグレーブズエンド下流のホープ水域に停泊しているものもありました。そんなわけで、十月のおわりころまでには、じつにおびただしい帰航船がテムズ川で待機することになりましたが、そうした光景はもう何年もなかったことです。

疫病流行のあいだ中、とくに二つの取り引きだけは水上輸送によってつづけられ、しかも全然と言ってよいくらい中断がなかったので、市内の追いつめられた貧乏人たちはたいへん便宜をうけ、はげまされることになりました。それは穀物の沿岸取り引きとニューカッスル〔英国北東部のノーサンバランド州にある海港〕で産出される石炭の取り引きです。

このうち前者は、とくにハンバー川〔英国の東部〕ぞいにあるハル港その他からくり出す小型船で行なわれましたが、それによって、多量の穀物がヨークシアやリンカンシア〔前者はハンバー川の西から北に、後者は南にひろがる州〕から持ってこられました。穀物をおくりこんだところがもっとあって、ノーフォーク州〔英国の東部〕のリン、さらに同じ州のウェルズ、バーナム、ヤーマスなどでした〔しかし、ウェルズとバーナムは南西部のサマーセットシア〕。第三の道は、メドウェイ川、ミルトン〔英国南部のハンプシア〕、フェヴァシャム、マーゲート、サンウィッチ〔以上、英国のケント州〕、その他ケント州やエセックス州〔両者とも英国の南東部〕の沿岸一帯の小さな町や港からやって来るものでした。

また、サフォーク州〔英国の東部〕の沿岸から持ってくる穀物、バター、チーズの取り引きもじつに盛んでした。これを積んだ小型船はたえずきちんとおとずれ、いまだにベア・キーという名前で知られている市場〔市内にある市場〕へ来るのを中断したことがありませんでした。陸上輸送がだめになりかけ、地方の方々に住む人たちがロンドンへ売りに来るのをいやがり出した時、そのようにして市内には穀物がたっぷり供給されたのです。

これもまたその多くは市長の思慮と指揮によるところが大でした。船がやって来た時には、船長や船員を危険にさらすまいと細心の注意をはらったのです。そのため、そうめったにあったことではありませんが、穀物を売りそこなった時にはいつでも買いとるようにしてやったし、穀物仲買人に命じて穀物がいっぱいつまった船の荷をすぐさまおろさせました。その結果、乗組員たちはほとんど船から出る必要がありませんでした。金にしたっていつも船までとどけられたし、渡す前にはきまって酢入りの桶にひたしました。

第二の取り引きはニューカッスル・アポン・タイン〔ニューカッスルと同じ〕の石炭で、これがなかったら、市内ではまったくの窮地におちいっていたでしょう。というのは、医者の勧告にもとづき、夏のあいだ中、最も暑い時でも、通りと言わず個々の家庭と言わず、そのころは多量の石炭がたかれていたからです。じつは医者の中にもそれに反対する人があって、こう主張しました。疫病はそれでなくても血液の発酵と発熱によって生ずるものであるから、家や部屋を暑くしておくのは病菌を繁殖させるばかりである。それは暑いとすごく蔓延し、寒いとおさまるものであることがわかっているのだから、どんな伝染病でも熱するとかえって悪いにきまっている。なぜなら、病菌は、暑い天候のもとでは養分をあたえられて強力になり、いわば熱のもとでは繁殖するからなのだ……と。

それにたいして他の医者たちはこう言いました。蒸し暑い天候のため大気中には害虫がいっぱいになり、おびただしくいろいろ有害な生物がはぐくまれ、それが食物、植物、さらには人体の中でも増殖し、ちょうどその悪臭のために病菌がふえていくというように、熱せられた天候のもとでは病菌が繁殖するであろうことは認める。また、大気中の熱、あるいはいわゆる暑熱は、人体をだるくぐったりとさせ、生気を消耗させ、毛穴をひらかせ、その結果、悪疫性の毒気からであれ、大気中にうようよしているその他のものからであれ、病毒にも悪影響にもずっと染まりやすくなることは認める。しかし、家の中とか近くでたく火の熱、とくに石炭の火の熱は、それとはまるで違う作用をおよぼすのだ。そうした熱は種類が別で、すさまじいばかりに激しやすく、他の熱では毒気を分離して焼きつくすよりも吐き出してとどませるところを、この熱のばあいにはそれをはぐくむことなく、すっかり消滅させ、消散させてしまう傾向をもっている。そればかりか、しばしば石炭の中に見いだされる硫黄と窒素の成分は、燃焼性の瀝青《レキセイ》物質とともに、上のような有毒成分が燃えつくして消散したあと、空気を清浄にし、吸いこんでも健康にはちっともさしつかえないようにする働きがある。こう主張するのでした。

その時は後者の意見が相手を制しましたが、はっきり言ってそれは当然だと思うし、また、市民の経験によってもそれが裏づけされました。多くの家がたえず部屋の中で火をたいていたにもかかわらず、ぜんぜん病毒におかされることがなかったのです。それにわたしの経験もつけ加えなければなりません。というのは、うんと火をたいていると常に部屋の中が気持よく健康的だったし、思うに家族の者はみんなそのおかげをこうむり、火がない時には考えられないほどだったからです。

しかし、石炭の取り引きに話をもどしましょう。この取り引きをずっとつづけることは少なからず困難なことでした。とくに、当時、英国とオランダは公然と戦争をしていたことから、はじめオランダの私掠《しりやく》船は英国の石炭船をつぎつぎにとらえ、それが原因であとの船は用心深くなり、たくさんそろってから船隊を組んで来なければならなかったので、なおさらのことでした。ところが、しばらくすると、疫病にでもおかされていやしまいかと私掠《しりやく》船がおそれたのか、それとも、親分のオランダ政府がそれをおそれて禁じたのか、ともかく石炭船はとらえられることがなくなり、おかげでずいぶんうまく事がはこびました。

そうした北方商人の安全を守るため、市長は指令を出し、一度に一定数以上の石炭船がプールにはいることを禁じました。さらに、はしけやその他の舟に薪炭商とか波止場守りとか石炭商を乗せて、デットフォードやグリニッジ、ある時にはもっと下流にまで行って石炭を受け取らせました。

またある石炭船は、着岸できるところにかぎって多量の石炭をおろしました。それはグリニッジ、ブラックウォールその他ですが、まるで販売用にとっておくかのごとく、そこには石炭が山のように積まれました。ところが、その後、石炭船が出てしまうと、こんどはその石炭が市内にはこばれていきました。そんなわけで、船員たちと荷揚げ人足たちとは交わりがなく、またお互いに近づくことさえなかったのです。

しかし、このような注意をいくらはらっても、石炭船に疫病が侵入するのを十分に防ぐことはできず、そのため船員がおびただしく死にました。さらにいけないことは、病菌がイプスウィッチ〔英国東部のサフォーク州にある海港〕、ヤーマス、ニューカッスル・アポン・タインその他の沿岸地方にはこばれていき、その地方で、それもとくにニューカッスルやサンダーランド〔英国北東部のダラム州にある海港〕で、多数の人命をうばったことです。

すでにのべたごとく、とてもたき火を多くたいたので、じつはけたはずれに石炭を使いました。しかも、悪天候のためか、敵に妨害されたためか、おぼえていませんが、一度か二度くらい石炭船がやって来ない時があって、石炭の値段がものすごく上がり、一チョールドロン〔三十六ブッシェル〕につき四ポンドもしたことがありました。だが、また船がはいってくるとすぐ下がり、その後もっと自由に出入りするようになってからは、まったく適正な値段がその年のおわりまでつづきました。

この時市当局が公にたいたたき火がずっとつづけられていれば、わたしの計算によると、週に二〇〇チョールドロンの石炭はどうしてもかかったに違いありません。いかにもその量はじつに多いものでした。しかし、それは必要なことと考えられていたので、物惜しみなどしておれなかったのです。とはいうものの、医者の中にはひどく非難する人があって、とうとう四日か五日以上も燃やしつづけることはなくなりました。火は次の場所でたくように指令が出されていました。

〔以下の場所はテムズ川北岸から市内の東西におよぶもの〕

税関、ビリングズゲート、クイーンハイズ、スリー・クレーンズ、ブラックフライアーズ、ブライドウェル懲治監の門、レドンホール通りとグレースチャーチ通りの交差点、王立取引所の北門と南門、ロンドン市庁、ブラックウェル・ホールの門、聖ヘレン教会のところにある市長官舎の戸口、聖ポール寺院の西入口、ボウ教会の入口、といった場所にそれぞれ一つでした。各市門のところにおかれていたかどうか記憶にありませんが、ロンドン橋のたもとの、聖マグナス教会のすぐそばには一つありました。

その後、こうした試みに異議をとなえ、たき火をたいたのでかえって死亡者がふえた、と言う者があったことは知っています。しかし、そうは主張しても、裏づけとなる証拠をなんら示していないことははっきりしているし、また、どう説かれようとわたしにはまるで信じられません。

次に、この恐ろしい流行の期間中、英国内における商業の状態はどうであったかということを、とくに市内の製造業と商業に関連づけて少しのべましょう。疫病がはじめて発生した時、容易に想像できるでしょうが、人々のあいだにはものすごく恐怖の念がかき立てられ、その結果、食糧や生活必需品をのぞいて商業はすっかりとまりました。また、そうしたものにあっても、死亡者のほかに大勢の逃亡者や病人がいたため、市内での消費量はいつもの二分の一以上はあっても三分の二をこえることはありませんでした。

神の恵みにより、その年は、干し草はだめでしたが穀物とくだもののたいへんな大豊作でした。そこで穀物がどっさりあったことからパンは安価で、草が少なかったことから肉類も安価でした。ところが、同じ理由でバターやチーズが高く、ホワイトチャペル関門の向こう側の市場では、干し草が一車分につき四ポンドで売られていました。しかし、貧乏人にとってはその影響はまるでありませんでした。りんご、なし、すもも、さくらんぼ、ぶどう、とあらゆる種類のくだものがじつにあり余るほどあり、しかも人間が少ないために安く買えました。ところが、このためかえって食べすぎることになり、赤痢、腹痛、食傷などを起こし、すぐさま疫病にかかることがしばしばでした。

だが、商業の問題にかえりましょう。まず、外国への輸出がとまったので、あるいは少なくとも妨害がじつにひどくて続行が困難になったので、当然、いつもは輸出用に買い入れていた製品をぜんぜんつくらなくなりました。ときには外国の貿易商人が英国の製品をせがむこともありましたが、ほとんど送りこむことはありませんでした。渡航が全面的に禁じられていたので、すでにのべたごとく、英国船は外国の港にいれてもらえなかったのです。

これが原因で、国内の大部分の地方では輸出用の製品をつくらなくなりました。ただ例外はいくつかの外港だけでした。ところが、そこもすぐだめになりました。というのは、めぐりめぐってそこにも疫病が侵入したからです。だが、そのたたりは英国中どこでも感じられたとはいえ、さらにいけないことには、製品――とくに、いつもはロンドン商人の手をとおしてゆきわたっている製品――を国内で消費するための商取り引きが、市内の商業がとまるとただちに停止しました。

市内その他に住むあらゆる種類の手職人、小売商人、職工などは、前にも言ったように仕事がなくなりました。このため、各分野にわたる職人や職工がおびただしく解雇されることになりました。絶対に必要と思われるもののほか、どんな商売についても見込みがなかったからです。

これが原因で、ロンドンにいる大勢の独身者が食べていけなくなりました。そのことは、一家の主人の労働によって生計を立てている家族のばあいでも同じことでした。つまり、はなはだしく悲惨な境遇に追いこまれたのです。ここではっきり言っておかなければなりませんが、やがて病気になってひどい目にあうこうしたかぞえ切れない人々の窮乏を、ロンドン市当局が情け深い手をさしのべて救済することができたことは、まさに当局の名誉であり、この話がうけつがれるかぎり、いつまでもその栄光をとどめるでしょう。そんなわけで、少なくとも責任当局が報告をうけて知っていたかぎり、食っていくことで人を死なせることは一度もなかった、と断言してもさしつかえないと思います。

地方におけるこのような製造業の停滞により、ことによったら、そこの人々はさらにずっとひどい窮境におちいっていたかもしれません。そうならずにすんだのは、親方や毛織物業者その他の人たちが、そのたくわえと力のおよぶかぎり、製品をつくりつづけてはたえず貧乏人に仕事をさせていたからです。疫病がおさまるが早いか、当時の商業が衰退しているだけにすぐさま需要があるだろう、と信じていたのでした。ところが、金持の親方にしかそうしたことができず、貧乏でその力がない者ばかりが多かったので、英国の製造業は大損害をうけ、ロンドン市だけの惨禍のために英国中の貧乏人が窮地に追いつめられたのでした。

翌年、また別の恐ろしい災難が市内にふりかかることにより、これが十分に償われたことは事実です。そこで、ロンドン市は一つの惨禍によって地方を疲弊させ、さらに種類は違うけれども、やはり恐ろしいもう一つの惨禍によって地方を豊かにし、前の償いをしたわけでした。それというのも、この恐ろしい疫病流行の翌年、ロンドンの大火によって、英国のあらゆる地方から集められた商品や製品がぎっしりつまった倉庫が全部やられた上に、はかりしれないほど多くの家財や衣類その他が焼失したからです。このため、不足をおぎなったり損失を埋め合わせたりしなければならなくなって、国中いたるところでどんなに商業が活発になったか、信じられないほどです。そんなわけで、要するに、国民の中で製造業に関係する者はみんな仕事にかり出され、それでもなお数年間は市場をみたし、需要にこたえるのにとても間に合いませんでした。外国の市場も、疫病によって供給がとまったため、また自由な貿易が認められるまでは、どこもかしこも英国製品を切らしていました。それに国内で生じたとてつもない需要が加わって、あらゆる種類の製品が飛ぶようにさばかれていきました。そんなわけで、疫病とロンドン大火のあとの七年間に見られたほど、国中いたるところで商業が活発だったことは、さしあたりぜんぜんありませんでした。

こんどは、この恐ろしい天罰の慈悲深い面について少しのべる仕事が残っています。九月の最後の週になると、峠に達した疫病はその猛威をやわらげはじめました。その前の週に友人のヒース先生が遊びにきて、二、三日もすれば間違いなく疫病のはげしさは衰えるだろう、と言ったのを今でもおぼえています。ところが、その週の週間死亡報を見ると、あらゆる病気による死亡者の合計が八、二九七名で一年間の最高だったことから、わたしは彼をとがめ、何をもとにそんな判断を下したのかたずねました。しかし、彼の答えはわたしが考えていたよりも簡単でした。

「いいですか、今疫病にかかっている人の数から考えて、もしもがんこで致命的な病毒が二週間前と同じだったとしたら、先週の死亡者は、八千名ではなくて、二万名になるはずだったんですよ。だって、二週間前には病気にかかってから二、三日で死ぬのが普通だったのにたいし、今では八日とか十日以下でということはないでしょ。また、あのころは五名のうち一名以上が回復することはなかったですが、今だったら五名のうち二名以上が死ぬことはないですからね。まあ、わたしが言うとおり注意していなさいよ。来週は死亡数が減って、今までよりも回復する人がずっとふえたことがわかるから。だって、今でも大勢の人がいたるところで疫病になやんでおり、くる日もくる日も大勢の人が発病しているが、前のように死ぬ人が大勢いないですよ。疫病の悪性が衰えたわけですね」。

こう言ったあとで、もう病勢は峠をこえて弱まりつつあると希望、いや、希望以上のものを今ではいだきかけているのだ、とつけ加えました。ところで、実際に彼が言うとおりになりました。というのは、次の週は前にものべたように九月の最後の週ですが、死亡報によるとほとんど二千名も死亡者が少なくなっていたからです。

いかにも病勢はまだ恐ろしいほどすさまじく、次の週の死亡者は六、四六〇名もあり、さらに次の週は五、七二〇名でした。だが、やはりわたしの友人の見解は正しく、患者の回復が今までよりも早くて数もふえていることがわかりました。実際のところ、もしもそうでなかったならば、ロンドン市の状態はどんなであったでしょうか。それもそのはずで、わたしの友人によると、そのころ疫病にかかっている者が六万名を下ることはなく、すでにのべたごとく、そのうちで死亡する者が二〇、四七七名、回復する者が四〇、〇〇〇名近くいました。それにたいして、もしもこれが今までと変わりなかったとするならば、およそ六万名のうち五〇、〇〇〇名以上とは言わないまでも、おそらくそれくらいは死亡したでしょうし、さらにもう五〇、〇〇〇名は発病していたでしょう。というのも、要するに、市民全体が発病しかかっており、だれものがれられないような形勢だったからです。

だが、この友人の見解は、さらに二、三週間もたつとその正しさがもっと明白になりました。というのは、ますます死亡数は減っていって、十月のある週には一、八四九名も少なくなったからです。それで、疫病による死亡数はわずか二、六六五名だけでした。次の週はさらに、一、四一三名減少しました。だが、すでに病気にかかっている者や、毎日あらたに発病する者が大勢、いや、とても普通なみではないほど大勢いたことははっきりわかりました。でも、すでにのべたように、疫病の悪性が衰えていたのです。

人々がせっかちな気質を備えていたことは相当なものです。世界中どこの人間でも同じであるかどうかなどということは、別にわたしには関係ありませんが、ロンドンにおいてはそれがはっきり見てとれました。それで、はじめて疫病に驚かされた時、市民はお互いに避け合い、お互いの家から遠ざかり、市内から逃げていきました。ところが、こんどは、病毒が以前のようには感染しなくなり、たとえ感染しても以前のように命取りにはならないという考えがひろまり、かつ、実際に発病しても、日ごとに回復していく者が大勢いることに気づくと、だしぬけに勇気をふるい起こし、自分のことも疫病のこともすっかり無視するようになったのです。その結果、疫病のことを普通の熱病くらいにしか、いや、熱病ほどにも考えなくなりました。でき物や癰《よう》が身体にでき、膿《うみ》が出ているために感染力をもつような者とも大胆に交わるばかりではありません。そうした者と一緒に食べたり飲んだりし、さらには家まで見舞いに行ったり、また、聞くところによると、病気で寝ている部屋の中にまではいったということです。

これはどう考えても正気のさたとは思われませんでした。友人のヒース先生も認め、また経験からいっても明らかなことですが、疫病は相変わらず感染力が強く、発病する者も今までと変わりなかったのです。ただ、ヒース先生が明言するように、発病者のうちで死ぬ者が以前ほど多くはなかっただけのことでした。とは言っても、死んでいく者はまだ大勢いたし、いくらなんでも疫病とはじつに恐ろしいものだったのだし、ただれ傷やはれ物はひどい激痛をともない、以前ほどではないにしても、この病気そのものから死の危険がなくなったわけではありませんでした。以上に加えて、回復がとてもおそいことや、疫病そのもののいまわしさや、その他いろいろのことを考え合わせたら、どんな人間でも、患者と交わるような冒険は思いとどまり、ほとんど以前のように感染をまぬがれたいという気持になったはずだ、とわたしは思うのです。

それどころか、疫病にかかってしまえばぞっとすることがまだありました。それは腐蝕剤の焼けつくような激痛で、はれ物を破って膿《うみ》を出すために外科医がそこにつけるものです。そうしないと、死の危険はじつに大きいのでした。それは疫病流行の最後まで変わりありません。また、はれ物のたえがたい激痛も恐ろしいものでした。これについてはすでにいくつか例をあげましたが、以前にはこのため患者が気違いのようになってわめき立てたものでした。今はそれほどでもなかったかもしれませんが、患者はなんとも言いようのない拷問の苦しさを味わったのです。病気にかかった者は、どうやら一命はくいとめたものの、もう危険はないなどと言った者にたいしてひどく不服をのべ、病菌がうようよしているところにあえて近づいた自分の軽率と愚挙をいたく後悔しました。

人々のこのように不注意な行為もこれだけにとどまりませんでした。というのは、こうして用心をかなぐりすてた大勢の者は、さらにもっと深い苦しみをうけたからです。助かった者も多くいましたが、死んだ者も多くいました。少なくとも、そのおかげで、死亡数の減少が本来よりもおそくなるという一般的被害が、それにともなって生じました。それもそのはずで、死亡報によってはじめて死亡数が大きく減少したことがわかるが早いか、もう大丈夫だという考えが稲妻のように市内にひろまり、人々の頭はそれにとりつかれてしまいました。そのため、それにつづく二週間は、死亡数の割合がちっとも減らないことになったのです。その理由は、もう病気にはかからないのだとか、たとえかかっても死ぬことはないのだと当てこみ、今までのような用心も注意も警戒もすっかりかなぐりすてて、あまりにも軽率に危険の中へとびこんだためであると考えます。

このようにあさはかな精神にたいし、医者たちは全力をあげて異をとなえました。そして、心得書きを印刷して市内にも郊外にもくまなくばらまき、病勢は衰えつつあるとはいえ、日常の行動はあくまでも控え目にしてできるかぎりの注意をはらうよう、人々に呼びかけました。さらに、全市内にまた疫病がぶり返す危険があることを警告し、もしもそうなったら今までの流行よりもさらに致命的で危険なものになるだろう、とのべていました。そのほかにもまだいろいろな議論や理由をつけて、そうした問題を人々によく説明していましたが、あまり長すぎるのでここにはくり返さないことにします。

しかし、そんなことをしてもまるできき目がありませんでした。最初の朗報にすっかりとりつかれ、週間死亡報の死亡数がぐっと減ったことを思いがけず見てほっとした人々はもう手のつけようがなくなって、どんなに恐ろしいことを言ってやってもつうぜず、死のきびしさはもうすぎ去ったのだ、ということしか納得しようとはしませんでした。どんなことも彼らには馬耳東風だったのです。それどころか、店をひらき、通りを歩きまわり、商売をやり、用事のあるなしにかかわらずわざわざやって来る者とはだれとでも話し合う、というぐあいでした。それも、相手の健康状態をたずねるわけでもないし、たとえ相手が健康でないことがわかっていても、危険などは気にもかけなかったのです。

この無謀きわまる行動のおかげで、生命を失った者が大勢いました。今まで、その人たちは、たいへんな注意をはらって家の中にとじこもり、いわばあらゆる人間から遠ざかってきたおかげで、神慮のもとにあのはげしい疫病のあいだも無事ですごしてきたのでした。

つまり、人々のこうした軽率きわまる行為にはまったく目にあまるものがあったので、とうとう牧師たちが警告を発することになり、それは愚かでもあり危険でもあることを人々にのべました。このため少しはよくなり、ずっと用心深くなりました。しかし、こんどは牧師たちの力でもくいとめられないことが、さらに起こっていたのです。それというのも、もう大丈夫という最初のうわさが市内にも地方にもひろまっていたのですが、それはどちらにも上と同じ影響をおよぼしました。そして、避難した人々は、もう長いことロンドンを離れていることにあきてしまい、帰りたくてどうしようもなかったので、なんの懸念も深慮もなくついにどっとばかりロンドンにおしかけ、まるで危険はすっかり去ったかのように通りに姿をあらわしはじめたのです。実際、それは驚くべき光景でした。まだ週に千名から千八百名の死亡者があったというのに、もうすっかり大丈夫とばかりに人々が群をなして上京したのですから。

この結果、十一月の第一週には死亡数がまた四百名もふえました。医者たちを信じてよいとすれば、その週に発病した者は三千名をこえ、しかもその大半は上京したばかりの者ということでした。

聖マーティンズ・ル・グランド通り〔市内の西部〕に住む床屋で、ジョン・コックという男は、この著しい例でした。つまり、疫病がしずまった時急いで帰ったという例です。このジョン・コックという男は、他の大勢の者と同じく、家に錠をおろして全家族とともにロンドンを去り、地方にのがれたのでした。そして、十一月になると、病勢が弱まり、あらゆる病気による死亡者が週に九〇五名しかいないことがわかると、思い切りよくまた帰ってきました。彼の家族は十名で、彼と妻、子供が五名、小僧が二名、女中が一名でした。家に帰って一週間以上もたたないうちに、店をひらいて商売をやり出したところ、家族の中に疫病が発生しました。そして、およそ五日間のうちに、一人だけ残ってあとは全員死んでしまいました。つまり、死んだのは彼と妻と五人の子供と二人の小僧で、女中だけが生き残ったのです。

しかし、この一家以外の者にたいしては、期待以上に神の恵みは大きいものでした。というのは、すでに言ったように、疫病の悪性は衰え、病毒はすっかりかれ果てた上に、冬の天候がすみやかにやって来て、大気は清く冷たく、ときには身を切るような厳寒の日もあったからです。この傾向がますます進むにつれて、病気にかかった大半の者は回復し、市内の健康はもどりはじめました。なるほど、十二月になっても多少のぶり返しがあり、死亡数は百名近くふえました。だが、また病勢は衰え、少したつと何事も元どおりになりはじめたのです。市内の人口がまた急激にふえたのを目にするのは驚異でした。だから、よそ者にはとても大勢の者がいなくなったとは思えなかったし、住居にしたって住む者がいないなどということはまるでありませんでした。空家は全然と言ってよいくらい見うけられず、たとえあったところで、借家人に事欠くことはなかったのです。

市内が新しい様相をおびるにしたがい、市民の態度にも新しい様子がうかがわれるようになった、と言えないのが残念です。もっとも、自分は助かったのだという意識を深く胸に刻みこみ、あれほど危険な時期に自分を守ってくれた神の手にたいして、心から感謝している者が大勢いたことは疑いありません。人口がとても多い都市で、しかも疫病が流行した時期のロンドン市民のようにみんなが信心深いばあいには、以上のように判断してやらないとまったくの無慈悲になるでしょう。しかし、ある家族やある人の顔にこのことが読みとれる以外は、市民全体の行ないが前と少しも変わらず、ほとんど違いが見られなかったことは認めなければなりません。

じつは、こう言う者もいました。事態はもっと悪化しており、ちょうど疫病の時から道徳が低下した。市民は、まるで嵐を乗りこえた船乗りのように、すぎ去ったばかりの危険のおかげでずうずうしくなった。そして、今までとは比べものにならないほど愚かでよこしまになり、無鉄砲でかたくなになって悪徳行為にふけっている……と。しかし、わたしはそこまで言う気はありません。当市の事態がしだいに回復し、元どおりの姿に立ち帰るまでにはいろいろな段階をへたのですが、それを詳細にわたってのべようとすれば、かなり長々と書かなければならないでしょう。

こんどは、英国のある地方でも、ロンドンと同じようにはげしく疫病に見舞われるところがあらわれました。つまり、ノリッジ、ピーターバラ、リンカン、コルチェスター〔この順に、英国の東部、中南部、東部、南東部の都市〕その他の都市がおそわれたのです。そこで、ロンドンの責任当局では、そうした都市との交流に関して、市民の行動を取り締まる規則をもうけはじめました。じつを言うと、そのような都市に住む人々がロンドンに来るのを禁じることはどうしてもできませんでした。なぜなら、いちいちどこの人間であるかを見分けることは不可能だったからです。そこで、いろいろ協議したすえ、市長と市参事会員はその案をやめました。ただやれることといえば、そのように感染した都市からやって来たことがわかっている者を家にいれてもてなしたり、ともに交わったりすることがないよう、市民に警告して注意をうながすだけでした。

だが、そんなことにはだれも耳を貸しませんでした。というのは、もうすっかり疫病の免疫になっていると思いこんでいるロンドン市民には、どんなに忠告してもだめだったのです。大気は元どおりに回復しているが、それはまるで天然痘にかかった人間のようなもので、二度と病毒におかされることはないのだ、ということを信じ切っているようでした。このことから、病菌は大気中にだけあるものであって、病人から健康な者に感染するなどということはないのだ、という考えがまたよみがえってきました。そして、このとんでもない考えが人々のあいだにしっかりといきわたると、病人も健康な者もみんながごちゃごちゃ交わるようになりました。予定説にこりかたまり、たとえどんなばあいでも感染などは問題にしない回教徒でさえ、この時のロンドン市民ほどがんこではなかったでしょう。まったく健康で、いわば健全な大気のところから市内へやって来た者は、疫病にかかってまだ回復していない者と一緒に、平気で同じ家や部屋にはいったり、いや、平気でおなじベッドに寝たりさえしました。

じつは、無鉄砲な行為にたいして生命の代価をはらう者も中にはいました。かぞえ切れないほどつぎつぎに発病し、医者たちも今までよりますます仕事がふえました。ただ違いは、回復する患者の数がずっと多かったこと、つまり、たいがいの者が回復したということです。しかし、死亡者が週に千名ないし千二百名をこえることのない今の方が、週に五千名ないし六千名の死亡者があったころにくらべて、病菌をもらって発病する者の数が多かったことは確かです。そのころ、人々は、健康と感染という重大で危険をはらむ問題についても、そんなにまで無神経だったのです。彼らのためを思って警告してくれる人の忠告などは、それほどまでにうけいれることができなかったのです。

人々はこのようにいわばごっそり帰ってきたわけですが、じつに妙なことに、自分の知人をいろいろたずねてみると、家族全員がきれいに死んであとには形見も残っていないというばあいがしばしばありました。また、わずかばかりの遺産があった時でも、それをうける権利を所有するなり申し出る者が一人も見つからないこともありました。それもそのはずで、このようなばあい、発見されるべきはずの遺物はたいがい使いこんだり盗みとったりされていて、あちらこちらの手に渡っていたのです。

このように放棄された財物は、包括相続人である国王のもとに移されたということでした。すると、国王は、こうした財物を贖罪《しょくざい》献納物として一つ残らず市長や市参事会員に渡し、当時おびただしい数にのぼっていた貧乏人の救済にあてさせたそうですが、この話はまんざらうそばかりではなかったと思います。それというのも、はっきり言って、疫病がはげしかった時の方が、何もかもおわった今よりも悲惨な者が多く、救済に乗り出す機会も多くありました。しかし、貧乏人の悲惨ぶりは以前よりも現在の方が大きかったのです。なぜなら、元はいたるところからよせられた慈善も、今ではその源が断たれたからです。もう山は越したと考え、人々は救済の手をひっこめたのです。ところが、個々の人間にはじつにあわれむべきものがまだあって、貧乏人はまったくひどい窮乏にあえいでいました。

今では市内の健康もかなり取りもどされたけれども、外国貿易は動き出そうともしなかったし、また、外国でもかなりのあいだ英国船の入港を認めようとしませんでした。オランダについては、わが国の宮廷とのいざこざから前年には戦争をはじめており、おかげでその方面の貿易は完全に中断していました。だがスペイン、ポルトガル、イタリア、バーバリ地方〔アフリカの北部〕、さらにはハンブルク、バルチック海にのぞむあらゆる海港などのところでは、かなりのあいだ英国人を警戒し、何カ月も貿易を再開しようとしませんでした。

すでにのべたように、疫病のために死亡した者がおびただしくあったので、全部とまでは言わないまでも、多くの周辺教区では、前にあげたバンヒル・フィールズにあるもののほかに、新しく埋葬地をつくらなければなりませんでした。その中には今日にいたるまで依然として用いられているものもあります。だが、その他のものは取り払われてしまいました。はっきり言っていささか遺憾だと思うことは、それが別のことに用いられたり、あとでそこに建物がたったりしたのですが、そのばあい、腐肉がまだ骨にくっついているものすらあるのに、死体は手荒くひっかきまわされて掘り返され、まるで糞か屑のように他の場所へ移されました。わたしが観測できたものの中からあげると、次のとおりです。

(一) マウント・ミルの近くで、ゴズウエル通りをこえたところにある場所。ここにはロンドン市の塁壁のなごりがあって、オールダーズゲート、クラークンウエルといった教区、はては市内からも多数の死体がはこばれ、みんな一緒に埋葬されました。たしかこの場所はそれから薬草園にされ、さらにそれから建物がたったはずです。

(二) ショアディッチ教区のホロウエイ小路の端にあり、当時のいわゆるブラック・ディッチをこえてすぐのところにある場所。その後ここは豚の飼育場その他のありふれたことに用いられ、埋葬地として使用されたことはまったくありません。

㈢　ビショップスゲート通りにあるハンド小路の上手の端。そのころここは緑の原野であり、とくにビショップスゲート教区用として囲いこまれていました。ただし、市内、とくに聖オール・ハローズ・オン・ザ・ウォール教区〔市内の北部〕などからも、死体運搬車でそこへ死体をはこびましたが。この場所についてのべるばあい、残念でならないことがあります。わたしの記憶では、疫病の流行がやんでからおよそ二、三年後に、サー・ロバート・クレートン〔当時の商人でもあり政治家でもあった人〕がこの場所を手にいれました。どの程度正しいかは知りませんが、うわさによると、いやしくもその場所をゆずりうける権利をもっている者はみんな疫病で死亡し、相続人がいないため国王の手に渡りましたが、さらにサー・ロバート・クレートンはその所有を国王チャールズ二世〔在位一六六〇―一六八五〕によって認められた、ということでした。しかし、彼がそれをどのようにして手にいれたにせよ、貸し出されるなり彼の命令なりによって、その場所に建物がたてられたことは確かです。その最初の家は大きくて堂々としていましたが、これはまだ残っていて、現在ではハンド小路と呼ばれる通りに面してたっています。ハンド小路というのは、名前こそ小路でも、普通の通りくらいのひろさはあります。その家を北端にして家並が一列にならんでいるところも、かつては貧乏人たちが投ぜられたその埋葬地の跡なのです。家の土台を築くために整地をした時、そうした死体は掘り返されましたが、あるものははっきりわかるように形をとどめ、女の頭蓋などは長い髪で見分けがついたし、またあるものには、腐肉がまだくっついていました。そんなわけで、人々は大声でそれに反対しはじめ、そんなことをすればまた疫病がぶり返すことにもなりかねない、と言い出す者もいました。それからというもの、骨や死体が見つかればすぐ同じ場所の別のところへはこばれ、わざわざ掘った深い穴の中へみんな一緒に投げこまれました。これは今でもわかります。その上には家が建築されず、その後何年もしてからできた礼拝堂の入口のちょうど反対側にあって、ローズ小路の上手の端にある家へ行く通路になっているからです。その場所には小さく正方形のさくがめぐらしてあり、通路の他のところからは隔てられています。あの疫病流行の一年間、死体運搬車によって墓にはこばれた二千名近くの遺骨が、そこに横たわっているわけです。

(四) このほか、ムーアフィールズにも埋葬地がありましたが、現在オールド・ベスレヘムと呼ばれる通り〔いずれも市内の北側〕に抜けるあたりです。当時、ここがすっかり囲いこまれたわけではありませんが、かなりひろげられました。

(注。この流行記の著者も、本人の希望によってその埋葬地にほうむられています。彼の姉が二、三年前にそこで埋葬されたからです。)

(五) ステプニー教区は、ロンドンの東部から北部にわたってひろがり、ショアディッチ教会墓地の境界にまで達していましたが、その教会墓地のすぐ近くに埋葬地を囲いこんでいました。そうした理由から、この埋葬地はそのままずっと用いられ、たしかあとでその教会墓地と一緒にされたのだと思います。その他、スピタルフィールズにも埋葬地が二つありました。一つのところには、その後におよんで非国教会派の会堂だか礼拝堂だかがたてられ、おかげでこの大教区も助かりました。もう一つはペティコート小路にありました。

そのころ、ステプニー教区が用いた埋葬地として、まだほかに五つくらいはありました。そのうち一つは、現在、シャドウエルの聖ポール教区教会がたっているところにあたり、また一つは、現在、ウオピングの聖ジョン教区教会がたっているところです。この場所は二つとも、そのころはまだ教区という名前がついておらず、ステプニー教区に属していました。

埋葬地については、その気になればまだいくらでも名前をあげられます。ただ、以上のものはわたしがつぶさに知ることができたものであって、ことの次第から書きとめておいた方がよいと考えたものでした。このような苦難の時にあたり、かくも短期間に死亡したおびただしい数の人間を埋葬するため、たいていの周辺教区では新しい埋葬地を囲いこまなければならなかったのだ、と全体的に言ってよいでしょう。それにしても、そうした場所を普通のことに用いないよう配慮されなかったのはどうしてなのか、わたしには答えられません。だがはっきり言って、それは間違いだったと思うのです。だれがいけなかったのかは知りません。

もっと前にのべるべきだったのでしょうが、そのころ、クェーカー教徒にも専用の埋葬地があって、今日でもまだ用いられています。また、特別の死体運搬車もあって、それで自分たちの家から死体をはこんでいました。あの有名なソロモン・イーグルという男は、前にもふれたように、天罰として疫病におそわれることを予言し、それは罪を罰するためにふりかかってきたのだと人人に伝えながら、裸のまま通りを走りまわったのでした。この男は、疫病が発生したちょうど次の日に妻をなくしましたが、彼女は、最初の犠牲者の一人として、クェーカー教徒の死体運搬車で新しい埋葬地にはこばれました。

この記録を書くにあたって、疫病流行の時に起こった注目すべき事柄につき、さらにもっと書くべきだったのかもしれません。市長とそのころオックスフォードに移っていた宮廷とのあいだに取りかわされたことや、この重大な時にあたり、市民の行動に関して政府がときどき発した指令などについては、とくにそうかもしれません。しかし、じつを言うと宮廷にはほとんど関係がなく、そのわずかばかりの関係もほとんどとるに足りないものだったので、ここでそれにふれることはさして重要ではないと思います。ただ、市内で月に一度だけ断食するようにという命令と、貧乏人の救済に国王から義捐金をたまわったことはありましたが、そのいずれについても前にのべました。

病勢がはげしかったころ患者をおきざりにして逃げた医者にあびせられた非難は大きいものでした。今になってロンドンに帰ってきても、そのような医者に見てもらおうという者はだれもありませんでした。彼らは逃亡者と呼ばれ、「医者を貸します」と書かれたビラがその入口にはってあることがよくありました。そんなわけで、中にはしばらくじっとして様子をうかがうか、少なくとも引っ越してだれも知らない新しい場所で開業するか、いずれかにせざるをえなくなった医者もあらわれました。牧師のばあいも同じです。実際、人々の悪態はまったくひどいもので、彼らを当てこすって韻文や散文を書き、教会の入口に「説教壇を貸します」というビラや、ときには「説教壇を売ります」というさらにひどいビラをはったりしました。

疫病がやんだ時、いろいろな争いや中傷や非難の精神もついでに消えなかったことは、他におとらず不幸なことでした。じつを言うと、以前、このために国の平和がひどく乱されたのです。このいがみ合いの精神は、ごく最近わたしども英国民を流血と騒乱にまきこんだ、あの古い敵意のなごりであると言われていました。しかし、先ごろの大赦令〔一六六〇年、王政復古の時、清教徒革命の関係者を赦免する法令〕によって争いそのものが静まったこともあって、政府は機会あるごとに家庭の平和と個人間の平和を全国民に向かってすすめていたのでした。

しかし、そんなことはできない相談でした。それも、ロンドンでは疫病がやんだあとだというのに、だめだったのです。病勢がすさまじかったころ、人々の境遇はどんなものだったか、そのころどんなにお互いが親切にしあっていたかをまのあたりに見て、だれしもこれからはもっと思いやりをもとう、人を非難するのはもうよそうと誓ったはずでした。つまり、そのころそうした光景に出くわした者であればだれでも、こんどこそは精神をいれかえてうまくやっていこうと考えたに違いありません。ところが、今言ったように、そんなことはできない相談でした。いぜんとして争いはつづき、英国国教会派と長老教会派とは相いれませんでした。追放中である非国教会派の牧師たちは、国教会派の牧師たちに見捨てられた説教壇にずっと立っていましたが、疫病の心配がなくなると、すぐそこを去っていきました。そうするしかなかったのです。ところが、国教会派の者が非国教会派の牧師たちにたいしてただちに攻撃をはじめ、刑罰法規をふりまわして相手を苦しめたということ、自分たちが疫病でなやまされているあいだは相手の説教に耳をかたむけておりながら、いざ回復するとすぐに迫害をはじめたということは、なんたることでしょう。国教会の一員であるわたしどもの考えでも、それはじつにひどいことであり、けっして認めるわけにはいきませんでした。

とは言うものの、それをしたのは政府であって、なんと言ってもそれをやめさせることはできませんでした。ただ、そうしたのはわたしどもではないと言えるだけであって、その責任は負えないものでした。

他方、非国教会派の者も、自分の教区をすてて逃げ去ったという非難を、国教会派の牧師たちにあびせました。人々にしてみればいちばん慰めが必要な時なのに、彼らが危険にさらされているのもかえりみずに見捨てた、などというものです。これもわたしどもにはけっして認められませんでした。というのも、人間はかならずしもみんな同じ信条や同じ勇気をもっているわけではないし、聖書が命じているところでも、他人にたいする判断は最も好意的に慈悲をもってするようにとあるからです。

疫病はあなどりがたい敵であって、どんなに身をかためて抵抗し、その衝撃にたえる備えをしようと、なかなかおよばないような恐怖の武器をもっています。役目がら疫病と戦うべきはずの牧師たちがおびただしく退却し、命からがら逃げうせたことは疑う余地もありません。しかし、ふみとどまった者もたくさんあって、その多くが惨禍に倒れ、しかもそれは義務をはたしている最中だった、ということも事実です。

なるほど、追放中である非国教会派の牧師たちの中にはふみとどまった者もあり、その勇気はほめたたえて高く評価しなければなりません。しかし、このような者はあまり大勢ではありませんでした。彼らは一人残らずふみとどまり、だれも地方へのがれなかったなどと言えないのは、国教会派の牧師たちがみんな逃亡したと言えないのと同じことです。また、逃亡した国教会派の牧師たちの中にも、副牧師その他の者を代理に残し、必要な職務をさせたり、実行できるかぎり病人を見舞ったりさせた者もいました。そんなわけで、全体から考えれば、どちらの側をも大目に見てやってよかったでしょう。また、一六六五年のような時期は歴史上ならぶものがなく、どんなにたくましい勇気をもっていても、このようなばあいにはかならずしも人の支えとはならない、ということを考えにいれるべきだったでしょう。わたしにはこんなことを言うのが目的ではなく、いずれの側でだれかが義務をなおざりにしたなどということは問題にせず、両方の側の人人が、追いつめられた貧乏人のために生命の危険をもいとわなかった、その勇気と宗教的な熱意をむしろ書きとめたかったのです。ところが、我慢が足りないため、これとは逆のことが起こったわけでした。ロンドンに残った者は、それをあまりにも鼻にかけすぎたばかりではなく、逃げた者をののしり、臆病だときめつけたり、会衆を見捨てたとか、金のために働いているなどと言いました。そのころの恐怖を振り返ってよくよく考えてくれるよう、善良な人々すべての慈悲心にわたしは訴えます。そうすれば、普通の力ではとてもそれにたえられなかったことが、だれにでもわかるでしょう。それは戦場で軍隊の先頭に立つとか、騎兵隊を攻撃するなどというものではなく、まるで「青白い馬に乗っている死」〔「ヨハネの黙示録」六章八節参照〕そのものを襲うようなものでした。実際、ロンドンにとどまるのは死ぬことにひとしく、また、どうしてもそうとしか考えられませんでした。とくに、八月のおわりと九月のはじめに見られた事態からすればそうであって、これも当時は無理のないことでした。というのは、そのころ、とてつもなく大勢の者が病気であるとわかっていたのであるから、病勢があのように急転し、ただちに死亡者が週に二、〇〇〇名も減るなどとはだれも期待しなかったし、まただれも信じなかっただろうからです。それまでほとんどずっとロンドンにいた者が大勢いなくなったのも、ちょうどそのころでした。

　さらにつけ加えるなら、もしも神がある者にたいして他の者よりも大きな力をあたえたばあい、そのことは、その連中が苦しみにたえられることを鼻にかけ、同じ贈物と援助をあたえられない者を非難するためだったのでしょうか。あるいは、もしもその連中が同胞たちよりも人のためになるように仕向けられたとするなら、むしろつつましくそれに感謝すべきだったのではないでしょうか。
牧師も、内科医も、外科医も、薬剤師も、責任当局も、あらゆる種類の役人も、また人のためにつくしたあらゆる人々も、自分の義務をはたすにあたっては生命の危険をもいとわなかったことを、その名誉のために書きとめておくべきだと思います。事実、これらのうちでロンドンに残った人たちがみな最後のぎりぎりまでがんばったことには、なんの疑いもありません。職業のいかんを問わず、この中には、生命の危険をもいとわないで働くどころか、その際に悲しくも生命を失った人たちもいました。

かつて、わたしは、こうした人たち、とはつまり、いわば義務のなかばに死んでいったあらゆる職業の人たちのリストをつくっていました。しかし、わたしのような個人にとって、詳細な点を確実につかむことはできませんでした。わたしが記憶しているのは、九月のはじめまでに、市内と特別地域で死亡した者は牧師が一六名、市参事会員が二名、内科医が五名、外科医が一三名ということだけです。ところが、前にも言ったとおり、このころは疫病が大きな峠にさしかかっていたため、このリストは完全なわけがないのです。下級の者については、ステプニーとホワイトチャペルの二教区で、警吏と小役人の死亡者が四六名あったと思います。だが、やがてリストはつづけられなくなりました。というのは、九月になって疫病の猛威におそわれると、計算も何もあったものではなかったからです。そうなると、もはや人が死んでもいちいちこまかくかぞえてはおれませんでした。週間死亡報をしまいこみ、今週の死亡者は七千名だとか八千名だとか、ともかく大まかな数字を言っておけばよいありさまでした。死ぬ者は山ほどもあり、埋葬される者も山ほどあった、つまりかぞえ切れないほどあった、ということは事実です。当時、あれだけの仕事しかなかった者にしては、わたしもかなり世間につうじていました。けれども、そのわたし以上に外を出歩き、もっと物事に明るかった人たちの言葉を信じてよいなら、九月のはじめの三週間における死亡者は、週に二〇、〇〇〇名をいくらも下りませんでした。だが他人がどんなにその正しさを主張しても、わたしとしてはむしろ正式の発表の方をとりたいのです。週に七千名から八千名の死亡者があったというだけで、その当時の恐怖を十分に立証してくれるでしょう。万事が節度をもってのべられ、大げさというよりは控え目に書かれていると言えることは、読者はもちろん、著者であるわたしにも本懐なのです。

以上のことをすべて考え合わせると、疫病から回復した時、すぎ去った惨禍を忘れることなく、なぜもっとお互いに慈悲と親切にあふれた行動をしてくれなかったかと思うのです。神の手から逃げる者はみんな臆病者だと言わんばかりに、ロンドンにふみとどまった自分の勇気をどうしてあんなに自慢したのでしょうか。ふみとどまる者が勇敢だとは言っても、ときどきあったように、無知なことと、造物主の手をさげすむことがその原因でなければよかったと思うのです。そんなことは、やけくそという罪の一種ではあっても、真の勇気ではありません。

どうしても次のことは書きとめておかなければなりません。警吏、教区小役人、市長や州長官の部下、また貧乏人の世話を任務とした教区役員、などといったいろいろな役人たちは、概してだれにもおとらないほど勇敢にその義務をはたしました。いや、その勇気にはおそらくだれもかなわなかったでしょう。なぜなら、彼らの仕事にともなう危険は普通よりもずっと大きかったし、貧乏人相手のことが一段と多かったからです。その貧乏人ときたら他の者よりも疫病におかされやすく、また、いったんそうときまれば、この上なくむごたらしい窮状に追いやられるのでした。

ところで、そうした役人が大勢死んだこともつけ加えなければなりません。実際、そうなる以上にどうしようないほどでした。

この恐るべき流行期にわたしどもが普通用いた医薬なり調剤については、まだ本書では一言ものべておりません。わたしどもと言うのは、わたしのようにしばしば通りを歩きまわった者のことです。こうした薬については、にせ医者たちが書いた本や処方書の中でいろいろのべられていましたが、その連中のことはもう十分に話しました。しかし、医師会が毎日いくつかの調剤を発表していたことは、つけ加えておいてもよいでしょう。それは彼らが診察中に考え出したもので、印刷にしたものが手にはいります。そのため、それをくり返してのべることは避けることにしました。

一つだけどうしても注目せざるをえないことがありました。それはあるにせ医者の身にふりかかったことです。この男は、疫病にものすごくよくきく予防薬があるが、これを身につけていると、けっして疫病にかからない、少なくともそれにかかりにくい、と言いふらしました。自分でも外出の時にはかならずこの特効薬を少しポケットにしのばせていたと考えて当然なのですが、その彼もやがては疫病におかされ、二、三日もすると死んでいきました。

わたしはなにも薬をきらったり薬をさげすんだりする者の仲間ではありません。それどころか、親友であるヒース先生の指示をよく重んじたことは、しばしばのべました。とは言うものの、そうした薬はまったくと言ってよいくらい用いなかったことは認めなければなりません。ただ、すでにふれたように、むっとするような悪臭をはなつものに出くわしたり、埋葬地とか死体にあまり近づきすぎたりしたばあいのために、強い芳香剤だけはいつも用意していました。

また、コーディアルやぶどう酒といったアルコール類を飲んで、常に生気を盛んならしめていた人たちもあったことは知っていますが、わたしはそんなこともしませんでした。わたしが知ったことですが、ある博学な医者がいて、いつもそうしていたところ、疫病が完全にやんでもやめられなくなり、とうとう大酒豪になって死ぬまで飲みつづけました。

友人のヒース先生がいつも次のように言っていたのをおぼえています。疫病にかかった時たしかにみんなよくきく薬剤や調剤のたぐいがある。そうしたものの中から選び出したり、混ぜ合わせたりすることによって、医者はいくらでも薬をつくりだせよう。それはちょうど、鐘をならす者が、鐘はたった六つしかないのに、音の調子や順序を変えることによってかぎりなくさまざまな音色を出すのに似ている。こうした調剤がみなよくきくことは事実だ。だから、こんどの災難にあたって、おびただしい薬がつぎつぎに売り出されているのも驚くに足りない。ほとんどあらゆる医者が、自分の判断なり経験にもとづいて、それぞれ処方したり調合したりしているわけだ。だが、ロンドンのあらゆる医者たちの処方薬をことごとく調べてみると、みな同じ成分を混ぜ合わせたものであることがわかるだろう。ただ、医者それぞれの思いつきによって調合に違いが出ているだけだ。だから、各人は自分の体質、生活様式、感染の時の事情などを少し考え、普通の薬剤や調剤から自分に合った薬を処方できるわけだ。ただ、人によって特効薬だとするものが違ってくるだろう。ある者は、抗疫丸薬と言われている例の赤丸薬がなによりもいちばんよい調剤だと考えるだろうし、またある者は、ベニス毒掃薬だけで病毒には十分に抵抗できると考えるでしょう。ぼくはこの両方の考えに賛成だ。とはつまり、前者は疫病の予防にあらかじめ飲んでおくとききめがあるし、後者はそれにかかった時駆除するのにきくのだ……と。この意見にもとづき、わたしは何度かベニス毒掃薬を飲み、たっぷりと汗をかきました。これだけのことをしておけば、およそ薬の力でできる疫病の予防はすっかり整えられたものと考えていました。

いかさま療法やにせ医者はロンドンにあふれていたものですが、わたしは一度も耳をかたむけたことがありませんでした。その後、疫病がおわってから二年間というもの、その連中をロンドンで見かけたりうわさを聞いたりすることがほとんど一度もないことによく気づいては、いささか驚きの念に打たれたものでした。連中は一人残らず疫病でやられたと考える者もいました。そして、ただほんのわずかばかりの金をもうけたいばかりに、あわれな人たちを破滅の地獄におとしいれたことにたいする神罰のあらたかなるしるしなのだ、という考えでした。しかし、わたしにはとてもそこまでは言えません。連中がどっさり死んだことは確かで、わたしもその例をたくさん知っていましたが、一人残らず死んだことについては非常に疑わしいのです。むしろ、連中は田舎に逃げたのであって、疫病がまだおしよせてこないうちにそれが心配でならない田舎の人たち相手に商売していたのだ、とわたしには思われます。

しかし、かなりのあいだ連中は一人としてロンドンの内外に姿をあらわさなかつた、ということは確かです。いかにも、処方箋を発表し、疫病のあとでいわゆる身体を浄化するのに用いる調剤をすすめる医者もありました。彼らが言うところでは、それは疫病にかかってなおった人たちが用いる必要があるものだ、ということでした。ところが、はっきり言って、疫病はそれだけで十分な浄化剤になっていて、その手をのがれた者は、自分の身体からその他の病菌を一掃しようとして薬を用いる必要はまったくない、というのがたしかその当時もっとも高名な医者たちの見解でした。膿《うみ》が出ているただれ傷とかでき物などが医者の指示でつぶして切開されると、それで十分に身体を浄化したことになり、その他の病気や病気の原因はそれによってすっかりはらいのけられる効果が生じる、というものです。高名な医者たちがこうした見解をいたるところでのべて歩いたので、にせ医者どもはほとんど商売になりませんでした。

じつは、病勢が衰えてからもちょっとした騒ぎが何度か起こりました。ある人たちが想像するように、それは人々を恐怖におとしいれて混乱させようとするたくらみだったのかどうかは知りません。だが、いついつまでにはきっと疫病がぶり返す、ということをときどき聞かされたものでした。すでにのべたあの有名な裸のクェーカー教徒ソロモン・イーグルは、くる日もくる日も不吉なおとずれを予言しました。また、ロンドンはまだ十分な懲らしめをうけておらず、さらにもっとつらくきびしい打撃がこれからやってくる、という者がほかにも何人かいました。彼らがそこまで言ってやめておくか、あるいは、もっと詳細におよび、ロンドン市は来年になれば火事ですっかりやられてしまう、とのべていたらどうでしょうか。その予言が的中するのをまのあたりに見たわたしどもが、彼らの予言力にたいして普通以上の敬意をはらったとしても悪いことはなかったでしょう。少なくとも、わたしどもは彼らにたいして驚嘆をおぼえ、予言の意味とか、どうしてそんなことが予知できるかなどについて、もっと真剣に考えたことでしょう。ところが、彼らはだいたいにおいて疫病がぶり返すとしか言わなかったので、その後は彼らについての関心がまったく失われてしまいました。だが、うるさく騒ぎ立てられたため、わたしどもはみんな常になにがしかの懸念にとらわれていたのです。そして、だれかが急に死ぬとか、いつでも発疹チフスがふえたりするようなばあいには、すぐ恐慌をきたすのでした。疫病による死亡者がふえるばあいにはなおさらのことでした。それというのも、その年のおわりころ、その死亡者は二百名と三百名のあいだを常に上下していたからです。つまり、こうしたばあいには、きまって驚愕の念を新たにしたわけです。

　大火以前のロンドン市をおぼえている人であれば、今日ニューゲート市場〔市内の西部。以下も同じ〕と言われている場所が当時はまだなかったことを記憶しているに違いありません。しかし、今日ブロー・ブラダー通りと呼ばれる通りがあって、その名前はそこに住む肉屋たちから由来したものですが、そこの真中あたりで、彼らが羊を殺してその肉をほどよい大きさに切り取っていたことはおぼえているでしょう――彼らは肉が実際よりも厚みがあって脂肪が多いように見せるため、パイプを使ってそれをふくらませる習慣があったようで、そのため、市長によって罰せられました。つまり、この通りの端からニューゲートのあたりまで、肉を売るための露台が二列に長々とならんでいたものでした。

　ちょうどその肉売台で、二人の者が肉を買っているうちにばったり倒れて死んだため、そこの肉はみな病菌におかされている、といううわさがとびました。それで人々は恐怖を感じたためか、おかげで二、三日は市場もだめでしたが、その後、そのうわさはまったくのでたらめであることがはっきりわかりました。それにしても、いったん人の心が恐怖にとりつかれたばあい、それを理屈で説明することはできないものです。

　しかし、神のおかげをもって、冬の寒い天候もつづいてロンドン市の健康もかなり回復し、翌年の二月には疫病が完全にとまったと考えてよくなりました。そうなると、わたしどももそう簡単には驚かなくてすむようになりました。

　学者のあいだにはまだ問題が残っていて、はじめ人々もこれにはいささか当惑しました。それは、疫病におかされた家屋や家財をどのようにして消毒するかということや、流行のあいだ中空家にしておいた家屋をまた住めるようにするにはどうしたらよいか、という問題だったのです。医者たちが指示する香料や調剤はたくさんあって、しかも、人によってすすめる種類が違いました。そのため、医者の言うなりになっていた人々は、莫大な出費をすることになり、じつにわたしの考えでは、余計な出費を重ねることになりました。ずっと貧しい人々は、夜も昼も窓をあけたままにしておき、硫黄、ピッチ、火薬などといったようなものを部屋で燃やすだけでしたが、それでもけっこう目的は達しました。それだけではなく、前にものべましたが、とても待ち切れなくなってどんな危険をもかえりみず急いで上京した人々は、その家にも家財にもまったくと言ってよいくらい不都合を感ぜず、ほとんど完全になにもしませんでした。

とはいうものの、一般的に言って、分別があって注意深い人々は、家を消毒するためなんらかの手段をとりはじめました。そして、香料、香、安息香、樹脂、硫黄などをしめ切った部屋の中でたき、それから火薬の爆風によって空気とともにすべてを一気に外へ追い出しました。またある人々は、夜となく昼となく数日間もどしどし火を燃やしつづけました。その上、わざわざ自分の家にまで火をつけ、すっかり焼いてしまうことによって十分に消毒をした者も二、三人いました。とくに、こうした例は、ラトクリフ、ホーボン、ウエストミンスターにそれぞれ一件ずつあり、ほかにも火事になったものが二、三あります。しかし、幸いにも、火の手が遠くにまでおよんで家屋をのみつくす前に消しとめられました。たしかテムズ通り〔市内の南部、テムズ川のほとり〕でのことだったと思いますが、ある市民に仕える奉公人が家の中から病菌を追い出そうとしてじつにどっさり火薬をはこびこみ、あまりにも間抜けたあしらい方をしたため、屋根の一部を火薬でぶち抜いてしまいました。だが、市内が火事によって消毒される時は、まだ十分には熟していなかったのです。とは言うものの、そんなにかけ離れてもいませんでした。というのは、あと九カ月以内に、すべてが灰になるのを見たわけですから、一部のいかがわしい知者たちの主張によると、その時になってはじめて疫病の種子が完全になくなったのであって、その前まではまだ残っていた、というのでした。こんな考えはあまりにもばかげていて、ここでのべるに値しないものでしょう。なぜなら、もしも疫病の種子が大火までなくならずに家の中にひそんでいたとするならば、その後、またそれから疫病が発生しなかったのはどうしてでしょうか。火事にもやられず、また最もはげしく疫病に荒らされた郊外や、特別地域や、ステプニー、ホワイトチャペル、オールドゲート、ビショップスゲート、ショアディッチ、クリプルゲート、聖ジャイルズなどの大教区にある建物は、いまだに以前と同じ状態にとどまっているではありませんか。

でも、こうしたことは聞いたままに書いておくだけにしましょう。ところで、健康になみなみならぬ注意をはらった人たちは、いわゆる家屋の虫干しにたいする特別の指示をうけたあと高価なものをたくさん使ったことは事実です。おかげで望みどおりに家屋の虫干しができたばかりではなく、大気中にはじつに快い健全な香気がみなぎり、それに金を使った者はもちろん、その他の者までもその恩恵にあずかったと言わざるをえません。

しかしながら、要するに、上のように貧乏人こそは矢もたてもたまらずロンドンに帰ってきたものの、金持はそんなに急がなかったことをここでのべておかなければなりません。なるほど商売人は上京しました。けれども、春がやって来て、疫病のぶり返しがもうないと考えてさしつかえなくなるまで、家族をロンドンにつれてこない者が多かったのです。

いかにも宮廷はクリスマスのあとすぐ帰ってきました。しかし、政治関係の仕事にたずさわっているばあいをのぞいて、貴族や紳士階級の者はそんなに急いで上京しませんでした。

もうとっくにのべておくべきだったのでしょうが、ロンドンその他のところでは疫病がはげしかったにもかかわらず、艦隊がおかされることは一度もありませんでした。だが、テムズ川ばかりではなく通りでも、艦隊に乗り組ませる水兵の奇妙な強制募集がしばらく行なわれました。とは言っても、それはその年のはじめ、疫病もようやく流行しはじめたばかりのころで、普通水兵の強制募集が行なわれる市内の地域には、まだぜんぜん病勢がおよんでいないころでした。当時、一般の人々にはオランダとの戦争がまったくありがたくないものであり、集められた水兵たちもいやいや軍務につき、力ずくでそれに引きずりこまれたことをぶつぶつ言う者が多かったけれども、ある者にとっては、そのような乱暴も結果的には幸運なものとなりました。そんなことでもなかったら、すべてをおそった災禍のためにたぶん彼らは死んでいたでしょう。夏期の兵役がおわったあと家に帰ってみると、家族の多くが死んで墓場にはいっていたので、嘆き悲しんだことは当然としても、たとえまったく自分の意志に反してであれ、疫病の手がとどかないところにつれていかれたことに感謝する余地はあったのです。その年、英国はオランダとはげしい戦争をし、一大海戦を交えたことも事実です。それでオランダは敗北しましたが、英国でもじつに多くの戦死者を出し、軍艦も何隻か失いました。しかし、すでにのべたように、疫病が艦隊で流行することはなく、やがてテムズ川で停泊するようになるころには、はげしい病勢も衰えかけていました。

こまかい例をいくつか事実にしたがってのべることにより、この暗澹とした一年の記録をおわることができれば、これほどうれしいことはありません。とはつまり、わたしどもがこの恐ろしい惨禍から救われたことにたいし、守護者である神に感謝をささげたことについてのべたいのです。わたしどもがのがれたこわい敵はもちろん、救われたときのいきさつを考えたばあい、全国民をあげて感謝せずにはおられませんでした。実際、救われたときのいきさつは、すでにある程度のべたごとく、じつに驚くべきものでした。とくに、思いがけなくも、疫病がやむという期待にロンドン中が喜びにわき立った時、それまでの恐ろしい境遇はじつにひどいものに思われました。

神の直接の手指、全能の力でなければ、何にそれができたでしょうか。病菌はあらゆる医薬をあなどり、死神はすみずみまで荒れまくっていました。そのままで事態がすすんでいたら、二、三週間であらゆるものが、いやしくも生きているものはすべてロンドンから一掃されていたでしょう。いたるところで人々は絶望しかけていました。あらゆる人々は恐怖のあまりおろおろするばかりでした。人々は心の苦悩のためにやけくそになっていました。死の恐怖がどの顔にもやどっていました。

ちょうどその時は、「人の助けはむなしいのです」〔「詩篇」六〇篇一一節〕と言ってもよいほどだったでしょう。つまり、ちょうどその時、とてもびっくりして喜んだことには、神のおかげで疫病の猛威がひとりでにおさまりました。そして、すでにのべたように、病気の悪性もなくなっていったので、病人はかぞえ切れないほどいましたが、死ぬ者はずっと少なくなりました。そうした最初の週の死亡報では一、八四三名の減少だったのです。なんと多いではありませんか。

その週間死亡報が出たあの木曜日の朝、人々の表情には変化があらわれましたが、それを言い表わすことはとてもできません。どの顔つきにもひそかな驚きと喜びの微笑がただよっているのを、だれしも読みとることができたでしょう。以前にはお互いに道の同じ側をほとんど歩こうとしなかった人々も、今では通りで握手をかわしていました。通りがあまりひろくないところでは、お互いの家の窓をあけて声をかけ合い、ご機嫌いかがですか、疫病がおさまったという吉報はもう聞きましたか、などとたずね合っていました。吉報と聞いて、「吉報ってどんなことですか」と聞き返す者もいました。そして、疫病がおさまり、死亡数はほとんど二、〇〇〇名も減少したことを知らされると、「なんとありがたいことだ！」と大声をはりあげ、まだなにも聞いていなかったと言いながら、喜びのあまりわいわい泣き出すしまつでした。人々の喜びようはたいへんなもので、いわば死からよみがえったようなものだったのです。彼らは喜びのあまりとてつもない行為をさんざんやり、以前、あまりの悲しみにかられて仕出かしたこととあまり変わらないくらい目にあまるものがありましたが、それについては、書こうと思えばいくらでも書けます。だが、そんなことをすれば、せっかくの喜びをけなすことになるでしょう。

こうなるちょうど前までは、わたしもひどく落胆していたことを白状しなければなりません。それもそのはずで、その一、二週間前までは、死ぬ者のほかに発病する者はとてつもなく多く、どこへ行っても悲嘆の声はじつにひどいものでした。だから、だれかが死からまぬがれることを期待でもしようものなら、気がふれているとしか思われなかったに違いありません。近所をずっと見渡しても、疫病におかされていなかったのはほとんどわたしの家くらいのもので、そのままでいけば、近所の者がみんなやられてしまうのも長いことはなかったでしょう。実際、それまでの三週間にわたる荒廃ぶりはどんなにひどいものだったか、ほとんど信じがたいものがあります。それというのも、いつも十分な根拠のもとに計算していた人の言葉を信じてよいなら、問題の三週間で、死亡者は三〇、〇〇〇名を下らず、発病者は一〇〇、〇〇〇名近くもあったのです。まったく、病人の数は驚くべきもので、あまりのことに面くらってしまうほどでした。それまでずっと勇気を出していた人たちも、こうなってはがっくりへこたれるばかりでした。

ロンドン市がこのように痛ましい状態に追いこまれて苦しんでいるちょうど真最中に、わざわざ神が直接その手を下し、いわばこの敵から武器を取りあげてくれたのでした。毒牙から毒が抜き取られたのです。それは不思議なことでした。医者たちでさえもただ驚くばかりでした。どこへ往診に行っても、患者はずっとよくなっていました。患者たちは気持のよい汗をかいたとか、はでき物がつぶれたとか、癰《よう》がひき、そのまわりの炎症が変色したとか、熱がなくなったとか、はげしい頭痛がおさまったとか、なにかよい徴候が見られたとか、さまざまだったのです。そんなわけで二、三日もたつとみんなが快方に向かっていました。全家族が疫病で倒れ、牧師を呼んで一緒に祈りをささげてもらって、刻一刻と死を待っていたばあいでも、急によみがえったように回復し、一人として死ぬ者はありませんでした。

このようなことになったのも、新しい医薬が見つかったからでもなければ、新しい治療法が発見されたからでもなければ、内科医なり外科医によって新しい手術法があみ出されたからでもありませんでした。こうなったのも、はじめ疫病を天罰としてわたしどもに下した神の見えない手によるものであることは明らかでした。こういうわたしにたいして、無神論者たちがなんと言おうと、けっして狂信からのべているのではありません。当時、それはあらゆる人々によって認められていたのです。病勢は弱まり、その悪性もなくなっていきました。その原因をどこに求めてもかまいません。いくら哲学者たちがその説明となる理由を自然の中に求め、造物主に負うている負債を少なくしようとつとめてもかまいません。だが、信仰心などはほとんどもち合わせていない医者たちでも、それはまったく超自然的であり、異常であって、どうしても説明がつかないものであることを認めなければなりませんでした。

このことは、とくに病勢の蔓延で恐怖におののいていたわたしどもすべてにたいし、神に感謝をささげるようにというはっきりした命令をあらわしているのだ、とわたしが言ったら、どんなことになるでしょうか。おそらく、ある者は、今までのことはもう念頭にはなく、なにを信心ぶっておせっかいをやいているのだ、と考えるかもしれません。そんなことは物語を書いているのではなく説教しているのだ、観察したことをのべているのではなく教師になりすましているのだ、などと考えるかもしれません。こう思うと、他のばあいのようにとても筆をはこべなくなります。しかし、もしも十人のらい病患者がいやされ、そのうちの一人だけが感謝をささげるために帰ってきたということであるなら〔「ルカによる福音書」一七章一一―一九節参照〕、わたしはその一人になり、救われたことを神に感謝したいと思うのです。

また、そのころ、一見してとても感謝しているように思われる者が大勢いたことは否定しません。というのは、彼らの口はあまりのことにぽかんとしていたからであって、そうとくに長いこと感謝の気持にひたりそうもないような者のばあいでも、それに変わりはなかったからです。でも、その時の感銘があまりにも強かったので、どうしてもそれに逆らうことができませんでした。どんなにひどい人間でも、それだけはできませんでした。

わたしどもがまったく見たことも聞いたこともないような人たちが、通りで驚きの声をあげているのに出会うのは、めずらしいことではありませんでした。ある日のこと、わたしがオールドゲートをとおっている時のことでした。そこの通りではかなり多くの人々が往来していましたが、ふと、一人の男がミナリズの端の方からやって来て、通りを少し見渡していたかと思うと、両手を大きくひろげてこう叫びました。「へえ——、なんという変わりようだ！　先週ここに来た時には、ほとんどだれもいなかったのに」。もう一人の男がそれを聞きつけ、こうつけ加えました。「まったく不思議だ。夢みたいなものだ」。さらにもう一人の男が言いました。「ありがたいことだ。神様に感謝しなくちゃ。みんな神様のおかげだから」。人間の助力、人間のわざは、とてもおよばなかったわけです。この男たちはみな知らない者同志でした。しかし、このようなあいさつは、毎日通りでよくかわされていました。まったく下層の人たちでも、その行ないはだらしがないけれども、救われたことを神に感謝しながら通りを歩いていました。

　前にものべたように、人々があらゆる気づかいをかなぐりすて、しかもそれを早まりすぎたのは、まさにこの時でした。実際、相手が白い帽子をかぶった男でも、首に布切れをまきつけた男でも、鼠蹊《そけい》部にできたただれ傷のためにびっこをひいている男でも、今ではもう恐れずにそのそばをとおりました。ほんの一週間前までは、そのような恰好をしておれば、この上ない恐怖のたねだったのです。ところが、今ではそういう者が通りにあふれていました。ところで、この回復期にあるあわれな連中は、その名誉のために言っておきますと、思いがけず救われたことをとても感謝しているようでした。また、彼らの多くはほんとうに感謝していたと思いますが、そのことをここで認めておかないと、たいへん失礼にあたるでしょう。しかし、大部分の人々については、次の言葉をのべても一向さしつかえないと言わざるをえません。その言葉というのは、かつてイスラエルの子孫が紅海を渡り、振り返るとエジプト人が海中にのまれたのを見て、パロの軍勢から救われたことをさとったのであるが〔「出エジプト記」一四章、「詩篇」一〇六篇七―一二節参照〕、その後の彼らの行動について言われたものと同じです。つまり、「彼らは神の誉を歌った。しかし彼らはまもなくそのみわざを忘れた」〔「詩篇」一〇六篇一二―一三節〕。

もうこれ以上は書けません。人々の感謝を知らない行為や、またはじまったありとあらゆるよこしまな行為はわたしもずいぶん目撃しましたが、たとえどのような原因があるにせよ、もしもそれをとがめ立てするという不愉快なことをはじめようものなら、わたしはあまりにも口やかましい人間で、おそらくは不公平な人間であると考えられるでしょう。それゆえ、この悲惨な一年の記録をおわるにあたり、お粗末ながらわたしが心をこめてつくった一節をそえることにしましょう。この詩は、わたしが月並なメモを書きとめたその年に、いちばん最後につけ加えておいたものです。

身の毛もよだつ疫病の
ロンドンおそった一六六五年、
うばった命は十万人、
だが、わたしは生きのびた！

H・F・

解説

本書は Daniel Defoe, "A Journal of the Plague Year." の全訳である。訳出にあたっては、ロンドンのフォールコン社から出た初版のテキストを使用したが、他の版を参考にして改めたところもある。
本書のさし絵はレズリー・アトキンソンという人の手になるもので、初版にのったものからとった。

十七世紀の中ごろ、ロンドンは二度つづけて大惨禍にあった。一六六五年の疫病流行と翌年の大火であるが、おかげでロンドンの大半は無残な被害をこうむった。本書はその疫病流行について書かれたものである。
ロンドンとはいっても旧市街のことで、いわゆるシティーと呼ばれるところを中心としたものである。そもそも、このシティーは、一世紀ごろ侵攻してきたローマ人がつくりあげた都市で、周囲は防壁で固められた。テムズ川のすぐ北岸にあるところから、交通の点でも、防備の点でも、かっこうの場所だったのだ。この防壁は何度かつくり変えられたが、その範囲はあまり明らかではない。今でもところどころにその跡をとどめ、たとえば、オールドゲート、クリプルゲートなどといった地名には昔の市門がしのばれる。いずれにせよ、こうして都市がつくられると、まもなく取り引きが盛んになり、徐々に英国の商業・金融の中心地としての地位を築いていった。

疫病は、この市内の西方にあたる聖ジャイルズ・イン・ザ・フィールズ教区という、ウエストミンスターに近いところで発生した。一六六四年もおわりのころである。翌年になるとしだいに病勢がつのり、市内の北側にあるクラークンウエル、クリプルゲート、ショアディッチ、ビショップスゲートなどの教区、東側のオールドゲート、ホワイトチャペル、ステプニーなどの教区、テムズ川南岸のサザク、バーモンジィーなどの八教区、それに市内の九七教区などといたるところを荒らしまわった。ついにはほとんど全国各地にその影響がおよんだ。はじめは家屋閉鎖にたよって病勢を食い止めようとしたが、やがてそのようなものは意味がなくなり、つぎつぎ死体運搬車で運びこまれる死体の山に、埋葬用の穴も掘りつづかないありさまであった。病勢は一六六五年の八月と九月を頂点にしてしだいに衰え、その翌年にいたっておさまったが、犠牲者は七万名近くもかぞえたといわれる。じつに悲惨きわまりないものだったのだ。

ところが一方、本書を読みおわったとき、ほっとした明るさを感じることも否定できないであろう。これが単に疫病がおさまったからというだけのことでないのは、たとえばカミュの『ペスト』を読んで、なんともいえない重苦しい気持が残るのを考えればわかる。この健康さの原因は、カミュのばあいのように疫病を不条理なものの象徴としてとらえることなく、あくまでも記録性に徹し切ったためもあろう。しかし、なんといっても、神にたいする強い信仰と、惨禍にもめげず立ち上る人々の活力にいちばん原因がありそうだ。ここでまずデフォーの一生を簡単に見ておかなければならない。

作者のダニエル・デフォーは、新教徒と新興中産階級のいわば典型であった。はっきりとわかっていないが、およそ一六六〇年ころ、市内の北側にあるクリプルゲートの聖ジャイルズ教区で、肉屋の長男として生まれた。一家は長老教会派に属する非国教徒であった。疫病が流行したのはおよそ五歳くらいのときだが、一家がロンドンにふみとどまったか、地方に避難したかは不明である。翌年の大火では難をまぬがれた。やがて市内のはるか北方にある非国教徒の学校で教育をうけるが、非国教徒であるがゆえに、オックスフォードとかケンブリッジなどといった大学には進めなかった。

父は彼を牧師にしたかったが、彼は商業を天職と考え、一六八〇年には市内で雑貨商をはじめた。四年後には結婚をし、やがて子供を七人も生むことになる。彼は政治に興味をもち、カトリック教徒のジェームズ二世にたいして新教徒のモンマス公が王位継承を主張して反乱を企てたときそれに加担したり、名誉革命のときは同業組合を代表してウイリアムとメアリーを護衛したりなどした。じつに、名誉革命は、自由と新教の勝利だったのである。このように新教と商業の立場からあまりにも政治にたずさわったため、商売をはじめてから十二年後には破産した。だが、二年後の一六九四年にはレンガ商としてみごとに立ち直り、かなりの成功をおさめた。『政策論』（一六九八年）などのパンフレットや、『生粋の英国人』（一七〇一年）という詩を書いてウイリアム三世を擁護したこのころのデフォーが、あらゆる意味でいちばんしあわせだったろう。しかし、こちこちの国教徒のアン女王が即位したとき、非国教徒にたいする弾圧を心配した彼は、『非国教徒を撲滅するいちばんの早道』（一七〇二年）という痛烈きわまりない風刺文を匿名で書いた。翌年、その罪で逮捕され、さらし台に立たされたうえ、ニューゲート監獄にぶちこまれた。まもなく、政治家ハーリーのおかげで出獄できたものの、レンガ商は完全に失敗した。これが彼の人生を大きく変えることになった。

この後のデフォーは、ハーリー、ゴドルフィンといった政治家のために仕え、また、いろいろな文筆活動にも専念した。とくに「レビュー」誌（一七〇四―一三年）は有名である。一六九一年に風刺詩を出版してから、死ぬまでに書いた、詩や小説や物語や旅行記などはもちろん、宗教、道徳、歴史、商業、経済、政治などに関する論説を全部あわせると、ほとんど四百をかぞえる。創作は『ロビンソン・クルーソー』（一七一九年）、『海賊シングルトン』（一七二〇年）、『モル・フランダーズ』（一七二二年）、『ジャック大佐』（一七二二年）、『疫病流行記』（一七二二年）、『ロクサナ』（一七二四年）などである。一七三〇年の夏、昔の借金が原因だといわれているが、デフォーは急に行くえをくらまし、その翌年、ロンドンでひとりさびしく死んでいった。

何をするにしても、デフォーはへこたれることなく、精力的につき進んだ。ものを書くときは、いろいろな主張を強い信念をもってのべ、人々に考えを改めるように説いた。そこには、新興中産階級の新教徒らしい勤勉さと一種の使命感がある。

このことが、本書を読みおわったとき、ほっとした明るさを感じさせる大きな原因なのだ。当時の新興中産階級に属する新教徒にとって、自分の仕事は天職であり、それにはげむことは神にたいする義務であった。したがって、なまけて貧乏するのも、勤勉に働いて裕福になるのも、神の報いであった。この信念がもとになってその社会的な勢力をのばしつつあったわけだ。本書を一貫して支えているのもこの信念である。つまり、デフォーの一生をつうじて見られる生き方が、本書でもそのまま貫かれているのだ。

もともと疫病は神の手であり、神が下したものであるから、悔い改めてまじめに努力しておればかならず救いがあるはずだし、へこたれる理由はどこにもない。こうした信念が幻想にすぎなかったかどうかはともかく、いきいきとした希望に燃えて、いくら痛めつけられても立ち上る人人の生への活力が、本書の健康さを説明してくれる。だから、疫病という不条理なものをとおして神の不在を証明し、人間の危機的な状況を描こうとしたカミュのばあいと正反対なのは当然であろう。

以上のことは、語り手の視点として、あるいは偏見として繰り広げられる。H・Fという馬具屋の目をとおして一切がのべられるのだ。「わたし」というこの男の頭文字は、デフォーのおじと思われるヘンリー・フォーのものだろうという説がある。いずれにしても、デフォーとは違って、市内の東側のオールドゲート教区に住む穏健な国教徒であるこの馬具屋が、疫病流行のあいだロンドンにふみとどまり、見聞したものをそっくり記録したという形をとっている。しかし、すべてにおいてデフォーに近く、新教徒的な態度で貫かれていることは、上にのべたことからも明らかであろう。

とはいっても、新教徒によくある誤った選民意識などはまるで見られない。疫病流行当時の英国では、一六六〇年の王政復古でチャールズ二世が即位してから親カトリック政策がとられ、また、フランス風の華美な風習が支配的になって道徳が乱れていた。新教徒の観点からすれば、このようなばあいに疫病という天罰が下されたと考えるのも当然であろう。本書の中で、いわゆる悪徳にふけっている宮廷にたいし、この惨禍をまねいた責任を問うている。だが、神の手である疫病は神秘的なものではなく、まったく自然的な原因にもとづいて伝染していくものであるとする。それゆえ、不注意な者はだれでも感染する。新教徒であればのがれられる、というようなものではないのだ。語り手＝デフォーは、変な選民意識どころか、そのようにだれかれの区別なくふりかかる災難の中で、たとえほんの一時的にせよ、国教徒と非国教徒の救いがたい反目がなくなったことを喜んでいる。ここには宗教的寛容の精神がみなぎっているといえるであろう。

さらに、新興中産階級の立場とはいっても、いわゆる盲目的な賛美が目的なのではない。疫病の流行とともに、多くの者が田舎へ逃げる。しかし、それは宮廷、貴族、紳士階級その他の金持が大部分である。市内には小製造業者、小売商、職人、店員などといった、田舎へのがれても食べていけない者ばかりがほとんど取り残される。上流社会のことはよく知らない語り手＝デフォーにとって、これは絶好の対象だったわけだ。しかも、こうした階層を背景に、英国の新興中産階級は徐々に社会的勢力をのばしていったのだ。それゆえ、疫病の惨禍を描く本書は、働かなければやっていけない貧しい人々の記録であり、新興中産階級のがいわに立っているといえよう。けれども、その愚かさはあますところなく描かれている。あまりにも思慮が足りないために、つぎつぎ疫病の犠牲になっていくばあいなどは、そのよい例であろう。語り手＝デフォーにおけるリアリズムが、誤った偏見を許さなかったのだ。

いずれにしても、この疫病流行を馬具屋の視点で書いた歴史的意義は大きい。本書が出版された十八世紀はじめころのロンドン市（シティー）は、新興中産階級の本拠としてトーリー党にたいするホイッグ党を育てあげ、商業・金融の中心地として大いに繁栄しつつあった。だから、このシティーを描くということは、カミュなどのように象徴的なものではないにせよ、重大な意味をもっていたはずである。デフォーが六十年近くも前の事件を振り返り、シティーを背景に、新教徒の観点から新興中産階級の勝利への活力をとらえたということが、本書のもつ大きな意義だといえるであろう。

本書はいわゆる記録ではなく、記録風の物語である。じつに正確な事実にもとづいていることから、これを意外に思う人も多いであろう。しかし、これはデフォーにおける創作の方法と関係している。

まず第一に、宗教的・道徳的な教訓がなければならない。本書は神の力を証明するのが目的であり、摂理にしたがって慎重に行動した主人公が無事だったことは、そのよい例であるといえるだろう。

第二に、おもしろくなければならない。疫病流行という異常な状況をとらえた意図はそこにあるのであり、いろいろな事件やエピソードをふんだんにおりこんで興味をもりたてている。それゆえ、疫病というテーマがあるために他の作品ほどではないにせよ、ずいぶんまとまりが悪く、断片的な感じをまぬがれない。おもしろいということは、よく売れるということと表裏一体をなすものであろう。マルセーユでは一七二〇―二一年に疫病騒ぎがあって、人々の注意が一六六五年の疫病流行に向けられていた。そのため、疫病に関する書物やパンフレットが多数出ていた。デフォーも本書の少し前に疫病について書いている。こういう情勢から、疫病流行の物語はきっと人々の興味を引き、よく売れるだろうという見通しが彼にはあったはずだ。

第三に、事実でなければならない。創作はいわばうそであり、うそは新教徒の立場から許されないことであったのだ。また、従来のロマンスにはあきあきし、事実にもとづいた話を求めていた人々にたいしてうそを書いたところで、どうせそっぽを向かれることはわかりきっていた。だから、『ロビンソン・クルーソー』をはじめとするデフォーの創作では、事実に間違いないことをまず言明する。本書もできるかぎり正しい事実にもとづいて書こうとしたことは確かである。疫病が流行した当時、わずか五歳くらいだったデフォーに、はたしてどれくらいその経験があったかは疑問である。ましてや、そのとき一家がロンドンにふみとどまったか、それとも地方へのがれたのかもわからない状態なのだ。しかし、両親なり老人などの話を聞いてよく知っていたであろう。それに、疫病に関する資料をずいぶんあさっている。それゆえ、だれでも認めるように、本書は疫病流行当時のかなり正しい記録であることに間違いはない。とはいうものの、今では不正確なものでしかないことが明らかになっている。もっともらしくでっち上げたところがあることはもちろん、たとえば、疫病流行のはじめころに出たことになっているロンドン市の条例は、一六六五年のものではなく、もっと前の疫病騒ぎのときに公布されたものである。また、この疫病流行は、実際には一六六六年の二月ごろぴたりとおさまったわけではなく、かなりだらだらつづいた。本書はいかに事実に近いものであるにせよ、やはり創作であることをまぬがれないのだ。

以上の特質から、本書にかぎらず、デフォーの創作はいわゆる文学作品ではなくて他の雑文の延長と考えられ、読者層も文学的な素養のない、いわゆる新興中産階級だったことが容易にうなずけよう。それはともかく、他の作品においては、いくら事実であると言明しても、単なる創作にすぎないというジレンマがあまりにも大きかった。本書ではそのジレンマがほぼ完全に解消しており、その意味で、デフォーの創作方法がここでほとんど理想的な形で実を結んでいるといってよい。

本書には人を信じこませてしまう不思議な力がひそんでいる。かといって、深遠な思想があるわけでもないし、人を引きずり込まずにはおかない空想の世界があるわけでもない。なんの誇張も飾りもなく、淡々と事実をのべる文体があるだけなのだ。まず、日づけが正確である。オランダで疫病がぶり返したといううわさを聞くのは一六六四年九月のはじめころ、英国ではじめて犠牲者が出るのは一六六四年の十一月のおわりか十二月のはじめ、といったぐあいだ。次に、数字が正確である。はじめての犠牲者は二名、死体の調査に派遣された医者のうち、内科医が二名で外科医が一名、といったぐあいだ。さらに、地名がじつにくわしい。本書をつうじて出てくる地名にはだれでもうんざりするくらいであろう。その書き方にしても、はじめての犠牲者が出たところは「ロング・エーカー、あるいはむしろドルアリー小路の上手の方面」というように、正確な限定をどしどしつけ加えていく。また、疫病が発生して以来、病勢が一進一退をつづけ、そのことが人々の心にあたえる影響をじつにこまかく書きつける。おまけに、週間死亡報をふんだんに用いて、病勢の状況をくわしく説明する。このようないわば統計的リアリズムにたたみかけられると、だれでもいやおうなしに信じこまざるをえないであろう。これがじつは事実にもとづいているのだなどということは、もはや問題にもならない。淡々とした文体も、かえってこの魔力を生み出すのにぴったりしている。

もうこうなればデフォーのなすがままである。少しくらいの欠点はまるで苦にならなくなってしまう。たとえば、会話の部分が、原文では各人物の特徴があらわされておらず、みんな同じような話しぶりになっている。また、語り手の馬具屋は、実際に見たり聞いたりしただけでは知りえないようなこともたくさん知っている。しかし、このような不合理も、馬具屋にぴったりしたこの文体の魔力のおかげで、感じられなくなってしまう。そのくだけた話しかけるような調子に、現代のわれわれは、あるばあいには今では失われた作者との対話を強く意識し、またあるばあいには、その押えられた文体のゆえにいっそう無気味さを増していることに気づく。すべてを頭で考え出したカミュの『ペスト』とくらべてみるとき、すべてを事実にもとづいてつくり上げた文体の迫力、事実の強さというものを、今さらながら痛感するのである。この魔力は、いつの世の人々の興味をもそそらずにはおかないであろう。

しかし、本書が現代のわれわれにも訴える原因は、それだけにとどまらないはずである。それはいろいろあろうが、たとえば、話の設定そのものもその一つであることに間違いはない。つまり、個人をこえた力のために、個人ではどうすることもできないという状況そのものである。これは古くさい十九世紀的な決定論などではなく、きわめて現代的な問題設定なのだ。だからこそ生き方の問題がたえず問われているのだといってよい。近代は自我の確立とともに進んできたといわれる。ところが本書では、疫病流行によって個人ではいかんともしがたい状況がいろいろ生じているのである。もちろん、意図したものではないがゆえにおのずから限界があるにせよ、近代的な自我が出くわす一種の極限状況として、ここにはいろいろな問題が読みとれるであろう。デフォーの影響をうけたカミュが、疫病という不条理なものによってオランという町の中にとじこめられた人々を描いたのも、その一つの解釈にすぎないと考えることもできる。本書が現代において読まれる大きな意味も、そこにこそなければならない。

ここで断わっておきたいことがある。最初、現代思潮社から話があって本書の翻訳を引き受けたとき、本邦初訳であるとばかり思っていた。ところが、訳業なかばにして、東大の平井先生の名訳が出ていることを知った。それならばなにも私のような未熟者が……と考えたのであるが、現代思潮社の出版計画にとり、本書は大切なものの一つであるということもあって、やむなく翻訳をつづけることにした。すでに名訳がありながら、あえてこのようにつたないものが世に出ることになったのも、このためである。

本書を翻訳するにあたり、法大の池島先生からは大切な地図類を貸していただいた。また、現代思潮社の方々にはずいぶんお世話になった。ここに厚くお礼を申し上げたい。

昭和四十二年春

訳　者

訳者略歴

泉谷《いずみや》 治《おさむ》

1934年，青森県津軽に生まれる。

1959年，東京大学文学部英文科卒。

1962年，東京大学大学院卒。

疫病流行記

一九八八年十一月二十五日　第三刷発行

著者　ダニエル・デフォー

訳者　泉谷　治

発行者　石井恭二

発行所　株式会社現代思潮社

東京都文京区大塚三—九—六

電話　(〇三) 九四三—四四〇六

振替　東京一—七二四四二

本文印刷　株式会社新栄堂

装本印刷　有限会社キクチ印刷

製本　有限会社榎本製本所

乱・落丁本はお取替えいたします

0398-62002-1909

疫病流行記（オンデマンド版）

Digital Publishing

2020年5月25日　発行

著　者　　ダニエル・デフォー

訳　者　　泉谷　治

発行所　　株式会社 現代思潮新社
〒112-0013　東京都文京区音羽2-5-11-101
TEL 03(5981)9214　FAX 03(5981)9215
URL https://www.gendaishicho.co.jp/

印刷・製本　　株式会社 デジタルパブリッシングサービス

AK792

ISBN978-4-329-02082-6　　Printed in Japan